나가시노長篠 전투(1575) 병풍도 앞부분.
오다·도쿠가와 연합군이 타케다 군을 공격하는 모습.

德川家康

도쿠가와 이에야스

1부
대망 大望

2
인질

야마오카 소하치 대하소설
이길진 옮김

德川家康

1부
대망 大望

2
인질

도쿠가와 이에야스

솔

『도쿠가와 이에야스』를 바로 읽기 위해

1. 본문 중 °표시가 된 용어는 책 뒤에 풀이를 실었다.

2. 인명과 지명은 원음 표기를 원칙으로 하며, 된소리를 피하고 거센소리로 표기하였다. 단 도쿠가와 도요토미만은 원음과 차이가 있지만 일반인에게 익숙한 이름이기에 외래어 표기법에 따랐다. 장음은 생략하였다.

3. 인명, 지명 및 고유명사는 처음 나올 때 원어를 병기하였으며, 강과 산, 고개, 골짜기 등과 같은 지명 역시 현지 음대로 카와(가와), 야마(잔, 산), 사카(자카), 타니(다니) 등으로 표기하였다.

4. 성과 이름 중간에 나오는 것은 대부분 관직명과 서열을 나타내는 것인데, 그 당시의 관습에 따라 이름과 혼용하여 쓰이는 경우도 있다. 각 관청 및 관직에 대해서는 부록에서 설명하였다.

   ex) 히라테 나카츠카사노타유 마사히데 → 히라테 마사히데(이름)＋나카츠카사노타유(나카츠카사의 장관), 아마노 아키노카미 카게츠라 → 아마노 카게츠라(이름)＋아키노카미(아키 지방의 장관)

5. 시간과 도량형은 센고쿠 시대에 쓰던 것을 그대로 따랐으며, 역시 부록에서 설명하였다.

차례

별리別離 9

희망의 매화 23

욕실 문답浴室問答 40

옛남편을 그리며 56

벗꽃 목욕 80

봄의 천둥소리 97

아득한 염원 115

안개 속에 묻힌 성 135

도라지꽃 채찍 156

한 톨의 쌀 172

볼모로 가는 타케치요 ⋯⋯⋯⋯⋯⋯⋯⋯⋯⋯⋯⋯⋯⋯ 190

시오미자카 ⋯⋯⋯⋯⋯⋯⋯⋯⋯⋯⋯⋯⋯⋯⋯⋯⋯⋯⋯ 224

연모戀慕의 가을비 ⋯⋯⋯⋯⋯⋯⋯⋯⋯⋯⋯⋯⋯⋯⋯ 243

고독한 인질의 어머니 ⋯⋯⋯⋯⋯⋯⋯⋯⋯⋯⋯⋯⋯ 262

흐르는 별 ⋯⋯⋯⋯⋯⋯⋯⋯⋯⋯⋯⋯⋯⋯⋯⋯⋯⋯⋯ 292

주인 잃은 성 ⋯⋯⋯⋯⋯⋯⋯⋯⋯⋯⋯⋯⋯⋯⋯⋯⋯ 311

설월화雪月花 ⋯⋯⋯⋯⋯⋯⋯⋯⋯⋯⋯⋯⋯⋯⋯⋯⋯ 329

붉은 단풍 ⋯⋯⋯⋯⋯⋯⋯⋯⋯⋯⋯⋯⋯⋯⋯⋯⋯⋯⋯ 348

부록 ⋯⋯⋯⋯⋯⋯⋯⋯⋯⋯⋯⋯⋯⋯⋯⋯⋯⋯⋯⋯⋯⋯ 365

《 오와리 · 미카와의 주요 지도 》

————· 지역 경계선

별리別離

1

스고가와菅生川의 강바닥은 맑고 싸늘했다. 카고사키籠崎 모래톱에는 오늘 아침까지만 해도 부슬부슬 가을비가 내리고 있었다.

후로타니風呂谷에서 들리는 듯싶은 여우의 캥캥거리는 소리가 두서너 번 귀청을 울리더니 닭 울음소리가 뚝 그치고 집안은 싸늘한 정적에 휩싸였다.

사카이 우타노스케酒井雅樂助는 동남쪽 창고의 지붕을 가로지르는 아침 안개의 빠른 흐름에 걸음을 멈추었다.

"가을이로구나⋯⋯"

문득 입밖에 낸 말의 불길함에 놀라 저도 모르게 주위를 돌아보았다. 오늘은 오다이於大가 이 성을 떠나는 날이었다.

'오다이 님은 밝은 빛을 안고 시집을 오셨는데⋯⋯'

다시 터져나오려는 한숨을 누르며 고개를 흔들었다.

'생각을 말아야지⋯⋯'

그는 이 집에서 오다이를 맞았다. 그리고 지금은 이 집에서 오다이를 떠나보내려 하고 있다. 인간 세상의 슬픔보다도 더 격렬한 감정이 가슴을 적셔 하마터면 몸을 가누지 못하고 비틀거릴 뻔했다.

그는 우선 현관 안팎을 돌아보았다. 하인 셋이 부지런히 통로를 쓸고 있었다. 쓸고 난 자리에 다시 낙엽이 떨어져내렸다.

"수고들 하는군, 수고가 많아."

하인의 인사에 답하면서 우타노스케는 밤새 만들게 한 문 밖의 대나무 울타리를 둘러보았다. 시집올 때도 그러했지만, 이혼당하고 떠나는 오다이를 배웅하려고 오늘도 성안 아낙들이 모여들 터였다. 감정이 북받쳐 오다이의 소맷자락에 매달리는 사람이라도 있으면, 자식을 남기고 떠나는 오다이의 마음은 어떻게 될 것인가.

'이제 열일곱 살이신데……'

히로타다廣忠는 오다이에 대한 사랑을 가신들한테까지 감추려 애쓰고 있었다. 이마가와今川의 눈치를 살펴야 하는 조심성 외에 카리야세谷에 지지 않으려는 심정도 작용하고 있었다.

"그까짓 여자 한두 사람 가지고."

애써 태연하려는 그 태도에는 가신들에게 자신의 비탄을 보이지 않으려는 필사적인 노력이 깔려 있었다.

오다이가 이성을 잃게 되면, 이러한 히로타다의 배려도 허사가 된다. 떠나가는 어미 새의 자세는 뒤에 남는 타케치요竹千代에게 그대로 그림자를 드리운다.

'과연 도련님의 생모답게 의연하고 담담하다.'

이런 인상을 남기고 떠나게 하는 것이 오다이에 대한 도리라고 생각했다.

"새삼스럽게 말할 것도 없겠으나, 누구든지 마님께 매달리려는 자가 있거든…… 지체없이 꾸짖도록 하라."

문 밖을 돌아보고 있는 청지기 오다 와헤에小田和兵衛에게 다짐을 주었다.

"그래도 접근하려는 사람이 있으면."

오다는 안타깝다는 듯 반문했다. 같이 목화를 심고 길쌈을 배운 아낙네들이 오다이를 얼마나 따르고 또 친밀감을 가지고 있는지 잘 알고 있었기 때문이다.

우타노스케는 목이 메었다.

"그럴 때는……"

다시 문 안으로 발길을 돌렸다.

"성주님의 노여움을 사서 헤어지게 되었다고 하여라."

차차 안개가 걷히기 시작했다. 모밀잣밤나무 잎에서 뚝뚝 이슬이 떨어져내렸다. 우타노스케는 그 이슬 아래를 지나, 이번에는 오다이가 오카자키岡崎에서 마지막 꿈을 꾸었을 별채 쪽으로 걸어갔다.

2

아직 해는 뜨지 않았다.

막 일어난 어린 시녀가 부엌에서 조반을 짓느라고 연기를 피우고 있었다. 우타노스케는 모른 척하고 늦게 핀 백일홍을 향해 정원으로 가다가 깜짝 놀랐다.

바로 눈앞에 오다이가 쭈그리고 앉아 있었다. 이미 머리는 단정하게 빗고 있었다. 화장한 흔적은 보이지 않았으나 옆모습은 향기로울 정도로 아름다웠고, 눈이 약간 부어 있었다.

우타노스케는 말을 걸려다가 그만두고 슬며시 몸을 뒤로 뺐다.

오다이는 턱 밑에 하얀 손을 모아 합장하고 있었다. 그녀가 향하고 있는 방향에는 타케치요가 있는 후로타니의 거처가 있었다.

무엇을 빌고 있는지, 뒤에 우타노스케가 있는 줄도 모르고 뚫어지게 앞을 응시하고 있었다.

우타노스케는 다시 한 걸음 더 물러나 백일홍으로 가만히 손을 가져 갔다. 목덜미에 꽃잎과 이슬이 함께 떨어지면서 슬픔이 찡하게 마음을 울렸다.

'운명……'

그것과 정면으로 얼굴을 마주친 느낌이었다.

이 젊은 어머니는 여기 갇힌 후 한 번도 타케치요를 만나지 못했다. 만나게 해달라고 히로타다에게 조른 것을 우타노스케는 알고 있었다. 만나도록 할 방법은 얼마든지 있었다. 유모인 오사다ぉ貞가 데리고 우타노스케의 아내를 방문하는 것처럼 하면 되었다.

그러나 히로타다는 그것을 허락하지 않았다. 자기는 대나무 울타리를 베기까지 하며 찾아오지만, 타케치요를 만나게 하면 오다이를 여기 가두어놓은 의미가 없어진다고 생각한 모양이었다.

오다이의 기도가 끝나기를 기다렸다가 우타노스케는 다가갔다.

"마님."

오다이는 깜짝 놀라 우타노스케를 돌아보았다.

"끝내…… 이별의 날이 오고야 말았군요."

말하고 나서 우타노스케는 눈길을 막 물들기 시작한 동쪽 구름 언저리로 돌렸다.

"이별을 아쉬워하는 아낙네와 하인들이 수없이 문전에 몰려올 것입니다. 그때 잘 눈여겨보십시오."

"무엇을 보라는 말씀인가요?"

맑은 목소리였다. 슬픔과 싸워 이기려 노력하고, 이미 그것을 극복한 목소리였다.

우타노스케는 가슴이 뭉클하여 그녀와는 반대로 목소리가 잠기면서 굳어졌다.

"많은 여자와 아이들 중에서 무심히 마님을 배웅하는 한 사람이 있을 것입니다. 오사다 님에게 안겨 스고가와의 성벽 옆 큰 팽나무 밑 근처에서."

"타케치요 말인가요, 우타노스케 님?"

"글쎄요, 그것은 알 수 없습니다."

"타케치요라면 염려하지 않아도 됩니다."

"그 말씀은 안 만나시겠다는……?"

"우타노스케 님."

"예."

"염려해주시는 것은 감사하지만, 저는 이미 구원을 받았어요. 이 눈으로 보고 만나는 것만이 만남이 아니라는 사실을 깨달았어요. 타케치요……라면 계속 제 마음속에서 만나고 있습니다."

"마님……"

우타노스케는 참다못해 두서너 걸음 앞으로 다가갔다.

"오히려 제가 더 당황하고 있는 것 같습니다. 용서하십시오, 용서하십시오."

3

"많은 폐를 끼쳤어요. 떠날 때는 남의 눈도 있고 하니 말을 나눌 수 없을 거예요. 깊이 감사 드립니다."

오다이는 침착하게 일어나 짧은 소맷자락을 안듯이 하고 허리를 구부렸다. 갓 출가했을 때는 인형처럼 보였다. 그런데 지금은 우타노스케의 자세를 바꾸게 할 만큼 기품과 침착성을 지니고 있었다.

"마님, 그런 말씀 마십시오. 저희들의 힘이 미치지 못하는 형편이라 의리라는 것을 원망할 따름입니다. 그 대신……"

우타노스케는 갑자기 어린아이처럼 분기하는 모습으로 자기 가슴을 쳤다. 그렇게 하지 않고는 못 견딜 만큼 그의 가슴은 슬픔으로 가득 차 있었다.

"타케치요 님은…… 타케치요 님은 저희가 맡겠습니다! 오카자키의 늙은이들이 목숨을 걸고 반드시 이 나라 제일가는 무장으로 기르고야 말겠습니다."

"아, 해가 뜨는군요. 저 푸른 하늘."

"마님!"

"우타노스케 님, 여러분한테는 반드시 밝은 해가 비칠 거예요."

오다이는 웃지 않았으나 우는 얼굴도 보이지 않았다. 남의 눈에 띄면 히로타다의 마음을 배반하는 것이라 생각했음이 틀림없었다. 그녀는 가벼운 목례를 남기고 곧장 별채로 사라져갔다.

오다이의 출발은 그로부터 일 각一刻 반(3시간) 뒤 다섯 점(오전 8시)이었다.

그 길은 우타노스케의 집을 나와 스고 망루를 거쳐 강을 따라 후죠몬 不淨門°으로 향하게 된다. 표면상으로는 어디까지나 좋지 못한 일이 있어 이혼당하는 추방자 같은 것이어서 카리야에서 마중 나오는 사람도 없었다.

'오다이는 그 오빠인 시모츠케노카미下野守의 생각이 모자라 이혼하여 돌려보낸다.'

형식은 그랬다.

오다이가 헤어지기로 결정되었기 때문에 같은 마츠다이라松平 일족인 카타하라形原의 키이노카미 이에히로紀伊守家廣에게 출가한 오다이의 언니도 이날 함께 카리야에 돌려보내기로 되어 있었다.

여섯 점 반(오전 7시)이 되자 우타노스케의 집 뒷문 앞에 하나 둘 사람들이 모여들기 시작했다.

아낙네들은 얼굴을 가리지 않았으나 남자들은 모두 삿갓으로 얼굴을 감추고 있었다. 맨 처음에 온 사나이는 그 떡 벌어진 어깨만 보아도 누구나 다 짐작할 수 있는 오쿠보 신파치로大久保新八郎였다. 그는 아낙네들을 헤치고 대나무 울타리 앞으로 나와 허리를 구부리고 짚신의 끈을 단단히 묶었다. 이미 신파치로는 호송하는 자들의 뒤를 따라 오다이를 배웅할 결심을 하고 있었다. 다음에는 이 집 주인인 우타노스케 역시 짚신을 신고, 신파치로의 차림을 보고는 빙그레 웃었다.

가마는 스고 문 밖에 놓여 있어, 오다이는 거기까지 걸어가게 된다. 표면적인 호송인은 카네다 타다스케金田正祐와 아베 사다츠구阿部定次 두 사람이었으나, 모인 사람들 중에는 아베 오쿠라阿部大藏, 이시카와 아키石川安芸, 오쿠보 신파치로 등도 섞여 있다.

오다이가 걸어나오자 먼저 아낙네들 가운데서 흐느낌소리가 터져나왔다.

"가엾어라, 신도 부처님도 안 계신단 말인가."

"정말이야, 이렇게 훌륭하신 마님을."

"성주님은 슬픈 나머지 병환이 나셨다는군."

어느 틈에 여자들은 진상을 꿰뚫어보고, 눈앞에 오다이가 걸어나오자 목을 놓아 울었다.

오다이는 그 여자들 중에서 케요인華陽院의 모습을 찾았다. 자기와 타케치요의 얄궂은 인연도 안타까웠으나 어머니와 자신의 처지도 견딜 수 없을 만큼 슬펐다.

스고 문의 성벽을 막 나서려 할 때였다.

"마님!"

날카롭게 소리지르며 무섭게 달려오는 여자가 있었다.

4

"이봐, 소란을 피우면 안 돼!"

카네다 타다스케가 소리를 질렀지만 필사적으로 매달리는 여자를 떼어놓을 수는 없었다. 여자는 오히려 두 사람에게 등을 돌리고, 주위 사람들을 꾸짖었다.

"조용히들 하시오."

여자는 내전의 로죠老女° 스가須賀였다. 오다이의 발걸음이 저도 모르게 멎었다. 유리百合도 코자사小笹도 없는 내전에서는 이 여자만이 둘도 없는 오다이의 충복이었는데, 그 스가가 가리키는 곳을 보고는 오다이도 깜짝 놀랐다.

'오…… 타케치요가……'

이렇게 생각하는 순간, 아기를 안고 있는 여자를 알아보고 소스라치게 놀랐다. 그것은 유모 오사다도 아니고 카메죠亀女도 아니었다. 소실인 오히사お久였다. 오히사는 타케치요를 높이 쳐들 듯이 안고 큰 팽나무 밑에 서 있었다. 역시 표정은 창백하게 굳어 있었다. 두 눈에는 번쩍번쩍 빛나는 것이 있었다.

그뿐이 아니었다. 그녀의 오른쪽에는 여섯 살난 칸로쿠勘六가 서 있고, 왼쪽에는 타케치요와 동갑인 케이신惠新이 하녀 만万에게 안겨 있었다.

이것은 보기에 따라 여러 가지로 해석할 수 있었다.

오다이에게 히로타다의 총애를 빼앗긴 오히사가 일부러 오다이의 이번 불행을 고소해하는 것 같기도 하고, 그 반대인 것 같기도 했다.

'당신의 괴로움은 나도 잘 알아요.'

그러나 동정이라고 보기에는 너무 얼굴이 창백했다. 걸어서 거기까지 따라온 노신들 가운데도 얼굴빛이 변한 사람이 있었다.

크게 뜬 오다이의 눈에 마음속의 폭풍이 역력하게 떠올랐다.

오다이는 숨을 쉬지 않았다. 눈도 깜짝 않고 걸음도 내딛지 않았다. 그렇다고 더 이상 오히사를 보고 있지도 않았다. 입으로는 꿋꿋한 말을 하여 억센 의지를 보였으나, 자기 자식의 모습을 앞에 두고는 뼈와 피가 얼어붙는 충격을 받았다.

타케치요는 여전히 토실토실 살이 쪄 있었다. 작은 주먹은 오늘도 꼭 쥐어져 있고 손목도 잘록했다. 이따금 하늘을 쳐다보고 모인 사람들을 보기도 했으며 오히사의 귓불 언저리를 바라보기도 했다. 눈은 생기가 감돌고 위를 쳐다볼 때마다 시원스런 이마에 주름이 잡히고는 했다.

아직 어머니의 얼굴을 익혀 기억에 남길 나이는 물론 아니었다. 그러나 성인이 된 뒤 이렇게 떠나는 어머니를 떠올릴 날이 과연 올까……?

오다이는 쏟아져나오려는 눈물을 눈꺼풀 속에서 말렸다. 이것이 지금 당장은 어머니로서 오다이가 보일 수 있는 필사적인 사랑이었다.

'그 아이의 어머니는……'

이렇게 남의 손가락질을 받고 싶지 않았다. 이것은 허영이 아니었다. 그런 어머니가 낳은 자식이라고 경멸받게 된다면 후회는 평생토록 이어질 것이었다.

'이것이 모자가 이 세상에서 만나는 마지막 날……'

이런 생각을 하자 오다이는 더 이상 참을 수 없었다. 얼른 팽나무 쪽으로 고개를 돌렸다. 눈을 더욱 크게 뜨고 또다시 눈물을 말리면서, 오히사가 왜 타케치요와 함께 이처럼 자기를 배웅해주는가 하는 데에 생각을 돌리려고 애썼다.

오다이의 성격상 이것이 오히사의 보복으로는 생각되지 않았다. 타케치요를 잘 길러 형제가 서로 돕고 화목하게 할 테니 안심하라고 열심히 말하고 있는 듯이 보였다.

"스가, 오히사 님께 이야기 잘 전해주세요."

오다이는 발 밑에 몸을 던져 울고 있는 스가에게 말하고 스고 문을 향해 걸었다.

5

가마가 성을 떠난 후에도 뒤따르는 사람의 수는 줄지 않았다. 배웅하는 군중들 중에서 어느 틈에 50여 명이 따라나섰다.

카리야의 미즈노 시모츠케노카미水野下野守와 오카자키 가신들의 생각은 다른 것 같았다.

시모츠케노카미가 그들을 영내로 끌어들여 모두 죽이려 하고 있는데도 그들은 오다이를 카리야까지 은밀히 배웅함으로써 시모츠케노카미의 마음을 달래려는 듯했다.

야하기가와矢矧川를 건넜을 때 아베 사다츠구가 가까이 다가와서 말을 걸었다.

"신파치, 도대체 어디까지 배웅할 생각인가?"

"물론 카리야 성 입구까지지."

"어째서 배웅을 하나?"

"마님과 헤어지는 것이 괴롭기 때문에."

무뚝뚝하게 대답한 뒤 덧붙였다.

"나는 혼례는 좋아하지만 이별은 찬성하지 않아. 시모츠케노카미도 괴로울 거야. 자네는 정식 호송인이니 성에 들어갈 수 있을 거네. 성에 들어가거든 우리가 작별을 애석해하며 성문까지 따라왔다고 말이라도 전해주게."

날씨가 너무 좋은 것이 오히려 눈물을 자아내어 오다이는 가끔 눈을 감았다. 남 앞에서는 울지 않았으나 가마에 오르자 주체할 수 없을 정도로 눈물이 쏟아졌다.

그 눈물 속에서도 끝까지 뇌리에서 사라지지 않는 것은 역시 오히사에게 안긴 타케치요였고, 이복형제를 데리고 나와 배웅해준 오히사의 마음 씀씀이였다. 오히사에게도 여러 가지 감회가 있었을 것이다. 여자 특유의 질투, 그리고 승리감과 슬픔도.

'그런데도 오히사는 나를 배웅해주었다……'

좁은 여자의 소견으로 가장 소중한 일족의 결속을 어지럽히는 잘못은 저지르지 않겠어요 ─ 발돋움하고 그렇게 외쳤던 것처럼 오다이에게는 생각되었다.

오다이는 오히사에게 뒤지고 싶지 않았다. 끝까지 냉정을 유지하고 분별해야 할 것을 분별해나가는 것이 오히사에게 보답하는 길이며, 타케치요에 대한 이별의 선물이라 생각했다.

야하기가와를 건너자 주위의 가을 경치는 더욱 짙어졌다. 추수한 논 사이에 점점이 보이는 대밭의 초록빛마저 벌써 겨울을 기다리는 듯했고, 군데군데 붉은 잎이 섞인 옻나무가 빛을 반사하고 있었다.

'사람의 일생에도 가을은 있다……'

오다이는 그 가을을, 머지않아 찾아올 겨울과 봄을 위해 겸허하게 대비해야 한다고 생각했다.

"가마를 좀 세우세요."

오다이는 오다織田와 마츠다이라松平가 피를 흘리며 싸운 안죠 성安祥城이 보이자 조용히 안에서 말했다.

너무 갑작스러운 일이어서 카네다 타다스케가 깜짝 놀라 달려왔다.

"가마를 내리겠으니 신발을."

"예."

사람들의 눈길이 일제히 가마에 집중되고, 서로 고개를 끄덕였다. 오다이가 여기서 오카자키에 마지막 이별을 고하려는 것이라고 생각했기 때문이다.

오다이는 얼른 가마 밖으로 내려섰다.

"여러분들의 배려를 평생 잊지 않겠어요. 하지만 이제 적의 땅이니 여기서 여러분들과 헤어지고 싶군요."

아베 사다츠구와 카네다 타다스케는 깜짝 놀라 멈추어선 사람들을 둘러보았다.

"안 됩니다. 성주님의 분부이십니다. 카리야 성까지 모시는 것이 저희들의 임무입니다."

신파치로가 고함지르듯 말했다.

6

"만일 마님 신변에 무슨 변고라도 생긴다면 성주님은 물론이고 카리야 성주님께도 면목이 서질 않습니다. 당치도 않으신 말씀입니다."

삿갓 속에서 꾸짖고 있는 것은 사카이 우타노스케였다. 그는 오다이가 출가해오던 날의 사건을 상기하고 있는 것이 분명했다. 그 어조에는 자기 자식을 꾸짖는 듯한 투가 있었다.

오다이는 그 소리가 나는 쪽으로 시선을 돌렸다. 맑은 대기가 그대로 살갗에 반사되어 떠오르는 듯 해맑은 오다이였다.

"그 정성을 나보다도 타케치요에게 기울여주세요."

열일곱 살의 여자라고는 생각되지 않는 훈계하는 듯한 어조였다.

"여러분은…… 타케치요에게…… 다시없는 보배, 그러므로 저는 이이상의 배웅은 바라지 않습니다."

"고정하십시오. 마님은 그 소중한 타케치요의 어머니시니, 저희들은 만일의 경우를 염려하는 것입니다. 공연한 심려는 놓으십시오."

아베 사다츠구가 못마땅하다는 듯이 말했다.

오다이의 눈에 다시 살짝 눈물이 고였다. 입술이 파르르 떨리는 것은 감정에 지지 않으려고 애쓰고 있는 탓이었다.

"이유를 말해야 할 것 같군요. 그럼 들어보세요."

"……"

"카리야의 성주인 오빠의 성격은 여러분보다 제가 더 잘 알고 있어요. 급한 성격, 과격한 성격이라 할 수 있겠지요. 이 한 가지로 제 마음을 헤아려주세요."

"……"

"만약 여러분께 뜻하지 않은 일이 생긴다면 타케치요가 자란 뒤, 분별없는 어머니였다고 저를 크게 원망할 것입니다. 그토록 혁혁한 무공을 세운 사람들을 일시적인 슬픔에 사로잡혀 적지에 끌고 들어가 헛되이 목숨을 잃게 한다면 저는 못난 어미였다는 말을 듣게 됩니다."

카네다 타다스케가 정신이 번쩍 드는 듯 얼굴을 들고 일행을 돌아보았다. 모두 돌처럼 굳어진 채로 서 있었다.

오다이는 조용히 눈을 감았다.

"조심은 미리 해야 하는 것…… 이것은 제 아버님 우에몬다이부右衛門大夫의 가르침이었어요. 아니, 그뿐만이 아닙니다. 타케치요와 시모츠케노카미와는 조카와 외삼촌. 그 사이에 원한의 씨앗을 남기지 않도록 하는 것이 제 소임이라고 생각합니다. 제발 부탁이에요! 타케치요의 미래를 위해서예요! 제 말을 듣고 제발 돌아가주세요."

갑자기 남자들의 큰 울음소리가 터져나왔다. 한두 사람이 아니었다. 어느 어깨도 어느 삿갓도 물결치듯 크게 흔들리기 시작했다.

"마님!"

우타노스케가 쥐어짜는 듯한 소리로 말했다.

"어리신 마님 앞에 저는 고개를 들 수 없습니다…… 낫살이나 들어

가지고 이 무슨 어리석은 짓을 했는지 모르겠습니다…… 그렇습니다! 성에는 소중한 타케치요 님이 기다리고 계십니다. 여러분! 돌아갑시다. 돌아가서 오늘 마님이 말씀하신 당부를 잊지 맙시다."

이렇게 하여 오다이의 가마는 아베 사다츠구가 불러온 농부의 손에 맡겨졌다. 오카자키의 노신들은 오다이의 재촉을 받고 계속 뒤를 돌아보면서 성으로 돌아갔다.

오다이는 그들이 보이지 않게 된 후에야 가마를 들게 했다. 그제야 고독이 온몸에 스며들어 흐느껴우는 소리가 가마 밖까지 새어나왔다.

오다이의 언니, 마츠다이라 키이노카미 이에히로의 부인인 경우에는 이런 배려가 없었기 때문에 그녀를 호송한 16명이 하나도 살아남지 못하고 모두 시모츠케노카미에게 살해되었다.

하늘에는 한 점 구름도 없는 날에……

희망의 매화

1

여기저기 매화가 피기 시작하고 그 위에 엷게 눈이 덮여 있었다.

세배를 하러 성을 찾아왔던 집안 아이들도 이제 거의 모두 물러갔다. 큰방에 앉아 세배를 받던 성주 히로타다는 가끔 등을 구부리고 기침을 했다.

약간 열도 있는 듯했다. 얼굴이 벌겋게 분홍빛으로 달아오르고 눈은 물을 부은 듯이 젖어 있었다.

"그럼 우리도 그만 물러가는 것이 좋겠군."

아베 오쿠라가 은발에 수심을 담은 눈으로 사카이 우타노스케를 돌아보았다.

"그럼, 감기 조심하십시오."

우타노스케는 히로타다 앞으로 무릎걸음으로 다가가, 동생을 대하는 듯한 어조로 말했다.

"토다 단죠戶田彈正 님의 영애 마키히메眞喜姬 님에 대한 일을 잘 생각해보시기 바랍니다."

히로타다는 으음 하며 고개를 끄덕이고 다시 두서너 번 기침을 했다.

무언가 멍하니 생각하고 있었다. 이제 겨우 스무 살의 새봄을 맞이했을 뿐인데, 이미 인생에 지친 기색을 드러내고 있었다.

아베 오쿠라는 잠자코 있었으나 사카이 우타노스케는 그것이 무척 안타까웠다.

이마가와 요시모토今川義元가 두려워 지난해 가을에 이혼한 오다이를 아직 잊지 못해 고민하고 있었다. 일족을 결속시키는 무장의 입장으로, 한번 결정한 일에 대해 언제까지나 연연해하는 허약한 모습을 보기란 정말 참을 수 없는 일이었다.

주위의 상황은 점점 더 험악해지고 있었다. 코앞에 있는 안죠 성에서는 오다 노부히데織田信秀가 자기 아들 노부히로信廣를 성주로 삼아 착실하게 군비를 확장하고 있었고, 오다이의 오빠 미즈노 노부모토水野信元도 오다이의 이혼을 계기로 지금은 분명히 적의를 품고 오카자키 성을 노리고 있었다.

슨푸駿府의 이마가와 요시모토가 상경할 뜻을 번복할 리 없으므로, 두 세력 사이에 낀 마츠다이라의 운명은 잔뜩 흐린 오늘의 날씨보다도 더 암담했다.

"올해에는 기어코 해보겠다."

경사스러운 설날, 이 한 해를 어떻게 헤쳐나갈까 마음에 불안을 품고 있는 일족에게 강력한 한마디를 들려주었으면 싶었다.

그런데 히로타다는 연말에 보았을 때보다도 더 수척해 있었다. 토리이 타다요시鳥居忠吉와 오쿠보 형제들이, 재혼 이야기가 나도는 타와라田原 성주 토다 단죠의 딸에 대한 말을 했을 때도 우물우물하며 결단을 내리지 않았다.

두 사람은 큰방을 나와 서로 얼굴을 마주보고 한숨을 쉬었다.

아베 오쿠라가 중얼거렸다.

"결코 무리가 아니오. 마님과의 금실이 얼마나 좋았습니까."

우타노스케는 혀를 찼다.

"그러기에 안타깝다는 말이지요."

"들리는 소문으론 연말부터 내전에 들어앉아 혼자 술을 마시고 계시다는군."

"나는 그보다도 가슴에 병이라도 생기시지 않았나 싶어 여간 걱정이 되지 않아요."

"어쨌든 올해도 복잡한 일이 많이 생길 것 같으니 영감도 감기 들지 않도록 조심하시오."

두 사람이 나란히 무사 대기실에서 현관으로 나왔을 때였다.

아베 노인 쪽에서 말을 걸었다.

"이대로 돌아가겠소?"

"이대로는 돌아갈 수 없지요."

우타노스케는 낮게 깔린 하늘에서 너풀너풀 내리는 눈을 손바닥으로 받았다.

"이렇게 우울한 기분으로 돌아가면 집에 가서 잔소리를 들을 거요."

"그럼 기분전환이나 하러 갈까요?"

"그럽시다."

우타노스케는 얼른 대답하고 나서야 비로소 빙긋이 웃었다.

2

두 사람이 기분전환으로 들러보자고 한 곳은 둘째 성이라고는 하나 이름뿐인 적자 타케치요가 있는 집이었다.

타케치요도 오늘은 유모인 오사다에게 안겨 상심에 빠진 아버지와 함께 있었는데, 그는 아버지와는 달리 혈색이 아주 좋았다. 아버지 히로타다가 허약한 체질이었는 데 비해 타케치요는 아주 건강했다. 두 돌을 맞았을 뿐인데도 제법 서툰 말을 하기 시작했으며, 사방을 휘저어가면서 돌아다니려 했다. 히로타다는 그 천진난만한 모습에도 싫증이 났는지 잠시 후 말했다.

"데리고 나가거라."

눈살을 찌푸리고는 덧붙였다.

"감기라도 걸리면 안 되니까."

누가 보아도 타케치요는 아버지보다 헤어진 오다이를 더 많이 닮았다. 아니, 오다이라기보다도 그녀의 아버지 미즈노 타다마사水野忠政를 쏙 빼다박았다. 둥그레하고 넉넉한 턱에 한 일자로 다문 입이 귀여웠고, 총총한 두 눈은 가끔 번쩍하고 빛을 뿜었다. 그러나 아무도 그것이 외조부인 타다마사를 닮았기 때문이라고는 하지 않았다. 모두들 히로타다의 아버지 키요야스淸康를 닮았다고 했으며, 그렇게 생각하려 하고 있는 듯했다. 히로타다의 나약함을 이야기할 때마다 오카자키 집안 사람들은 키요야스의 무용武勇을 회고하며 그를 흠모했다.

"도련님에겐 활기가 있어요. 할아버님을 꼭 닮으셨지."

지금도 성곽을 나가 사카타니에 이르렀을 때 아베 노인은 이렇게 말하고 길가에 있는 매화 한 가지를 꺾어들었다.

"타케치요 님에게 드릴 선물인가요?"

"음. 허나 난 타케치요 님이 첫 출정하실 때까지 이 세상에 살아 있지 못할 테지. 이 엄동설한에 피어나는 매화의 의기로 잘 부탁하네, 자네들에게."

"하하하……"

그제야 우타노스케는 소리내어 웃었다. 오늘 집을 나온 뒤 처음 웃는 웃음이었다.

"매화의 의기, 그것을 바친단 말인가요?"

이렇게 말하면서 아베 노인의 귀밑에 붙은 눈송이를 털어준 다음 품속에 손을 넣어 묘한 모양의 것을 끄집어냈다.

"그게 뭔가?"

"선물입니다."

"보릿짚으로 만든 고양인가?"

"천만에. 이건 말입니다, 영감."

"허, 그게 말이라고?"

"제가 직접 만든 것이지요. 이 장난감은 견마지로犬馬之勞를 뜻하는 말입니다."

"하하하……"

이번에는 아베 노인이 웃기 시작했다. 그 웃는 아베 노인의 눈에 엷게 눈물이 맺힌 것은 나약한 성주에게 만족하지 못하고 아직 어린 젖먹이한테 기대를 거는 작은 성의 무사가 느끼는 애절한 마음 때문이었다.

그렇구나. 한 가문의 중신인 몸으로 손수 그 장난감을 일부러 짬을 내어 만들어왔구나.

"그것 참, 도련님이 기뻐하시겠는걸. 무엇보다도 좋은 선물이지. 자, 어서 가세."

두 사람은 다시 한참 동안 묵묵히 걸었다.

눈이 점점 더 세차게 퍼부어, 오쿠라가 꺾어든 매화가지는 꽃인지 눈인지 모를 만큼 하얗게 되었다.

두 사람은 가끔 머리를 흔들어 귀밑머리의 눈을 털면서 망루를 따라 걸어갔다.

"이리 오너라."

둘째 성의 문에 들어서서 두 사람은 커다란 소리로 함께 부르고는, 그 소리에서 지금까지 없던 홀가분한 마음을 읽으려고 서로 얼굴을 마주보며 웃었다.

3

부르는 소리를 듣고 하녀가 나오기 전, 두 사람은 현관에 수많은 신발이 널려 있는 것을 보았다.

"아니, 모두 여기 모여 있는 모양이군."

우타노스케가 중얼거리는데, 안에서 오쿠보 신파치로가 큰소리로 말했다.

"오실 줄 알고 기다리고 있었지요. 어서들 들어오시오."

두 사람은 얼굴을 마주보며 옷자락을 털고 곧장 툇마루에 올라 안으로 들어갔다.

이때 잠시의 틈도 주지 않고 정면에서 힘찬 타케치요의 목소리.

"하버지."

"예, 예."

아베 노인이 먼저 앉았다.

다다미 여덟 장짜리의 방 두 칸을 터놓은 수수한 방안, 정면 상에는 네모로 자른 희고 붉은 떡에, 장수를 비는 멧돼지 고기, 무와 같은 음식이며, 학, 거북 따위로 깎은 장식물 등이 조촐하게 마련되어 있었다.

그러한 것들을 뒤로하고, 한발 먼저 본성을 나온 토리이 타다요시가 싱글벙글 웃으며 타케치요를 안고 앉아 있었다. 오쿠보 형제와 이시카와 아키, 그리고 아베 시로베에阿部四郎兵衛 등도 모여 유모가 마련한 술잔을 돌리고 있었다.

우타노스케도 아베 노인과 나란히 앉았다.

"새해 복 많이 받으십시오."

다 같이 입을 모아 말하며 새해 인사를 하는데, 머리 위에서 상반신을 흔들며 타케치요가 버둥거렸다.

"하버지."

아직은 어느 가신을 보더라도 할아버지라 불렀는데, 이 한마디가 그 자리에 모인 노신들의 마음을 여간 안타깝게 만드는 것이 아니었다.

'이 아이는, 자기에게 거는 일족의 절실한 기대를 알고 있을까?'

"오, 할아버님을 그대로 빼다박았군."

아베 노인은 매화가지를 들고 토리이 타다요시 곁으로 다가갔다.

"자, 이번에는 내가 좀 안아봅시다. 선물을 드리려고 하니."

아베 노인보다 더 머리가 하얀 은발의 타다요시 손에서 타케치요를 받아 안고 높이 쳐들면서 아베 노인은 다시 눈시울을 붉히고 있었다.

"할아버님은 오와리尾張까지 공격하시고, 오다 따위에게는 한 걸음도 물러서지 않으셨답니다. 할아버님을 닮으셔야 합니다."

우타노스케는 품속에서 보릿짚 말을 꺼내려다 말고 고개를 돌렸다. 이 어린 몸은 이제 어머니와 생이별을 한 상태였다. 아버지는 일족의 신뢰를 얻지 못해 고민하고 있으며, 강한 세력의 틈바구니에 낀 약소한 성이라서 친척들 가운데서는 오다 파, 이마가와 파로 나뉘어 암투를 벌이는 사태가 나날이 심해지고 있었다.

오로지 살아남기 위해 이 아이의 어머니를 쫓아버려야만 했던 아버지도 가엾고 그 아들도 가련했다. 그러나 이에 못지 않게, 의논이라도 한 듯이 이곳에 모여앉은 가신들의 처지 역시 슬펐다. 누구랄 것 없이 모두 마츠다이라 가문의 기둥, 할아버지도 이룩하지 못하고 아버지도 이루지 못한 생활의 안정에 대한 기대를 이 철없는 어린아이에게 걸고 부지런히 살아가고 있는 터였다.

하지만 당사자인 타케치요만은 아무것도 모르고 계속 사람들이 모여드는 것이 기쁜지 아베 노인이 준 매화가지를 토실토실한 손으로 움켜쥐고 다시 소리치며 타다요시의 허연 머리를 마구 때리고 있었다.

"하버지."

"정말, 씩씩하시군."

꽃잎이 우수수 주위에 날았다. 그러자 갑자기 기묘한 소리를 지르며 오쿠보 신파치로가 울음을 터뜨렸다. 마침 그가 들고 있던 잔 속에 꽃 잎 하나가 날아들었던 것이다.

4

"신파치로, 그게 뭐 하는 짓이냐, 정초부터."

형 신쥬로新十郎가 꾸짖었다.

"운 것이 아니라, 너무 기뻐서 웃은 겁니다."

신파치로가 대꾸했다.

"보십시오, 제 잔에 매화꽃 한 잎. 올해에는 이 신파치의 소원이 이루어질 겁니다. 그것이 기뻐서 웃은 거예요."

"이 억지쟁이가 또 엉뚱한 소리를 하는구나. 네 소원이란 자식에게 솜옷을 사주는 일이 아니더냐?"

"와하하하, 그것도 있지, 암, 그것도 있어요."

신파치로가 우는지 웃는지 모를 얼굴을 술잔을 향해 숙이고 사카이 우타노스케는 기다렸다는 듯이 품속에서 슬며시 그 장난감 말을 꺼내 타케치요에게 내밀었다.

타케치요의 눈이 빛났다. 아이는 그것이 말이라는 것을 바로 알아차리지는 못했다. 입을 꼭 다물고 조심스럽게 노려보았다.

"멍!"

그러더니 이번에는 매화가지로 우타노스케를 때렸다.

와아 하고 다 같이 웃음을 터뜨렸다.

모두들 히로타다의 상심으로 침울해진 마음을 이 어린아이를 보며 털어내려 했다.

"꽤나 맵군 그래. 이것은 개가 아니라 말입니다. 말, 말."

"마 —"

타케치요는 흉내를 내고 나서, 이번에는 매화가지를 내던지고 그 장난감에 덤벼들었다.

눈을 가늘게 뜨고 싱글벙글하며 보고 있던 토리이 타다요시가 아베 노인에게 말했다.

"도련님이 말을 타시게 될 때까지만이라도."

아베 노인은 크게 고개를 끄덕이고 자기한테 돌아온 잔을 받으면서 타케치요를 유모인 오사다에게 넘겼다.

"오래오래 살아야지. 그럼 잔을 받겠소."

그리고 이 잔이 우타노스케한테 돌아갔을 때였다. 이시카와 아키는 우타노스케가 다 마시기를 기다렸다가, 우타노스케뿐만 아니라 그 자리에 모인 마츠다이라의 모든 중신들에게 의논하는 투로 입을 열었다.

"못 들었습니까, 내전의 소문을?"

"내전의 소문이라니…… 성주님의 술 말이오?"

아키는 조용히 고개를 저었다.

"새 여자 말이오."

"뭐, 성주님이 새 여자를…… 그럴 리가 없지. 마님을 카리야 성으로 보내신 뒤부터는 오히사 님한테도 가시지 않는다고 합디다. 로죠들까지도 그토록 마님을 생각하셨던가 하고 고개를 갸웃할 정도예요."

"그렇다면, 그게 원인일 겁니다."

"그것이라니?"

"술기운에 그러셨을 게요. 밤중에 목욕을 하시다가 하녀더러 오다이냐고……"

"뭐……뭐……뭐라구요?"

신파치로가 옆에서 끼여들었다.

"너는 가만히 있어."

형이 제지했다.

"그러면 하녀가 마님으로 보였단 말이오?"

"상당히 닮은 데가 있는 모양입니다. 그래서 술만 취하면 불러들여 목욕을 하신다더군요."

이시카와 아키가 여기까지 말했을 때였다.

"이 소문이 퍼지면 안 되니 일체 입밖에 내지 말도록 하시오, 입을 다물어요."

지금까지 눈을 감고 묵묵히 듣고만 있던 토리이 타다요시가 단호한 어조로 모두에게 말했다.

타케치요는 어느 틈에 토코노마床の間°의 장식물 곁으로 가서 장난감 말을 세우고 있었다.

5

사카이 우타노스케는 팔짱을 끼고 생각에 잠겼다.

아무리 흥망성쇠를 예측할 수 없는 난세라고는 하나 이것은 너무도 비참한 조짐이었다. 열네 살에 불과한 오다이를, 가문을 위한 일이라고, 억지로 히로타다를 설득하여 오카자키 성으로 맞아들이게 한 것은 우타노스케였다.

그때는 마츠다이라의 안전을 위해 더없이 필요한 혼사였으나, 열여섯 살의 히로타다는 그 정략결혼을 몹시 싫어했었다. 오다이 역시 마찬

가지였을 것이었다.

신부는 세태를 보는 눈도 체념도 남편보다 훨씬 더 앞서 있었다. 끈질긴 인내로 서서히 히로타다의 마음을 사로잡고, 드디어는 가신들의 신망까지 한 몸에 모았다.

두 사람 사이에서 타케치요가 태어났다. 그때 온 성안이 기뻐하던 일이 아직도 어제의 일처럼 우타노스케의 마음에 남아 있었다.

그러나 시대는 상하를 막론하고 총체적인 난세. 살아남기 위해 짝지어진 부부가 이번에는 살아남기 위해 생나무 쪼개지듯 갈라져나갔다. 오다이의 오빠 미즈노 노부모토가 오다 노부히데의 편에 가담했기 때문에, 이마가와 쪽이 두려워 오다이와 헤어지는 수밖에 도리가 없었다.

오다이는 남편과 자식에게 마음을 남기고 오카자키를 떠났다.

그날의 슬픔 역시 히로타다에 못지 않을 정도의 무상감無常感으로 우타노스케의 마음을 바짝 죄고 있었다.

히로타다가 오다이를 잊지 못한다는 것을 알기 때문에, 더욱더 단죠의 딸을 빨리 후실로 정하라고 권했다.

'그렇구나, 마님의 환상을……'

안타까운 심정은 또 있었다. 인정에 매달려 있을 시대냐고 꾸짖고 싶기도 했다. 그러면서도 가없은 생각이 밀물처럼 들이닥쳐 마음을 적셨다. 애꿎게 호족 집안에서 태어난 죄로 혼인도 이혼도 정략을 벗어나지 못하고, 이에 대한 불평이 점점 더 병든 몸을 괴롭히는 모양이었다.

술 —

이것도 어쩔 수 없었다.

여자 —

그것이 젊음을 발산하는 배출구라면, 우타노스케는 오히려 안도했을 터였다. 그러나 술에 빠진 신경이 기묘한 환상을 보게 하여, 하녀를 헤어진 아내로 착각하는 상황이라면 사태가 너무 심각했다. 무장의 그

롯이 아니었다. 아버지 키요야스와는 비교도 안 되었다. 하지만 그러한 성장과정을 통해 어릴 적부터 섬겨온 자기에게도 책임이 없다고는 할 수 없었다.

'그렇다, 간언을 해야 한다……'

이렇게 생각했을 때 이번에는 토리이 노인이 아주 조용한 어조로 이시카와 아키에게 말을 걸었다.

"그 소문은 어디서 들었소?"

"성주님 말을 관리하는 하인이 하녀에게서 들었다고 합니다."

"입막음은 했겠지요?"

"물론입니다."

"어쨌거나 그처럼 성주께서 실성하셨다니 예삿일이 아닙니다. 마사이에正家 님……"

자기 이름을 부르자 우타노스케는 가면과도 같은 타다요시의 얼굴에 눈길을 돌리고 조용히 다음 말을 기다렸다.

밖에서는 눈이 멎었는지 창이 약간 밝아졌다.

6

토리이 타다요시는 와타리渡里에 살기 때문에 히로타다와 가깝다고는 할 수 없었다.

히로타다 곁에서 정치 ── 그렇다고는 하나 아직 직책도 정해지지 않은 시대여서 중신들은 어른이라거나 영감이라고 불리고 있었다 ── 는 혼다 헤이하치로本多平八郎, 사카이 우타노스케, 이시카와 아키, 우에무라 신로쿠로植村新六郎, 아베 오쿠라 등 다섯 명이 맡아보고 있었다.

누대의 중신들 중에서도 원로인 타다요시의 말은 그들에게 가장 큰 영향력을 행사했다. 이름이 불린 것은 우타노스케 혼자였으나 일동의 눈길은 어느 틈에 타다요시에게로 집중되었다.

"흔히 있는 일이지요."

그러한 긴장을 의식한 타다요시는 우선 가볍게 말을 돌린 다음 할 이야기를 했다.

"저는 곧 와타리로 돌아가야겠소. 그러니 여러분이 노신들에게 잘 말씀 드려주시오. 타와라의 단죠 님 댁과 혼삿말도 나왔으니 말이오. 중요한 것은 그 여자의 사람됨이오. 그렇지 않소, 영감?"

"그렇습니다."

아베는 고개를 끄덕였다.

"우리 마츠다이라에는 결코 여기 모인 몇몇 사람들만 있는 것은 아니지 않소."

"바로 그 점입니다. 마사이에, 아시겠소?"

우타노스케는 고개를 끄덕였다.

과연 노인들은 조심스러웠다. 설마 그럴 리는 없다고 생각하지만, 어떤 세력의 어떤 손길이 성안까지 뻗칠지 알 수 없었다.

강할 때는 다툼이 없으나 약해지면 반드시 분규가 일어난다. 오다 파, 이마가와 파로 갈라진 것은 불가피한 일이라 하더라도, 때로는 그 약해진 틈을 이용하여 야심을 펴려는 자들마저 생기게 된다. 그렇게 되면, 본래의 마츠다이라 파 등의 세 파가 넷으로 나뉘어 망국의 소용돌이에 휩쓸리게 되는 위험은 예나 지금이나 다름이 없었다.

앞서는 종조부뻘인 마츠다이라 노부사다松平信定가 오다 편과 내통하였고, 지금은 또 숙부인 쿠란도 노부타카藏人信孝가 계속 히로타다에 대한 불평을 늘어놓고 있었다.

"성주님의 마음이 흐트러져 있다, 실성하셨다는 소문이라도 퍼지면 그야말로 큰일입니다."

"옳은 말씀입니다."

"게다가 또 한 가지 마음에 걸리는 것은 타케치요 님 신변이오."

타다요시는 토코노마에서 천진난만하게 놀고 있는 타케치요를 돌아보았다.

"어떻겠소, 마님이 계셨을 때처럼 본성 성주님 곁으로 모셔서 히사緋紗 님에게 양육을 부탁 드리면 말입니다. 아니, 지금 당장 그 대답을 듣겠다는 것은 아니오. 여러분들이 잘 상의해보십시오."

히사란 타케치요에게는 왕고모가 되는, 즉 선대인 키요야스의 누님이었다.

"타케치요 님을 둘째 성으로 옮겨모신 것은 존중하는 뜻에서지만, 실은 경솔한 처사라 할 수 있지 않겠소? 우리 성에서는…… 뭐니뭐니 해도 타케치요 님이 희망이니까 말이오."

"잘 의논해보겠습니다."

그 점에 대해서는 우타노스케도 같은 의견이었다. '적자嫡子'의 위엄을 세우기 위해 이곳으로 옮기기는 했으나, 바로 그 직후 은근히 후회하고 있었다. 이것 역시 마츠다이라가 강대했더라면 물론 하지 않아도 될 후회였다. 그러나 지금은 성안에도 안심할 수 없는 공기가 흐르고 있었다. 어느 것이나 모두…… 라는 생각이 들자 우타노스케는 다시 히로타다가 못마땅했다.

설마 그럴 리는 없을 것이라 생각하지만, 만일 타케치요를 돌보는 여자에게 적의 손길이 뻗쳐온다면 어떻게 할 것인가……

7

노신들이 타케치요의 방에서 물러난 것은 오시午時(오전 12시 무렵)

가 가까워서였다.

타케치요는 혼자 있게 된다는 것을 알고 오사다의 품에서 버둥거렸다. 가지 말라는 소리는 아직 하지 못했으나 두 팔을 내밀고 계속 부르고 있었다.

"하버지, 하버지 —"

그럴 때마다 일동은 타케치요를 돌아보고 손을 흔들었다. 생모와 이별하고 아버지와도 멀리 떨어져 있는 외로움이 어린것에게 마냥 사람을 그리워하게 했다. 오쿠보 형제는 모두 눈이 빨개져서 사람들에게 제대로 인사도 하지 못한 채 성문을 나와 산중으로 돌아갔다.

'그렇다, 타케치요 님을 본성으로 돌려보내야 한다……'

성안에 거처를 가진 우타노스케는 성문께까지 토리이 타다요시를 배웅하고 잠시 거기 서서 앞산을 바라보며 생각했다.

모두가 타케치요를 존중하고 타케치요를 중심으로 하여 살겠다는 것은 결국 히로타다의 무력함을 반영하는 것이었다.

헤어질 무렵 타다요시는 우타노스케만이 들을 수 있는 목소리로 웃으면서 말했다.

"타케치요 님은 우리 모두의 깃발이오."

사실 그의 말대로였다.

마츠다이라 일족은 오다이의 이혼과 히로타다의 상심으로 기치를 잃어가고 있었다. 그것을 강하게 하기 위해서는 타케치요라는 깃발을 히로타다 곁에 세우고, 오다이 못잖은 부인을 하루 속히 성에 맞아들여 본진을 강화하지 않으면 안 되었다.

우타노스케는 엷게 깔린 눈 속에서 가까이 보이는 산과 나무들을 바라보고 있는 동안 갑자기 생각이 바뀌었다.

이대로 집에 돌아갈 때가 아니었다. 혼자 되돌아가 성주를 만나야 한다고 마음먹었다. 형식적인 새해 인사가 아니라 내전에까지 들어가 히로타다와 같이 술을 마시고 같이 이야기해야 한다고 생각했다. 그렇게 하여 친밀감을 유지하면서 해야 할 일을 착착 진행시키는 것이 자기 임무라 여기고 고개를 끄덕이며 발길을 돌렸다.

도중에 여러 가신들을 만나 그들이 하는 인사에 꾸벅 머리를 숙이며 답했다.

"힘냅시다."

그러나 생각은 이미 거기에 있지 않았다.

눈은 어느새 멎었고, 내린 눈도 곧바로 녹아버렸다. 군데군데 '머위의 새순'이 검은 지면을 뚫고 힘차게 싹터올라 보는 이의 마음을 북돋아주듯 눈길을 끌었다.

"그렇다, 어서 봄을 맞이해야지……"

어쨌거나 측근에 있으면서 히로타다에게 여자가 생겼다는 것도 모르고 있었다니 여간 불찰이 아니었다.

"그 여자를 이리 부르십시오."

무릎을 맞대고 앉아 농담처럼 가볍게 말하고, 그 여자의 됨됨이와 집안 내력을 알아두었어야만 했다. 우타노스케는 다시 뚜벅뚜벅 정면의 현관을 향해 걷기 시작했다.

무사들은 깜짝 놀란 표정으로 그를 맞았다.

"성주님은 안에 계신가……"

큰 서원을 들여다보았으나 히로타다는 이미 거기 있지 않았다. 화로의 숯불이 하얀 재가 되어 하늘하늘 움직이고 있었다.

우타노스케는 곧장 내전으로 이어진 복도를 건너갔다.

일부러 크게 기침을 하면서 하녀들을 지휘하는 로죠 스가의 방 앞에 서서 고함지르듯 말했다.

"여봐라, 마사이에가 '도소주屠蘇酒°'에 취해, 목욕을 하고 싶어 찾아왔다고 성주님께 아뢰어라."

욕실 문답浴室問答

1

히로타다는 소문이 나돌고 있는 그 여자를 자기 방에 불러들여 허리를 주무르게 하고 있었다. 방에 들어오기가 무섭게 단숨에 들이켠 술이 겨우 기침을 가라앉게 하고, 후끈후끈하게 가슴에서부터 허리로 퍼져나갔다.

눈을 사르르 감고 깜빡깜빡 졸고 있으려니, 피부에 와닿는 부드러운 손놀림이 또다시 오다이를 떠올리게 했다.

얼마 안 되는 세월이었지만 오다이는 이미 히로타다에게는 육체의 일부가 되어 있었다. 헤어진 다음에야 그것을 분명히 깨닫게 되었다. 한 팔이 잘려나간 것이 아니라 '폐부'의 어딘가가 빠져나가버린 느낌이었다.

"오다이 —"

중얼거리는데, 어느 틈에 가슴이 뜨거워지면서 눈에 이슬이 맺혔다. 가신들은 이러한 자신을 결단력이 없다고 비난한다. 그러나 비난을 받을수록 도리어 환영은 더욱 짙어졌다.

'인정도 모르는 것들……'

사나이가 아무리 많은 여자와 접촉하더라도 '아내'는 결국 한 사람 뿐. 나는 그 한 사람을 만났다가 쫓아버리고 말았다……

소실은 따로 한 사람 있었다. 일족인 마츠다이라 노리마사의 딸 오히사. 오히사에게는 타케치요의 이복형 칸로쿠와, 타케치요와 같은 날 태어나 타케치요의 운을 가로막지 않도록 기저귀를 찬 채 출가시킨 케이신 등 두 아들이 있었다. 그러나 오다이가 떠나자 히로타다는 오히사를 찾아갈 마음이 나지 않았다.

어쩐지 오다이에게 미안한 생각이 들었다.

고독을 견디고 있는 것은 자기 혼자만은 아니었다. 어디선가 오다이도…… 이런 생각을 하면서 오다이 이상으로 깊은 고독에 빠져들었고, 그리고는 이 비탄을 극복하지 않으면 안 된다고 생각했다. 그렇게 하지 않으면 구원받을 길이 없었다.

'잊기를 바라는 것은 비겁한 일이다……'

인간의 깊이는 무슨 일에건 언제나 정면으로 대결하여 회피하지 않는 데서 생겨나는 것. 그런데도 중신들은 그것을 알지 못했다.

'이미 히로타다는 그대들의 꼭두각시가 아니다.'

이런 심정에서 그만 술을 과음하게 되었고, 그것이 오하루ぉ春에게 손을 대는 원인이 되었다.

지난해 12월 26일이었다.

타케치요의 생일을 축하하기 위해 스가를 상대로 잔을 거듭했고, 그날도 화제는 오다이에 대한 것이 거의 전부였다.

추위가 유난히 심해 자리에 들기 전에 목욕을 하기로 했다. 밖에는 젖과 같은 안개가 자욱하게 피어오르고 있었는데, 욕실은 그 이상으로 하얀 김이 가득 차 있었다.

이런 날 밤 오다이는 도대체 무엇을 하고 있을까…… 욕실의 하얀 김

속에 나신을 드러내고 문득 이런 생각을 하는데, 김 속에 희미하게 오다이가 떠올랐다.

"때를 밀어드리겠어요."

"뭐라구!"

히로타다는 정신없이 여자의 손목을 잡았다. 여자는 벌벌 떨었다. 그 떨림은 카리야에서 시집온 날 밤의, 오다이의 떨림과 같았다.

"오다이, 오다이가 맞지?"

"아닙니다, 오하루라고 합니다."

"아니야, 오다이야."

"죄송합니다. 오하루…… 오하루입니다."

"또 그런 소리를 하는군. 오다이라고 하는데도!"

오하루에게 허리를 주무르게 하면서 그때의 일을 다시 뇌리에 떠올리고 있을 때였다.

"성주님은 어디 계시느냐? 마사이에가 목욕하러 왔다고……"

우타노스케의 목소리가 복도의 정적을 깨뜨리고 들려왔다.

2

히로타다는 오하루의 손을 가만히 누르고 귀를 기울였다. 아마 우타노스케가 로죠 스가를 찾고 있는 모양이었다. 스가가 어느 방에선가 허둥지둥 달려나왔다.

두 사람이 무슨 말을 하는지 그 소리는 들리지 않았다.

"거실에 계시다면 안내는 필요없다. 군신의 수어지교水魚之交는 우리 오카자키의 오랜 관습이야."

우타노스케의 목소리가 점점 가까워졌다.

"아뢰옵니다, 사카이 우타노스케 님……"

스가가 성주의 방과 이어진 작은 방으로 우타노스케를 안내했을 때 히로타다는 양미간에 잔뜩 주름을 잡고, 밖에까지 들리는 소리로 대답했다.

"상관없으니 들어오라고 일러라. 군신의 수어지교는 오카자키의 관습이니……"

그리고 얼른 손을 떼고 물러가려는 오하루를 돌아보며 꾸짖었다.

"괜찮아, 계속 주물러."

우타노스케는 빙그레 웃고 스가를 따라 들어와 천천히 앉으면서 절을 했다.

"목욕을 하고 싶다고 했소?"

"예, 도소주를 너무 많이 마셔서…… 이런 때는 목욕을 하면 좋다고들 해서요……"

"누가 그러던가요?"

"예, 이시카와 아키가 말했습니다. 아키는 또 말을 돌보는 시동한테서 들었다고 합니다."

히로타다는 고개를 꼬고 쓴웃음을 떠올렸다.

"그 욕실은 지금 내가 쓰고 있는 중이오."

"과연 훌륭한 욕실입니다."

우타노스케도 지지 않았다. 그는 똑바로 오하루를 응시하고 옆모습, 어깨, 허리, 무릎을 훑어보았다.

과연 키도 체구도 오다이를 닮았다. 잔뜩 겁을 먹고 눈을 내리깔았기 때문에 눈매는 보이지 않았으나 부드러운 살결, 둥그스레한 목덜미 등 무언가 자극적이었다.

우타노스케는 곁에서 안절부절못하는 로죠 스가를 돌아보고, 턱으로 여자를 가리켰다.

"이름은 뭐라고 하는가?"

"예, 오하루라고 합니다."

"출신은?"

"카모고리賀茂郡의 히로세廣瀨 출신입니다. 이와마츠 하치야岩松八彌의 친척입니다."

"뭐, 하치야의 친척이라고……?"

이와마츠 하치야는 현재 토사무라이遠侍°로, 오늘도 무사 대기실에서 바위 같은 어깨를 떡 벌리고 임무를 수행하고 있었다. 지난번 아즈키자카 전투에서 한쪽 눈을 잃어, 그 후부터는 '애꾸눈 하치야'라고 불렸다.

"음, 그 애꾸눈의 친척이군……"

우타노스케는 다시 한 번 오하루를 자세히 훑어보고 나서 스가에게 눈길을 돌렸다.

"스가, 그대의 임무는 무엇이었지?"

"예, 내전의 하녀들을 단속하는 일입니다."

"음, 단속이 임무라면, 그대는 장님인가? 눈은 잘 보이는가?"

"예…… 예."

"내 눈에는 오하루, 이미 성주님의 손이 닿은 것으로 보이는데 그대에겐 그렇게 보이지 않나?"

"예…… 예, 그런데……"

"그렇게 보였다면 어째서 조치를 취하지 않았는가? 그냥 하녀로 둔다면 성주님께 죄송스러운 일이 아닌가?"

엄한 목소리로 꾸짖는데, 참다못한 듯 히로타다가 일어나 앉으며 말했다.

"쓸데없는 소릴 하는군, 마사이에. 나는 아직 그 여자를 첩으로 삼지 않았소."

44

3

히로타다가 일어나 앉자 우타노스케는 그의 눈을 뚫어지게 바라보았다.

"성주님답지 않은 말씀입니다. 시중을 들라고 분부하셨는데 그대로 둔다면 이 우타노스케가 중신들을 볼 낯이 없습니다."

"그렇다면 보지 않으면 되지 않소?"

"보아야 하기 때문에 규칙을 만드는 것입니다. 그리고 성주님의 지금 그 말씀은 너무 경솔하시다고 생각합니다."

"또 불평이오, 아니면 꾸짖는 것이오?"

"하하하."

우타노스케는 활달하게 웃었다.

"정초부터 기분 나쁘게 해드릴 순 없지. 그렇지 않은가, 스가?"

"예…… 예."

"그대의 실수는 내가 성주님께 잘 말씀 드리기로 하지. 성주님은 지금 너무 외로우셔. 성주님, 술을 좀 주셨으면 좋겠습니다."

히로타다는 대들 듯이 우타노스케를 노려보았다.

"술을 가져오너라."

그리고는 힘없는 소리로 말했다.

"나도 마시고 싶었소."

오하루라 불린 하녀는 다시 머뭇머뭇 히로타다를 쳐다보고 우타노스케의 눈치를 살폈다.

우타노스케는 그 거동을 못마땅한 듯 가만히 지켜보았다. 카모고리히로세 출신이라는 것이 자꾸만 마음에 걸렸다. 카모고리 '성채'는 사쿠마佐久間 일족 쿠로에몬 타케타카九郞右衛門全孝가 차지하고 있었다. 설마 그럴 리는 없겠지만, 거기까지 오다의 손이 미치지 않았다고 단정할 수도 없었다. 물론 애꾸눈 하치야가 친척이라면 그런 걱정은 없을 테지만……

"잠깐."

우타노스케가 다시 말했다.

"애꾸눈의 친척이라고 했지, 어떤 친척인가?"

"예, 사촌여동생입니다."

옆에서 스가가 대답했다.

"사촌이라…… 좋아, 그럼 그 여자에게 계속 시중을 들게 하라."

히로타다는 우타노스케의 지시를 '바보'처럼 멍청히 듣고 있었다. 이성理性으로는 그들의 우려를 알고 있으면서도 감정적으로는 못 견딜 정도로 불쾌했다. 무슨 말만 하면 아버지 키요야스의 이름을 들먹이며 압박해오고는 했다. 반발과 체념으로 피로가 쌓인 침묵이었다.

여자들이 나간 뒤 우타노스케는 나직한 소리로 불렀다.

"성주님!"

그리고는 무릎걸음으로 다가갔다.

"이것은 중신들 모두의 의견입니다. 타케치요 님을 본성으로 데려올 수 있게 허락해주십시오."

"어째서? 나 한 사람으로는 마음이 놓이지 않는다는 말이오?"

"비아냥거리지 마십시오. 혹시 다른 마음을 가진 자가 나타나 타케치요 님에게 만일의 일이라도 생기면……"

"그것이 중신들의 뜻이라면."

우타노스케는 혀를 찰 뻔하다가 간신히 입술을 깨물었다.

너무 고생을 해서 그런지도 몰랐다. 선이 가는 사람이라 성질이 비뚤어져 언제부터인지 모르게 그런 말이 나오기 시작했다.

키요야스 시대에는 없던 일…… 이렇게 말하려다 그것도 참았다.

"타케치요 님과 마님이 함께 계셔서 성주님 주변이 활기에 넘치는 것이 좋지 않겠습니까?"

"그렇다면 이것은 타케치요의 성이란 말이오? 아버님에게서 타케치요에게로…… 나는 필요가 없군."

우타노스케는 어깨를 떡 폈다.

"성주님!"

저도 모르게 히로타다를 노려보았다.

4

"성주님의 말씀, 무장으로서는 있을 수 없는 일인 줄 생각합니다."

"나도 무장이란 말이오? 그대들은 나를 무장으로 인정하시오?"

"점점 더 뜻밖의 말씀을 하시는군요. 이 난세를 살아남으려는 마츠다이라의 우두머리가 무인武人의 뜻을 버리셨다는 말씀입니까?"

"소실 하나에 이르기까지 일일이 간섭받는 나는 그대들의 꼭두각시에 불과하지 않소?"

우타노스케는 울고 싶은 심정이었다. 농담이라 할지라도 그런 말은 삼가주었으면 싶었다. 그렇지 않아도 성안에서는 모두 이 성주에게 불만을 품고 있었다.

"마님이 곁에서 빛을 비쳐주고 계셨던 거야."

오다이가 떠난 뒤부터, 어느 틈에 이런 소문이 퍼지고 있었다. 그것은 모두 이 젊은 성주가 고지식한 탓이라고 중신들은 부인하고 있으나, 성주는 점점 더 빗나가고 있었다.

"성주님……"

우타노스케의 어깨가 한숨으로 크게 흔들렸다.

"저희들의 우려가 성주님께는 그토록 야속하게 들리십니까?"

"고맙게 들릴 뿐이오."

"조금 전의 그 여자…… 그 여자 역시 신분이 중요하다고 하는 것은 심상치 않은 공기가 흐르고 있기 때문입니다."

"알고 있소."

히로타다는 손을 내저었다.

"그대들의 충성심은 알고 있으나, 나는 내 자신이 살아 있는지 어떤 지를 시험해보았을 뿐이오."

"무슨 말씀인지……"

"오히사도, 오다이도 모두 그대들에게 강요받은 여자였소. 그리고 이번에는 또 토다 단죠의 딸을 나에게 강요하려 하고 있지 않소? 그래 서 시험해본 것뿐이오."

"목욕 시중을 드는 그 여자를 말씀입니까?"

"그렇지만 내가 이 손으로 직접 택한 최초의 여자요. 나에게 가장 잘 어울릴 것 같소."

여기까지 말하고 히로타다는 갑자기 눈을 빛냈다.

"마사이에, 이리 가까이 오시오."

그리고는 목소리를 낮추었다.

"그대의 눈에는 내가 '바보'로 보이시오?"

"예?"

"그렇게 보였더라도 상관없소. 나는 잠시 일족의 마음을 탐색해보고 있는 거요."

우타노스케는 숨을 꾹 죽이고 히로타다를 가만히 지켜보았다. 사실 같기도 하고 궁지에 몰린 나머지 뱉어낸 핑계 같기도 했다.

"성주님께서는 일족 중에서 어느 분을 의심하고 계십니까?"

"숙부 쿠란도."

"……노부타카 님이."

"그리고 은퇴한 증조부도."

"예?"

"타케치요의 할머니인 여승도, 그대의 본가인 쇼겐將監°도 마음을 놓을 수가 없소."

우타노스케는 또다시 입술을 깨물었다.

"어떻소, 그대의 생각과 일치하오?"

"황송하지만…… 일치한다고…… 만은 할 수 없습니다."

"아니란 말이오?"

"성주님! 그런 의심을 품으시면 가까이하려는 사람까지 적으로 돌리게 된다고는 생각지 않으십니까?"

"알겠소, 그 이야기는 더 이상 하지 맙시다. 나는 말이오, 목욕 시중을 드는 여자에게 빠진 것처럼 위장하고 역심逆心을 품은 자들을 낱낱이 가려내 보이겠소."

이때 하녀들이 스가를 앞세우고 술상을 들고 왔다. 그 뒤를 오하루도 따라왔다.

"오하루, 이리 오너라."

히로타다는 여자들 중에서 그 여자를 가까이 불렀다.

5

우타노스케는 술자리가 마련되고 몇 순배 잔이 돌았는데도 여전히 히로타다에게서 눈을 떼지 않았다. 타케치요를 본성으로 데려오는 것도, 토다 단죠의 딸과의 혼사도 히로타다는 별로 반대하지 않았다. 그런데도 무언가 마음에 걸리는 것이 있었다. 오다이가 있을 때는 찾아볼 수 없던 이상한 고집이 요즘 부쩍 눈에 띄었다.

오하루라는 여자만 해도, 생각하는 바가 있어서 가까이하는 것으로는 생각되지 않았다. 오다이를 잊지 못하는 고독 때문임이 분명한데도 뜻밖의 말을 했다. 숙부 쿠란도 노부타카를 경계하는 데에는 이유가 있었으나, 같은 성에 사는 아흔 살에 가까운 증조부나 타케치요의 할머니이자, 오다이의 생모 케요인까지 의심한다는 것은 서글픈 일이었다.

어쩌면 심신쇠약이 의심에 의심을 낳아, 결국에는 누구랄 것 없이 가신들을 모두 의심하게 되는 징후로 나타나는 건 아닐까?

히로타다는 자리에서 몸을 앞으로 내밀어 오하루를 껴안았다. 오하루는 동석한 사람들을 의식하며 어깨를 축 늘어뜨린 채 떨고 있었다.

"자, 네 손으로 한 잔 따라라. 마사이에, 그대도 술을 드시오."

우타노스케는 가볍게 절을 하고 부자연스러운 히로타다의 모습으로부터 시선을 돌렸다. 술자리에 익숙한 듯 다른 여자들의 동작은 나긋나긋했으나, 히로타다 자신은 우타노스케를 의식해서 그런지 어색하기만 했다.

"오늘부터 너는 내 곁에서 자도록 하여라. 마사이에가 허락했다. 알겠나, 모두들?"

우타노스케는 스가가 따른 잔을 받아 마시면서 생각했다.

'역시 오늘은 오지 않는 것인데 그랬구나……'

병 때문인 듯했다. 무슨 일에서나 심한 압박을 느끼는 모양이었다. 그 압박이 반발이 되어 튀지 않으면 좋으련만 때로 차마 귀로 들을 수 없는 도전적인 말을 하기도 했다. 토다 단죠의 딸과의 혼사나 타케치요의 일도 자기 의사는 아니라고 하면서, 창백한 얼굴에 짓궂은 미소를 짓고는 오하루를 더욱 꼭 끌어안았다.

"마사이에, 잘 부탁하오."

깊은 생각이 있어 한 일이라고 우타노스케의 간언을 봉쇄하고는 무척 자랑스러워하는 것처럼 보였다.

해가 지기 전에 우타노스케는 암담한 심정으로 히로타다의 거실을 나왔다.

'이대로는 둘 수 없다!'

그러나 정초부터 더 이상 감정의 알력을 가져오게 해서는 안 된다고 자제했다.

하카마袴° 주름을 바로잡으며 옆방에서 다시 그 옆방을 지나 마루로 나왔을 때였다. 그곳에 자세를 바로 하고 단정히 앉아 있는 이와마츠 하치야의 모습에 정신이 번쩍 들었다.

하치야는 바위 같은 어깨를 떡 펴고, 방 쪽에 등을 돌린 자세로 병풍처럼 앉아 있었다. 곁에는 작은 칼이 놓여 있고, 어떤 괴한도 근접시키지 않겠다는 기개가 감도는 외눈이 번쩍이고 있었다.

"하치야로군."

"예."

"날씨가 몹시 찬데도 계속 여기 앉아 있는 건가?"

"제 임무입니다."

우타노스케가 자리를 뜨고 난 뒤 거실에서 들리는 떠들썩한 소리가 복도까지 흘러나왔다. 우타노스케는 조용히 하치야 곁에 한쪽 무릎을 짚고 서서, 나직이 불렀다.

"하치야……"

6

"오하루가 자네 사촌여동생인가?"

"예."

"성주님께서는 기분이 울적하신 것 같아. 지금까지는 내전을 훌륭히

다스린 성주님이셨는데……"

"그 말씀은 오하루를 없애라는 뜻입니까?"

우타노스케는 깜짝 놀라 하치야의 애꾸눈을 다시 바라보았다. 반짝 반짝 기름을 부은 듯이 빛나는 한쪽 눈에 분명 이슬이 내비쳤다.

"그렇다면 어떻게 할 텐가?"

"언제라도."

대답하고는 굵은 눈물을 무릎에 뚝 떨어뜨렸다. 오하루에게는 잘못이 없었다. 그 눈물은 성주의 행위가 초래한 것이라고 우타노스케에게 호소하고 있는 듯했다.

"하치야."

"예."

"친척이라면, 생각하는 것이, 하고 싶은 말이 있을 테지?"

"없습니다. 그래서는 충성이 되지 않습니다."

"말은 그렇게 하지만 자네 눈엔 성주님의 잘못이라고 씌어 있어."

"당치도 않습니다! 말씀이 너무 지나치십니다."

"하치야, 나는 자네를 책망하고 있는 것이 아닐세. 그것이 자연스러운 인정이지만 원망은 말게. 성주님이 너무 가엾단 말일세. 언제까지나 떠나가신 마님을 잊지 못하고 계시네."

하치야는 고개를 숙이는 대신 점점 더 어깨를 치켜들고, 보이지 않는 눈에서도 뚝뚝 눈물을 떨어뜨렸다.

"나는 자세한 사정을 알지 못하는데, 욕실에서의 소문은 사실인가?"

하치야는 대답 대신 외눈을 흘끗 우타노스케에게로 돌렸다.

"그날 밤의 숙직은 자네였나?"

하치야는 가만히 고개를 끄덕였다.

"처치할 날을 지시해주십시오."

"자네 친척이니 그럴 수는 없지. 우매한 성주가 아니시니 언젠가는

스스로 깨달으실 것일세. 스가에게 명령하여 오하루를 잠자리에 들게
할 테니, 욕실에서의 일은 절대로 밖에 소문이 나지 않도록 주의하게."

하치야는 조용히 우타노스케를 쳐다보면서 줄줄 눈물을 흘렸다.

이 무뚝뚝한 자가 그토록 오하루를 사랑하고 있었다니. 그날 밤 히로
타다의 행동이 무척이나 비위에 거슬렸을 것이 분명했다. 우타노스케
는 이런 생각을 하다가 갑자기 불안을 느꼈다.

"오하루는 아직 성주님 앞에서 겁을 먹고 있는데, 자네는 무슨 짐작
이라도 가는 일이 없는가?"

"있습니다."

"말해보게. 앞으로 많은 참고가 될 테니."

이 말에 하치야는 고개를 푹 떨구었다.

"오하루에게는 남편으로 정해진 약혼자가 있습니다."

"아니, 약혼자가……? 이제 알겠네. 자네 친구인가?"

하치야는 고개를 가로저었다.

"그럼 누군가? 어떤 사람인가, 어서 말해보게."

"예…… 바로 이……이와마츠 하치야…… 접니다."

"뭐, 자네라고……?"

주위가 어두워지고, 한기가 다시 싸늘하게 살갗에 스며들었다.

7

"그랬었군, 자네였군……"

우타노스케는 다시 한 번 나직이 신음했다. 잠시 자신이 해야 할 말
을 찾았다. 무언가 눈에 보이지 않는 불길한 실이 타케치요의 생모 오
다이가 떠나고 난 성안에 팽팽하게 쳐진 듯해 등골이 오싹해졌다.

한낱 목욕 시중이나 드는 여자 따위가 히로타다의 눈에 띄리라는 생각을 하치야는 꿈에도 하지 않았을 것이다. 오히려 우직하기 그지없는 그가 목숨 걸고 지키려는 히로타다의 안전을, 목욕탕 밖에서 자기 아내가 될 여자로부터도 확실하게 보호하겠다는 충성심에서 지켜봤을 것이다. 그런데 약혼한 여자가 히로타다의 마음을 사로잡은 채 떠난 오다이를 닮았을 줄이야……

하치야의 눈물도 이제는 이해되었다. 오하루를 빼앗긴 외로움만은 아니었을 것이다. 이 사나이의 마음에는, 연줄을 통해 출세를 노린다고 비난할 세상 소문에 대한 두려움도 있었을 것이 분명했다.

"그런가, 자네 약혼자였었군. 그런데…… 성주님은 이 사실을 알고 계신가?"

"모르시겠지요. 아시기 전에 고모와는 인연을 끊어두었습니다."

"모두가 내 잘못 때문일세. 하치야, 용서해주게."

하치야는 다시 의연하게 자세를 고치고 한 일자로 입을 꾹 다물었다. 마음속에서 일어나는 격렬한 싸움 때문인지 이마에 땀방울이 맺혀 있었다.

상대가 우직한 사나이라는 것이 우타노스케로서는 더욱 견딜 수 없었다. 어지러울 대로 어지러워진 난세라 유례가 없는 일은 아니었다.

숙적의 성을 공략하면 미녀 또한 하나의 노획물이 되었다. 그렇다고 해서 여자를 사이에 두고 가신들과 다투는 대장은 아직 마츠다이라 일족 중에는 없었다. 그런데 이 과오를 히로타다에게 범하게 하고 말았다. 더구나 그것을 히로타다는 아직 모르고 있었다. 마음 약한 히로타다가 그 사실을 알게 되면 얼마나 괴로워할지 그것이 여간 걱정되지 않았다.

"부탁이 있는데, 이 일을 성주님께는 비밀로 해줄 수 있겠나?"

"걱정하실 것 없습니다. 이 하치야는 이미 이 일에 대해서는 까맣게 잊고 있습니다."

"잊기 어려운 일이겠지. 하나 상대는 모르고 한 일일세. 아무튼 내가 자네 배필을 주선하겠네, 깨끗이 잊도록 하게."

"이미 스고의 강물에 씻어버렸습니다."

"고맙네. 작은 허물도 크게 보이는 것이 지금의 오카자키. 참아주게, 부탁일세."

말하는 동안 우타노스케는 그만 울음이 터질 것 같아 얼른 그 자리를 떴다.

거실에서 나던 떠들썩한 소리가 요란한 웃음소리로 변해 밖으로 흘러나왔다. 그런 흐름 속에 가만히 앉아, 성주에게 빼앗긴 자기 여자가 차츰 정을 더해가는 모습을 마음속으로 바라보는 괴로움을 다른 사람들이 어떻게 알 수 있으랴. 외곬인 사나이니만큼 여자에게도 한결같은 정을 기울였을 것이 틀림없다.

우타노스케는 큰 복도로 통하는 모퉁이에서 다시 한 번 조용히 돌아보았다. 저물어가는 복도에 우람한 바위가 하나 놓여 있는 것처럼 하치야가 조용히 앉아 있었다. 그 외눈만이 살아 있는 짐승처럼 젖은 채 빛나고 있었다.

"용서해주게."

우타노스케는 가만히 고개를 숙이고 복도를 꺾어 들어갔다. 이미 성 안에는 사람의 그림자라고는 거의 없고, 여기저기서 등불이 켜지기 시작했다. 하늘은 이제야 겨우 구름을 떨쳐버리고 숨을 토해내듯 하얗게 보였다.

옛남편을 그리며

1

오다이는 그날 밤도 꿈을 꾸었다. 히로타다와 타케치요가 거친 파도가 이는 바다에서 도움을 청하는 꿈이었다. 눈을 뜨자 이미 창에는 햇빛이 비치고, 두 젖가슴 사이의 골짜기에 땀방울이 맺혀 있었다. 오다이는 잠시 숨을 죽이고 천장을 바라보았다.

만조인 듯 돌축대에 밀려와 부딪치는 파도소리가 베개 밑에서 들려왔다.

열네 살이 될 때까지 오다이가 자란 카리야 성안의 시오미汐見 전각한 모퉁이였다. 솔바람도 파도소리도 옛날 그대로였으나, 성안의 분위기는 오다이가 오카자키 성에서 맞았던 변화에 못지 않았다. 아버지 미즈노 우에몬다이부 타다마사는 이미 세상을 떠났고, 아버지의 측근도 모두 성을 떠나고 없었다.

배다른 오빠 노부모토는 생전의 아버지를 떠올리게 하는 모든 것을 지우기라도 하듯 개혁과 개조를 단행했다. 때때로 쿄토京都에서 찾아오는 렌가連歌° 소리꾼에 취미를 붙여, 그 자신의 거실도 큰 서원도 낮선 성을 찾아온 듯한 느낌을 줄 만큼 면모를 새롭게 하고 있었다. 사이가 좋았던 친오빠인 노부치카도 없었고, 단 하나뿐인 하녀와도 아직은 깊은 정이 들지 않았다. 그래서 생각은 한층 더 오카자키를 떠나지 못했다. 눈을 감으면 타케치요의 얼굴이 보이고, 잠자리에 들면 히로타다의 목소리가 들렸다.

오다이는 일어났다. 손뼉을 쳐서 하녀에게 세숫물을 가져오게 하여 묵묵히 아침 단장을 하기 시작했다. 젖가슴 사이의 땀을 닦고 양치질을 한 다음 머리를 빗고 나서 여느 때처럼 직접 창을 열었다.

친정에 돌아왔다기보다 먼 섬에 유배당한 것과도 같은 슬픈 이별 후의 생활. 그녀는 판에 박은 듯한 나날을 보내고 있었다. 이미 습관이 된 듯 오카자키가 있는 쪽의 아침 하늘을 향해 합장했다.

처음에는 타케치요와 히로타다의 평안과 무사함을 눈에 보이지 않는 신불에게 기원할 생각이었던 것이, 언제부터인지 헤어진 남편과 자식에게 직접 손을 모으는 애절함으로 변해 있었다. 여성에게는 기도해야 할 신불이 따로 있는 것이 아니라는 생각이 들었다. 남편과 자식이 바로 신이고 부처님이었다.

"타케치요도 지금쯤은 일어났겠지."

마음속으로 중얼거리다가 문득 미소를 떠올렸다. 새삼스레 합장을 하지 않더라도 마음에서 사라진 적이 없는 아들. 그 자식이 있기 때문에 살아갈 힘을 얻고 있는 오다이.

"정말, 아기야말로 구원의 부처님……"

기도는 언제나 길었다. 바다가 붉은 빛을 띠기 시작하고, 가까이 있는 나무에 새들의 지저귐소리가 옮아올 때까지 계속 기도를 드렸다.

"드릴 말씀이 있습니다."

기도가 끝나기를 기다렸다가 하녀가 말을 건넸다. 오다이와 같은 열일곱 살인 시노信乃는 아시가루足輕°의 딸이었다.

"스기야마 모토로쿠杉山元六 님이 급히 뵙겠다고 성문 밖에 와 계십
니다."

"아아."

오다이는 저도 모르게 소리를 내며 돌아보았다.

"어서 모셔라. 나도 부탁할 일이 있었다."

시노는 아직도 피지 않은 꽃망울의 딱딱함을 온몸에 지닌 무표정한
동작으로, 잠시 후 서른 남짓한 한 무사를 데리고 왔다.

"이른 아침이지만 긴히 드릴 말씀이 있어서."

스기야마 모토로쿠는 이 성안에서 외톨이가 되었다 해도 과언이 아
닌, 아버지가 아끼던 총신의 아들로 겨우 오빠 밑에서 일하게 된 중신
의 한 사람이었다.

2

스기야마 모토로쿠가 오다이와 마주앉자 시노는 곧 물러갔다.

기다렸다는 듯이 오다이는 모토로쿠에게 눈길을 보냈다.

"오카자키에서 무슨 소식이라도 왔나요?"

"예, 사카이 우타노스케 님으로부터 도련님이 무사히 해를 넘기셨다
는 소식이 왔습니다."

"반가운 소식이군요. 마음이 피로해서 그런지 꿈자리가 좋지 못해
걱정하고 있었어요."

"마님 ―"

"예."

"오늘 아침에는 성주님을 모시고 마장에 다녀왔습니다마는……"

모토로쿠는 이렇게 말하고, 수심을 띠고 있으면서도 나날이 아름다

움을 더해가는 오다이의 모습에서 눈길을 돌렸다.

"저더러 마님의 재혼을 권하고 오라는 말씀을 하셨습니다."

오다이는 미소를 떠올렸을 뿐 대답하지 않았다.

"성주님 말씀으로는 오카자키보다 늦어지면 마님이 불쌍하시다고……"

"오카자키보다 늦어지다니요……?"

"예, 오카자키에서는 타와라의 토다 단죠의 따님을 새 마님으로 정했다고 합니다."

"아니, 타와라의……"

오다이의 얼굴이 긴장되었다.

"그렇군요, 타와라의……"

각오는 하고 있었으나 가슴에 찡하고 뜨거운 것이 치밀어올랐다.

현실적으로 볼 때는 헤어진 남편. 질투가 있을 리 없는데도 이렇게 가슴이 아픈 것은 어째서일까? 타케치요가 어머니라 부르게 될 여자에 대한 질투 때문일까, 아니면 미련 때문일까?

그 심정을 잘 아는 스기야마 모토로쿠는 여전히 밝은 창에서 눈을 떼지 않은 채 말했다.

"남녀간의 일은 성주님께서 잘 안다고 하셨습니다. 이번 경우처럼 이혼한 뒤에는 먼저 가는 쪽이 이기는 것, 뒤에 남으면 가엾으니 네가 가서 권하고 오라고……"

"……"

"어떻습니까, 마님. 이제 그러한 생각을 가져보시는 것이?"

"모토로쿠 ―"

"예."

"잠시만…… 잠시만 더 이대로 있게 해주세요."

"마님은 간단하게 말씀하시지만, 그것은 성주님의 뜻을 모르고 하시는 말씀입니다. 성주님은……"

말하다 말고 모토로쿠는 조심스럽게 주위를 돌아보았다.

"일단 마음이 결정되면 옳고 그름의 분별을 잃는 분이시라."

오다이는 그것도 잘 알고 있었다. 히로타다가 이마가와를 두려워하여 오다이와의 이혼을 받아들였을 때 오빠 노부모토는 불같이 노하여 오카자키에서 오다이를 호위해오는 사람을 모조리 죽여 없애려고 대기하고 있었다. 오다이는 그러한 낌새를 알아차리고 야하기가와를 건너기가 무섭게 곧 배웅나온 사람들을 오카자키로 돌려보내 무사할 수 있었는데, 그런 무서운 성격을 가진 오빠이므로 방심하지 말라는 뜻인 모양이었다.

"마님은 아직 모르고 계십니다."

모토로쿠는 다시 무겁게 목소리를 낮추었다.

"얘기가 나오고 있는 곳은 두 군데입니다. 하나는 히로세의 사쿠마 님, 또 하나는 아구이阿古居의 히사마츠久松 님. 어느 쪽이든 선택하지 않으시면 마님의 생명이 위태롭습니다. 성주님은 워낙 고집이 강하신 분이라 혈육이라 해도 용서하지 않을 것입니다."

3

오다이는 당황하며 모토로쿠의 말을 끊었다.

"그런 말이 혹시 오빠의 귀에 들어가기라도 하면 어떻게 하겠어요?"

모토로쿠는 그 말에는 대답하지 않고 무릎걸음으로 다가와 한층 더 소리를 낮추었다.

"마님은 토쿠로藤九郎 님의 마지막 소문을 듣지 못하셨습니까?"

토쿠로란 오다이가 마츠다이라 집안으로 출가한 지 얼마 되지 않아,

성밖 쿠마무라熊村에 사는 타케노우치 나미타로竹之內波太郎의 여동생을 만나러 다니다가 오다 쪽 자객에게 쓰러진 성주 노부모토의 동생, 즉 오다이의 친오빠인 노부치카信近였다.

오다이는 물론 그 소문을 듣고 있었다. 성주의 아들로 태어나 성밖에 여자를 둔다는 것만으로도 예사로운 일이 아닌데, 그 때문에 결국 목숨까지 잃었다는 소문은 이미 오카자키까지 퍼져 있었다.

"실은 노부치카 님이 살아 계시다는 소문이 나돌고 있습니다."

"아니, 둘째오빠가 살아 계시다고요?"

"예, 그래서 성주님의 가혹한 처사도 알려지게 되었습니다…… 마님, 토쿠로 님은 성주님의 뜻을 거역했기 때문에 무고한 누명을 쓰고 성에도 돌아오지 못하고 여기저기 방황하고 계시는 중이라고 합니다."

"그것이…… 그것이 정말입니까?"

모토로쿠는 크게 고개를 끄덕였다.

"그러므로 마님도 성주님을 거역하시면 안 됩니다."

"……"

"사쿠마 님이냐 아니면 히사마츠 님이냐, 어쨌든 마음을 정하셔야 할 때가 왔습니다."

오다이는 숨을 죽이고 모토로쿠를 바라보았다. 둘째오빠 노부치카가 형에게 거역하다가 누명을 쓰게 되었다니……

"토쿠로 님은……"

모토로쿠는 다시 무표정한 표정으로 돌아와 말을 이었다.

"성주님이 오다 쪽에 가담하려는 것을 반대하셨답니다. 그 반대를 봉쇄하기 위해 성주님은 자신이 다니시던 쿠마의 집을 이용해 나미타로 님의 여동생 오쿠니와 함께 노부치카 님을 부정한 사람이라는 오명을 씌워 살해하려 하셨습니다…… 노부치카 님도 병법에는 남다른 분이라 살해당한 것처럼 위장하고 간신히 위험을 모면하셨다고 합니다.

성주님은 일단 마음이 결정되면 결코 수단을 가리지 않습니다."

바로 그때였다.

"거기 모토로쿠 있는가, 모토로쿠!"

성벽을 따라 자란 벚나무 부근에서 말발굽소리가 들려왔다.

성질이 급한 시모츠케노카미 노부모토 성주는 스기야마 모토로쿠를 파견한 것만으로는 직성이 풀리지 않아 마장에서 돌아오는 길에 직접 여기까지 온 모양이었다.

"저토록 성급하시니……"

모토로쿠는 쓸쓸히 웃었다.

"예, 여기 있습니다."

큰소리로 대답하고 나서, 빠르게 덧붙였다.

"어느 쪽이건 하루 이틀 안으로 결정하여 답하시라고 말씀 드렸습니다."

그리고는 얼른 일어나 현관으로 나가 마중했다. 이때 벌써 노부모토는 고삐를 하인에게 맡기고 채찍을 두 손으로 쥐면서, 터질 듯 커다란 소리로 말하며 정원을 돌아오고 있었다.

"오다이, 좋은 아침이구나. 바다가 붉게 타고 있어. 나가 보지 않겠니, 아침 해가 대야만큼이나 크구나."

4

"어서 오세요."

오다이는 두 손을 짚고 오빠를 맞이했다. 시모츠케노카미 노부모토는 다시 활달하게 웃고 툇마루에 걸터앉았다.

히로타다의 무기력한 웃음에 익숙해 있는 오다이에게는 이 오빠의 목소리가 가슴을 때리는 채찍으로 생각되었다.

"어때, 결정했느냐?"

"예, 하루 이틀 안으로 정하시겠다고 합니다."

모토로쿠가 적당히 둘러대어 말했다.

"하루 이틀 안이라…… 벌써 정했어야 하는데."

노부모토는 모토로쿠를 무시하고 말을 이어나갔다.

"오다이, 오카자키의 히로타다라는 놈은 멍청이라는 사실이 확인되었다."

주위가 울릴 만큼 큰소리였다.

"토다 단죠의 딸을 후실로 삼는다는구나. 마츠다이라 가문에 백해무익한 혼사야."

오다이는 가볍게 고개를 끄덕여 보이고는 그대로 눈길을 무릎에 얹은 손으로 떨구었다.

"내 눈은 틀림이 없어. 머지않아 오다와 이마가와 양가 사이가 틀어지면 마츠다이라에게 선봉을 서라고 명할 것은 뻔한 일. 그때 토다가 뒤에서 도와주리라 생각하고 있을 테지. 하지만 토다 일족에게 그런 의리가 있을 성싶으냐? 그렇지 않은가, 모토로쿠?"

"예…… 예."

"정세가 불리하다는 것을 알게 되면 마츠다이라의 뒤에서 언제든지 활을 당길 녀석이야."

"그럴지도 모릅니다."

"그런 것도 모르고 나와 인연을 끊고 토다와 손을 잡다니. 기우는 마츠다이라 가의 운명이 가련할 뿐이다…… 오다이."

"예."

"너도 한때는 불쌍했지만, 그것이 오히려 너에게는 복이 될 것이다."

"……"

"하루 이틀이니 뭐니 하지 말고 오늘 중에 생각을 정하는 것이 좋아. 히로세냐 아구이냐, 네 선택에 맡기겠다. 이건 남매의 정으로 하는 말이다."

오다이는 다시 시선을 무릎에 떨구고 겨우 눈물을 참고 있었다. 표면적인 슬픔도 아니고 반감도 아니었다. 그보다 더 깊은 '여자의 운명'과 대결할 수밖에 없는 애수였다.

마츠다이라 집안으로 출가할 때도 그랬지만, 오다이는 언제나 이 카리야 성을 지탱하기 위한 하나의 초석에 불과했다. 어느 집안과 어떻게 맺어져야 살아남느냐 하는 계산이 오다이의 앞길을 결정했다. 아니, 그것은 오다이 한 사람의 운명이 아니라, 거듭되는 전란으로 질서와 도의를 상실당한 모든 여자들의 운명이었다.

"아버님은 마츠다이라와 맺어짐으로써 미즈노와 마츠다이라가 다 같이 편안할 줄 아셨지만, 세상은 언제나 살아 움직이고 있어. 지금은 말이지, 전쟁이 벌어졌을 때 오다 쪽에 가담하는 자와의 혼사가 아니면 안 돼. 오다는 뜨는 해, 이마가와는 지는 해. 너는 지는 해에 쫓겨나서 오히려 아침 해 속으로 들어온 게야. 너도 행운이고 나도 행운이지. 알겠느냐? 오늘 중으로 마음을 정하도록 해라."

이렇게 말하고 노부모토는 일어나 모토로쿠를 재촉했다.

"모토로쿠, 다시 한 바퀴 말을 달려보세. 좋은 아침이야!"

오다이는 마루에 두 손을 짚고 묵묵히 머리를 숙이고 있었다.

5

오다이는 시노가 가져온 밥상을 받고 수저를 대는 척하다가 그대로 밀어놓았다. 배는 고팠으나 전혀 식욕이 없었다.

'대관절 나는 오카자키에 무엇을 두고 왔을까······?'

타케치요가 자기 생명의 반을 빼앗아 태어났고, 히로타다의 애무가 자기 몸에 허약한 마음을 심어넣었다고도 생각했다. 그러나 이 허탈감이 이토록 오래 계속되리라고는 생각지 않았다. 왠지 모르게 온몸이 나른하고 이따금 가벼운 기침이 나왔다. 혹시 히로타다의 병이 옮은 것은 아닐까······ 이런 생각이 들 때는 그 병까지도 그리워졌다.

가능하다면 이대로 머리깎고 '암자'에라도 들어가고 싶었다. 타케치요를 낳을 때처럼 기도로 일생을 보내고 싶었다. 그러나 이것마저도 허락될 것 같지 않았다.

오다이는 한참 동안 멍하니 방 가운데에 앉아 움직이지 않았다. 창은 햇빛을 가득 받아 잎진 단풍나무 그림자가 그려놓은 듯이 비치고 있었다. 때때로 새들이 날아와 요란한 소리로 지저귀었다.

오카자키 성보다는 바다가 가깝고, 서풍이 적은 탓으로 봄이 빨리 왔다. 손가락으로 꼽아보니 벌써 헤어진 지 반년이 되어가고 있었다.

그런데도 살고 싶은 생각은 없었다. 조용히 죽음을 기다리고 싶다는 생각이 한시도 머리를 떠나지 않았다.

물론 오다이는 재혼 상대를 둘 다 알지 못했다. 이런 약한 마음으로 낯선 남자에게 시집가서 과연 살아갈 수 있을까······?

오다이는 다섯 점 반(오전 9시) 무렵이 되어서야 비로소 시노를 불렀다. 오카와緖川의 켄콘인乾坤院에 있는 아버지 산소를 찾아갈 생각이었다. 오빠에게 말하면 가마를 마련해주겠지만, 도리어 그것이 번거로워 시노와 하인 하나를 데리고 몰래 성을 나섰다.

햇빛은 점점 더 따뜻하게 내리쬐어, 벌써 줄무늬를 이루며 자라기 시작한 보리 이삭이 바람에 나부끼고 있었다.

히로세의 사쿠마냐.

아구이의 히사마츠냐.

어느 쪽을 택하건 행복과는 거리가 먼 것으로 생각되었다. 하지만 오다이는 어느 쪽이든 그 하나를 선택하지 않으면 안 되었다. 아버지의 묘를 찾아가면 무슨 암시라도 받을 수 있지 않을까 하는 허망한 희망을 품고 걸어가고 있는데, 화창한 햇빛마저 눈부셔 도리어 부담스러웠다.

쿠마무라의 어귀에 접어들었을 때였다.

"이보시오, 아가씨들."

삿갓을 깊숙이 눌러쓴 떠돌이무사인 듯싶은 사나이가 부르는 바람에 오다이는 걸음을 멈추었다.

"너희들은 카리야의 미즈노 댁 하인들인 듯한데…… 오카자키에서 이혼당한 오다이 마님에 대한 일을 아는가?"

"오다이에 대한 일……"

그 목소리는 어딘가 귀에 익었다.

'혹시 살아 있다는 오빠 노부치카가 아닐까?'

오다이가 카츠기被衣°를 쳐들자 이번에는 무사가 움찔하고는 휙 몸을 돌렸다.

"혹시……!"

오다이는 하인에게 눈짓을 하고 저도 모르게 몇 걸음 앞으로 달려가고 있었다.

6

다부진 체격이었으나 키도 목소리도 많이 닮았다. 오다이의 눈짓으로 하인은 남자 뒤를 쫓아갔다. 시노는 의아한 듯 오다이를 쳐다보며 따라왔다.

길은 앞에서 정丁자 모양으로 갈라져 있었다. 정면은 쿠마의 젊은 도

런님이라 불리는 타케노우치 나미타로의 집 해자이고, 그 너머에는 견고한 토담이 있었다. 하인은 무사의 뒤를 따라 오른쪽으로 꼬부라졌다. 길 한쪽에 억새 그루터기가 점점이 이어져 있고, 군데군데 잎 떨어진 개암나무가 자라고 있었다.

정자 모양의 길에 이르러 오다이는 깜짝 놀라 걸음을 멈췄다. 머리 위의 개암나무에서 까마귀 네댓 마리가 떼지어 울고 있었다. 그 울음소리에 문득 옛날 일이 떠올랐다.

2년 전 이 쿠마의 집에서 살해되었을 오빠 노부치카. 살아 있다는 것은 큰오빠 노부모토와의 불화를 부추기기 위한 계략이 아닐까. 아니, 그 소문이 사실이어서 살아 있다면 더군다나 따라가서는 안 될 상대인지도 알 수 없었다. 오다이는 후회했다.

"시노, 불러와라. 성묘 길이 늦어지겠다."

"예."

시노가 달려갔다. 그런데 채 2, 30걸음도 가기 전에 앞길 모퉁이에서 해자를 따라 돌아나오는 하인의 모습이 보였다.

하인은 혼자가 아니었다. 반지르르한 마에가미前髮°에 보랏빛 모토유이元結°, 화려한 비단 옷을 입은 젊은이 한 사람을 동반하고 있었다.

시노는 오다이에게 알렸다.

"쿠마 도련님과 같이 왔습니다."

오다이는 고개를 끄덕이고 카츠기 너머로 나미타로를 바라보았다.

쿠마무라의 토호이자 타케노우치 집안의 종손 나미타로와는 아버지가 생존했을 때 두 번 만난 일이 있었다. 신을 섬기는 가문이므로 소홀히 대해서는 안 된다고, 그리고는 난보쿠쵸南北朝 시대로부터 전해오는 전설 같은 이야기를 곧잘 들려주었다.

이 나미타로의 여동생 오쿠니於國에게 오빠 노부치카가 정신을 빼앗겼다가 자객의 손에 죽고 말았다. 그건 그렇다 하고 나미타로의 불가사의한 젊음은 어디서 온 것일까?

나이는 오다이보다 서너 살 위일 텐데도 아직 마에가미도 풀지 않고, 눈과 입술은 예나 다름없이 젊었다.

"성묘를 가시는 길이라지요?"

나미타로가 밝은 미소를 눈가에 띠었다.

"아버님의 영혼이 우리를 만나게 해주신 것 같군요. 잠시 쉬어 가시지요."

오다이는 대답하지 않았다. 이 집에 얽힌 오빠 노부모토와 노부치카의 암투가 결단을 가로막고 있었다.

오다이가 망설이는 것을 보고 나미타로는 격의 없이 껄껄 웃었다.

"이 하인이 어떤 분과 비슷한 사람을 보았다는데, 그 사람이 저희 집으로 들어갔다는군요. 그 일에 대해서는 잘 모르지만 어쨌든 소개해드릴 분은 확실히 있습니다. 안내할 테니 들어가시지요."

그러는 동안 하인은 뒤에서 이상하다는 듯 고개를 갸웃거리다가, 오다이의 안색을 살피면서 중얼거렸다.

"마님, 아까 그 떠돌이무사, 확실히 쿠마 저택으로 사라진 것 같은데요……"

오다이는 아직도 말없이 해자만 바라보고 있었다. 잔잔한 물 위에 까마귀 그림자가 비쳤다가는 사라졌다.

7

오다이는 쿠마의 집에 들르기로 마음먹었다. 오빠 토쿠로 노부치카가 목숨을 잃은 곳이었기 때문이다.

"정 그러시다면."

살아 있건 죽었건 혈육인 오빠를 애도하는 마음으로 갔다고 하면 노부모토도 크게 노여워하지는 않을 것이다.

'들렀다 가자……'

그렇게 마음을 정하자, 자기를 보고 달아나듯 사라져버린 아까 그 사나이의 뒷모습이 자꾸 마음에 걸렸다.

나미타로는 그러나 그 일에 대해서는 아무 말도 하지 않았다. 그는 앞장서서 오다이를 제단이 있는 방으로 인도하여 예배를 드렸다. 그런 뒤 서원식으로 꾸민 객실로 안내했다.

제단이 마련된 곳은 신전으로 꾸며져 있었는데, 그 좌우로 방이 이어져 있었다. 말하자면 작은 신사를 중심으로 하여 사방에 해자를 둘러친 아주 고풍스러운 성곽구조로, 객실 창을 통해 정원 너머로 성벽과 망루가 보였다.

나미타로는 객실로 오다이를 안내하여 손수 창을 열었다.

"저 시든 싸리나무가 있는 곳……"

정원을 가리키면서 자리에 앉았다.

"노부치카 님은 저 부근에서 목숨을 잃으셨습니다."

오다이는 고개를 끄덕이고 햇빛 속으로 눈길을 던졌다.

"그날 밤은 싸리꽃이 활짝 피어 있었고 달이 유난히 아름다웠지요. 자객은 저 세면대 뒤에 숨었다가 갑자기 노부치카 님에게 달려들어……"

나미타로는 일단 말을 끊고 다시 미소지었다.

"이 나미타로가 새삼스럽게 그 일에 대해 말씀 드리는 뜻을 아시겠습니까?"

"예."

"모든 것이 다 오다냐 이마가와냐 하는 싸움이 원인이었지요."

"그러시면 형제가 싸운 원인도 알고 계십니까?"

"그렇습니다."

나미타로는 고개를 끄덕였다.

"내가 이 세상에서 본 가장 무서운 수라장…… 덕분에 나도 여동생을 잃었습니다."

"여동생이라면 오쿠니 님……?"

"예."

나미타로는 여전히 미소를 지우지 않은 채 말했다.

"시모츠케노카미 님은 무서운 분입니다."

오다이는 잠자코 있었으나 가슴은 찢어질 듯 아팠다.

'역시 소문은 사실이었구나……'

오쿠니와 눈이 맞아 이 집에 드나든 것은 노부치카가 아니라 노부모토였던 모양이다. 그런데 오다냐 이마가와냐 하는 의견 차이 때문에 노부치카를 여기까지 유인하여 자기 애인과 함께 죽여 없앴다.

"오다이 님도 그 여파로 저 이상으로 슬픔을 맛보셨습니다……"

나미타로는 비탄에 잠긴 오다이의 옆모습에서 시선을 떼지 않았다.

"그렇다고 여기서 좌절하시면 안 됩니다. 오카자키에 남아 계신 도련님을 위해 최선을 다하셔야 합니다."

"나미타로 님."

오다이는 결심한 듯 물었다.

"저와 만나게 해주시겠다고 한 분은 누구인지요?"

8

"소개해드리고 싶은 분이란……"

말하다 말고 나미타로는 다시 애매하게 웃었다.

"토쿠로 님의 영혼은 아닙니다."

"토쿠로 님의 영혼이 아니라면……"

"묻지 마십시오. 영혼이 슬퍼하실 겁니다. 단지 이 나미타로는 신을 섬기는 사람이라 영혼과 자유롭게 교감할 수 있는 몸. 영혼의 슬픔과 기쁨을 알 수 있다고 말씀 드린 것뿐입니다."

"예…… 예."

오다이는 가볍게 두 손을 짚고 나미타로의 표정을 읽으려고 했다. 나미타로는 그 모습에 가만히 고개를 끄덕였다.

"오다이 님에게 재혼 이야기가 있으시다고요?"

"예."

"히로세냐 아구이냐…… 그것 때문에 망설이고 계시다는데, 이 역시 영혼의 교감이었습니다마는……"

오다이는 고개를 끄덕였다.

'역시 오빠는 죽지 않았다…… 나미타로와 관련이 있는 곳에 살아 있다.'

이렇게 생각되는 순간 묻고 싶은 말이 가슴 가득 차올랐으나, 그것은 묻지 말아야 하는 일이었다.

큰오빠 시모츠케노카미의 눈을 피해 살고 있는 유령. 그 유령을 밝은 곳으로 끌어낸다는 것은 지나치게 잔인하다. 골육상잔骨肉相殘의 이 세상에 그와 같은 유령은 얼마나 많은 것일까.

"오다이 님은 마음을 정하셨습니까?"

"글쎄, 그것이……"

"아니, 전 그것도 알고 있습니다."

나미타로는 다시 껄껄 소리내어 웃었다.

"많이 망설이고 깊이 잘 생각하라…… 이것도 영혼의 계시입니다."

"예."

"오다이 님 생각으로는 오카자키와 멀어지는 것이 두렵다, 만일 자식과 적이 되면…… 이것이 망설이는 원인이겠지요?"

오다이는 깜짝 놀라 고개를 떨구었다. 무서우리만큼 정확하게 자신의 두려움을 꼬집어내는 바람에 얼른 대답할 말을 찾지 못했다.

하녀가 차를 가져왔다.

창 밖의 햇빛은 점점 더 화창해지고, 지난날의 비극을 알고 있는 싸리나무 뿌리에 메추라기가 날아와 한가로이 모이를 찾고 있었다.

나미타로는 천천히 차를 마시면서 오다이의 감정이 진정되기를 기다리고 있었다.

"혈육으로서, 또 여자로서 결코 무리가 아닙니다. 이 나미타로도 그 심정을 잘 이해합니다. 그러나…… 그 미망에 사로잡혀 앞길의 파도를 잘못 보셔서는 안 됩니다."

"예…… 그래요."

"어차피 평생을 같이 살 수 없는 운명이라면, 그 운명에 순응할 길이 있을지도 모르니 많이 고민도 하고 생각도 하시라고…… 이렇게 말씀드려도 무리겠지요. 그래서 오다이 님께 소개해드리고 싶은 분……이라고 말씀 드렸던 것인데 어떻습니까?"

오빠를 만나게 해주려는 것은 아닌 듯했다. 그렇다면 대관절 누구를 만나게 해주려는 것일까?

오다이는 나미타로의 호의를 덮어놓고 거절할 수도 없었다.

"만나기 전에 누구인지 알려주실 수는 없을까요?"

"오다이 님도 신분을 감추시고 만나는 것이 좋을 듯합니다."

"알겠어요."

나미타로는 만족한 듯 고개를 끄덕이더니 목례를 하고 방을 나갔다.

"이것이 어떤 암시가 된다면, 역시 영혼의 인도일 것입니다. 그럼 잠시 여기서……"

9

얼마 후 나미타로가 돌아왔다.

"저와 친척이라고 소개하겠습니다. 자, 이리 오시지요."

오다이를 안내하여 별채로 가는 복도를 건너갔다. 이곳은 새로 지은 집으로 족자도 훌륭했고 향로대, 화병대가 모두 아름다운 자개로 되어 있었다. 아마 최근에 객실로 꾸민 듯했다. 왼쪽에 있는 서원의 창에서 비쳐드는 햇빛 속에 병풍에 그려진 『이세 이야기伊勢物語』˚의 설화가 뚜렷이 부각되어 보이고, 정면에 열한두 살로 보이는 소년과 그 시종인 듯한 두 사람의 무사가 앉아 있었다.

상좌에 앉아 있는 사람은 이미 마흔 줄을 넘긴 중년의 무사, 다른 한 사람은 스물대여섯 살로 보였다.

오다이가 나미타로의 안내로 방에 들어가자, 정면의 소년이 버릇없이 오다이를 내려다보고 말했다.

"정말 오쿠니를 닮았어."

"친척이니 닮았겠지요. 자, 좀더 앞으로 나와 앉으세요. 킷포시吉法師 님이 잔을 주신다니까."

나이 든 무사는 아주 소탈하게 오다이를 손짓해 부르면서 물었다.

"오노부お信 님이라고 하신다죠?"

"예…… 그렇습니다."

"나는 여기 계신 오다 킷포시 님의 부하 히라테 마사히데平手政秀, 이 사람은 아구이의 히사마츠 야쿠로라고 합니다."

오다이는 깜짝 놀라 소년을 다시 한 번 바라보고 나서 히사마츠 야쿠로에게 두 손을 짚고 절했다.

'이 소년이 그 유명한 오다 노부히데의 아들이란 말인가……'

또 한 사람이 지금 자신의 혼인 상대로 거론되고 있는 히사마츠 야쿠

로 토시카츠久松彌九郎俊勝라는 것보다도, 킷포시를 소개받은 놀라움
이 더 컸다.

"킷포시 님, 잔을 —"

히라테 마사히데가 말하고, 소년은 쾌활하게 시녀에게 턱짓을 했다.

"잔을 손에 들려주어라."

그리고는 오다이에게 —

"그대는 무엇을 좋아하나? 오쿠니는 코와카幸若°도 뛰어났지만 코
우타小歌°도 잘 불렀는데."

이렇게 말하고 앉은 자세로 구부리고 있던 한쪽 다리를 펴면서 느닷
없이 오다이 앞으로 확 내밀었다.

오다이는 깜짝 놀라 몸을 뒤로 물렸다. 그때 이미 소년은 손에 든 부
채를 확 펼치고, 변성기에 접어든 목소리로 낭랑하게 노래를 부르기 시
작하는 것이 아닌가.

　죽음이란 정해진 운명
　추억으로
　어찌할 바를 모르네
　운명 이야기로 지새는 밤의……

"그만두시지요. 오노부가 놀라고 계십니다."

마사히데가 웃으면서 손을 쳐들었다.

"참, 영감은 노래를 싫어했었지."

소년은 다시 훌쩍 다리를 오므리고, 오다이에게 물었다.

"그대는 무엇을 할 줄 아나?"

"재주가 없어 아무것도 할 줄 모릅니다."

오다이는 대답하면서 갑자기 가슴속에서 싱싱하게 움트기 시작하는

감정에 부딪쳤다.

'이 아이가 오다의 적자……'

그렇다면 이 아이는 머지않아 오카자키에 두고 온 타케치요와 한치의 땅을 놓고 전쟁터에서 맞설 숙명의 상대가 아닌가.

오다이는 애써 자신의 감정을 억제하고, 조용한 목소리로 물었다.

"도련님은 코우타를 좋아하십니까?"

10

오다이의 질문을 받고 킷포시는 내뿜듯 웃음을 터뜨렸다.

"말도 안 되는 소리, 나는 무장이란 말이야."

"그러시면?"

"코우타를 좋아한다고 말하는 날엔 여기 있는 영감한테 혼이 나."

"호호호……"

"무장은 말이야, 첫째로 말 타고 멀리 달리기, 둘째로 매사냥, 셋째로 무사 이야기, 넷째로 수영이야. 그렇지, 영감?"

"그렇습니다."

"코와카니 코우타니는 영감이 없을 때 하는 것이야. 물론 정말로 좋아하는 것은 따로 있지만……"

"그러면, 무엇을 정말 좋아하시나요?"

"첫째는 아무 데나 서서 오줌을 누는 것."

"예!"

"그 다음은 선 채로 물에 밥을 말아먹는 것."

"선 채로……"

"음, 그대는 서서 먹어본 적이 있나? 창자가 서기 때문에 얼마든지 들어가거든. 일곱 공기나 여덟 공기는 문제없어. 반찬은 야채와 된장이면 그만이야."

여기까지 말하는데 마사히데가 부채자루로 방바닥을 탁 쳤다.

"이런 말도 하면 안 된다는 거야? 젠장."

오다이 곁에서 나미타로는 큰소리로 웃었다.

오다이 역시 자기도 모르게 따라 웃었으나, 어딘지 모르게 그냥 웃어넘길 수만은 없는 감정도 남아 있었다.

오다 노부히데는 지금 안죠 성에 있는 서자이자 맏아들인 노부히로보다 이 킷포시에게 훨씬 더 큰 기대를 걸고 있었다. 그래서 오다 가문의 지혜 주머니라고 하는 총신 히라테 마사히데를 일부러 사부師父로 삼아 훈육시키고 있었다.

어리석어 보이는 장난 속에 사람을 사람으로 여기지 않는 대담한 성격이 드러나 보였다. 히라테 마사히데도 이 점을 충분히 이해하고 가끔 고삐를 죄고는 하는 것 같았다. 그러나 다른 한 사람 히사마츠 야쿠로는 근엄한 성격인지 내쳐 씁쓸한 표정으로 앉아 있었다.

오다이는 하녀가 받쳐든 술병에서 술을 조금만 따르게 하고, 잔을 들면서 다시 한 번 킷포시의 면모를 훔쳐보았다.

"고맙게 받겠습니다."

눈썹이 잔뜩 치켜올라가 있고, 눈빛도 예사롭지 않았다. 그러나 마사히데의 꾸중을 듣고 뾰로통해진 불그레한 얼굴은 말할 것도 없고, 방석에서 빠져나온 왼쪽 무릎을 덜덜 떠는 모습은 보기 사나웠다.

오다이가 잔을 놓았을 때였다.

"그럼……"

나미타로가 재촉했다.

"매사냥을 오게 되거든 다시 만나요."

오다이가 공손히 절을 하고 일어서는데 킷포시가 말했다.

"다음에는 코와카를 추어 보이겠어. 그대도 뭔가 한 가지를 배워두도록."

복도에 나오자 나미타로는 오다이를 돌아보며 물었다.

"저 소년을 어떻게 생각하십니까?"

"아주 활달하시더군요."

"그것뿐입니까?"

"눈빛이 예사롭지 않은……"

나미타로는 미소지으며, 오다이의 마음을 들여다보듯 말했다.

"오카자키의 아드님과는 좋은 경쟁상대……라고는 생각되지 않습니까?"

11

오다이도 애매하게 미소를 지었다.

"타케치요는 이제 겨우 세 살입니다."

"그러니까, 장래를 생각하는 것이 소중하다고……"

나미타로는 다짐하는 듯한 눈매로 말하고 아까 그 방을 향해 걷기 시작했다.

오다이는 따끔하게 가슴에 와닿는 것이 있었다. 이 집 주인 나미타로는 은연중에 오다이에게 재혼을 권하고 있는 것은 아닐까.

머지않아 오다 킷포시와 마츠다이라 타케치요의 시대가 올 것이다. 이 두 사람 역시 할아버지나 아버지처럼 숙명적으로 전쟁터에서 만나야만 하는 것일까.

"오닌應仁의 난° 이래, 여기저기서 전란이 너무 오래 계속되고 있다는 생각은 하지 않으십니까?"

아까 그 방으로 돌아오자 나미타로는 손뼉을 쳐서 하녀에게 차를 가져오게 했다.

"에치고越後의 우에스기, 카이甲斐의 타케다武田, 사가미相模의 호죠北條, 스루가駿河의 이마가와……"

가만히 창에 비친 햇살을 보면서 손가락을 꼽았다.

"모두 쿄토를 목표로 움직이고 있다……는 것은 전쟁에 지친 백성들의 마음을 헤아리고 천하통일을 꿈꾸는 증거라고 저는 생각합니다마는, 모두 쿄토와는 너무 거리가 멀기 때문에……"

오다이는 온몸을 경직시키고 눈길을 정원의 햇빛에 두고 있었다.

"만약 토쿠로 노부치카 님이 이 세상에 계시다면 무어라고 하실지. 아직도 마츠다이라와 이마가와는 영원히 떨어질 수 없다는 생각을 하고 계실지."

오다이는 저도 모르게 기저귀를 찬 타케치요의 얼굴과 헤어진 남편을 흰 빛 속에 나란히 놓고 있었다.

히로타다는 전생애를 통해 이마가와와 떨어진다는 생각은 꿈에도 하지 않았다. 그리고 이것은 바로 이마가와가 있는 한 오카자키는 안전하다는 뜻이기도 했다. 하지만 그 반대일 경우도 없다고는 할 수 없을 터였다. 만약 오다가 미카와를…… 하고 생각하면, 거기에는 오카자키의 슬픈 종말밖에는 없었다.

오다이가 그것을 깨달았다는 것을 눈치채고 나미타로는 자연스럽게 화제를 돌렸다.

자기가 최근에 보고 온 쿄토 이야기, 나니와難波 이야기, 이시야마 법당의 신도 이야기, 그리고 번창을 거듭하고 있는 사카이堺 이야기 등.

이야기 끝에 나미타로는 오다 노부히데가 킷포시를 가끔 이 집에 보내는 이유를 말하면서, 미소와 함께 슬쩍 덧붙였다.

"히사마츠 야쿠로 님은 의리가 두터우신 분."

역시 오다이에게 아구이로 시집가서, 앞으로 다가올 타케치요와 킷포시의 시대에 대비하라는 권고인 것 같았다.

오다이는 그 말을 적당히 흘려들으며 쿠마의 집을 나섰다.

해는 아직 높았다. 끝없이 푸른 하늘에, 히로타다와 히사마츠 야쿠로, 그리고 타케치요와 킷포시의 얼굴이 겹쳐졌다.

헤어진 남편 ─ 그가 왜 이토록 그리운 것일까.

"아까 그 떠돌이무사는 사람을 잘못 본 것이었을까요?"

오다이는 하인이 묻는 말에 고개를 끄덕이면서 지그시 입술을 깨물었다.

"오늘 성묘는 그만두기로 하자."

느닷없이 말하는 바람에 시노가 깜짝 놀라 얼굴을 들었을 때, 오다이의 눈에서는 햇빛을 받아 눈물이 반짝이고 있었다.

시노는 하인과 얼굴을 마주보았다.

성에 들어가기 전 오다이는 두 사람을 돌아보고, 부드러운 목소리로 주의를 주었다.

"쿠마의 집에 갔었다는 말은 하지 말아라."

벚꽃 목욕

1

마장에는 벚꽃이 만발해 있었다. 아니, 이미 떨어져버린 것도 있어 땅 위 절반은 꽃잎으로 하얗게 덮여 있었다. 히로타다는 그 꽃과 꽃 사이를 쉬지 않고 세 번이나 말을 달렸다.

오랫동안 매사냥도 나가지 않고 마장에도 모습을 나타내지 않은 탓으로 몹시 숨이 찼다. 온몸에 땀이 배어 끈적거렸으나 울적해진 감정을 푸는 길은 달리 없을 것 같았다.

"하치야, 어서 따라와!"

네번째로 다시 해자 가장자리에서 만쇼 사滿性寺 지붕을 바라보면서 말을 돌렸을 때, 이와마츠 하치야가 창을 어깨에 맨 채 돌에 부딪쳐 비틀거리며 말 앞으로 왔다.

히로타다가 자랑하는 흰색 바탕에 잿빛 반점이 있는 말이 깜짝 놀라 앞발을 쳐들고 벌떡 일어섰다. 그 순간 히로타다의 눈앞에 만발한 꽃의 물결이 핑그르르 돌았다.

땅 위의 꽃잎이 산산이 흩어지고 히로타다의 몸은 엉덩방아를 찧은 하치야와 땅바닥에 나란히 놓였다.

"훌륭하신 낙마입니다."

"고얀 놈."

들고 있던 채찍이 하치야의 어깨에서 철썩 울렸다. 원망스러운 듯한 하치야의 외눈이 번쩍 하고 히로타다를 응시했다.

"다치지 않으셔서 다행입니다."

히로타다는 얼른 일어나 옷에 묻은 풀잎을 털었다.

"하치야!"

"예."

"너는 나에게 원한을 품고 있지?"

"어찌…… 그런 당치도 않은 말씀을."

"나에게 오하루를 빼앗겼다고 생각하고 있어."

"절대로 아닙니다. 오하루와 저는 아무 관계도 없습니다. 오늘은 새로운 마님께서 출가해오시는 경사스러운 날, 다치시지 않아 천만다행이라고……"

이때 다시 한 번 철썩 하고 채찍이 머리 위에서 울었다. 하치야의 외눈이 다시 껌뻑거렸다.

"뭐가 경사스럽다는 말이야, 듣기 싫다!"

"예, 다시는 아무 말도 않겠습니다."

"내가 원해서 맞는 아내가 아니다. 너도 오하루도 그것을 몰라. 알지도 못하면서 나를 원망하고 있어."

"다시 말씀 드립니다마는, 원망 같은 것은 추호도……"

"닥쳐!"

"예."

"나는 오하루를 너한테서 빼앗았어. 빼앗았으면 좀더 사랑해주어야 하지 않느냐고 너의 그 외눈이 말하고 있다."

히로타다는 이미 땅에 꿇어앉은 하치야를 보고 있지 않았다. 채찍을 두 손으로 휘면서 자기 감정을 이기지 못해 신경질적으로 꽃 아래를 서성거리고 있었다. 말은 히로타다를 떨어뜨리고는 한가로이 풀을 뜯고 있었고, 뒤따르던 하인은 아직 마장에 나타나지 않았다.

이와마츠 하치야는 벌떡 일어나 말고삐를 집어들었다.

"한 바퀴 더 도시겠습니까?"

히로타다는 대답하지 않았다. 깨닫고 보니 눈에 가득 눈물을 담고 천천히 주위를 거닐고 있었다.

하치야는 자기도 울고 싶어졌다.

요즘에 와서 겨우 기분이 풀려 이만하면 괜찮으리라 생각하고 있을 때 다시 기분을 상하게 하는 소문이 들려왔다. 그것은 카리야로 돌아간 오다이가 오다 쪽에 가담해 있는 집과 재혼하리라는 소문이었다. 상대는 아구이의 히사마츠 야쿠로 토시카츠. 그 소문을 로죠 스가가 히로타다에게 알렸을 때 히로타다는 미친 듯이 웃어댔다.

2

"하하하하, 오다이가 히사마츠 따위의 아내가 된단 말인가. 웃기는 일이야, 하하하하."

그 웃음이 심상치 않다고 생각하고 있을 때 히로타다가 손에 들었던 찻잔을 정원의 돌을 향해 힘껏 내던졌다.

그런 일이 있은 후 아무도 오다이에 대한 이야기는 하지 않았다. 물론 히로타다도 말하지 않았다. 그리고 그날 밤부터 더욱 기분이 나빠져서 따로 방이 주어진 오하루한테도 가지 않았다.

노신들은 스가를 꾸짖었다. 그 때문에 토다 단죠의 딸과의 혼담이 더욱 빨리 진행되었다. 그리고 드디어 오늘이 혼사날이라 하치야도 안심하고 있었는데 하필이면 이때 낙마하는 계기를 만들고 말았다.

"성주님 —"

하치야는 애원하듯이 말했다.

"한 바퀴만 더 달리지 않으시겠습니까?"

히로타다는 걸음을 멈추고 하치야를 무섭게 노려보았다.

"하치야!"

"예."

"너는 사람을 믿을 수 있느냐?"

"예, 사람과 사람으로 이루어지는 것이 세상, 믿지 않으면 살 수 없습니다."

"으음, 인생은 전광석화, 목숨은 이슬과 같고 번개와도 같으니 믿지 않으면 안 되겠지."

"한 바퀴만 더 달리시면?"

"하치야."

"예."

"나무를 흔들어 벚꽃을 떨어뜨려라."

"예?"

"벚나무에 말을 매고 내가 나무를 흔들 테니 너는 그 꽃잎을 주워 모아라. 그리고 옷을 벗어 그 안에 넣어라."

"옷을 벗어서……"

"그래. 난 양보할 수 없다, 벗어!"

"예."

하치야가 어리둥절하여 옷을 벗는 동안 히로타다는 고삐를 한데 모아 말을 어린 벚나무 줄기에 매었다.

"됐느냐, 하치야?"

"예."

하치야의 우람한 오른쪽 팔에서 가슴에 걸쳐 새겨진 칼자국을 본 히로타다.

"아주 멋지군!"

채찍을 높이 쳐들어 철썩 후려친 것은 말이 아니라 하치야였다.

"하치야, 즐겁지?"

"예."

두번째부터는 세찬 채찍질소리가 말의 목에서 울렸다. 말은 깜짝 놀라 미친 듯이 날뛰었다. 그때마다 꽃잎이 벌거벗은 하치야를 가만히 감쌌다.

"와하하하하, 말이 날뛰면 꽃이 진다는 것은 정말이었어. 자, 꽃을 모아라, 꽃을 모으란 말이다. 와하하하하."

나중에는 말만을 때리는 것이 아니었다. 춤추는 듯한 동작으로 닥치는 대로 나뭇가지를 후려쳤다.

대관절 무엇 때문에 이런 기괴한 짓을 하는 것일까? 어쨌든 하치야는 이렇게 함으로써 성주의 기분이 풀린다면 그것으로 족했다.

"경사스러운 날이야, 경사스러운……"

하치야는 아직도 쌀쌀한 3월의 바람을 맨 몸으로 받으면서 외눈을 바쁘게 굴려 자기 옷에 꽃잎을 주워담았다.

잠시 동안 사람도 말도 꽃 속에서 춤을 추었다.

3

격한 행동 때문에 히로타다의 얼굴은 타는 듯한 분홍빛에서 창백하게 변했다. 그런가 하면 이마에서는 줄줄 땀이 흐르고, 꽃잎이 하나 둘

달라붙기 시작했다.

무슨 일에나 피로가 빨리 오는 것이 요즘의 히로타다였다.

"와하하하하."

웃음소리가 심한 기침으로 변하는가 싶더니 말했다.

"이제 됐다."

히로타다는 옷 속의 꽃잎을 들여다보다가 갑자기 근엄한 표정을 지었다.

"말을 대라, 그만 돌아가자."

"예."

하치야는 창을 메고, 꽃잎을 싼 옷을 옆구리에 끼고는 말고삐를 풀어 가지고 왔다. 말은 아직 흥분이 가시지 않아 눈에 인광을 번뜩이며 발을 구르고 있었다.

히로타다는 말 목을 툭툭 치고 훌쩍 올라탔다.

"하치야, 따라와."

이번에는 아까처럼 무모하게 달리지는 않았다. 강을 따라 스고 성벽으로 들어선 뒤 사카타니酒谷 문까지 가는 동안 가끔 말 위에서 하치야를 내려다보았다.

오늘은 큰 대문에서 이 근처까지 말끔히 쓸려 있었다. 출가해오는 마키히메를 맞이할 준비였다.

본성에 이르렀을 때 근시가 눈이 휘둥그레져 두 사람 곁으로 달려왔다. 분명 벌거벗은 하치야를 보고 무슨 일인가 싶어 소스라치게 놀랐을 것이다. 히로타다는 묵묵히 말에서 내려 고삐를 측근무사에게 넘겨주고 큰 현관으로 들어갔다.

"하치야, 들어오너라."

숨을 몰아쉬며 이와마츠 하치야도 성주 뒤를 따랐다.

성안에서 벌거숭이로 다닌다, 이것만도 괴이한 일이었다. 그런데 히로타다는 바깥채 거실에는 들르지도 않았다. 주방 옆 큰 복도를 가로질러 곧장 내전으로 향했다.

하치야가 잠시 머뭇거렸을 때였다.

"들어와."

다시 턱으로 명령했다.

지난번 본성으로 옮겨와 왕고모의 손에서 자라고 있는 타케치요 방 앞에서 걸음을 멈추고 잠시 귀를 기울이는 자세를 취했다가 그곳도 지나쳐갔다. 대관절 어디까지 벌거숭이 하치야를 데리고 갈 것인가.

"저, 성주님 —"

이제부터 주위에는 여자들뿐이었다. 하치야는 다시 히로타다를 불렀다. 돌아다보지도 않았다.

"따라와!"

전에 오다이의 거실이었던 방 앞을 지나 가운데 정원을 오른쪽으로 꺾었을 때, 어지간한 하치야도 소리를 질렀다.

"앗!"

지금은 오하루 아씨라 불리는 자기 사촌여동생 오하루의 방으로 갈 작정인 듯했다. 그곳에서 다시 전처럼 심술궂게 놀림당할 생각을 하니 숫된 하치야로서는 죽기보다 더 괴로웠다.

문 앞에서 히로타다는 또 하치야를 흘끗 돌아보았다. 하치야는 체념했다. 무슨 일이 있어도 오늘만은 성주가 화를 내게 해서는 안 되었다.

꽃을 싼 옷을 들고 입구에 불쑥 얼굴을 내밀었을 때 안에서는 오하루와 시녀가 깜짝 놀라 히로타다를 맞아들이고 있는 중이었다.

"오하루, 바구니를 가져와."

히로타다가 말했다.

"거기에 벚꽃을 담는 거야. 하치야가 추울 테니 빨리 해라."

오하루는 하치야를 보고 애처로울 정도로 쭈뼛거렸다.

4

히로타다는 하치야가 걱정했던 것만큼 기분이 나쁘지는 않은 모양이었다. 각오하고 있던 비아냥거리는 소리도 하지 않았다.

"꽃을 주고 옷을 입도록."

오하루가 바구니를 가져왔을 때는 문득 밝은 미소를 띠며 하치야를 보았다.

"참 재미있었지, 하치야?"

"예. 그런데 이 꽃을 무엇에 쓰시렵니까?"

"이것 말이냐, 이것으로 사람을 믿지 못하게 된 내 마음을 씻을 생각이다."

"성주님의 마음을……"

"좋아, 이제 됐어. 옷을 입고 나가거라."

하치야는 그제야 안도하고 옆방으로 가서 옷을 입고 물러나왔다.

"성주님, 축하 드립니다."

하치야가 물러간 뒤 오하루는 조심스레 히로타다에게 오늘의 축하 인사를 했다.

"뭐, 축하……? 거짓말 마라."

"예?"

"그대마저도 누구한테 배워 마음에도 없는 소리를 하는군…… 아니, 꾸짖는 것은 아니니 겁먹을 건 없어. 나도 오늘만은 어린아이로 돌아가 마음을 바르게 갖고 싶어."

그리고는 지그시 오하루를 바라보았다.

"역시 닮았어……"

오하루도 이젠 그 뜻을 알고 있었다. 오하루는 오하루로서 사랑받는 것이 아니라, 오다이의 그림자로서 성주 가까이 있게 되었을 뿐이다.

"히사마츠 야쿠로 따위의 아내로……"

"무어라 말씀하셨습니까?"

"아무것도 아니야. 그대는 모르는 일이야. 꽃이나 들고 오도록 해."

"이 꽃을…… 어디에 쓰시려는지요?"

"욕탕이야. 목욕물은 받아놓았겠지?"

"예."

"지금 들어갈 테니 가지고 와."

"예."

"욕탕 안에 그 꽃을 잔뜩 띄우도록."

오하루는 고개를 갸웃하고 히로타다의 뒤를 따라갔다.

오늘은 경사스러운 혼인날. 마장에서 마음껏 달린 뒤 목욕을 하고 머리를 손질한다. 여기까지는 아무것도 이상할 게 없었다. 그런데 이 꽃을 욕탕에 띄우라는 것은 무슨 뜻일까?

지금의 오하루에게는 욕실에 가는 것도 괴로운 일의 하나였다.

전에 친구였던 하녀들이 어떤 눈으로 자기를 볼 것인지 생각만 해도 몸이 움츠러들었다.

"때를 밀러 들어갔다가 성주님을 홀리다니. 여자의 기량은 수단에 달렸어."

이런 소리를 첩으로 인정받기 전에 듣고 쥐구멍에라도 들어가고 싶은 심정이었던 일까지 있었다.

"벚꽃이란 한꺼번에 피고 한꺼번에 지는 깨끗한 꽃이야."

"예."

"두 남편을 맞을 정도로 미련스러운 꽃은 아니야."

"예."

"사람의 목숨은 이슬과 같고 번개와도 같은 것. 자, 그대도 옷을 벗어라."

"예? 하지만 그것은……"

깨닫고 보니 욕실 문 앞에 옛 동료가 두 손을 짚고 엎드려 있었다. 하지만 히로타다는 그쪽은 보지도 않았다.

"그대와 둘이 벚꽃을 띄운 욕탕에서 목욕을 하는 거야. 마음을 씻고 이 히로타다가 무사도를 꽃과 겨루어보겠다. 자, 들어오너라."

5

오하루는 두려움과 수줍음 때문에 엎드려 있는 하녀에게 물러가라고 말할 분별조차 없었다.

히로타다는 갑자기 옷을 훌훌 벗었다. 하녀가 얼른 받아들고 곧 오하루의 뒤로 돌아갔다.

"아아……"

오하루는 비명을 질렀다. 수줍음보다 역시 두려움이 컸다.

"빨리 하라."

샅 가리개 하나만 걸친 히로타다는 재빨리 오하루의 손에서 꽃이 든 바구니를 빼앗아들고 욕실의 문을 활짝 열었다.

안에서 피어오르는 하얀 김 속에서 히로타다의 몸은 그 김보다도 더 희게 보였다. 좁은 욕실 한쪽 구석에 있는 욕탕 쪽으로 달려가는 그의 모습은 마치 도깨비라도 보는 것처럼 무섭게 느껴졌다.

당시 욕실의 대부분에는 욕탕이 없었다. 그러나 여기 있는 욕탕은 평생을 전쟁터에서 보낸 히로타다의 아버지 키요야스의 유물이었다.

전쟁터에서는 김이 나는 뜨거운 물로 목욕을 할 수 없다. 끓인 물을 그대로 통에 붓고, 때로는 가까이에서 활시위소리를 들으면서 목만 내놓고 들어앉아 호쾌하게 웃어대던 지로사부로 키요야스.

"극락이란 이런 것을 두고 하는 말이지, 하하하하."

그는 자기 집 욕실에까지 그 취미를 들여놓았다.

히로타다는 지금까지 한 번도 들어간 적은 없으나 항상 물을 채워두게 했다. 오늘은 그 욕탕에 꽃을 뿌리고 몸을 날리듯이 탕 안으로 뛰어들었다.

가득 찼던 탕 속의 물이 꽃잎과 함께 쏴아 하고 밖으로 넘쳤다.

"와하하하하……"

정상을 벗어난 히로타다의 웃음소리가 좁은 욕실에 메아리치고, 꽃향기가 김에 섞여 밖으로 풍겨나왔다.

"어서 오지 못하겠어? 꽃이야, 꽃. 사방에 꽃이 그득한데 무엇을 하고 있는 게야!"

"예…… 예."

오하루는 비틀거리듯 안으로 들어갔다. 손을 뒤로 돌려 문을 닫고, 가슴을 가리고 몸을 구부리고서야 비로소 안도의 숨을 내쉬었다.

문을 닫자 안은 어두컴컴했다. 김이 서린 사방등四方燈 위에서 공기통으로 스며드는 빛이 천장만을 희미하게 비추고 있었다.

얼마 동안은 아무것도 보이지 않았으나 이윽고 사방등 근처에서부터 훤하게 주위가 보이기 시작했다.

바닥에 흩어진 꽃잎이 몸을 구부린 오하루의 발 밑에 자개처럼 깔려 있고, 탕 속은 아직도 하얀 꽃잎투성이였다.

그 하얀 꽃 속에서 히로타다의 머리만이 떠올라 있고, 그의 두 눈이 이쪽을 지그시 바라보고 있었다. 오하루는 왠지 온몸에 오싹 소름이 끼쳤다. 마음속에 두려움을 품고 있던 탓인지, 히로타다의 머리가 어떤 그림에서 본 효수당한 사람의 머리처럼 보였던 것이다.

오하루는 얼른 그 망상을 털어버렸다. 경사스러운 날에 이런 불길한 것을 연상하는 자신의 방자함을 용납하지 않으려는 듯이.

"오하루—"

"예…… 예."

"거기서 일어서보아라."

"예."

"일어서라고 하지 않았느냐."

"예…… 예."

오하루는 일그러지려는 얼굴을 필사적으로 억제하고 조심조심 문 앞에서 일어섰다.

6

오하루는 지금까지 여자로서는 사랑받는 것이 행복한 일이라 생각하고 있었다. 뜻하지 않은 계기에 뜻하지 않은 사람에게 사랑받게 된 자신을 선택된 행운아라며 황홀하게 생각했던 순간도 있었다.

하지만 이것은 발끝으로 서서 살얼음판을 걷는 듯한 두려움과 불안만을 가져다주었다.

왜 그럴까 하고 생각해볼 여유도 없었으나, 그 이유 가운데 한 가지만은 머뭇머뭇 문 앞에서 알몸을 드러낸 순간 깨닫게 되었다. 다름이 아니었다. 상대의 의사에 따라 조종당할 뿐 자신의 의사는 완전히 무시당하고 있는 슬픈 자신의 입장 때문이었다.

오하루가 일어서자 히로타다는 다시 한참 동안 오하루의 나신을 뚫어지게 바라보았다. 무슨 생각을 하며 바라보고 있을까. 비록 그것이 사랑을 동반한 응시라 해도 오하루로서는 채찍으로 매를 맞는 것과 다름없는 고통이었다.

갑자기 히로타다는 꽃향기에 숨이 막혔다. 더운 물에 잠긴 꽃잎이 짙은 향기를 풍기기 시작한 것이었다.

"오하루!"

심한 기침이 멎자, 그 기침으로 화가 난 듯 격앙된 어조로 말했다.

"웃어봐! 왜 울상을 짓는 거야? 웃으라고 했잖아!"

히로타다는 다시 눈을 부릅뜨고 욕탕 속의 꽃을 휘저었다.

오하루는 웃었다. 아니, 웃을 작정이었다. 그녀는 얼마나 굳어지고 일그러진 얼굴이 될 것인가를 알면서도 웃으려고 필사적인 노력을 기울였다.

히로타다가 눈길을 돌렸다.

오하루는 주위의 아무것도 보이지 않았다. 눈길을 돌린 뒤의 히로타다가 어떤 형태로 신경질을 폭발시킬 것인가를 생각하니 자신의 슬픔과 애처로움에 눈물을 억제할 길이 없었다. 오하루는 와앙 하고 울음을 터뜨렸다.

'죽일 것이다. 틀림없이 죽일 것이다……'

히로타다는 얼굴을 돌린 채 한참 동안 아무 말도 하지 않았다.

"오하루 —"

부르는 히로타다의 목소리는 작았다.

"예…… 예."

오하루가 당황하며 고개를 들었을 때 꽃잎이 온몸에 달라붙은 히로타다는 탕 속에 서 있었다.

"등을 밀어줘, 이대로 욕탕 속에서."

"예."

오하루는 이끌리듯 다가가서 대야에 물을 폈다.

"오하루, 나를 두려워하고 있군."

욕탕 가장자리에 걸터앉은 히로타다의 등을 밀기 시작했다.

"내가 그렇게도 두려운가?"

"예…… 아니, 아닙니다."

"내가 왜 이런 식으로 목욕을 하는지, 그대는 모를 거야."

"예."

"이것은 내가 살아서 하는 마지막 목욕이야."

오하루는 다시 흥분하게 해서는 안 된다 싶어 잠자코 있었다.

"나는 태어나서 오늘에 이르기까지 자신의 의사대로는 단 하루도 살 수 없었어. 오늘부터는 다시 태어나려고 해. 그러니 아버님이 즐겨 쓰시던 전쟁터용 욕탕에서 갓난아이의 목욕을 시키고 있다고 생각해도 좋아."

"예."

"그 갓난아이의 목욕을 그대의 손을 빌려서 했으면 싶어. 웃으라고 했어. 그랬더니 그대는 울음을 터뜨렸어."

말이 중단되었기 때문에 어깨 너머로 살짝 들여다보니, 이번에는 히로타다가 울고 있는 것 같았다.

7

"성주님, 용서해주십시오."

"진심으로 하는 말인가?"

"예, 제가 무지하여 성주님의 뜻도 헤아리지 못하고……"

오하루는 갑자기 히로타다에게 친근감을 느끼고 다시 쓰다듬듯 그의 여윈 어깨부터 씻기 시작했다.

"성주님 같은 어른에게는 깊은 슬픔 같은 것은 없으시리라……"

"그래? 무엇이든지 마음대로 한다고만 생각했나?"

"예."

두 사람 사이에는 또 잠시 침묵이 흘렀다. 오하루는 어린아이를 다루 듯이 오른팔에서 목덜미, 목덜미에서 왼팔로 씻어내려갔다. 히로타다 는 그녀가 하는 대로 맡겨두고 있었다.

"성주님, 밖으로 나오시지요, 다리를……"

"으음."

히로타다는 순순히 욕탕에서 나와 다리를 내밀었다. 그 다리를 받쳐 들듯이 하고 씻는 동안 오하루는 점점 더 히로타다가 가엾게 느껴졌다.

'예전 마님의 대용품이라도 좋다. 이 외로운 성주님을 위안해드려야 지……'

이런 생각을 하고 있으려니 이번에는 오늘 시집을 오는 마키히메가 걱정스러웠다. 적의도 아니고 질투도 아니고, 역시 그것은 두려움일 것 이었다.

'성주님은 두 번 다시 내 곁에 오시지 않는다.'

"오하루 ─"

히로타다가 말했다.

"나는, 평생에 단 한 번, 인간으로서의 의지를 관철시켜보겠어."

"그러시면?"

"아무에게도 말하면 안 돼. 새로 오는 아내는 내 곁에 오지 못하게 하 겠어."

"아니…… 어떻게 그런……"

"꼭 그렇게 할 거야. 그러나 이것은 절대로 이 성을 떠나 재혼하는 오 다이에 대한 오기 때문은 아니야."

오하루는 깜짝 놀라 숨이 막혔다. 히로타다가 무엇을 생각하고 있는 지 이제야 어렴풋이 알게 되었다. 오기가 아니라고 말하는 그 자체가 이미 오기를 부리고 있다는 증거가 아닐까 하고 오하루는 생각했다

"이것은 주위 사정의 변화에 마음까지도 흔들리는 나약한 인간에 대

한 반항이야. 누가 어떻게 다른 데로 마음을 바꾸건 이 히로타다는 움직이지 않겠어."

여기까지 말하고는 갑자기 오하루의 어깨에 손을 뻗쳤다.

"몸이 차군."

히로타다는 말했다.

오하루는 깜짝 놀라 움직이던 손을 멈췄다. 그러고 보니 어깨에 얹힌 히로타다의 손은 유난히도 뜨겁고, 자기를 내려다보는 눈에는 빛이 깃들여 있었다. 오하루는 처음 히로타다에게 사랑을 받은 날과 같은 두려움과 수치심을 느꼈다.

오다이의 그림자. 오하루는 이것을 부인하지 않았다. 이 그림자를 딛고 서서 새로운 마님과 겨루게 될 것이 두려웠다.

"성주님 —"

"오하루…… 이젠 겁낼 것 없어. 나는 그대를 멀리하지는 않겠어. 그대는 나를 무서워하고 있지?"

"예…… 예."

이제 완전히 욕실에 익숙해진 눈에 그 내부가 지나치게 밝을 만큼 똑똑히 보였다.

바닥에는 꽃.

주위에는 가득해 숨막힐 듯한 향기.

오하루는 비로소 히로타다의 얄팍한 가슴에 얼굴을 꼭 밀어붙였다.

봄의 천둥소리

1

　사카이 우타노스케의 집 앞에는 아낙네들로 붐비고 있었다. 타와라의 토다 단죠자에몬 야스미츠戶田彈正左衛門康光의 딸 마키히메의 행렬이 방금 우타노스케의 집에 도착했다.

　도중에 적의 습격을 받았던 오다이의 혼인 때와는 달리 행렬은 어디까지나 순조로웠다.

　가마는 하녀의 것을 합쳐서 네 채, 그것을 말 탄 무사 일곱 명이 호위하고 있었다. 그다지 호화롭다고는 할 수 없었으나 호족답게 함, 주방 상자, 장궤, 병풍 상자, 호카이行器° 등을 갖추고 있었다. 가장 눈에 띄는 것은 가마꾼과 일꾼들이 모두 짓토쿠十德°를 입고 하얀 띠를 매고 온 것이었다.

　"이것이 쿄토식이라는군."

　"타와라 성주는 슨푸 성주를 본떠서 쿄토식으로 하신 모양이야."

　"그러나저러나 새 마님은 어떤 분이실까?"

　"먼저 마님이 대단한 미인이셨으니 그분만은 못하시겠지."

"성주님은 아직껏 먼저 마님을 못 잊으신다니 여간 걱정이지 않아."

혼인행렬을 총지휘해온 것은 마키히메의 오빠 노부미츠宣光. 이번에도 신부를 기다렸다가 시중드는 사람은 우타노스케의 아내였다.

가마가 툇마루에 놓이고 우타노스케의 아내가 가마 문을 열었다. 사람들의 눈빛은 한결같이 빛났다.

먼저 희고 가냘픈 손이 나타났다. 우타노스케의 아내는 그 손을 받들듯이 하고 한 무릎을 꿇었다.

겉옷은 마름모꼴 무늬의 흰 비단옷, 고의袴衣는 질이 좋기로 유명한 카가加賀의 비단, 속옷은 홍매화 무늬. 사뿐히 일어나자 주위가 갑자기 환해질 만큼 늘씬하게 키가 컸다.

"대단한 미인이신데."

누군가가 말했다.

"하지만 좀 여위신 것 같아."

"그건 먼저 마님과 비교하기 때문에 그렇게 보이는 거야."

"정말, 누가 더 아름답다고 할 수가 없어. 보는 눈에 따라 다르니까."

마키히메는 그 소리가 귀에 들어왔는지 흘끗 눈길을 보내왔다. 그 눈은 아주 부드러워 인품이 온화하리라고 생각되었다. 재원才媛이라는 느낌은 조금도 들지 않았다.

우타노스케 부인은 전에 오다이를 인도했을 때와 같은 순서로 곧장 마키히메를 안방으로 안내했다. 여기서 잠시 쉰 뒤 본성으로 들어가 잔치에 참석하게 될 것이다.

시녀들이 차례차례 가마에서 내려 안으로 들어간 뒤, 말을 끌고 나가는 자, 가마를 치우는 자들이 한바탕 수선을 떨었다.

우타노스케는 마키히메의 오빠 노부미츠를 별실로 안내하여 양가가 오래도록 번창하기를 빈다는 덕담을 나누었다.

"양가의 앞날을 축하하듯 날씨마저 화창하니 다행입니다."

"예, 앞으로도 잘 부탁 드립니다."

벚꽃 차가 준비되어 두 사람 앞에 놓이고, 주객은 차를 마시고는 잔을 옆에 놓았다.

이때 하인 하나가 우타노스케 앞에 나타나 무언가 소곤소곤 귀엣말을 했다.

"뭐, 성주님의 명령으로 이와마츠 하치야가……?"

우타노스케는 고개를 갸웃하고는 노부미츠에게 양해를 구한 뒤 방을 나갔다.

"하필 이럴 때 성주님께서…… 무슨 일일까?"

이미 모든 절차는 협의가 끝났을 텐데.

2

아직 형식적이고 번거로운 예법이 없던 시대였다. 우타노스케는 이와마츠 하치야가 기다리고 있는 방으로 들어갔다.

"성주님의 명령으로 왔다고……?"

성큼성큼 상좌에 가 앉으며 물었다.

"말해보게, 무슨 일인지."

하치야는 외눈을 한 번 감았다 뜨고 자세를 바로 했다.

"마키히메 님의 행렬을 본성에 들여놓을 수 없다고 하십니다."

"뭐, 뭐라구! 이제 와서 그런 말씀을 성주님이 하셨다는 말인가?"

"예, 분명히 말씀 드리고 오라는 분부십니다."

"말도 안 되는 소리!"

우타노스케는 내뱉듯이.

"이번 혼사는 오카자키 가문 전체의 경사야. 본성으로 안내하지 않고 어디서 혼례식을 치른단 말인가."

"예, 본성은 타케치요 님이 계시는 곳이기 때문에 마키히메 님을 들여놓지 않겠다고 하십니다."

"지금 와서 그런 당치도 않은 일을!"

"이것은 절대로 제 의견이 아닙니다. 성주님의 명령이십니다."

"으음."

우타노스케는 신음했다.

성주는 입버릇처럼 이 성은 아버지의 것이고 자식의 것이기는 하나 내 것은 아니라고 말했었다. 그 비뚤어진 생각이 이런 큰 일을 당해 비아냥거림으로 나타난 것이 분명했다.

'정신 나간 짓이야!'

"여기까지 온 행렬인데, 그렇다면 어디로 안내하라고 하셨는가?"

"둘째 성으로 안내하라 하셨습니다."

"둘째 성…… 하치야!"

"예."

"그대는 정신이 나간 것 아닌가? 누가 뭐라고 해도 한 성의 내전 마님, 그분의 혼례식을 둘째 성에서 거행하다니, 그래 가지고야 어떻게 상대방에게 낯을 들 수 있단 말인가?"

"다시 말씀 드립니다마는, 이것은 제 의견이 아닙니다."

우타노스케는 입술을 깨물었다. 어째서 성주는 이렇게까지 빗나가는 것일까. 이 말을 들으면 마키히메의 오빠 노부미츠가 얼마나 굴욕을 느끼고, 또 얼마나 분노를 터뜨릴 것인지 생각해보았을까.

"알겠다!"

우타노스케는 벌떡 일어났다.

"내가 직접 성주님께 말씀 드리겠다. 일부러 상대방을 노하게 하다니 이게 무슨 사돈관계이고 잔치란 말인가."

"그럼, 물러가겠습니다. 성주님의 뜻은 분명히 전해드렸으니까요."

"알았네, 자네는 내가 간 뒤에 돌아가도록 하게."

이렇게 내뱉고 우타노스케는 현관으로 달려갔다.

반 각刻(한 시간) 남짓 휴식한 뒤 본성으로 들어가기 위해 이미 중신의 부인들은 마키히메의 옷을 갈아입히고 있었고, 하인들은 현관 옆 대기실에서 짚신도 벗지 않은 채 기다리고 있었다.

우타노스케는 달려가면서 다시 혀를 찼다.

바깥에는 아직도 밝은 햇빛이 비치고 있었다. 둘째 성은 길도 깨끗하게 쓸려 있지 않았다. 우타노스케가 부리나케 현관에 들어섰을 때, 그곳에는 이미 노신들의 지시로 촛대까지 마련되어 있었다.

"성주님! 성주님! 성주님은 어디 계시오?"

우타노스케는 부근에 있던 사람들이 깜짝 놀랄 만큼 큰소리로 외치며 본성 안채에 있는 히로타다의 휴게실로 달려갔다.

"우타노스케입니다. 성주님, 계십니까?"

방안은 조용하기만 할 뿐 한마디 대답도 없었다.

3

히로타다는 목욕을 하고 나와 불그레하게 상기된 얼굴로 거실에 앉아 시동에게 머리를 만지게 하고 있는 참이었다.

우타노스케는 그 앞에 대들 듯한 표정으로 가서 앉았다.

"성주님!"

히로타다는 지그시 눈을 감은 채.

"우타노스케요?"

틀림없이 여느 때처럼 흥분하고 있으리라 생각하고 왔는데, 뜻밖에 목소리도 태도도 조용했다.

"하치야에게 명한 말, 전해들었소?"

"그 일 때문에 왔습니다. 이제 와서 그런 분부를 내리실 수 있습니까?"

"내 생각이 좀 늦었소. 반 각 정도 지연되어도 상관없으니 둘째 성에다 준비하도록 하시오."

"성주님!"

우타노스케는 무릎걸음으로 다가갔다.

"마키히메 님은 소실이 아닙니다."

"……"

"어째서 본성에 들이지 않으시려는지 저희들로서는 도무지 이해할 수 없습니다."

히로타다는 대답하지 않았다. 처음과 다름없이 조용히 눈을 감고 있었다. 우타노스케는 초조감을 감추지 못했다.

"성주님! 어째서 아무 말씀도 없으십니까? 시간이 가고 있습니다."

"그래서 둘째 성에다 준비하라고 하지 않았소."

"어찌하여 둘째 성에서…… 이것도 저희들을 비꼬는 것입니까? 물론 저희들은 타케치요 님이 둘째 성에 계시는 것이 위험하므로 본성에 옮기시도록 청을 드렸습니다. 이것은 모두 가문을 위한 일입니다. 저혼자의 생각으로만 여기신다면 난처한 입장은 물론 오늘 일이 낭패로 돌아갑니다."

"우타노스케, 그대는 나에게 명령하는 거요? 그대가 언제부터 성주가 됐소?"

히로타다는 그제야 눈을 크게 떴다.

"오늘의 일은 내게 생각이 있어 정한 일이니 준비한 것들을 속히 둘째 성으로 옮기도록 하시오. 그대가 지시하지 못하겠다면 내가 직접 할까요?"

우타노스케는 히로타다에게 노려보는 시선을 못박은 채 입을 크게 일그러뜨렸다.

언제부터 성주가 되었느냐는 물음에는 대꾸할 말이 없었다. 이때였다. 역시 하치야의 전갈로 알았는지 이시카와 아키와 혼다 헤이하치로가 큰소리로 부르면서 들어왔다.

"성주님! 성주님은 여기 계십니까?"

히로타다의 눈이 번쩍 빛났다.

"성주님, 혼례식을 둘째 성에서 거행하신다는 것이 사실입니까?"

노려보듯이 하고 앉아 있는 우타노스케의 모습을 보자 이시카와 아키는 무섭게 히로타다에게 대들었다.

"시끄럽소!"

히로타다의 이마에 불끈 힘줄이 솟았다가 사라졌다.

"우타노스케."

"예."

"내 명령을 듣지 못하겠소? 대답하시오."

"하지만…… 그것은……"

"내 생각은 나말고는 아무도 알지 못할 것이오. 가령……"

말을 시작하다 말고 히로타다는 다시 눈을 감았다.

"내가 과연 마키히메를 사랑할 수 있을지 없을지, 그대들로서는 알 수 없을 것이오. 만일에 뜻이 통하지 않아 그 때문에 마키히메가 한을 품게 된다면, 같은 성안에 타케치요를 놓아둘 수 있다고 생각하시오? 굳이 마키히메를 본성에 들여놓겠다면 타케치요를 둘째 성으로 옮긴 후에 하시오."

평소에 없는 조용한 목소리로 설득하자 노신 세 사람은 그제야 비로소 가만히 얼굴을 마주보았다.

4

"내가 일부러 일을 복잡하게 꾸미려는 것은 아니오. 상대방에게는 본성은 타케치요의 거처라고 하면 그만이오. 내가 늦게 깨달아서 이런 일이 생겼소. 그러나 준비된 것을 옮기기만 하면 되는 일이 아니겠소. 이래도 그대들은 못마땅하다는 말이오?"

히로타다의 반문에 세 사람은 또다시 얼굴을 마주보았다.

어딘지 모르게 석연치 않았다. 그러나 말은 논리정연했다. 곰곰 생각해보면, 히로타다가 한 말의 이면에는 마키히메와 친밀해질 생각이 조금도 없다는 것을 깨달을 수 있을 텐데도, 때가 때이니 만큼 당황하는 마음만이 앞섰다.

"아직도 모르겠소? 타케치요를 잘 알지도 못하는 여자들과 접근시켜놓고도 그대들은 불안하지 않다는 말이오?"

이런 힐문을 받고는 고개를 끄덕이는 수밖에 없었다. 세 사람은 서로 재촉하듯 자리에서 일어났다.

세 사람이 나가자, 히로타다는 안도한 듯 크게 어깨를 흔들었다.

"이제 됐어."

불쑥 말하며 시동을 돌아보았다.

갑자기 성안이 떠들썩해졌다. 상대방 행렬이 성안에 들어온 뒤, 예정했던 식장만이 아니라 내실의 거처까지 변경되었으므로 바빠지는 것은 당연했다.

사카타니에서 외곽 정문에 이르는 길을 깨끗이 하기 시작하는 자, 본성에서 부랴부랴 주방 도구들을 옮기는 자, 촛대를 나르는 자, 병풍을 메고 가는 자 등 흡사 불난 자리 같았다.

본성은 하치만八幡 성채라 불리는데, 히로타다의 아버지 키요야스가 현재 오다 씨의 손에 점령당한 안죠 성을 이리 옮겨다 지은 것이었다.

돌담 높이는 평지에서 4간 5척, 그 입구인 누문樓門에서 사카타니를 거쳐 둘째 성 바깥의 카부키몬冠木門˚까지의 거리는 2정하고 20간 남짓. 둘째 성의 돌담은 지상에서 불과 2간밖에 되지 않으므로 본성에서 둘째 성으로 가는 길은 고갯길이었다. 더구나 좌우가 구불구불하여 문의 수만도 대여섯은 지나야만 했다.

사람들이 움직이기 시작한 것을 보고 우타노스케는 자기 집으로 돌아갔다.

본성에 들어가기로 되어 있던 시각은 여덟 점 반(오후 3시)이었으나, 이미 여덟 점(오후 2시)을 지나려 하고 있었다.

이보다 더 걱정되는 것은, 당연히 본성에 들어갈 줄 알고 따라오던 행렬이 둘째 성으로 접어들었을 때 마키히메와 그 오빠 노부미츠가 품을 의혹이었다.

한쪽은 지상에서 4간 5척, 다른 쪽은 지상에서 2간 남짓. 누가 보아도 그 차이는 뚜렷했다.

만일 마키히메가 거센 기질의 여자여서 무슨 일로 본성에 들어가지 않느냐고 묻는다면 무어라 대답하여 납득시킬 것인가. 그리고 노부미츠의 기질은 알지 못하나, 그의 아버지 단죠라면 분연히 자리를 걷어차고 돌아가겠다고 할 것임이 틀림없다.

뿐만 아니었다. 히로타다의 말에는 역시 우타노스케의 마음에 걸리는 대목이 있었다.

아니, 우타노스케에게만이 아닐 터. 지금은 남의 마음을 믿을 수 없는 난세였다. 만일 마키히메와 성주의 마음이 맞지 않아, 그 불만이 타케치요에게 미치기라도 한다면 큰일이었다. 이것은 노신들 모두의 가슴에 와닿는 불안이었다.

'정말 큰일났구나……'

우타노스케는 우선 자기 방으로 돌아와 직접 자기 손으로 약탕의 약을 따랐다. 마음을 진정시키고 생각을 정리하지 않고서는 함부로 노부미츠 앞에 나설 수가 없었다.

이때 부인이 옷자락 스치는 소리를 내며 방에 들어왔다.

"마키히메 님의 옷은 다 갈아입혔습니다. 노부미츠 님이 기다리고 계십니다."

"서두를 것 없어요."

우타노스케는 잔뜩 찌푸린 얼굴로 이질풀 달인 약을 쭉 들이켰다.

5

"전투의 진퇴가 아닌 이런 일에는 익숙지 못한 자들뿐이어서……"

우타노스케는 노부미츠가 기다리고 있는 방으로 돌아왔다.

"실수가 있을지 몰라 다시 한 바퀴 돌아보고 왔습니다마는, 생각대로 일이 잘 진행되지 않는군요, 와하하하."

헛웃음을 웃으면서 자리에 앉았다.

노부미츠는 아직 아무것도 깨닫지 못한 듯.

"그렇겠지요. 이런 일은 원래 예정한 대로는 진척되지 않는 법이니까요."

의외로 느긋하게 그게 무슨 대수로운 일이냐는 반응이었다. 우타노스케는 안도했다.

"그렇습니다. 만약 비라도 내린다면 밤이 될지도 모르는 형편이라."

"아니, 밤이 되려면 아직 멀었는걸요."

그 후 두 사람은 잠시 동안 슨푸의 인물평을 주고받으면서, 뒷일을 부탁한 이시카와 아키의 소식이 오기를 기다렸다. 아키로부터 준비가 끝났다는 연락이 온 것은 일곱 점(오후 4시)이 지나서였다. 대기하고 있던 짓토쿠 차림의 일꾼들을 독촉하여 우타노스케의 집에서 행렬이 나간 것은 주위가 장밋빛으로 물들기 시작한 저녁나절이었다.

이번에도 양쪽에 친척들이 줄지어 서서 배웅했다.

선두에는 우타노스케, 거의 그와 나란히 선 토다 노부미츠, 그 뒤로 우타노스케 부인의 안내로 마키히메가 좌우에 선 세 명의 시녀로부터 호위를 받으며 묵묵히 걸음을 옮겼다.

바닷바람과 육지의 바람이 엇바뀌는 시각인 듯. 바람이 잔 조용한 저녁놀 속에서 우수수 벚꽃이 떨어져내렸다.

"음, 과연 훌륭하군요."

도리의 간수가 9간 4척, 대들보가 2간 반인 본성 공동주택 문 앞에 이르렀을 때 노부미츠가 우타노스케에게 말했다.

우타노스케는 가슴이 철렁했다. 거기서 본성을 바라보고 있는 노부미츠의 눈이 무서웠다.

"저 성이 하치만 성임이 틀림없겠지요?"

"그렇습니다."

"선대인 키요야스 님께서 안죠 성을 옮겨 모시고 명명하신 이름이라 들었습니다마는."

"예."

"그때 손수 소나무를 한 그루 심으셨다고…… 바로 저것이군요."

흰 부채로 망루 너머로 보이는 사부로三郎 소나무를 가리켰을 때 우타노스케는 울고 싶은 심정이었다.

"그렇습니다."

그들은 공동주택 문을 들어섰다. 그리고 방금 소나무를 가리킨 쪽과는 반대방향으로 우타노스케가 묵묵히 꺾어들었을 때 예상했던 대로 노부미츠는 고개를 갸웃하고 걸음을 멈추었다.

우타노스케의 겨드랑이에서 식은땀이 줄줄 흘러내렸다.

"그쪽입니까?"

"이쪽입니다."

"그렇다면 저것은 하치만 성이 아니라……?"

우타노스케는 정중하게 절을 했다.

"하치만 성에는 현재 도련님이 계십니다."

"흐음."

노부미츠는 숨을 죽이고 흘끗 마키히메를 돌아보았다.

우타노스케도 온몸을 경직시키고 마키히메의 기색을 살폈다.

마키히메에게는 아직 주위의 경관을 돌아볼 정도로 마음의 여유가 없는 모양이었다. 약간 우수에 잠긴 갸름한 얼굴에서 한 발짝 한 발짝 아내의 길로 다가가는 무감동한 수심이 엿보일 뿐이었다.

노부미츠는 다시 한 번 시선을 본성의 사부로 소나무에게로 옮겼다가 우타노스케에게 나직이 말했다.

"그럼 안내를."

우타노스케의 전신에 흥건히 땀이 배었다.

6

마키히메는 오카자키 쪽에는 열여덟 살이라고 했으나, 실은 열아홉 살로 음양 오행설에서 말하는 액년厄年이었다. 결혼 적령기는 열여섯에서 열일곱 살 사이. 그런데 왜 이렇게 혼기가 늦어졌을까. 그녀에게도 역시 가슴앓이에 대한 우려가 있었다.

신랑인 성주는 해가 바뀌면 스무 살, 그런데도 벌써 세 아이가 있다는 말을 듣고 마키히메는 은근히 자신의 만혼을 서글프게 생각했다.

두 아이는 소실 오히사의 아들.

한 아이는 정실 오다이의 적자.

적자가 있는 집에 출가한다는 것이 여자에게는 하나의 무거운 짐이었다.

소실 오히사에 대한 것은 타와라에까지는 알려져 있지 않았으나, 정실 오다이의 이야기는 이것저것 마키히메의 귀에도 들어왔다. 출가할 때 목화씨를 가지고 가서 백성들에게 나누어주었다는 이야기, 우유로 蘇°(치즈)를 만들어 성주를 기쁘게 했다는 이야기, 타케치요를 낳기 위해 약사여래불에 기도를 드린 이야기 등, 그 어느 것도 모두 오다이의 슬기로움과 성실함을 말해주는 내용뿐이었다. 게다가 오다이의 미모는 부근 일대에서 제일간다는 소문이었다.

'그런 분의 뒤를 이어 출가한다는 것은……'

마키히메는 혼인 이야기가 나왔을 때 정색을 하며 사양했으나 아버지와 오빠가 허락하지 않았다.

그런 만큼 오다이와 겨룰 마음은 전혀 없었고, 여자로서 처음부터 자기가 뒤떨어진다고 체념하고 있었다. 그러나 그렇게 체념한 모습으로 과연 성주의 사랑을 받을 수 있을지, 그것이 큰 걱정이었다. 오카자키 성주가 미남이라는 것 역시 부근 일대에 널리 소문이 나 있었다. 따라서 소실인 오히사에 대한 질투보다도 이혼을 당한 오다이에 대한 선망이 머릿속에 가득하여 자기가 지금 둘째 성으로 들어가고 있다는 것을 아직 모르고 있었다.

타와라는 원래 작은 성이었다. 그에 비해 이곳은 성의 외부구조는 훌륭했으나 내부는 의외로 소박했다. 이 역시 무武로 이름을 떨친 가문 탓이라 믿어 별로 신경을 쓰지 않고 큰방에 마련된 자리에 앉았다.

양가의 예물이 쌓이고, 주고받는 인사와 축사가 끝날 때까지 그저 마음을 졸이고 있었을 뿐이다.

'대관절 어느 분이 성주일까?'

혼례의식이 쿄토식과 시골식이 섞여 있는 데다, 장소가 다르고 가풍이 다르기 때문에 어디서 성주가 나타날지 알 수 없었다.

예물교환이 끝났다. 우타노스케 부인은 다시 신부에게 손을 내밀어 휴게실로 안내했다. 그곳 역시 세워놓은 병풍만이 훌륭했을 뿐 방의 구조는 타와라보다도 못한 것 같았다. 물론 오빠 일행과는 헤어졌고, 거기에는 우타노스케 부인과 자기가 데리고 온 세 명의 하녀들만 있었다.

"여기가 앞으로 아씨의 거실이 될 것 같습니다."

비로소 마키히메는 가만히 주위를 돌아보았다. 별로 불만스럽다고는 생각하지 않았다. 검소한 것이 가풍이라면 출가해오는 사람 역시 가풍에 순응하는 것이 도리였다. 그때 하녀가 다시 귀띔을 했다.

"여기서 성주님과 대면하시는 것이 관습인 듯합니다."

"그래? 거울을 이리 주지 않겠니?"

마키히메의 가슴이 갑자기 쿵쾅거리기 시작했다.

7

마키히메가 막 거울을 치웠을 때 전갈이 왔다.

"지금 성주님께서 건너오십니다."

그 말에 이어 발소리가 가까워졌다.

마키히메는 혼기를 놓친 자신의 혈관이 피부 속에서 수줍게 설레고 있음을 느꼈다. 다소곳이 고개를 숙이고 자기 심장의 고동소리를 듣고 있으려니 문 앞에 흰 그림자가 나타났다. 그 그림자는 거의 망설임이 없었다.

"실례하오 —"

뒤에 칼을 든 부하 하나를 거느리고 조용히 말하며 마키히메 앞을 지나 상좌로 갔다. 마키히메는 두 손을 무릎 밑으로 약간 내리고 그를 맞았다.

"마키히메요?"

"예, 그렇습니다."

"내가 히로타다요."

잠시 말이 끊겼다.

"먼길에 피로가 심하겠소."

"변함없이 영원토록 보살펴주십시오."

"나도 잘 부탁하겠소."

히로타다는 이렇게 말하고 서슴없이 마키히메에게 눈길을 던졌다. 이미 그 어디에도 불쾌하다는 감정은 드러나 있지 않았다.

마키히메도 고개를 들어 자신의 일생을 맡길 상대를 바라보았다. 소문과 다름없이 단정한 용모였다. 시원스런 눈매와 단정한 입술을 보고는 다시 당황하며 눈길을 깔았다. 그것은 행복하다기보다 울고 싶은 감동과 함께 몸을 떨게 만드는 한 순간이었다.

'이 사람이…… 이 잘생긴 남자가 오늘부터 내 남편이 되는 것일까……'

이때 멀리 북쪽의 시모이나下伊那 부근 산맥 너머에서 천둥소리가 무겁게 들려왔다.

"아아, 봄에 천둥이 치다니 보기 드문 일이네요."

우타노스케 부인이 말하자 히로타다는 잠시 천둥소리에 귀를 기울이는 표정이었다.

"정말 그렇군요. 봄에 천둥이라니 희한한 일이에요……"

마키히메도 하녀도 다 같이 맞장구를 쳤다.

멀리서 울리던 천둥소리가 급히 산에서 마을로 내려오는지, 묵직한 울림이 공간을 제압하는가 싶더니 갑자기 주위가 어두워졌다.

이때 잔치 복장을 한 열서너 살쯤 되어 보이는 두 소녀가 차와 과자를 받쳐들고 들어왔다. 하녀들이 받아들어 히로타다와 마키히메 앞에 놓았다. 히로타다는 천둥소리에 귀를 기울이는 얼굴로 차를 마셨다.

"부슬부슬 비도 내리기 시작하는 것 같군."

"예, 비 온 뒤에 땅이 굳어진다는 말이 있습니다."

"그렇다면 경사스럽다는 말이오?"

히로타다는 문득 우타노스케 부인을 돌아보고 말했다.

"나는 또 벼락이 우와나리後妻를 하려고 온 줄 알았는데……"

이 말에 하녀들은 저도 모르게 옷소매를 입에 대고 웃음을 터뜨렸다. 우와나리라는 것은 남편이 재혼했을 때 그 전처가 친척들과 함께 절굿공이나 밥주걱 또는 빗자루 같은 것을 들고 후처를 찾아가 때리는 풍습을 말한다.

'익살스러운 성주님……'

후처 소리를 듣게 되는 것은 씁쓸했으나, 이 한마디로 마키히메의 마음은 한결 풀어졌다. 그녀 역시 소맷자락에 입을 대고 살포시 웃었다.

8

다 같이 웃음을 터뜨리는 것과 비가 내리기 시작한 것은 거의 동시의 일이었다.

"준비가 끝났습니다."

세번째 연락으로 신랑과 신부가 휴게실을 나설 무렵부터 천둥을 동반한 비가 억수같이 쏟아지기 시작했다. 이 비를 맞으면 만발한 벚꽃도 오늘이 마지막이 될 것이었다. 그러나 아무도 그 말은 입밖에 내지 않았다.

"비 온 뒤 땅이 굳어진다고 합니다."

"상서로운 징조입니다."

모두 입에 발린 소리를 하면서 자리에 앉았다.

히로타다와 마키히메가 나란히 앉으니 신랑이 더욱 늠름해 보였다. 여기가 둘째 성만 아니었다면 노부미츠의 마음은 훨씬 더 즐거웠을 것이 틀림없다. 유서 깊은 본성 하치만을 아들에게 비워주겠다는 것은 어떤 이유에서일까? 일족이 많은 오카자키 성의 일이므로 어떤 다른 생각이 있어서 그러려니 하고 노부미츠는 선의로 해석하고 잔치가 끝나기를 기다렸다.

비는 점점 더 세차게 쏟아졌다. 가끔 번개도 섞여, 줄지어 세워놓은 촛불보다 더 밝게 창살을 비추고는 했다. 암나비와 수나비의 손잡이 장식이 달린 술주전자로 신부의 잔에 교대로 술을 따르고 있을 때, 어딘가 가까운 곳에 벼락이 떨어졌다. 순간 마키히메는 깜짝 놀라는 듯했으나 그래도 잔은 무사히 받았다.

"좀처럼 멎지 않는군요, 이 천둥이."

"이 근처 지상을 맑게 할 작정인지도 모르지요."

"새 출발이니까 말입니다."

"이제 양가는 만세, 이마가와 댁도 만만세가 될 것입니다."

마키히메는 잔을 내려놓고 연회석에 들어가기 전에 다시 한 번 옷을 갈아입기 위해 자리를 떴다. 약간 입에 대었을 뿐인 언약을 의미하는 술에, 천둥소리는 야릇한 흥분을 더했다.

눈앞에 신랑인 히로타다의 늠름한 얼굴이 계속 떠오르고 그때마다 전신이 몽롱하게 달아올라, 소리를 지르면서 무언가를 움켜쥐고 싶은 충동에 사로잡혔다.

'나는 기꺼이 성주를 모실 수 있을 것이다……'

그 생활이 오늘밤부터 시작된다는 생각을 하니 얼굴도 귓불도 불처럼 달아올랐다.

"아씨."

옷을 갈아입는 것을 거들던 집에서 데려온 하녀 하나가 소리를 낮추었다.

"여기는 오카자키의 둘째 성입니다."

여느 때 같으면 예사로 들어넘길 수 없는 말을 했다. 그러나 마키히메는 그런 말을 새겨들을 여유가 없을 정도로 첫날밤의 잠자리에 대한 꿈을 꾸고 있었다.

"성주님이 계시는 곳이면 그곳이 바로 본성…… 무언가 네가 잘못 들었을 테지."

"하지만……"

시녀는 뒤로 돌아가 띠를 매면서 말했다.

"본성에 새로운 소실이 있는 것 같아요."

"알고 있어. 버릇이 없구나."

물론 그것이 오히사인 줄 알고 꾸짖은 것이었다. 이렇게까지 말하는 데는 하녀도 입을 다무는 수밖에 없었다.

비는 해시(오후 10시) 가까이 되어서야 멎었다.

그전부터 코와카니 노래니 하여 연회장은 떠들썩했고, 작은북과 피리소리가 둘째 성 가득히 울려퍼지고 있었다. 연회가 끝난 것은 일곱 점(오전 4시)이 지나서였다.

그날 밤 히로타다는 애타게 기다리고 있는 마키히메의 잠자리에 끝내 모습을 나타내지 않았다. 이것도 관습이려니 하고 마키히메는 달아오르기 시작하는 몸을 지그시 억제했다.

아득한 염원

1

"마님을 뵙겠다고 낯선 나그네 한 분이 찾아오셨습니다."

아시가루 요스케興助가 서신 한 통을 손에 들고 정원을 통해 안채로 들어왔다.

오다이는 바느질하던 손을 잠시 멈추고 그 서신을 받아들었다.

봉함 앞면에는 분명히 자기 이름이 씌어 있었고, 뒷면에는 쿠마무라, 타케노우치 나미타로라 되어 있었다.

쿠마무라 저택에서 소개장을 가지고…… 어째서 남편 토시카츠가 아니라, 자기 앞으로 보냈을까 하고 오다이는 약간 의아한 생각이 들었다.

얼마 전 사도노카미佐渡守로 임명된 아구이의 히사마츠 야쿠로 토시카츠의 저택.

오다이가 재혼한 지도 벌써 8개월 남짓, 계절은 이미 가을로 접어들고 있었다.

이 저택은 어마어마한 성채와 같은 구조는 아니었다. 쿠마 저택보다 다소 규모가 작고 또 평지에 지은, 진지陣地와도 같은 집이었다.

남편은 어제 나고야那古野에 가서 아직 돌아오지 않았다.

가만히 봉함을 뜯어보니 그것은 오다이에게 남편 사도노카미, 곧 야쿠로 토시카츠에게 잘 말해서 가신 한 사람을 써줄 수 없겠느냐고 한 추천의 글이었다.

나미타로의 친척으로, 이름은 타케노우치 큐로쿠久六라고 했다. 토시카츠가 나고야나 후루와타리 성古渡城에 나가 부재중일 것으로 생각되어 마님께 부탁을 드린다고 씌어 있었다.

"어떤 사람인지 들게 하라."

전에는 겹겹으로 해자를 두른 성안 깊숙한 곳의 마님이었지만, 지금은 다이묘大名°란 이름뿐 하찮은 일개 성주의 아낙에 지나지 않았다. 오다이가 바느질감을 치우고 기다리고 있으려니 마구간 옆 감나무 밑에서 아시가루가 키가 큰 한 사나이를 데리고 나타났다.

그 사나이를 바라보며, 무심코 생각하는 찰나였다.

'혹시 어딘가에서……'

오다이는 가슴이 철렁했다. 기억에 있을 수밖에 없는 것이, 그는 쿠마 저택 밖에서 본 이후 한시도 마음에서 떠나지 않은 동복오빠, 토쿠로 노부치카가 틀림없었다.

오다이가 깜짝 놀라 말을 건네려 했을 때 노부치카는 아시가루 뒤에서 가만히 고개를 저었다. 오다이에게 아무 말도 하지 말라는 신호임이 분명했다.

"마님, 모시고 왔습니다."

선 채로 아시가루가 말했다. 노부치카는 툇마루 아래서 한쪽 무릎을 꿇고 절했다.

"쿠마 도령의 소개장을 가지고 왔습니다. 저는 타케노우치 큐로쿠라고 합니다."

"타케노우치 큐로쿠……"

오다이는 그 이름을 마음속에 새기려는 듯이 되풀이했다.

"나미타로 님의 친척인가요?"

"예. 친척이기는 하지만, 아주 먼 일가입니다. 일가 중에서도 맨 끄트머리지요."

"알겠어요. 요스케, 잠시 나가 있어요."

아시가루는 아무렇게나 꾸벅 절을 하고 사라졌다.

"오빠……"

"쉿!"

노부치카가 오다이의 말을 가로막았다.

"큐로쿠란 잡니다. 가능하시면 이 댁 아시가루로 있게 해주십사 하고 찾아왔습니다."

오다이는 잠시 아무 말도 않고 몰라볼 정도로 변해버린 오빠의 모습을 멍하니 바라보고 있었다.

큐로쿠는 그러한 오다이의 놀람에는 조금도 개의치 않았다.

"머지않아 다시 전쟁이 일어날 거라고 합니다. 오카자키의 마츠다이라 히로타다 님은 타와라 부인을 맞이하신 뒤 갑자기 전의에 불타 가까운 시일 안에 안죠 성을 탈환하시겠다고 말을 모으며 창을 벼르고 있다 합니다."

단숨에 말하고 나서 큐로쿠는 미소도 띠지 않고 다시 한 번 꾸벅 머리를 숙였다.

2

타와라 부인이란 오다이가 떠나온 후 오카자키 성의 히로타다에게 출가한 토다 가문의 마키히메를 마츠다이라 일족이 부르는 이름이었다. 타와라 부인에 대한 풍문은 오다이도 들어 조금은 알고 있었다. 아니, 마음속 어딘가에서 계속 관심을 쏟고 있다고 해도 지나친 말은 아니었다.

히로타다와의 사이가 원만하지 않은데, 그 원인은 히로타다가 부인을 본성에 들이지 않은 탓이라는 소문이었다. 오다이는 그러는 히로타다의 마음을 알 것 같았다.

"내 아내는 그대 한 사람뿐."

헤어질 때의 그 열띤 목소리가 안타깝게도 가슴에 남아 있었다. 그런데도 오다이는 이 집으로 출가해왔다.

'용서하십시오……'

히로타다의 환상이 떠오를 때마다 오다이는 이 말을 되풀이했다.

'언젠가……언젠가는 타케치요, 타케치요에게 도움될 때가 있으려니 해서요.'

이러한 오다이 앞에 하필이면 죽었다던 노부치카가 하인의 모습으로 나타났다. 그리고는 머지않아 히로타다가 안죠 성 오다 노부히로에게 도전하리라는 소식을 알리고 있다.

오다이는 잠시 눈을 감고 타케노우치 큐로쿠라고 자신을 소개한 오빠의 심중을 헤아려보았다.

"그래서……"

얼마 후 눈을 뜨고 물었다.

"그 전쟁은 어느 쪽에 승산이 있을까요?"

오다이의 목소리는 떨리고 있었다.

"예, 이 큐로쿠의 판단으로는 십중팔구…… 마츠다이라 쪽에는 승산이 없을 것 같습니다."

"어째서 그렇게 생각하나요?"

"비록 오다 노부히로 님의 성이라고는 해도 그 배후에는 떠오르는

태양 같은 아버님 노부히데 님이 계십니다. 또 마님의 오빠이신 미즈노 시모츠케노카미, 이 댁 주인이신 히사마츠 사도노카미, 히로세의 사쿠마 일족도 이미 노부히데 님 편이나 다름없고, 마츠다이라 일족 중에서도 노부사다 님은 전부터 오카자키의 적, 게다가 이번에는 미츠키三ツ 木의 쿠란도 노부타카 님의 향배도 의심스럽다는 소문입니다. 이쯤 되면 마츠다이라에게는 승산이 없으리라고……"

오다이는 다시 잠시 동안 오빠의 얼굴을 바라보았다. 그 오빠의 얼굴에, 오카자키 본성에서 아무것도 모르고 뛰놀고 있을 자기 아들의 얼굴이 겹쳐졌다.

"일족 중에 또다시 향배가 의심스러운 사람이 나타난 것은……"

"예. 히로타다 님의 평판이 그렇게 좋다고는 할 수 없습니다."

"심성은 착하신 분인데, 어째서 그럴까요?"

"그것은…… 이런 시대의 무장으로는 그 착한 심성이 도리어 나약해지거나 고집을 부리게 하여…… 이번 출전 결정에도 오카자키 노신들은 모두 탐탁해하지 않는다고 합니다."

십중팔구 승산이 없을 것이라는 전쟁, 그 전쟁을 감히 결행하겠다고 주장하는 히로타다의 고집 또한 슬프게도 오다이로서는 이해할 수 있을 것 같았다.

"나는 일족의 꼭두각시가 되고 싶지 않아."

입버릇처럼 이 말을 되풀이하던 히로타다였다. 그러한 남편의 격앙된 감정을 오다이는 자신의 사랑을 기울여 한껏 감싸왔다. 하지만 지금은 그럴 사람도 없었다.

오다이는 오빠로부터 눈길을 돌려 맑게 갠 하늘을 올려다보았다. 한결 높아진 하늘, 추녀에 드리워진 노송나무 그늘 사이로 흰 구름이 흘러갔다.

어딘가에서 때까치가 찢어지는 듯한 소리로 울고 있었다.

3

대지에는 이미 가을 기운이 짙어지고 있었으나, 아직 농부들의 가을 걷이는 끝나지 않았다. 지금 전쟁을 시작하면 많은 백성들의 원한을 사고 유랑민과 도적의 무리가 늘게 될 것이다.

그러나 오다이에게 오카자키 성은 이미 손에 닿지 않는 하늘의 구름이었다.

"큐로쿠 님."

"그냥 큐로쿠라 부르십시오."

"아직 그럴 수는 없어요."

오다이는 이렇게 말하며 가만히 눈언저리로 옷소매를 가져갔다.

"전쟁을 중지시킬 수는 없을까요?"

"없습니다."

오빠의 대답은 단호했다.

"저는 예사 하인일 뿐입니다."

"그렇다면 이 집에서 일하겠다고 하는 이유는?"

"그것은……"

이번에는 오빠가 하늘을 쳐다보았다.

"이 댁 대장의 말고삐를 잡고 어떤 전쟁이든 모시고 싶은, 다만 그것뿐입니다."

"……"

"운이 좋으면 그것으로 공도 세울 수 있겠지요. 오카자키에 제일 먼저 입성하는 용사, 그런 게 이 하인의 꿈……이라고 웃어넘기지는 마십시오. 무가武家를 섬기는 하인으로서 그 밖에는 어떤 꿈도 가질 수 없는 시대입니다. 어떻습니까? 쿠마의 주인도 마님께 의지하라고 하셨습니다. 천거를 부탁 드립니다."

"알겠습니다."

오다이는 고개를 끄덕였다.

"아까 그 아시가루, 요스케라고 합니다. 요스케의 방으로 가서 남편이 돌아오기를 기다리세요."

"감사합니다. 그러면……"

이전에 미즈노 토쿠로 노부치카였던 그는 아주 익숙한 하인배 같은 태도로 공손히 오다이에게 절하고 물러갔다.

오다이는 지그시 입술을 깨물고 그 뒷모습을 지켜보았다.

이 집으로 오다이의 출가를 결정하게 한 것은 쿠마의 타케노우치 나미타로였다.

나미타로는 오다이에게, 오다 쪽 사람한테 출가하여, 만일의 경우 타케치요의 구명救命을 부탁할 수 있는 입장에 있을 것을 암시했다. 그 나미타로가 이번에는 오빠를 이 집에 두도록 부탁해왔다.

오다이는 그 깊은 내막까지는 아직 알지 못했다. 나미타로가 오빠를 조종하고 있는 것일까, 아니면 오빠가 나미타로를 이용하고 있는 것일까? 다만 두 사람이 무언가를 통해 깊이 맺어져 있다는 것만은 잘 알 수 있었다.

오다이는 다시 바느질감을 꺼냈다. 요즘에는 손을 움직이고 있는 편이 도리어 생각을 정리하기가 쉬웠다.

"오카자키에 맨 먼저 입성하는 용사……"

오빠는 그렇게 말했다. 만일의 경우 자기 손으로 타케치요를 사로잡아 그 공을 내세워 구명을 도모할 생각임이 틀림없었다.

이러한 음모 속에 아무것도 모르고 있는 남편 야쿠로 토시카츠를 끌어들여도 과연 괜찮을까……?

갑자기 문 앞에서 인마의 떠들썩한 소리가 들려왔다.

야쿠로 토시카츠가 나고야에서 돌아온 모양이었다. 반 각刻(한 시간)

만 일렀더라도 오빠와 이야기를 나눌 틈도 없었을 것이다. 오다이는 안도의 숨을 내쉬고 바느질감을 치운 뒤 거울 앞에 앉아 머리를 매만졌다.

현관에서 토시카츠의 힘찬 목소리가 들렸다.

4

이 집에도 안채와 바깥채의 구별은 있었다. 오다이는 머리를 매만지고 나서 바깥채와는 복도 하나를 사이에 둔 안채로 통하는 장지문 뒤에 무릎을 꿇고 앉아 남편을 기다렸다.

바깥채에서는 이미 야쿠로 토시카츠가 가신을 불러 큰소리로 명하고 있었다.

"드디어 전쟁이야!"

평소의 점잖은 목소리에 비해 오늘은 매우 긴장미가 느껴졌다. 아마도 자세를 바로 하고 눈을 부릅뜨고 있을 것이었다.

"지난 미노美濃 공격 때 주군 단죠 노부히데彈正信秀 님이 승리를 거두지 못하고 물러난 것을 마츠다이라 쪽이 얕보고 안죠 성을 공격하려 한다는 정보가 있다."

토시카츠는 어색하게 껄껄 웃었다.

"이거야말로 우리로서는 기다리고 기다리던 기회. 오다 군의 질풍노도 기세를 모르는 자들이지. 언제 급한 연락이 올지 모르니 만반의 준비를 갖추도록, 알겠느냐?"

"예! 알겠습니다. 그런데 영지에서 차출할 장정들의 수는?"

"음, 농민들은 남녀노소 불문하고 모두 힘을 합쳐 벼를 베어들이라고 하라. 만일의 경우 논의 벼가 짓밟히기라도 하면 일찍 베는 것보다 몇 갑절 더 손해를 보게 된다. 그리고 열다섯에서 서른 살까지의 남자들은 준비를 단단히 하고 다음 명령을 기다리도록 하라."

"열다섯 살에서 서른 살까지."

"그렇다. 이들이 출전하더라도 나머지 사람들은 일손을 놓지 않도록. 한 해의 생명줄, 추수를 게을리해서는 안 된다고 일러라."

"알겠습니다."

이때 누가 차를 가져온 모양이었다.

"차는 됐다. 안에서 마시겠다. 참, 짐 실을 말은 사십 필 정도 준비하도록."

그대로 기다리고 있는데 오다이가 앉아 있는 맞은편 장지문이 휙 열렸다.

"무사히 다녀오셨습니까?"

오다이는 무릎에서 내린 두 손을 내밀어 남편의 칼을 옷소매로 싸안듯이 받았다.

"부인, 기다리느라 고생 많았소."

토시카츠는 아내에게 더없이 다정했다. 목소리부터가 장지문 너머에 있을 때와는 전혀 달라져 있었다.

오다이의 코끝을 마른풀과 땀냄새가 스쳐지나갔다. 오다이는 조용히 그 뒤를 따랐다.

"활짝 개었어, 좋은 날씨로군."

거실에 들어선 토시카츠는 잠시 추녀 밖을 내다보고 나서 대범하게 책상다리를 하고 앉았다.

"오랜만의 풍작이라, 이대로 날씨가 좋으면 백성들이 얼마나 기뻐할지. 그런데 분수도 모르고."

토시카츠는 크게 혀를 찼다.

"바보 같은 사람이야!"

그것은 물론 추수도 기다리지 않고 전쟁을 걸어오는 오다이의 전남편 마츠다이라 히로타다를 가리키는 말이었다.

오다이는 몸이 오그라드는 느낌으로 칼걸이에 칼을 걸고 조용히 남편 앞으로 돌아갔다.

"부인 ─"

"예."

"드디어 당신의 원한을 갚을 때가 왔소. 분수를 모르는 오카자키가 안죠 성을 넘보고 군사를 일으킨다고 하오. 버릇을 단단히 고쳐줘야겠소."

오다이는 잠자코 고개를 수그렸다. 이혼당한 아내이기 때문에 오카자키에 원한을 품고 있다 ─ 고 단순하게 단정하고 있는 남편이 가엾고 원망스럽기도 했다.

5

"안죠는 원래 마츠다이라 가문의 조상이 쌓은 성, 집착하는 것도 무리가 아니오만, 그렇다고 지금 마츠다이라의 형편으로⋯⋯"

토시카츠는 하녀가 가져온 물수건으로 천천히 목덜미와 이마의 땀을 닦았다.

"뺏을 수 있는지 없는지 그것도 모른단 말인가. 이제 당신 마음도 후련해질 것이오. 오다 단죠 같은 분이 자기 맏아들에게 지키게 한 성을 쉽사리 내줄 리 없지. 오카자키의 운명도 끝장이오. 자업자득이지."

오다이는 그래도 얼굴빛만은 바꾸지 않았다. 하녀가 가져온 찻잔을 조용히 남편 앞에 놓았다.

"우선 차부터 드시지요."

"그래요. 맛이 아주 좋군! 도중에 목이 말라 몇 번이나 말을 내릴까……했지만 갈증 후의 감로수를 생각하며 달려왔소."

"그러시면 한 잔 더 ─"

"그럽시다. 맛이 정말 좋아!"

거푸 두 잔을 맛있게 마시고 나서 토시카츠는 더욱 온화한 눈길로 아내를 바라보았다.

"전쟁이 벌어질 거요."

작은 소리로 말했다.

"우리도 후루와타리에서 연락이 오는 즉시 출정해야 하오. 알겠소?"

"예."

"각오는 되어 있겠지요?"

"저는 무사의 아내예요."

"하하하…… 내가 그만 실수를 했군. 미즈노 시모츠케노카미의 여동생인데. 이번에야말로 나는 당신의 원수를 갚을 작정이오."

"……"

"갑옷을 벗으면 평범한 지아비, 난들 좋아서 전쟁터에 나가겠소. 다만 이러한 난세를 사는 사나이로서는 어쩔 수가 없는 일, 그대도 이 점을 헤아려주시오."

오다이는 다시 남편의 땀냄새를 착잡한 심정으로 맡았다. 뛰어나게 용맹하다거나 남달리 활달하다고 할 수는 없지만, 정직하고 성실한 토시카츠였다. 모든 것을 각오하고 시집온 이상 그 고지식함에 보답해야 한다고 생각하면서도 왠지 아직 익숙해지지 않은 채였다.

가장 괴로운 것은 잠자리에서의 꿈이었다. 토시카츠가 포옹해오면 오다이의 몸도 뜨거워졌다. 그러나 잠든 후 꾸는 꿈속의 남편은 언제나 히로타다였다.

'마음은 전남편, 몸은 지금의 남편……'

여자에게 재혼이란 그 얼마나 안타까운 비탄일까. 이런 꿈을 꾼 뒤에는 언제나 베개가 흠뻑 젖었다. 그런데도 토시카츠는 아무것도 모르고 있었다.

"그대의 친정은 나에게 분에 넘치는 가문이오."

"과분한 말씀입니다."

"아니오. 나는 한 번도 마음속으로 그대를 소홀하게 생각한 적이 없소. 그런 까닭에 더욱……"

"예."

"마음에 걸리는 일이 한 가지 있소."

"말씀하시지요. 무슨 일인가요?"

"당신과 나 사이에 아직 아기가 생기지 않은 것…… 마음에 걸리는 일은 바로 그것이오."

오다이는 다시 고개를 수그렸다.

"아직, 그렇지요?"

"예…… 예."

"내가 또 공연한 말을 했군. 걱정하지 마시오. 난 무운을 타고난 사나이, 쉽게 죽지 않아요. 나 없는 동안 집안 잘 돌보고 내 무공을 빌어 주시오."

"예…… 예."

6

오다이는 다시 자기 자신의 불성실함이 마음에 걸렸다. 사실 오다이는 아직 토시카츠를 위해 무운을 빈 일도, 자식에 대해 생각해본 일도 없었다.

오카자키 성에 있을 때는 타케치요를 점지해주십사 하고 추운 겨울에 목욕재계하고 치성까지 드렸는데.

"나는 말이오, 그대를 위해서라도 공을 세우겠소. 카리야의 사위가 범용해서야 어디에 쓰겠소? 그런데……"

토시카츠는 홀끔 옆방을 살피듯 하고는 말했다.

"물이 아직 덜 끓었소? 나는 나고야에서 아침 식사를 안 하고 왔는데."

오다이는 깜짝 놀라 벌떡 일어섰다.

지금도 자기만을 생각하고 토시카츠를 까맣게 잊고 있었다. 그녀는 마음속으로부터 자신이 미워졌다.

그렇다고는 하지만 일단 결심한 것을 포기할 오다이는 아니었다.

상을 차려오게 하면서도 오다이는 타케노우치 큐로쿠라 자칭하고 나타난 자기 오빠를 어떻게 하면 토시카츠와 만나게 할 것인가 곰곰 생각했다.

밥상 역시 오카자키의 히로타다와는 비교도 안 될 정도로 간소하여, 된장절임을 한 마른 정어리 한 마리를 곁들였을 뿐이었다. 갑작스럽게 차린 상이라 국도 없었다.

밥은 물론 현미였는데, 토시카츠는 따뜻한 물에 말아 홀홀 맛있게 먹기 시작했다.

음식 시중은 하녀의 몫이어서 결코 오다이에게는 손을 대지 않게 했다. 무장의 집안이었지만 부인을 대하는 품위는 높았다.

밥을 다 먹은 토시카츠가 야채절임 그릇을 부신 물을 공기에 옮겨 마시기 시작했다.

"쿠마 저택의 나미타로 님을 어떻게 생각하시는지요?"

오다이는 빙 둘러 나미타로의 인물평을 통해 남편의 마음을 떠보고 일이 성사될 것인가의 여부를 짚어보려 했다.

"아, 쿠마무라의…… 그 사람 상당한 인물이오. 쿠마의 노부시野武

士°들과도 줄이 닿고, 나니와에서 사카이 해적들까지 움직이고 있소. 뭍의 세력은 대수롭지 않지만……"

토시카츠는 말하다 말고 무슨 생각이 떠올랐는지 갑자기 무릎을 탁 쳤다.

하녀가 상을 물리러 들어왔다. 상을 내가는 하녀의 모습이 보이지 않을 때까지 아무 말도 하지 않고 있던 그는 문득 고개를 들었다.

"아무도 엿듣는 자는 없겠지?"

조심스럽게 주위를 둘러보았다.

"예."

오다이도 일어나 정원을 내다보았다.

"그 사람은 은밀하게 활동하는 오다의 군사軍師요."

"예?"

"단죠 님이 이따금 킷포시 님을 쿠마 저택으로 보내는 것도 그 때문인데, 앞으로 천하는 근왕勤王의 것이라면서……"

"근왕이라 하시면?"

"그 사람은 쿄토의 쇼군將軍° 아시카가足利 일족은 이미 운이 다했다고 단언하고 있소. 이것은 난쵸南朝와의 싸움, 호쿠쵸北朝를 휘저어놓은 천벌, 그러므로 아시카가의 뒤를 이어 천하의 민심을 수습할 사람은 근왕, 즉 천황을 받들고 싸우는 자가 아니면 안 된다는 거요…… 알겠소?"

오다이는 갑자기 정색을 하는 남편의 태도에서, 자기 목적의 성공 여부를 캐내기 위해 진지한 눈빛으로 살그머니 남편에게 다가갔다.

"천황을 받들고 싸운다는 것은 어떤……?"

토시카츠는 장밋빛으로 물들어가는 아내의 얼굴을 바라보며, 마음속으로 감탄했다.

'내 아내지만 정말 아름다워……'

7

토시카츠는 약간 자랑스럽기도 했다. 오다이의 얼굴이 이처럼 아름답게 빛난 것은 시집온 이후 처음이었다.

"헤이지平氏가 망하면 겐지源氏가 흥하고, 밤이 가면 아침이 오는 것이 천하의 이치. 지금은 천황에게 등을 돌린 아시카가 쇼군이 망하는 황혼. 다음에 일어날 자는 근왕의 아침이라 할 수 있지. 당신도 알고 있을 것이오. 그래서 노부히데 님은 천황께 헌금을 바치시고, 고맙게도 봉서奉書까지 받았던 거요. 아니 그뿐만이 아니오. 아츠타熱田 신사神社와 이세伊勢 대신궁에도 계속 막대한 봉납을 하고 있소. 그 다리를 놓은 인물이 바로 쿠마의 젊은 도령 나미타로요, 알겠소?"

오다이는 잘 이해되지 않았다. 어째서 헌금이 쇼군을 망하게 하는 것일까?

"치성을 드리는 것입니까, 아니면 신앙으로……?"

토시카츠는 빙긋이 웃었다.

"아니, 그 어느 쪽도 아니오. 이것을 정치라 하오. 아니, 양쪽 모두이니 정치라고나 할까."

"……"

"말하자면 하나의 깃발이라 할 수 있소. 이 난세는 신과 천황을 무시한 벌로서 온 것이오. 자, 나를 따르라! 나를 따라 신과 천황을 받들면, 난세는 태평세상이 된다! 이렇게 부르짖으며 싸워야만 비로소 인심이 모여 승리를 거둘 수 있다는 거요. 그리고 또……"

토시카츠는 오다이의 표정이 점점 심각해지는 것을 보고 자세를 바로 하였다.

"당신은 화승총이라고 들어본 적 있소?"

"아니, 없습니다."

"그럴 거요. 나도 화승총에 대한 말을 듣고 정말 간담이 다 서늘해졌소."

"그것은…… 음식 이름인가요?"

"아니, 무기요, 무기! 공중을 나는 가공할 무기요. 화살 같은 것은 도저히 미치지 못하는 먼 거리에서 탕 하고 울리면 눈에는 보이지 않는데도 사람이 푹 쓰러져 죽는 거요. 아니, 말해도 믿어지지 않을 거요. 소리가 사람을 죽이다니…… 참으로 무서운 무기가 등장했소."

"……?"

"그런 무기를 말이오, 나미타로가 사카이 부근에서 구한 모양인데, 그 무기와 그것을 뛰어나게 다루는 명수들을 노부히데 님에게 바쳤어요. 거짓말이 아니오. 킷포시 님도 이미 극비리에 그 사용법을 배우고 있소. 그 무기와 근왕으로 모든 백성의 고통을 구하라고 진심 어린 기원을 담아 선물했어요."

오다이는 그 내용이 너무나 황당하여 얼른 알아들을 수 없었다. 하지만 남편 토시카츠가 나미타로를 신임하는 이상으로 두려워하고 있다는 사실은 알 수 있었다.

"그렇다면 쿠마의 젊은 도령은 결코 예사사람이 아니군요."

"대단한 사람이지."

"실은 그 나미타로 님이 부하를 한 사람 추천해왔어요. 이 추천장을……"

오다이는 내심 안도하면서 서신을 내놓았다.

토시카츠는 고개를 갸웃하더니, 그것을 펼쳐 몇 번이나 되풀이해 읽었다.

"이 큐로쿠라는 자는?"

"아시가루 방에서 기다리게 했어요."

"흐음."

다시 한 번 고개를 갸웃하는 토시카츠의 얼굴에는 문득 의아해하는 표정이 떠올랐다.

"아무튼 만나보지."

8

큐로쿠가 다시 뜰 앞으로 불려나올 때까지 토시카츠는 몇 번이고 고개를 갸웃거리고 있었다.

"아니?"

큐로쿠가 고개를 들었을 때 조심스럽게 물었다.

"나는 그대와 어디선가 만난 것 같군. 혹시 후루와타리 성에서 만나지 않았었나……?"

"아닙니다. 그런 곳에는 가본 일도 없습니다."

"으음, 이 추천서는 아내의 손을 거쳐 받았네. 추천하신 분과는 나도 가까워지기를 원하고 있지. 그런데 한 가지 의심스러운 점이 있어."

오다이는 깜짝 놀랐으나 뜰의 오빠는 천치라도 된 것처럼 멍하니 서 있었다.

"쿠마의 젊은 도령의 추천이라면, 굳이 나같이 미미한 사람 밑이 아니라도 후루와타리 성이든 나고야 성이든 어디라도 갈 수 있었을 텐데, 어째서 나를 택했나?"

"예…… 저도 잘 모르겠습니다."

"뭣이, 모르겠다고?"

"예, 단지 저는 무인을 모시고 싶었을 뿐입니다."

"그런데 나미타로 님이 나에게 찾아가라고 하던가?"

"예, 이 댁 주인은 도량도 넓으시고 앞으로 출세하실 분이므로, 변변치 못한 너라도 잘 가르쳐주실 것이다. 그러니 반드시 충성과 의리를 다하라고 하셨습니다."

"으음, 그런데 그대와 나는 틀림없이 어디선가 만난 일이 있어. 정말 기억이 없나?"

"예, 전혀……"

토시카츠는 다시 한 번 고개를 갸웃하고 생각하다가, 오다이를 돌아보았다.

"당신이 보기에는 어떻소?"

오다이는 두 손을 짚고 말했다.

"성주님이 보셨다는 사람은 이 자와 매우 닮은 사람이 아니었을까요? 저도 처음엔 가슴이 섬뜩했어요."

"당신도…… 낯이 익은 사람 같았다는 말이오?"

"예, 그래서 한동안은 말도 할 수 없었습니다."

"누구와 닮았소?"

오다이는 방긋 미소를 떠올렸다.

"카리야의 오빠와."

"오오!"

토시카츠는 무릎을 쳤다.

"맞아. 그 말을 듣고 보니 카리야의 시모츠케노카미 님을 닮았군 그래. 그러니 잘 생각이 안 나는 것도 무리가 아니지. 한쪽은 카리야의 성주이시니 너무나 체통이 다르지. 아무튼 좋아, 내 밑에 있도록 허락하겠네. 쿠마 도련님의 말을 잊지 않도록."

"예, 절대로 잊지 않겠습니다."

"됐네, 그만 방에 돌아가 지시를 받도록 하게. 그대의 대장은 히라노 큐조平野久藏일세."

"감사합니다."

큐로쿠는 이번에도 쫓기다시피 그 자리를 물러났다.

토시카츠는 그 뒷모습을 빤히 바라보며 눈을 떼지 않았다.

"부인……"

"예."

"저 자에게 방심해선 안 되오."

"무슨 수상한 점이라도?"

토시카츠는 다시 부드러운 표정이 되어 말했다.

"단죠 님이 그대를 의심하고 보낸 첩자인지도 몰라요. 오카자키에 아들을 두고 왔기 때문에. 그러나 염려할 건 없소. 그대의 마음은 내가 잘 알고 있소."

오다이는 안도하고 이 선량한 남편에게 처음으로 진심에서 우러나오는 마음으로 합장했다.

안개 속에 묻힌 성

1

정원에서는 화톳불이 스러져가고 있었다. 동쪽 하늘이 훤해지면서 불길이 점점 기세를 잃어갔다.

그러나 실내의 등잔불은 사람들의 그림자를 뚜렷이 벽에 새겨주고, 방에 늘어앉은 부장들 사이에서는 일종의 비장감마저 흐르고 있었다.

오른쪽에는 아베 오쿠라와 그 동생 시로베에. 왼쪽에는 사카이 우타노스케와 이시카와 아키, 중앙의 히로타다를 에워싸듯이 하고는 마츠다이라 게키松平外記, 오쿠보 형제, 혼다 헤이하치로, 아베 시로고로阿部四郎五郎의 순으로 둥글게 진을 이루고 있었다.

모두 경장輕裝이 아니라 중무장에 가까운 차림으로, 그 표정은 한결같이 나무로 조각한 나한羅漢을 보는 것 같았다.

히로타다가 말했다.

"타케치요를 이리로 —"

히로타다는 거의 무표정이었다. 하얀 하치가네鉢金˚에 불빛이 아른거리고, 갑옷을 차려 입으니 도리어 가련함이 더했다. 왕실의 인형 같은 분위기마저 감도는 듯했다.

히로타다의 명으로 그의 고모 즈이넨인隨念院이 타케치요를 안고 히로타다 앞으로 나왔다.

"아, 아, 빠……"

타케치요가 생글거리면서 아직 잘 돌지도 않는 혀로 아버지를 부르며 손을 뻗었다. 히로타다는 토실토실하게 살이 오른 아들의 목과 손목을 가만히 바라보았다.

타케치요는 즈이넨인의 품에서 버둥거리며 아버지 쪽으로 가려고 했다. 즈이넨인은 그 뜻을 살펴 아기를 내밀었다.

"안아보시지요."

히로타다는 무릎 위에 있는 지휘봉을 내려놓으려 하지 않았다. 가만히 고개를 저으면서도 그 눈은 여전히 타케치요에게서 떠나지 않은 채 작은 소리로 말했다.

"부탁합니다."

즈이넨인은 고개를 끄덕였다.

아베 오쿠라와 사카이 우타노스케는 이 이별을 차마 보지 못해 고개를 돌리고 있었다. 혼다 헤이하치로는 정원을 내다보며 중얼거리듯 말했다.

"곧 일곱 점 반(오전 5시)이 되겠군."

시동이 술과 카치구리勝栗°를 가져왔다.

즈이넨인은 타케치요를 안은 채 히로타다의 뒤로 돌아가, 여전히 혀 짧은 소리로 떼를 쓰는 타케치요를 달래고 있었다.

히로타다의 손에서 질그릇 술잔이 돌기 시작했다. 아무도 말은 하지 않았으나 그다지 비장한 빛은 보이지 않아, 히로타다가 타케치요를 바라보던 때보다 오히려 분위기는 누그러져 있었다.

"들겠소?"

오쿠보 진시로大久保甚四郎가 혼다 헤이하치로에게 잔을 건네었다.

"아, 물론이오."

헤이하치로는 새 갑옷을 입은 몸으로 후후후 하고 웃었다.

정원 앞에 말이 준비된 듯 갑자기 요란한 말 울음소리가 들렸다.

술잔이 다시 히로타다의 손에 돌아왔을 때.

"모두 준비 됐소?"

히로타다는 자리에서 일어나 '탁' 하고 질그릇 잔을 깨뜨렸다.

"오! 오! 오!"

다 같이 외치며 높이 칼을 쳐들었다. 그리고는 아베 시로고로를 선두로 하여 성큼성큼 정원으로 걸어내려갔다.

엄숙한 출전의식답지 않고 왠지 한가로운 분위기였다. 히로타다 앞에 애꾸눈 하치야가 말을 끌고 왔을 때였다.

"아, 아, 빠!"

다시 뒤에서 티없는 타케치요의 목소리가 들렸다.

2

날이 새기도 전에 오카자키 군사들은 성을 나섰다.

어제 들어온 정보에 따르면 아직 노부히데의 원군은 안죠 성에 도착하지 않았다. 성에 있는 병력은 약 600명. 어쩌면 적은 지금까지도 이기습을 모르고 있을지 모른다고, 대장의 말고삐를 잡은 하치야는 이슬맞은 풀을 밟으면서 생각했다.

아직 날은 완전히 새지 않았고, 부채꼴의 우마지루시馬標°를 어깨에 멘 아시가루가 꾸벅꾸벅 졸면서 따라오고 있었다.

말 위의 히로타다는 성을 나온 뒤에도 거의 입을 열지 않았다.

그는 이 작전을 적이 설마 모르고 있을 리는 없다고 생각했다. 예측하기 어려운 오다 노부히데의 전략을 잘 알고 있었다. 성을 나서기까지는 불안한 마음이 적지 않았다. 사실 이 작전이 모험이라는 점만은 부인할 수 없었다. 중신들은 모두 재고하는 것이 어떻겠느냐고 말렸다.

히로타다는 날로 쇠약해지고 있는 자신의 체력을 너무 잘 알고 있었다. 그래서 언제까지 미루고 있을 수만은 없었다. 선조가 쌓고, 조부 때까지 마츠다이라의 본거지였던 안죠 성. 그것을 자기 대에 적에게 빼앗긴 채 탈환하지 못하고 죽는다면 저승에 가서 아버지를 대할 면목이 없었다. 가슴에 병이 있어, 오다이가 떠난 후 기침이 심하고 숨이 가빠졌다. 이대로 피를 토하며 적의 유린을 기다릴 수는 없다는 생각에 초조하게 기회를 엿보고 있을 때, 미노로 쳐들어갔던 오다가 패했다는 정보가 들어왔다.

"지금이야말로 좋은 기회!"

히로타다는 안죠 성 공격을 결심했다. 그러나 그 이면에는 타와라 부인과의 불화도 크게 영향을 미치고 있었다.

'나도 정말 잔인해……'

지금도 히로타다는 말 위에서 문득 그 일을 생각하고 있었다.

부인은 아직 처녀였다. 히로타다는 오하루만을 총애하고 지금껏 부인에게는 손가락 하나 대지 않았다. 부인은 그것을 원망하고 있었다. 더군다나 그녀에게는 오다이처럼 상대를 부드럽게 끌어당기는 지혜가 없었다. 노신들의 충고에 따라 이따금 둘째 성에 들르면, 체면도 자존심도 버리고 다그쳐오고는 했다.

"저의 어디가 마음에 드시지 않습니까?"

몸을 내던지며 흐느껴 울었다.

"떨어지지 않겠어요, 떨어지지 않겠어요. 말씀을 듣기 전에는 떨어지지 않겠어요."

때로는 그 도가 지나쳐 막말까지 했다.

"목숨을 끊겠어요. 그래서 제가 얼마나 치욕을 당했는지 아버지와 오빠에게 알리겠어요."

이럴 때 히로타다는 자기도 모르게 짜증이 치밀고는 했다. 그녀와는 달리 명령만 내리면 그대로 움직이는 오하루와 비교되며 그녀를 끌어안을 생각은커녕 피로감만 느끼고는 했다.

"용서하오. 나는 병이 들었소."

결국에는 짜증이 분노로 변하여 거칠게 뿌리치고 돌아오기도 했다.

그 타와라 부인이 언제부터인지 돌아서서 무기력하다고 히로타다를 헐뜯고 있었다. 이름도 없는 천한 계집은 사랑할 수 있어도 자기는 사랑하지 않는다고 비웃었다. 그런 말을 전해들을 적마다 히로타다의 가슴에는 정체 모를 초조감과 분노가 치밀었다.

갑자기 선두에서 소라고둥소리가 울렸다.

날은 어느 틈에 환하게 밝아왔다. 젖과 같은 안개가 싸늘하게 뺨을 스쳤다.

3

"우마지루시를 가져오너라!"

비로소 굳은 목소리로 명을 내린 히로타다는 우마지루시를 안장 옆에 세우도록 했다. 다시 소라고둥소리가 울려퍼졌다.

선발대가 이미 강둑에 도착했다는 신호였다. 규모는 약 500명. 선발대는 누렇게 물든 논을 따라 몇 갈래로 갈라진 좁은 길로 산개하여 안개 속에서 함성을 지르며 진격해갔다.

물론 성안 군사들은 반격해나올 것이고, 그러나 부근 지리에 대해서는 이쪽이 더 잘 알기 때문에 훨씬 유리했다.

"드디어 도착했군요. 하지만 신중하게 처신하십시오."

안개 속에서 본진의 대장 아베 오쿠라가 달려왔다.

히로타다는 크게 고개를 끄덕였다.

"으음."

이미 전의에 불타고 있는 총신의 마음과 눈을 확인했다.

열한두 살 때부터 자주 느껴온 전쟁터의 공기는 히로타다에게는 별로 새삼스러운 것이 아니었다.

죽느냐 사느냐? 그조차도 성을 나서면 자기와는 멀리 떨어져 있는 것으로 느껴지곤 했다.

"오쿠라, 내 뒤를 따르라."

본진은 안죠 성 서남쪽에 있는 나지막한 언덕으로 진군하여 안개가 걷히기 전에 산개를 끝내고 거기서 모든 것을 지휘할 예정이었다. 행렬의 지휘는 아베 오쿠라, 히로타다의 호위는 우에무라 신로쿠로와 창을 멘 애꾸눈 하치야가 맡고 있었다.

여기저기서 안개를 뚫고 함성소리가 일기 시작했다.

안개 속에 같은 편 군사끼리도 서로의 모습을 아직은 알아볼 수 없었다. 성안의 군사들이 허둥지둥 당황하고 있을 것이 분명했다.

목표로 삼은 성 앞 언덕이 수묵화처럼 희미하게 떠오를 무렵이었다. 그 앞 누렇게 익은 벼 포기 사이에서 갑자기 참새 떼가 언덕을 뒤덮으면서 날아올랐다.

아베 오쿠라는 깜짝 놀라 말을 멈추면서 외쳤다.

"성주님!"

그러나 그 소리는 히로타다에게는 미치지 않았다. 그는 점점 걷히기 시작하는 안개 속으로 계속 말을 달리고 있었다. 해는 이미 높이 솟아 있었다. 아버지 키요야스 때부터 사용해온 우마지루시인 금부채가 안

개 속에서 아름답게 반사되면 서 투구의 마에다테前立て°가 곧바로 언덕을 올라가고 있었다.

"성주님!"

아베 오쿠라는 말을 달려 히로타다를 따라잡았다.

"방심은 금물입니다. 성안의 군사가 이미 나와 있는지도 모릅니다."

"뭣이, 성안 군사가?"

"참새 떼 날아가는 방향이……"

말하고 있는데 또다시 두 사람의 머리 위로 한 무리의 참새 떼가 쩩 쩩거리며 아군 쪽으로 날아왔다.

히로타다는 싱긋 웃었다. 적병이 성에서 나오는 편이 도리어 오카자 키 군에게는 승산이 있었다. 성채가 아니라 야전에서라면 모두 일기당 천一騎當千의 용맹을 발휘했다.

"이긴 것과 다름없어. 그렇지, 오쿠라?"

오쿠라는 고개를 저었다.

"성을 나왔다면 그럴 만한 승산이 있기 때문이라고 보아야 합니다. 상대는 소문난 오와리의 군사입니다."

"알고 있어. 좌우간 이 언덕에 곧 깃발을 꽂도록."

4

깃발을 꽂았을 무렵 안개는 서서히 걷혔다. 어디를 보나 벼이삭이 고개를 숙이고 있는 황금빛 논, 그 사이를 누비며 진격해가는 아군의 모습이 개미처럼 이어져 있었다. 아직 깃발을 세우지 않은 채 사방에서 성문을 향해 육박해들어가고 있는데, 성안에서는 화살 하나 날아오지 않았다.

히로타다는 말에서 내리려고 고삐를 하치야에게 주면서 문득 뒤를 돌아보았다.

"아니?"

아직 아군이 거기까지 진격했을 리가 없는 곳에서 번쩍 하고 창끝이 번뜩였다.

"오쿠라, 저것은……"

아베 오쿠라가 달려와 이마에 손을 얹었다.

"으음, 역시……"

"아군인가?"

"적입니다."

"뭐, 적이……"

히로타다의 목소리가 흥분으로 높아졌을 때였다.

"뿌, 뿌 ─"

뜻밖의 방향에서 소라고둥이 울리고, 동시에 흰 기가 논둑 위에 세워졌다.

하나, 둘, 셋 ─

그 맨 앞 검게 물든 오요성五曜星의 깃발을 보았을 때였다.

"아아!"

히로타다는 말 위에서 외쳤다.

"히사마츠 야쿠로, 이 건방진 녀석!"

아베 오쿠라는 잠자코 후방을 노려보고 있었다.

참새 떼가 또 머리 위를 스치고 아군 쪽으로 날았다.

"성주님, 이미 원군이 도착한 것 같습니다."

"으음."

히로타다는 신경질적으로 팔을 휘둘렀다.

"하치야, 고삐를 ─"

"예."

한번 건네받았던 고삐를 다시 넘겨주었을 때, 히로타다의 말은 껑충 일어섰다가 언덕 쪽으로 달리기 시작했다.

"성주님!"

오쿠라의 목소리가 그 뒤를 따랐다.

"가볍게…… 가볍게 움직여서는 안 됩니다, 성주님!"

하치야는 외눈을 번뜩이며 쏜살같이 말보다 앞서 달렸다.

"뿌, 뿌—"

적의 소라고둥이 다시 울렸다.

히로타다의 적진공격은 확실히 무모한 짓이었다. 그러나 선두가 오다이의 남편 히사마츠 야쿠로 토시카츠라는 것을 안 순간, 히로타다의 피는 거꾸로 치솟았다.

"토시카츠 이 녀석!"

오다이가 아직 오카자키 성에 있을 때, 히로타다는 토시카츠의 아버지 사다마스定益와 오노大野의 성주 우에노 타메사다上野爲貞의 분쟁을 화해시킨 적이 있었다. 그 은혜도 생각지 않고 오다이의 남편으로서 공격해오는 토시카츠에게 히로타다의 증오가 폭발했다.

먼저 원군부터 단숨에 무찔러버리지 않으면 아군은 앞뒤로 적을 맞게 되어 있었다. 성안의 군사가 반격해오기 전에 — 라는 생각도 있기는 했다. 그러나 그보다는 인간적인 분노가 훨씬 더 컸다.

언덕을 달려내려간 순간, 몇 개의 화살이 히로타다를 향해 날아왔다. 날아오는 화살 속에서 히로타다는 칼을 뽑았다. 그리고는 번개같이 좌우로 후려쳐 그 화살들을 떨어뜨렸다. 이어 투구의 마에다테에 비스듬히 칼을 대고 곧장 토시카츠의 본진으로 뛰어들었다.

5

오다 노부히데는 그때 벌써 히사마츠 야쿠로의 배후까지 깃발을 내린 채 진격해와 있었다.

그는 안장을 두드리며 크게 웃었다.

"오카자키의 애송이 녀석은 돌았어. 와하하하. 자, 어서 고둥을 불어라, 고둥을 불어."

"성주님, 깃발은?"

"아직 세우지 마라, 너무 일러. 성안 군사들이 반격해나오기를 기다렸다가 재빨리 녀석의 코앞에 세우도록 하라."

그때 이미 하치야는 창을 꼬나들고 히사마츠의 선봉을 향해 돌진해가고 있었다. 찌른다기보다는 주위를 후려쳐서 히로타다의 진로를 열려는 것처럼 보였다.

"이와마츠 하치야가 여기 있다! 길을 비켜라."

우르르 좌우로 흩어지는 군사들 속에서, 아시가루 하나가 앞으로 나섰다.

"나는 타케노우치 큐로쿠, 나와 승부를 겨루자!"

"닥쳐, 애꾸눈 하치야의 이름을 들어보지도 못했느냐?"

자기를 큐로쿠라고 한 아시가루는 그 말엔 대답하지 않고 토시카츠에게 고함쳤다.

"성주님! 피하십시오."

토시카츠는 순순히 말을 뒤로 돌렸다.

"비겁하게 도망치느냐, 토시카츠! 게 섰거라!"

좁은 논둑을 가로막고 있는 아시가루 때문에 토시카츠를 따라잡을 수 없었다.

"하치야, 빨리……"

히로타다는 앞발을 높이 쳐든 말 위에서 재촉했다. 그러나 타케노우치 큐로쿠는 침착한 표정으로 하치야에게 창을 겨눈 채 꿈쩍도 하지 않았다.

"와아!"

뒤에서 함성이 울렸다.

성안 군사들이 반격해나온 모양이었다.

"이놈!"

히로타다의 말이 다시 껑충 뛰어올랐다. 금부채 모양의 우마지루시를 향해 날아오는 화살의 수는 더욱 많아졌다. 그 가운데 하나가 말의 엉덩이에 맞았다.

애꾸눈 하치야는 그때 비로소 자기 이마에 흐르는 땀에 생각이 미쳤다. 빗줄기처럼 흐르는 땀방울이 성한 눈의 움푹한 곳으로 흘러들었다. 그때마다 상대의 모습이 흐릿해졌다. 그런데 상대의 이마에는 땀방울 하나 흐르지 않았다.

'만만한 상대가 아니다……'

이런 느낌과 더불어 그는 본능적으로 싸움이 불리함을 깨달았다.

머지않아 퇴로가 끊길 우려가 있었다.

"성주님! 후퇴하십시오."

그러나 그 소리는 히로타다에게 전해지지 않았다.

"성주님! 아베 시로고로가 여기 있습니다!"

"오쿠보 신파치로 타다토시忠俊도 있습니다."

위급하다고 느낀 두 사람이 좌우에서 히로타다를 감쌌다. 아베 오쿠라는 이미 근처에 없었다.

"성주님! 후퇴하십시오!"

바로 등뒤에서 히로타다가 탄 말의 거친 숨소리를 느끼면서 하치야가 다시 한 번 외쳤을 때였다. 오른쪽 숲에서 와아 하고 또다시 함성이 일었다.

"아—"

누군가가 소리쳤다.

"오다 노부히데의 우마지루시다."

'아뿔싸!'

하치야는 오다 노부히데가 여기 나타났다면 이미 승산은 없다고 생각했다. 신출귀몰함을 장기로 하는 이 맹장은 반드시 히로타다의 퇴로를 차단할 것이었다.

"성주님! 후퇴를……"

다시 외쳤을 때였다. 탕 하고 대지를 흔드는 이상한 소리가 울려퍼지고, 동시에 하치야는 털썩 오른쪽 무릎을 꿇었다.

화살도 맞지 않고 창에도 찔리지 않았다. 그런데도 오른쪽 허벅지가 불에 단 부젓가락에 찔린 것처럼 쑤셔왔다……

6

하치야는 의문으로 고개를 갸웃하면서도 마지막으로 찔러올 적의 창을 기다리고 있었다.

그러나 적은 하치야를 찌르지 않았다. 용맹한 애꾸눈 무사의 목이 오늘의 싸움터에서는 더할 나위 없이 귀중한 보물일 텐데도, 타케노우치 큐로쿠라고 자신을 소개한 아시가루.

"하아, 이게 화승총이란 말인가……"

하치야로서는 의미를 알 수 없는 말을 중얼거렸다.

"너는 대장의 방패가 되어 잘 싸웠다."

그러더니 그대로 창을 거두어 토시카츠의 부대로 돌아가버렸다.

하치야는 한 순간 멍하니 있다가 비로소 허벅지에 흐르는 피를 깨달았다.

"이상한 놈 같으니라구! 적을 동정하다니."

그는 역시 큐로쿠에게 찔린 줄로만 알았다. 소리만으로 쓰러뜨리는 무기 같은 것은 상상조차 할 수 없었다. 더구나 상처는 허벅지를 관통하고 있었다.

'놀라운 솜씨야, 창을 내지르는 것이 보이지도 않았어.'

그는 준비된 헝겊을 허리춤에서 꺼내 허벅지를 묶었다. 이미 사방의 포위망은 아주 가까이까지 압축되어 있었다. 그는 움직이지 못하는 자기의 목숨이 끊어질 때가 왔다고 생각했다.

요란한 소라고둥소리, 칼이 부딪치는 소리, 천지를 뒤흔드는 함성, 윙윙거리는 활시위소리. 그런 것들이 점점 멀어지고, 푸른 하늘만이 그의 의식을 무겁게 짓눌렀다.

문득 귓전에서 자기를 꾸짖는 누군가의 목소리를 깨달았다.

"하치야, 일어나!"

"예…… 예."

"나는 혼다 헤이하치로다. 하치야, 일어서! 너는 이러고도 오카자키의 무사냐!"

"예…… 예."

"일어서지 못하면 기어라. 기어서라도 성주님을 지켜야 한다."

"예, 기겠습니다."

하치야는 두 손으로 땅을 짚어가며 기었다. 이미 그의 시력은 거의 상실되어 주위를 분별할 수도 없었다.

"성주님! 성주님은 어디 계십니까. 하치야는…… 하치야는……"

하치야는 기어가면서 자기 몸이 뒹굴어 논두렁으로 떨어지는 것을 깨달았다. 주위에서는 연분홍빛 안개가 가득 피어오르고 있었다.

"성주님! 하치야는…… 하치야는 기어가겠습니다."

이미 주위에 혼다 헤이하치로는 있지 않았다.

그 무렵, 오른쪽 풀숲에서 움직이기 시작한 오다 노부히데의 원군은 어느 틈에 오카자키 군의 본진을 두 겹으로 에워싸고 서서히 그 포위망을 좁히고 있었다.

마츠다이라 군은 완전히 둘로 갈라져 양쪽 모두 앞뒤로 적의 공격을 받고 있었다. 성문을 열고 반격해나오는 정병精兵과, 이미 도착했으면서도 성에는 들어가지 않았던 원군에게. 이를테면 교묘하게 쳐놓은 거미줄에 걸리고 말았다.

앞에도 적, 뒤에도 적.

오다이에 대한 감정 때문에 오요성의 깃발을 보자마자 언덕을 달려 내려왔던 것이 돌이킬 수 없는 실책이었다.

히로타다는 그것을 깨달았다.

아버지도 노부히데에 의해 토벌되었고, 자기 역시 ―

'어차피 죽을 바에는……'

그는 고삐를 당겨 말머리를 노부히데의 본진 쪽으로 돌렸다. 그리고 곁에 있는 마츠다이라 게키를 향해 엄숙하게 말하며, 푸른 하늘에 흰 칼날을 세웠다.

"게키, 내 뒤를 따르라! 마지막이 될 것이다."

7

"예!"

게키는 대답과 함께 히로타다를 따랐다. 이미 히로타다의 말에는 화살 세 개가 꽂혀 있었다.

맑게 갠 가을 햇살 아래 상처를 입지 않은 것은 황금빛으로 빛나는 우마지루시뿐이었다.

오다 노부히데는 그 모습에 다시 안장을 두드리며 기뻐했다. 바야흐로 모든 것은 생각했던 대로 되고 있었다.

"쏘지 마라. 탄환이 아깝다."

그는 처음으로 싸움터에 선을 보인 화승총이, 상대의 무지 때문에 공포를 불러일으키지 않는다는 것을 깨닫고 있었다. 더구나 최초의 귀중한 한 방이 히로타다를 명중시키지 못하고, 그 앞에서 분전하는 애꾸눈 하치야를 맞혔다. 그리고 그 하치야조차도 자기를 쓰러뜨린 것이 무엇인지 모르는 것 같았다.

"이미 우리가 포위하고 있다. 빗나가면 아군이 상하니 화승총은 그만 쏘아라."

사실 화승총을 동원할 필요도 없이, 사방의 오다 병사들은 히로타다의 우마지루시를 향해 창을 겨누며 앞을 다투어 덤벼들고 있었다.

활 부대 역시 히로타다를 겨냥하고 있었다. 노부히데에게는 초조해하는 히로타다가 우스웠다. 두 사람의 거리는 아직도 200간 남짓 되었다. 그 사이에서 작은 강이 분지를 누비며 반짝이고 있었다. 그 분지까지 히로타다가 닿을 수 있으리라고는 생각되지 않았다.

맨 먼저 창을 들고 덤벼든 군사를 히로타다는 단칼에 베어 쓰러뜨렸다. 그와 동시에 화살 하나가 말의 목에 명중했다. 말이 벌떡 곤두서는 순간 금빛 부채가 그림처럼 빛났다.

"과연 그 아비에 그 아들. 말머리를 돌리지 않는군."

히로타다는 드디어 분지까지 이르렀다. 금빛 부채가 관목 그늘에 가려 노부히데의 눈길에서 사라졌을 때, 오카자키의 무리 속에서 군사 하나가 시위를 떠난 화살처럼 분지를 향해 뛰어들었다.

히로타다의 최후가 다가온 것이 분명했다.

등에 꽂은 작은 깃발은 연보랏빛 테두리에 큰 대大자였다.

"오쿠보 신파치로가 다급했군."

이어 또 한 사람. 이번에는 접시꽃이 그려진 깃발에 화살이 꽂힌 채 열십자로 칼을 휘두르며 히로타다에게 다가가고 있었다.

"저건 혼다 헤이하치로인가?"

노부히데의 관측은 빗나가지 않았다.

혼전 중에 맨 처음 히로타다의 위급을 발견한 것은 오쿠보 신파치로 타다토시, 이어 그 사실을 알고 아수라처럼 포위망을 뚫고 달려온 것은 혼다 헤이하치로 타다토요忠豊였다.

두 사람 외에 마츠다이라 게키와 아베 시로고로 타다마사 등이 겨우 히로타다의 말 앞에 있을 뿐, 잇따라 덤벼드는 오와리 군사의 포위 앞에서 이미 뚫고 나갈 방법이 없었다.

"성주님! 다 같이 죽읍시다."

이렇게 말하며 오쿠보 신파치로는 왼쪽의 적을 맞아 싸웠다. 그때 칼을 휘두르며 다가온 헤이하치로가 느닷없이 말의 재갈을 움켜쥐고는 오른쪽 강물 속으로 뛰어들었다.

"미쳤느냐, 헤이하치로! 곧장 쳐들어가라. 노부히데 본진이 바로 눈앞이다."

"시끄러!"

헤이하치로는 이미 주종간의 존칭마저 쓰지 않았다.

"도망쳐야 해! 천치 같으니!"

"멈춰라!"

"멈출 수 없다. 여기에서 나갔다가는 적의 화살로 고슴도치가 돼."

히로타다는 이를 갈며 무어라고 소리쳤으나, 헤이하치로는 말을 점점 더 분지 안으로 몰아갔다.

8

강 양쪽 어디에도 나무다운 나무 한 그루 없었다. 갯버들과 감탕나무, 야생 뽕나무가 아직 약간의 잎을 달고 있을 뿐이었다.

그래도 가까스로 몸을 숨길 만한 곳에 이르렀을 때였다.

"성주!"

헤이하치로는 달려들 듯한 기세로 히로타다를 돌아보았다.

"이러고도 성주는 마츠다이라의 우두머린가?"

"말이 지나치구나, 헤이하치로."

"잔소리 말고 어서 말에서 내려."

"뭐……뭐라고! 나에게 명령하느냐?"

"그렇다!"

외치면서 헤이하치로는 갑자기 히로타다에게 덤벼들었다. 그것은 이성理性의 격투가 아니라 흥분한 사나이와 사나이의 싸움이었다.

이렇게 되면 히로타다에게는 승산이 없었다. 피로가 그를 꼼짝도 할 수 없게 했다.

"에잇!"

헤이하치로는 외치면서 히로타다의 몸을 번쩍 쳐들어 논둑에 내던졌다.

"무, 무……무례한 놈!"

"무례는 나중에 사과하겠다. 목숨은 하나뿐이야."

헤이하치로는 내던진 것만으로 끝나지 않고 히로타다의 가슴팍에 올라타고 있었다.

"무슨 짓이냐?"

"투구를 얻어야겠다."

"헤이하치로! 네놈은……"

"사과는 저승에 가서 하마."

이미 히로타다에게는 저항할 힘이 없었다. 순식간에 투구가 벗겨지고, 그의 머리에는 헤이하치로의 유난히 무겁고 땀내가 나는 투구가 강제로 씌워졌다.

"잘 계시오!"

자신의 작은 깃발을 히로타다의 등에 꽂아주며 헤이하치로는 소리쳤다.

히로타다는 투구를 고쳐 쓸 힘도 없이 거친 숨결을 몰아쉬며 가까스로 고개를 들었다. 그 시야에 아버지 때부터 사용해온 금빛 부채의 우마지루시가 번쩍 빛났다가 사라졌다.

오다 노부히데는 자기의 시야에서 사라진 히로타다가 다시 분지에 그 모습을 나타내리라고는 생각지 않고 있었다.

자청해서 사지死地에 들어오다니. 나이 차이를 생각하는 순간 알 수 없는 감회가 가슴을 스쳐지나갔다.

'가엾군……'

그러나 그 때문에 경계를 늦출 정도로 어리석지는 않았다.

그의 양편에는 만약 히로타다가 강을 건너 모습을 나타냈을 때를 대비해 20명 가량의 궁수가 시위에 화살을 메긴 채 대기하고 있었다. 그리고 창 부대는 그 전방에 매복시켜놓았다.

"아니 저것은?"

노부히데는 손을 이마로 가져갔다.

관목 사이에서 다시 금빛 우마지루시가 움직이고 있었다.

"아직 살아 있었구나. 끈질기게도……"

중얼거렸을 때 말은 전방에 그 모습을 완전히 드러냈다.

화살이 일제히 날았다. 어느 화살이라 할 것 없이 모두 빨려들듯 히로타다의 갑옷에 꽂혔다. 그러나 말도 사람도 전혀 두려워하는 기색이 없었다.

창부대가 함성을 지르며 말 앞으로 뛰어나갔다.

그래도 말은 멈추지 않았다.

혼다 헤이하치로 타다토요가 히로타다의 우마지루시를 세우고 땅끝까지라도 달려가겠다고 결심한 최후의 돌격이었다.

9

창부대의 공격으로 거리는 서서히 좁혀졌다.

노부히데는 눈길을 떼지 않고 사람과 말을 노려보고 있었다.

이미 전신에 중상을 입었을 텐데, 자세도 무너뜨리지 않고 말고삐를 쥔 손도 전혀 흐트러지지 않았다. 그 무서운 투지에 노부히데는 가슴이 섬뜩했다.

"으흠!"

노부히데는 신음했다.

"과연 키요야스의 아들답게 용감하다."

노부히데가 달려나가 맞아 싸우려는 기색에 누군가 뒤에서 말렸다.

"성주님!"

후진의 참모로 나고야에서 따라온 킷포시의 사부 히라테 나카츠카사노타유 마사히데平手中務大輔政秀였다.

노부히데는 쓴웃음을 짓고 고개를 끄덕였다.

그때 양쪽에서 힘센 젊은이 두 사람이 오다의 자랑인 긴 창을 꼬나들고 뛰쳐나갔다.

양쪽 모두 창의 손잡이에 붉은 칠을 하고 있었다. 지난번 아즈키자카小豆坂 전투에서 칠인창七人槍이란 명예를 얻은 창솜씨들이었다.

"히로타다 님에게 오다 마고사부로 노부미츠織田孫三郎信光가 도전하오."

"아즈키자카 칠인창의 나카노 마타베에中野又兵衛가 여기 있소!"

두 사람은 동시에 우렁차게 소리지르면서 날쌔게 말의 콧등에 창을 들이댔다.

말이 비로소 멈추었다.

순간 말 위에 있는 장수의 투구가 약간 기울었다.

이어 팔이 축 늘어지는가 싶더니 이번에는 상체가 힘없이 오른쪽으로 크게 흔들렸다.

두 사람이 한 발 물러섰을 때 상대가 그대로 말에서 털썩 떨어졌다. 떨어지기 전에 무언가 말을 한 듯했으나 그 소리는 들리지 않았다.

"마츠다이라 히로타다, 오다 노부히데에게 도전한다……"

이렇게 말했을 것이 틀림없었다. 말에서 떨어지는 것을 보고 나카노 마타베에가 벼락같이 창을 내지르려고 했을 때였다.

"멈춰라!"

노부히데가 제지했다.

"이미 숨이 끊어졌다."

노부히데는 천천히 주검 옆으로 다가가 금빛 부채의 우마지루시를 뽑아 투구 위에 놓았다. 그리고 큰 눈을 스르르 감으면서 말했다.

"훌륭하군!"

순간 주위의 온갖 소리가 멎고 숙연해졌다.

히라테 마사히데가 천천히 걸어나와, 한쪽 무릎을 꿇고 투구로 손을 가져갔다.

"얼굴을 확인하시죠. 히로타다가 아닐 것입니다."

"알고 있네, 알고 있어."

노부히데가 말렸다.

"혼다 헤이하치로일 게야. 알고 있네…… 하지만 마츠다이라 히로타다로 대하는 것이 좋겠어. 참으로 훌륭해."

히라테도 합장했다.

이 소란 속에 분지로 쳐들어간 사람들의 모습은 어느덧 사라지고 없었다. 오쿠보 신파치로도, 아베 시로고로도, 마츠다이라 게키도.

누구의 지시였는지 오카자키 군은 깃발을 내리고 물러가기 시작했다. 어쩌면 그것도 히로타다 곁으로 달려가기 전의, 혼다 헤이하치로의 지시였는지도 모른다.

해는 아직도 높이 떠 있었다.

추격에 대비한 오카자키 군의 양동작전陽動作戰이 예측되었으나 승패는 이미 결정되었다.

안죠 성 망루에는 여전히 오다의 깃발이 빛나고 있었다.

도라지꽃 채찍

1

타와라 부인은 새 성의 정원에서 일곱 가지 가을 풀을 꺾고 있었다. 일곱 가지 풀이라고는 하나 솔새는 너무 쓸쓸해 보였다. 그 대신 국화를 곁들여 본성의 히로타다를 문병하려 했다.

그녀 곁에는 타와라에서 데리고 온 시녀 카에데楓가 시무룩한 표정으로 웅크리고 앉아 부인이 잘라주는 꽃을 받아들고 있었다.

"카에데, 나는 성주님을 미워하고 있는 것일까, 그리워하고 있는 것일까?"

카에데는 버릇처럼 얼른 사방을 둘러보고 나서 말했다.

"아직 숫처녀라는 것을 아시면 타와라 성주님이 얼마나 노하실까요."

"그럼 역시 미워하고 있는 것일까?"

"미워하셔야 할 텐데도 사모하고 계셔요. 그것이 저는 분합니다."

타와라 부인은 도라지꽃을 잘라 들고 쓸쓸한 표정으로 말했다.

"도라지꽃은 별로 향기가 없구나."

"마님!"

"응?"

"오하루는 소실이지 않습니까?"

"그래서 어떻다는 거냐?"

"성주님 곁에서 왜 멀리 떨어져 있게 하시지 않습니까? 저는 마님의 생각을 알 수 없습니다."

타와라 부인은 대답하지 않았다. 다시 허리를 구부려 다른 꽃을 찾으면서 분별없이 말하는 시녀를 원망했다.

성주가 자기 몸에 손도 대지 않는 것은 오하루가 있기 때문임은 틀림없었다. 그렇다고는 하지만 히로타다의 기질도 그녀는 알고 있었다. 속에서 불길이 타오를 때마다 남편을 조르면 그는 입버릇처럼 말했다.

"소원을 성취할 때까지는."

그러면서 언제나 피하곤 했다. 선조의 거성居城이었던 안죠 성을 탈환할 때까지 다른 일은 일체 생각하지 않겠다고 했다. 그 때문에 서둘러 전쟁을 시작했으나, 오카자키 군은 도리어 크게 피해를 입었다.

헤이하치로가 충성심을 발휘하여 대신 죽지 않았다면 성주는 목숨을 잃고 성도 노부히데에게 빼앗겼을 것이라는 소문이 쉬쉬 하며 널리 퍼져 있었다.

실제로 상처를 입은 성주는 오쿠보 신파치로에게 업혀 성으로 돌아와서는 그 길로 병석에 드러눕고 말았다.

"마님."

카에데는 먼 곳을 바라보며 말했다.

"저 같으면 무슨 수를 써서라도 먼저 오하루를 쫓아버리겠어요."

"카에데, 쓸데없는 말을 하는구나. 그러면 성주님의 마음은 한층 더 멀어지실 게다."

"아니, 멀어지시지 않아요. 멀어지시지 않도록 하겠어요."

타와라 부인은 다시 침묵했다.

"오하루의 좋지 못한 품행을 마님은 알고 계십니까?"

"좋지 못한 품행이라니?"

"지난번 전투에서 상처를 입고 돌아온 이와마츠 하치야의 집에 몰래 드나들고 있다는……"

넌지시 한마디 하고 가만히 마님의 얼굴을 바라보았다.

"만일 이대로 두시면 성주님은 다시 전쟁을 결심하시어 어떤 불행을 초래할지 모릅니다. 오하루를 멀리하도록 하시고 성주님의 마음을 마님 손으로 부드럽게 해드리는 것이 여자의 길이라 생각합니다."

타와라 부인은 어깨를 바르르 떨었다.

"하치야에게…… 그것이…… 그것이…… 정말이냐?"

2

오카자키에 출가해온 지 이미 6개월. 아직까지도 부부관계를 거부당하고 있는 타와라 부인이었다. 질투와 한탄으로 몇 번이나 자살을 생각하기도 했다. 아니, 그것이 이 성에서 떠난 오다이를 잊지 못하는 데서 온 자신에 대한 몰인정임을 알았더라면 부인은 벌써 오카자키의 흙이 되었을지도 몰랐다.

자기가 오다이에 비해 여러 면에서 뒤진다는 것을 그녀는 진작부터 알고 있었다. 하지만 히로타다는 그런 눈치를 아내 앞에서는 보이지 않았다. 어쩌면 그러한 기미를 느낄 정도로 예리한 감각이 그녀에게 없었는지 알 수 없기는 했다.

자기도 한때는 병을 앓은 몸, 히로타다도 허약해 보였다. 허약한 그 몸으로 솟아오르는 태양과 같은 오다 노부히데와, 조상이 쌓은 성을 놓고 서로 쟁탈전을 벌이고 있는 히로타다의 숙명을 그녀는 묵묵히 지켜보며 한껏 참아왔다.

그러나 인내에도 한계가 있는 듯 그녀는 이따금 혼자 울었다. 자기도 시집오기 전처럼 다시 가슴을 앓다가 죽었으면 하는 생각을 종종 했다. 그런데 얄궂게도 출가 이후 병색은 씻은 듯이 가시고, 있는 것은 오로지 히로타다에 대한 생각뿐이었다.

그렇다 하더라도 전혀 만나지 못하고 있다면 혹시 체념할 수 있을지도 모르는데, 히로타다는 한 달에 한두 번은 반드시 찾아왔다.

카에데는 그 일을 두고 노신들의 지시라고 하지만, 부인은 그렇게 생각하지 않았다.

히로타다를 볼 때마다 부인의 몸 속에서 꿈틀거리는 안타까움은 더욱 심해졌다.

'오늘 밤에는……'

온몸을 불태우며 고대하다가 거부당했을 때의 쓸쓸함은 아마 카에데도 모를 것이었다. 그런 뒤에는 반드시 악몽을 꾸고는 했다.

오하루가 뱀이 되어 그 싸늘한 몸으로 히로타다를 친친 감아나가는 꿈이었다.

'오하루만 없다면……'

아무리 생각하지 않으려 해도 여자는 약했다. 지금은 고독과 질투와 애절한 그리움으로 언제 미칠지 몰라 두려울 뿐이었다.

그 오하루가 남편의 눈을 속여가며 애꾸눈 하치야를 종종 찾아간다고 했다. 그것이 사실이라면 지금까지 자기가 고민한 것으로 보아도 용서할 수 없었다.

"오하루는 미천한 종의 신분으로 성주의 눈에 띄어 총애를 받게 된 여자라 하지 않는가?"

"예, 욕탕에서 성주님의 목욕 시중을 드는 여자였다고 합니다."

카에데는 주인의 감정에 불을 지펴 애를 태우게 만들고는 슬쩍 말문을 돌렸다.

"도라지꽃을 좀더 꺾지 않으시겠어요?"

부인은 잠자코 멀리 산맥 위의 구름을 바라보고 있었다. 눈동자에 파란 하늘이 비치고, 이따금 눈썹 언저리에 경련이 일어났다.

매일같이 남편을 기다리면서부터 그녀의 살결도 타와라에 있을 때와는 달라져 있었다. 전에는 어딘지 모르게 메마른 느낌이었는데, 요즘에는 손을 대면 촉촉하게 묻어날 정도로 윤기가 돌았다.

"카에데."

"예."

"네가 한 말, 단순한 소문만은 아니겠지?"

"오하루에…… 대한 것 말씀입니까?"

"하치야는 성주님을 모시는 무사가 아니냐. 나중에 사죄한다 해도 용서받지 못한다."

"호호호……"

카에데는 꽃그늘에서 웃었다.

"두 사람은 전부터 그렇고 그런 사이, 두 사람 사이를 성주님께서 갈라놓으셨다는 것을 본성 하녀 중에서는 모르는 사람이 없습니다."

3

카에데는 이미 스물네 살. 평생을 성에서 봉사하는 여자로서 차차 잔인한 버릇이 나올 나이였다.

그녀는 흘끔 부인을 바라보았다.

"소문은 그것만이 아닙니다……"

꽃에서 부스러기를 떼어내면서 살짝 비위를 건드렸다.

"그것만이 아니라니?"

"먼저 마님 같았으면 벌써 벌이 내렸을 텐데, 타와라 마님은 너무 단속이 허술하시다고……"

"아니, 그런 소문까지?"

"예. 가풍의 문란은 가문의 수치입니다. 그런 소문을 걱정하는 사람이 있는 것도 당연한 일이지요."

타와라 부인은 다시 침묵을 지키고 있었다.

'카에데의 말에는 일리가 있다……'

규방의 비밀이야 어떻든 이 성의 안주인은 바로 자신. 성에서 부리는 여자들의 단속을 잊어서는 안 될 일이었다.

부인은 갑자기 현기증을 느꼈다.

'성주님을 위해서라도 오하루를 그냥 두어서는 안 된다!'

나약한 히로타다의 총애를 한몸에 받으면서 그런 소문까지 나돌게 하다니. 용서할 수 없는 가증스러운 여자였다.

"카에데."

"예."

"네가 직접 오하루를 불러오너라."

카에데는 깜짝 놀란 듯 얼굴을 들었다.

"불러와도 괜찮을까요?"

"괜찮아, 나는 성주의 정실이 아니냐."

"하지만…… 만일 그것이 성주님의 귀에 들어가면?"

"만일 하인들이 퍼뜨리는 소문이 사실이라면 내가 직접 성주님께 말씀 드리겠다."

카에데는 점점 더 창백해지는 부인의 얼굴을 빤히 쳐다보고 있었다.

과연 마님은 오하루를 다스릴 수 있을까? 그 방법을 가르쳐주고 싶었음이 틀림없었다.

"오하루 님은 마님 마음대로 할 수 있지만, 하치야는 성주님의 측근 무사입니다. 마님의 손이 미치지 못합니다."

카에데는 갑자기 고개를 갸웃하고 생각하다가, 앞서 자기가 선동한 것도 잊어버린 듯이 말했다.

"마님, 이 일에는 단단한 결심이……"

"결심이 섰기에 불러오라고 한 것 아니냐."

"하지만…… 성안에서 부정을 저지르는 못된 여자입니다. 혹시 마님 이 오하루를 용서하신 뒤, 하치야가 성주님께 마님의 질투에서 나온 말 이라고 중상한다면…… 그때는 어떻게 하시겠습니까?"

"그때는……"

타와라 부인은 당황했다. 역시 거기까지는 생각하지 못했다.

"그때는 어떻게 하면 좋을까, 카에데……?"

카에데는 언제부터인지 그러한 여자 특유의 착각에 빠져 있었다. 자 기 마음속에 행복한 동성同姓이 불행해지기를 바라는 감정이 자리잡고 있는 줄은 모르고, 선량한 주인을 위해 계략을 꾸미지 않고는 배길 수 없었다. 그것이 충성인 줄로 착각하고 있었다.

"마님!"

카에데는 버릇처럼 또 사방을 둘러보았다.

"소문이 나게 만든 오하루의 부주의, 이것 하나만으로도 죄가 됩니 다. 오하루가 다시는 성주님이나 하치야를 만나지 못하도록 엄하게 다 스리십시오."

"엄하게?"

카에데는 또다시 사방을 둘러보고 나서, 갸름한 얼굴을 긴장시키며 목소리를 낮추었다.

"남자로 말하면 목을 베는 것 같은……"

4

오하루는 그날도 히로타다의 병문안을 다녀왔다. 화살을 맞은 히로타다의 상처는 거의 아물고, 눈빛에도 격렬한 적개심이 되살아났다. 그러나 아직 식욕을 찾지 못했고, 자리에서 일어나 앉아 노신들로부터 뒤처리에 대해 들을 때는 고뇌로 표정이 일그러졌다.

밀담을 나눌 때는 물론 여자들을 멀리했으나, 어렴풋이 그 상황만은 이해할 수 있었다.

오다 노부히데는 승리를 거두었으나, 그 여세를 몰아 오카자키 성을 공격할 기색은 보이지 않았다. 본진은 오와리로 철수하여 미노의 침공에 대비하는 한편, 오카자키는 배후에서 무너뜨리려고 여러 가지로 책략을 꾸미는 모양이었다.

히로타다의 병깊은 몸과 이번의 패전을 이용하여 일족의 이간을 도모하려는 듯. 우에노 성上野城에 있는 사카이 쇼겐酒井將監이 감시받기도 하고, 히로타다의 숙부 마츠다이라 쿠란도 노부타카에게 밀정을 보내기도 하는 모양이었다.

이런 상황인데도 히로타다는 앙상한 어깨를 으쓱거리며 노래를 부르곤 했다.

"……나는 재상을 섬기는 자. 이번 중궁中宮 순산을 기원해 대사령大赦令이 내려져 죄인들을 사면한다는데……"

이마에 구슬땀을 흘리며 창백한 얼굴로 「슌칸俊寬」° 같은 것을 부르기 시작하면, 오하루는 저도 모르게 눈물을 글썽거렸다.

'성주님 역시 키카이가시마鬼界島 같은 곳에 계시는구나……'

즐거워서 부르는 노래도, 심심풀이로 부르는 노래도 아니었다. 가신들에게 필사적으로 자신의 건재함을 외치고 있는 것이었다.

'나는 이렇게 건강하다. 모반 따위는 꿈도 꾸지 마라.'

더구나 히로타다가 번민하는 까닭을 좀더 깊이 이해하게 되면서부터 오하루의 여자로서의 마음은 미묘하게 움직였다.

처음에는 무서웠다. 다음에는 자기가 오하루란 여자로서 사랑받고 있지 않다는 사실이 슬펐다. 하지만 지금은 그 슬픔도 사라져 없어지고, 자기도 성주가 그토록 잊지 못하는 오다이처럼 될 수 있다면 얼마나 좋을까 생각할 뿐이었다.

이렇게 되자 약을 달이는 데도, 죽을 권하는 데도 그 마음이 반영되는지 히로타다의 총애는 오하루에게 더욱 쏠렸다.

요즘에 와서는 오하루도 마음 한구석에서는 오다이에게 감사하고 있었다. 그토록 깊이 성주를 사로잡은 현명한 사람을 닮은 자기가 행복하다고 여길 때조차 있었다.

오하루는 자기 방에 돌아와 그 길로 곧장 내종사촌 오빠 하치야를 문병하는 것이 좋지 않을까 하고 생각했다.

하치야의 상처는 히로타다와 비교도 되지 않을 중상이었다. 허벅지를 관통당해 논바닥에 굴러떨어진 뒤 겨우 정신을 차린 그는 이미 적의 손에 들어가 있는지도 모르고 필사적으로 성주를 찾아 분전했던 모양이다. 성주도 그가 살아 돌아온 것이 이상할 정도라고 했다.

이제는 자기가 오하루의 마음을 완전히 붙든 줄로 믿는 히로타다가 오하루에게 말했다.

"문병을 가야 해, 친척이 아니냐."

허락이 떨어진 후 오하루는 벌써 네 차례나 하치야를 찾아갔다. 목숨은 건질 것 같았지만, 피를 너무 많이 흘려 회복이 아주 늦었다.

오하루는 벗으려던 겉옷을 다시 고쳐 입고 방을 나섰다. 그런데 이때 하녀가 전갈을 해왔다.

"타와라 마님께서 사람을 보내셨어요."

"마님께서 내게……?"

복도에 카에데가 굳은 표정으로 서 있었다.

5

'타와라 마님이 사람을?'

오하루는 아무 의심도 없는 맑은 눈길을 카에데에게 보냈다.

카에데는 그 눈길을 피하듯 다소곳이 절했다.

"타와라 마님께서 직접 하실 말씀이 있으니 모시고 오라는 분부이십니다."

"직접 하실 말씀이라니……"

"성주님을 간호하신 데 대해 감사의 말씀을 드리려는 것이 아닐까합니다만……"

"일부러 그렇게까지……"

송구스럽군요 ─ 라고 말하려 했으나 아직 그런 어른스러운 말에는 익숙지 못한 오하루였다. 물론 거절할 생각 같은 것은 꿈에도 없었다.

'무슨 일일까?'

문득 그런 생각이 들기도 했다.

"그럼, 앞장서세요."

겸연쩍어하며 카에데의 뒤를 따랐다.

아직 열일곱 살에 불과한 오하루에게 카에데는 이미 어엿한 숙녀였다. 성주에게 사랑받는 행복은 누리고 있었으나, 정실 부인의 질투가 자기에게 미치고 있으리라는 것까지는 알지 못했다.

내전 현관에서 하녀를 돌려보낸 뒤 두 사람은 곧장 '타케치요의 성'이라 불리는 하치만 성을 나서서 타와라 부인이 사는 새 성으로 향했다.

화창한 가을 햇빛이 부드럽게 목덜미를 어루만져, 처음으로 마님을 만나는데도 어렵거나 기가 죽지는 않았다. 같은 성주에게 사랑받고 있는 여자로서의 자학적인 친근감이 어딘가에 있기 때문인지도 몰랐다.

"마님의 심기는 어떤가요?"

이렇게 묻는데 카에데는 호호호 하고 큰소리로 웃었다.

"오하루 님이 여러모로 성주님의 시중을 잘 들어주시니 기뻐하고 계시겠지요."

오하루는 그 말을 곧이곧대로 받아들여, 입 속에서 중얼거렸다.

"부끄럽군요."

카에데는 또 웃었지만 더 이상 말은 하지 않았다.

주위에는 감귤이 노랗게 물들기 시작했고, 색이 변하지 않은 것이란 젖꼭지나무와 소나무뿐이었다. 군데군데 옻나무와 단풍의 붉은 잎이 섞이고, 스고가와 물줄기에 새하얀 구름이 비치고 있었다.

카에데는 현관에서 오하루를 돌아보더니, 갑자기 예리한 어조로 야유를 던졌다.

"이 새 성과 하치만 성과는 어느 쪽이 더 훌륭할까요?"

"예……?"

오하루는 반문했을 뿐 잠자코 신을 가지런히 벗었다.

그곳에 이르러서야 심장의 고동이 약간 빨라졌다. 하지만 결코 두려움 때문은 아니었다.

"오하루 님을 모셔왔습니다."

카에데의 말을 귓전으로 들으며 오하루는 문지방 너머에서 두 손을 짚었다.

"부르심을 받고 오하루가 왔습니다."

상대의 대답은 없었으나 오하루는 상기된 얼굴을 조용히 들었다. 순간 가슴이 철렁했다.

타와라 부인의 물기를 머금은 듯한 눈이 날카롭게 자기를 지켜보고 있었다.

그녀는 아직 아무 말도 하지 않았다. 언뜻 보니 모양 좋게 다문 입술이 파르르 떨리고 있는 것 같았다.

"마님."

카에데가 말했다.

"오하루 님은 임신하신 것 같은데, 마님이 보시기에는……"

오하루는 얼굴이 빨개져, 당황하면서 무릎에 옷소매를 올리며 가리듯 했다.

6

오하루도 혹시나 했지만, 아직 자기가 임신한 사실을 깨닫지는 못하고 있었다.

그렇다고 보니 살갗의 윤기와 눈초리에 임신인 듯한 수척함이 희미하게 드러나 보이기도 했다.

"오하루……"

부르고 나서 타와라 부인은 다시 시기하듯 오하루의 온몸을 뚫어지게 훑어내렸다.

'이 여자가 성주님의 사랑을……'

생각만 해도 어지럼증이 날 지경인데, 오하루는 이미 사랑의 흔적을 태내에 품고 있다.

타와라 부인은 왈칵 속이 뒤집혔다. 눈앞에 커다란 구슬이 되어 미쳐 날뛰는 뱀의 무리가 보였다. 피라는 피가 모두 머리 위로 솟구쳤다가 이번에는 한꺼번에 끝없는 나락으로 떨어져내리는 것처럼 느껴졌다.

"오하루 ―"

"예."

"그런 모습으로 감히 내 앞에 나타나다니……"

"예, 부르신다고…… 하기에."

"그러고도 성주님을 대할 낯이 있는가?"

"성주님……이라시면……?"

"방자하다! 그 뱃속에 든 것은 누구의 자식이냐?"

오하루는 순간 어안이 벙벙했다가 얼굴이 빨개져 고개를 숙였다. 자기가 아직 임신했다고는 생각지 못하는 오하루였다.

"너는…… 성주님의…… 사랑을 받았지?"

"……예."

"내 앞에서 분명히 말하여라. 지난번 안죠 성 전투가 끝나고 나서…… 사랑을 받았지?"

"예…… 예."

오하루는 타와라 부인이 무엇 때문에 화를 내고, 무엇을 묻고 있는지 알 수 없었다.

'혹시 전투가 끝난 뒤 부상을 입은 성주님에게 애무해달라고 졸랐다……고 해서 그것을 꾸짖으시는 것일까……?'

만일 그렇다면 오해였다.

"말씀 드리겠습니다. 저는 절대로 그런……"

"무슨 소리를 하는 게야?"

"성주님이 먼저……"

"뭣이! 성주……성주님이 먼저……"

바로 이 한마디는 타와라 부인이 귀를 막고 싶은 슬픈 말이었다.

"아!"

카에데가 놀라며 일어섰을 때, 이미 타와라 부인은 성주의 거실을 장식하려고 잘라두었던 도라지꽃다발을 움켜쥐어 거칠게 오하루를 때리고 있었다.

"뻔뻔스럽게…… 감히…… 성주님의 이름까지 더럽히다니! 이제는 용서할 수 없다! 용서할 수 없어!"

때릴 때마다 꽃잎이 날리고, 줄기의 쓴 냄새가 방안에 풍겼다.

"용서해주십시오, 용서를……"

꽃 밑에서 오하루는 몸을 구부리고 계속 빌었다.

머리가 흐트러졌다. 목덜미에 꽃잎이 흩날렸다. 얼굴에 파랗게 멍이 들었다.

"용서해주십시오."

"용서할 수 없다! 어서 그 자식의 아비가 누군지 이름을 대라."

"아비라니, 무슨……?"

"아직도 입을 열지 못하겠느냐? 그것은 성주님의 핏줄이 아니야. 그 하치야란 놈과 간통한 불의의 씨라는 것은 성안에서 모르는 사람이 없는데도…… 성주님이 먼저…… 성주님이 손을……"

타와라 부인의 경련하듯 광란하는 질타 속에 왠지 오하루는 사죄를 멈추고 있었다.

7

하치야라는 이름을 듣는 순간 오하루의 마음에는 이상한 반감이 치솟았다. 이름도 없는 아시가루의 딸로 태어나 강하게 살아온 과거의 생활이 문득 눈을 부릅떴다. 본능적으로 이 일은 타와라 마님의 질투에서 비롯된 것임을, 그리고 자기가 함정에 빠졌음을 깨달았다.

'빈다고 끝날 일이 아니다……'

상대는 이런 식으로 나를 성주님 곁에서 몰아내려 한다고 생각한 오하루는 이를 악물고 때리는 대로 몸을 내맡겼다.

타와라 부인은 한참 동안 매질을 그치지 않았다. 카에데도 그 옆에서서 지켜보고 있었다. 그러나 매질에도 매질을 계속할 만한 반항이 필요했다. 전혀 반항하지 않는다면 때리는 쪽의 피로만 쌓일 뿐이었다.

"어째서 잠자코 있느냐?"

거친 숨결을 몰아쉬며 타와라 부인이 때리던 손을 멈추었다.

"변명할 구실이 없어서일 것입니다."

옆에서 거들며 카에데는 웃었다.

"그렇게 소문이 났으니 변명은 통하지 않지요. 더구나 성주님께서 조사하라는 명을 내리셨으니까요."

성주님이라는 말을 듣고 오하루는 놀랐으나 아무 말도 하지 않았다. 아니, 변명을 하려 하지 않았을 뿐 아니라, 이미 울고 있지도 않았다.

당시 아시가루의 가난은, 딸이 태어나 일곱 살이 될 때까지 솜옷 한 벌이라도 새로 지어주면, 이웃의 부러움을 살 정도였다.

"저 아이는 복도 많구나."

그런 환경에서 자란 아시가루의 피가 오하루의 몸 속에서 무섭게 눈을 떴을 것이 분명했다.

"성주님의 내명도 계셨는데, 어떻게 하시겠습니까?"

카에데가 다시 그 말을 입에 올렸을 때였다. 타와라 부인보다 먼저 오하루가 말했다.

"성주님은 절대로 그런 말씀 하시지 않습니다."

자신감에 넘치는 싸늘한 목소리. 두 사람은 깜짝 놀라 서로 얼굴을 마주보았다.

"성주님의 이름으로 저를 베시겠습니까…… 어디 베십시오. 제가 하치야를 문병한 것은 성주님의 분부였습니다."

"닥쳐웃!"

이번에는 카에데가 파랗게 질렸다. 만일 사건이 복잡해지면 타와라 부인으로서는 처리할 능력이 없었다.

카에데가 점점 창백해져가는 데 비해 오하루의 얼굴에는 핏기가 되살아났다. 조용한 표정으로 두 사람을 번갈아 바라보고는 말했다.

"이제 그만 물러갈까요, 아니면 다시……."

카에데의 손이 몰래 품안에 숨긴 단도 쪽으로 옮겨갔다. 그 모습을 지켜보던 오하루는 천천히 타와라 부인에게로 눈길을 보냈다.

타와라 부인은 꽃잎이 다 떨어진 도라지줄기를 아직도 손에 쥔 채 부들부들 떨고 있었다. 어깨는 심하게 파도치고 숨결도 여전히 거칠었다. 그러나 눈에서 이글거리던 분노는 어느새 사라지고 남모를 공포가 깃들이고 있었다.

증오와 곤혹스러움이라기보다 순간적인 기분에 따라 목숨과 목숨의 대결이 될지도 모르는 긴박감이 떠돌았다.

이것도 일종의 슬픈 전쟁.

바깥은 아직 지나칠 정도로 밝았다. 누군가가 이 장면에 맞닥뜨렸다면 사건은 더 이상 여자들의 손으로는 감당할 수 없는 지경에 이르렀음을 알았을 것이다.

어딘가에서 노랫소리가 들려오고 있었다.

한 톨의 쌀

1

진눈깨비가 내려 아구이阿古居 골짜기에는 흰 물감을 칠한 듯 안개가 자욱했다. 겨울이 이미 바로 코앞까지 다가와 있었다.

히사마츠 사도노카미 토시카츠는 안채 거실 툇마루에 서서 오다이에게 자기 가문의 내력을 설명하고, 아구이 골짜기에 사는 백성들의 집 굴뚝에서 연기가 피어오르는 것을 자랑스럽게 손으로 가리켰다.

"저것 좀 보시오, 오다이. 어디서나 연기가 나고 있지 않소? 영주는 말이오, 이것을 가장 기뻐해야 하오."

오다이는 가볍게 고개를 끄덕이고 남편이 가리키는 아구이 여덟 마을의 골짜기와 언덕을 바라보았다.

"올 가을의 내 지시는 잘못되지 않았소. 원래 이 아구이 골짜기의 쌀맛은 오와리에서 미카와三河에 걸쳐 으뜸이오. 점토질로 토질이 좋거든. 이 좋은 쌀맛을 내 마음으로 삼고 싶소. 그래서 부하들에게는, 저기 왼쪽에 보이는 우리 가문의 시주절 토운인洞雲院에 참선을 시켜 언제나 이 말을 되새기게 하고 있소만……"

말하다 말고 토시카츠는 품에서 종이쪽지 하나를 꺼내 오다이에게 건넸다.

한 톨의 쌀 속에 해와 달을 간직하고
반 되들이 냄비 안에 산천을 삶는다

"그 한 톨의 쌀이 지닌 풍요로움…… 우리 가문에 전해오는 덕으로써 백성들을 다스리려는 마음이 그 속에 있소. 참, 그대에게 우리 조상에 관한 이야기를 들려준 일이 있던가?"

오다이는 조용히 고개를 저었다.

"아, 그렇군. 그럼, 말해주리다. 우리 선조는 칸코菅公의 손자에 해당하는 아구이마로英比麿라는 분인데, 배를 타셨다가 오노에 표류하여 이 아구이에 정착하셨다 하오."

"그 말씀이라면 들었습니다."

"아니, 내가 이야기했다는 말이오?…… 아, 그렇군."

토시카츠는 고개를 끄덕이고 나서 말을 이었다.

"그 조상님 말인데, 그분은 결코 강제로 토지를 뺏고 주인을 쫓아내는 그런 무도한 짓으로 이 골짜기의 영주가 된 것은 아니오. 어디까지나 덕…… 덕을 첫째로 하여 이 골짜기의 토착민을 대하고 있는 동안 어느 틈에 어른이라 자연스럽게 불리고 추앙을 받아……"

이 이야기 역시 오다이는 벌써 두세 번 들어 알고 있었다. 그러나 처음 듣는 표정으로 고개를 끄덕여 보였다.

"이에 비하면 오카자키 같은 것은 상대가 되지 않소."

역시 오늘도 토시카츠의 이야기는 이 문제로 귀착되었다. 오다이는 칼로 도려내는 듯한 아픔을 가슴에 느꼈다.

"그대의 친정인 미즈노 씨는 오카와에 켄콘인이라는 훌륭한 칠당가람七堂伽藍을 지어 조상과 백성들을 위해 기도한 가문이라 이야기가 달라요. 하지만 오카자키는 가문조차 확실치 않소. 그러던 것이 힘으로 주위를 제압하고 어느 틈에 토호가 되었어요. 그러니 결국에는 싸우다가 망하는 것이 순리일지도……"

오다이는 가만히 남편에게서 고개를 돌리고 토운인의 소나무 사이로 보이는 지붕을 쳐다보았다. 지붕 위에 날개 젖은 비둘기 세 마리가 앉아 있었다.

그 가운데 한 마리가 새끼 같다는 데 생각이 미쳤을 때는 저도 모르는 사이에 가슴이 뜨거워졌다. 그처럼 덕이 모자라는 오카자키라면 내 한 몸을 바쳐서라도…… 하는 못다한 정이 슬프게도 아직 가슴에 맺혀 있었다.

어미인 듯 한 마리가 새끼비둘기한테 다가가 깃털을 다듬어주기 시작했다.

"무엇을 보고 있소?"

갑자기 토시카츠가 오다이 앞으로 얼굴을 디밀며 밝게 웃었다.

"오, 저 어미와 새끼비둘기, 하하하. 내 마음도 그대와 마찬가지요. 저 새끼비둘기, 우리 사이에도 어서 저런 것이 있었으면……"

2

오다이는 다시 정신없이 고개를 끄덕이면서, 절절하게 자신의 죄가 얼마나 깊은지를 생각했다.

남편이 이토록 자기를 진심으로 사랑해주고 있는데, 오다이의 가슴에는 아직도 히로타다와 타케치요 두 그림자가 함께 살아 있었다.

타케치요는 내 아들이다. 아들에 대한 생각은 평생 가슴에 품고 있어도 신이나 부처님 모두 용서하실 터. 하지만 남편 있는 몸이 남편 이외에…… 하고 생각하면, 마음으로는 전남편을 품고 있으면서 허깨비인 몸은 토시카츠에게 맡기고 있는 자신이 불결해서 견딜 수 없었다.

출가하기 전에 이미 굳게 마음을 정하였는데, 어째서 떨치지 못한 채 언제까지 구애받고 있는 것일까.

토시카츠는 어느 틈에 다가와 오다이와 몸을 다붙이고 서 있었다.

"지난번 전투에서 간신히 목숨만 건져 허둥지둥 도망갔으면서도, 오카자키는 아직도 끈질기게 안죠 성의 탈취를 꿈꾸고 있는 것 같소. 나는 그 망집을 신불의 벌이라 생각해요. 빼앗은 것은 빼앗기는 것이 도리요. 그런데도 빼앗을 때의 일은 잊고, 빼앗겼을 때의 분함만 생각하고 있어요. 이번에는 타와라와 요시다吉田의 두 토다 씨를 통해 이마가와에게 원병을 청하고 있는 모양이오."

"그러면 또 전쟁을……"

오다이는 깜짝 놀라 남편을 돌아보았다.

토시카츠는 태연히 웃었다.

"타와라 단죠에게 보기 좋게 거절당한 것 같소."

오다이는 길게 안도의 숨을 내쉬었다. 병든 히로타다가 더 이상 무리한 전쟁을 하지 않았으면 싶었다.

"전쟁에 진 불쾌감의 해소로 내전이 몹시 어지러워져 있는 모양이오. 타와라 부인과 소실의 다툼이 있었는데, 부인이 친가에 고자질을 했다 하오. 그게 원인이 되어 거절당했다는 소문인데, 그러한 일은 나도 자세히 알고 싶지 않소."

"타와라 부인의 고자질이라니……?"

"그야 여자들의 다툼일 테지. 오다 쪽에서도 오카자키의 이런 분란을 틈타 여러 수단을 강구하고 있소. 그러니 이제는 이마가와 쪽으로 누가 볼모로 가서 직접 구원을 청할 수밖에 도리가 없을 거요."

이때 시동이 토시카츠를 부르러 왔다. 밖에 무슨 볼일이 생긴 모양이었다.

오다이는 토시카츠가 나가자 문을 닫고 멍하니 앉아 있었다.

만일 오카자키가 이마가와의 도움을 청하기 위해 보내야 할 볼모가 있다면, 그것은 누구일까? 타와라 부인은 물론 아닐 것이다. 오히사가 낳은 칸로쿠일까? 아니면 자기가 낳은 타케치요일까……?

사방은 벌써 어두워지기 시작하고, 어지러운 빗발소리가 더욱 마음을 처량하게 했다. 오다이는 조용히 일어나 잠시 바깥의 기척을 살폈다. 자기가 떠나온 뒤 계속해서 들려오는 오카자키의 흉보. 패전, 질병, 내전의 어지러움…… 등 마음 아프지 않은 것이 없었다.

'무슨 저주라도……'

문득 이런 생각이 들어 오다이는 온몸이 오싹해졌다.

그 원인이 지금의 남편을 속이고 있는 자신의 부정不貞에 있는 것만 같아 견딜 수 없었다. 자기가 미련을 끊지 못하고 있기 때문에 히로타다의 미련도 이어지며, 여기에서 비롯되어 불행이 한없이 일어나는 것은 아닐까. 불교의 가르침인 윤회輪廻에 문득 생각이 미쳤다.

오다이는 가만히 주위를 둘러보고 방구석에 놓인 궤 쪽으로 다가갔다. 오다이는 토시카츠에게는 숨긴 채 그 속에 아직 끊지 못하는 미련의 흔적들을 몇 가지 간직하고 있었다.

3

맨 먼저 꺼낸 것은 접시꽃 무늬가 있는 찻잔받침이었다. 다음에는 타케치요의 출생을 기념한 '시柴 자 향합'. 다른 하나는 마키에蒔繪° 향로로, 지금도 오카자키 성에서 불행한 여생을 보내고 있는 오다이의 생모 케요인의 애용품이었다.

이러한 물건들을 저물어가는 곁방 다다미 위에 늘어놓고는 오다이는 옛 생각이 떠올라 가슴이 뭉클해졌다.

찻잔받침은 히로타다가 거실에 왔을 때 찻잔을 얹어 내놓았던 추억의 물건. '시 자 향합'은 타케치요, 마키에는 케요인…… 이렇게 모든 애착이 그대로 오카자키와 이어져 있었다.

'이처럼 큰 부정이 또 있을까……?'

죽은 셈치고 시집왔는데, 그것들은 아직 생생한 집착이 되어 계속 마음 깊은 곳에서 오다이를 부르고 있었다.

타케치요의 얼굴이 보였다. 히로타다의 목소리가 들렸다. 자줏빛 두건에 감추어진 오다이와 닮았다고 하는 케요인의 눈이 보였다.

"아아……"

오다이는 그 집착의 물건들 위에 엎드러져 울기 시작했다.

이들 물건이 있는 한 오다이는 결코 토시카츠의 아내가 될 수 없다. 이 물건들을 어떻게 해야 한다는 말인가……? 갖고 있는 것은 부정한 일. 태우든지 버린다고 해서 그것으로 끝날 일도 아니었다.

이 물건들을 지니고 있는 것이 부처님의 뜻에 맞지 않는 줄 알면서 그대로 숨겨둘 수는 없다.

타케치요도 히로타다도 케요인도 모두 행복하기를. 그리고 지금의 남편 토시카츠도……

토시카츠의 곁을 떠나거나…… 오카자키에 대한 애착을 끊지 않으면 이 행복은 양립될 수 없다. 애착을 가지면 부정이 되고, 정숙에 마음 쓰려면 애착을 끊어야만 한다.

"오다이……"

갑자기 부르는 바람에 벌떡 몸을 일으켰다.

"어째서 울고 있소? 하녀들이 마음이라도 상하게 했소?"

언제 돌아왔는지 등뒤에 토시카츠가 서 있었다.

오다이는 당황했다. 스스로를 책망하고 있을 때여서 토시카츠에게 마음속을 들여다보이고 싶지 않았다. 아니, 들여다보인다면 그것은 오다이의 불행이 아니라 오히려 토시카츠의 불행일 터였다.

남의 불행을 자기 불행 이상으로 가슴 아파하는 천성. 오다이는 느닷없이 토시카츠에게 몸을 던졌다.

"용서하십시오. 모처럼 기분 좋으신 성주님의 흥을 깨고 말았습니다. 용서하십시오."

그러한 모습을 아직 본 적이 없는 토시카츠는 깜짝 놀라, 그 역시 오다이의 어깨를 껴안았다. 부드러운 몸이 격정으로 파도치며 토시카츠의 손에 탄력적인 선율을 전해왔다.

"나는 말이오……"

토시카츠는 말했다.

"그대를 나에게 보내주신 신불에게 언제나 감사 드리고 있소. 오늘도 그 감사의 뜻으로 백성들의 도조賭租를 이 할 감해주고 왔소. 행복을 나 혼자 독차지해선 안 됩니다. 한 톨의 쌀에도 이처럼 자연이 가르쳐주는 풍성한 교훈이 있어요."

오다이는 더욱 격렬하게 토시카츠에게 매달려 흐느껴 울었다.

4

"나는……"

토시카츠는 말을 이었다.

"그대와의 사이에 아직 아기의 혜택을 받지 못한 것은 내 덕이 모자란다는 신불의 깨우침이라 생각하고 있소. 이제부터라도 그 점을 명심해서 살생을 삼가겠소. 자, 울음을 그쳐요. 울지 마시오."

이미 주위는 어두워져 있었다.

오다이의 집착을 오카자키로 이어주는, 미련을 끊지 못한 물건들은 아직 토시카츠의 눈에는 띄지 않았다. 오다이의 자세가 본능적으로 그것을 시야에서 가리고 있었다.

자신의 떳떳하지 못한 갈등을 눈치채지 못한 토시카츠, 지나치게 선량한 토시카츠의 독단적인 짐작이 더욱더 애절하게 오다이의 마음을 찔러왔다.

하녀가 등잔을 가지고 들어왔다.

주위를 밝히는 불빛에 토시카츠는 얼른 뒤로 물러섰다. 그 바람에 미련을 끊지 못하고 있는 물건들이 토시카츠의 눈에 띄었다.

"수고했다. 저녁은 안에서 먹겠다. 주방에 가서 그렇게 알리도록 해라."

하녀가 등잔을 놓고 나가기를 기다렸다가 토시카츠는 고개를 갸웃하고 먼저 케요인의 마키에 향로부터 집어들었다.

오다이는 숨을 죽였다. 아직 뭐라고 설명해야 좋을지 모르고 있는데, 그것이 토시카츠의 눈에 띄고 말았다.

"허어, 칠이 참 훌륭하군……"

토시카츠는 향로의 뚜껑을 열어 잠시 코끝에 대보았다.

"어떤 물건이오, 이것은?"

"저어……"

오다이는 어떻게 하면 토시카츠의 마음을 상하지 않게 할 수 있을지 필사적으로 생각했다.

"오카자키에 계신 어머님의 물건입니다."

"아, 오토미於富 님의……"

토시카츠는 고개를 끄덕였다.

"지금은 아마 케요인이라 하신다지? 복이 없는 분이셨어."

"예. 세상을 버린 사람처럼…… 오카자키 성 한구석에서 여생을 보내고 계십니다."

토시카츠도 오다이의 생모에 대해서는 잘 알고 있었다.

이 일대에서 소문이 자자한 미모의 소유자로, 그 때문에 남편을 계속 바꾸어야만 했던 가엾은 사람.

미야노 젠시치宮野善七라는 하급무사의 집에서 태어나, 그 뛰어난 미모로 오코우치고大河內鄕의 영주 사에몬노스케 모토츠나左衛門佐元綱의 양녀로 들어갔다. 그 뒤 모토츠나의 정략적 도구가 되어 이 성 저 성으로 시집을 다녔다.

몇번째인가로 출가한, 오다이의 아버지 미즈노 타다마사와의 사이에서 다섯 아이의 어머니가 되었지만 다시 마츠다이라로 출가해야만 했던 슬픈 사연을 가진 사람……

미즈노 타다마사가 히로타다의 아버지 키요야스와 싸우고 화의했을 때, 카리야 성밖에 있는 모밀잣밤나무 저택의 술자리에서 오토미는 키요야스의 눈에 띄었다. 그때 오토미는 스물네 살, 키요야스보다 여섯 살이나 위였으나 스무 살 안팎으로밖에 보이지 않았다는 말을 들어 알고 있었다.

"참으로 미인이로군. 나에게 주지 않겠소?"

히로타다와는 달리 호걸풍이었던 키요야스는 오토미를 보았을 때, 다섯 아이의 어머니를 승전의 전리품으로 요구했다고 한다……

'그렇구나. 어머니의 애용품을 보고 울고 있었구나.'

선량한 남편 토시카츠는 이렇게 생각하고 더욱 오다이를 사랑스럽게 여겼다.

5

"케요인 님은 오카자키에 가시기 전에 이혼하고 잠시 성밖에 있는 모밀잣밤나무 밑 별채에 계셨다고 들었는데."

"예……그래요."

"미즈노 타다마사의 부인인 몸으로 오카자키에 출가하셨으니 안타까운 일이었소. 그대는 모밀잣밤나무 밑의 별채를 기억하고 있소?"

"예."

"지금도 카리야 사람들은 그 저택을 어머니 집이라고 부른다더군. 그대의 형제들이 어머님을 사모하여 부른 호칭이 그대로 남았을 거요. 이것 하나만 보더라도 마츠다이라의 말로를 알 수 있소."

토시카츠는 이렇게 말하고 이번에는 히로타다의 찻잔받침을 집어들었다.

오다이는 저도 모르게 눈을 꼭 감았다.

찻잔받침에는 접시꽃 무늬가 뚜렷하게 그려져 있었다. 만일 오다이가 아직 히로타다를 잊지 못하고 있다는 사실을 토시카츠가 깨닫게 된다면 도대체 뭐라고 대답해야 할 것인가.

눈을 감은 채 오다이는 마음속으로 두 손을 모았다.

싫어할 이유가 없는 남편. 불 같은 패기는 없으나 따스한 봄날의 흙과도 같이 포근한 남편. 그 남편을 진실한 마음으로 받아들이지 못하는 원인은 지금 그 남편이 손에 들고 있는 찻잔받침에 숨겨져 있었다.

"접시꽃 무늬가 그려져 있군."

토시카츠는 찻잔받침을 그대로 내려놓았다.

"이것도 칠이 아주 잘 되었어."

오다이는 또다시 소리내어 울면서 남편 앞에 엎드렸다. 아마 토시카츠는 그것도 역시 어머니의 물건인 줄 알았던 모양이다. 그 선량함도 견딜 수 없었지만, 그런 남편을 속이는 자신의 죄의식에 몸이 갈가리 찢겨나가는 것 같았다.

"그대의 탄식은 나도 이해할 수 있소."

토시카츠는 말했다.

"오토미 님…… 케요인 님만큼 모진 바람에 시달린 꽃도 아마 없을 거요. 너무 아름답게 태어난 것이 불행이었소…… 하지만 이제 와서 울어본들 소용없는 일이오. 하다못해 노후의 평안만이라도 나는 그대와 함께 빌겠소. 자, 밥상이 곧 올 거요. 가신들에게 눈물을 보여선 안 되오."

이미 사방은 완전히 캄캄해졌다. 바람이 일기 시작했는지 토운인의 노송나무에서 망루의 소나무 쪽으로 윙윙거리고 솔바람이 건너왔다.

토시카츠는 오다이가 울음을 그치자 안심한 듯 식사를 마치고 바깥 채로 돌아갔다.

오다이는 그런 뒤 상 앞에 앉았다. 식사할 경황도 없었다. 케요인과 타케치요, 히로타다와 토시카츠가 끊기 어려운 애정의 굴레 속에서 업화業火의 수레를 굴리고 있었다.

일찌감치 자리를 펴게 하여 몸을 뉘었으나 잠들 수도 없었다.

축시丑時(오전 2시)가 지나 오다이는 마침내 자리에서 일어나 무릎을 꿇고 합장했다. 일체의 번뇌로부터 벗어나지 않으면 숨도 쉴 수 없을 만큼 절박한 괴로움이었다.

오다이는 모든 것을 잊고자 마음을 모아 관음경觀音經을 외우기 시작했다.

동녘 하늘이 불그스름해졌을 때 오다이는 퍼뜩 정신이 들었다. 정원에서 들려오던 뜰을 쓰는 소리가 뚝 그치고 이어 똑똑 덧문 두드리는 소리가 났다.

"누구냐?"

오다이는 급히 옷을 갈아입고 덧문을 땄다.

6

정원에 서 있는 것은 타케노우치 큐로쿠로 이름을 바꾼 오빠 토쿠로 노부치카였다.

오다이는 저도 모르게 주위를 둘러보았다. 비는 이미 그쳐 있고 짙은 안개가 자욱하게 피어오르고 있었다. 새소리도 아직 들리지 않았다.

오다이의 모습을 보고 큐로쿠는 곧 땅에 한쪽 무릎을 꿇었다.

"잠깐 여쭐 말씀이 있어서……"

오다이는 다시 한 번 주위를 둘러보았다.

"오카자키와 오와리의 불화는 좀처럼 풀릴 기미가 보이지 않습니다."

"또 전쟁이라도……?"

"예, 해가 바뀌면 이번에는 오다 쪽에서 올해의 보복으로 공격해들어갈 것이란 소문이 파다합니다."

오다이는 어깨를 크게 흔들며 잠자코 있었다. 그 일이라면 이미 남편 토시카츠에게 들어서 알고 있었다. 오카자키에는 승산이 없고, 이번에야말로 마츠다이라는 망하리라는 것이 토시카츠의 견해였다.

"오다 단죠 님은 전쟁에는 귀신. 요즘 히로타다 님이 가신들까지 의심하기 시작한 것을 보고 마츠다이라 일족인 산자에몬三左衛門 님을 카미와다上和田에서, 쿠란도 노부타카 님을 안죠에서 내보내어 일거에 오카자키를 짓밟겠다고 사방에 소문을 퍼뜨리고 있습니다."

"그것이 진심일까요?"

큐로쿠는 푹 머리를 숙인 채 고개를 저었다.

"아마도 진심은 아닐 것입니다."

"그렇다면 무엇을 노리는 것일까요?"

"아마도 히로타다 님은 그 소문에 지레 겁을 먹고 스루가의 이마가와에게 원병을 청할 것입니다. 아니, 그 사자가 벌써 세 번이나 왕복했습니다."

"그러면 인질이니 뭐니 하는 소문도 사실일까요?"

큐로쿠는 가만히 얼굴을 들어 오다이를 쳐다보았다.

"황송하지만, 그 인질은 이미 결정되었습니다."

"뭣이, 결정되었다고요……?"

"예, 적자 타케치요 님을 스루가에 보내기로 결정되었습니다."

순간 오다이의 얼굴에서는 핏기가 싹 가셨다. 큐로쿠는 그 모습을 숨죽인 채 바라보았다.

"마님이 간직하신 물건들도 이 기회에 절에 바치는 것이 어떨까 합니다."

오다이는 대답하지 않았다. 대답 대신 뺨에서 눈물이 흘러내렸다.

내년이면 햇수로는 여섯 살이 되지만, 12월 26일이 생일인 타케치요였다. 겨우 다섯 살 난 철부지인데 어머니뿐 아니라 아버지 슬하에서마저 떠나게 되다니.

"그게 참말이겠지요?"

잠시 후 토해내듯 묻는 오다이의 물음에 큐로쿠는 눈을 번뜩이며 고개를 끄덕였다.

"배후에 타케치요 님에 대한 타와라 부인의 반감이 있을지도 모르고, 오다 편과 손을 잡은 이 댁이니만큼 만일의 경우, 마님의 신상에도 누가 미칩니다. 오카자키에서 가져오신 물건들은 한시바삐 처분하십시오. 그럼……"

큐로쿠도 눈물을 감추려는 것이 분명했다. 얼굴을 돌리고 일어나 빗자루를 든 채 곧장 안개 속으로 사라져갔다.

오다이는 그 뒷모습을 잠시 넋이 나간 눈으로 바라보고 있었으나, 이 윽고 무너져내리듯 무릎을 꿇고 그 자리에서 합장했다.

밖에서는 어느 틈에 새들이 시끄럽게 지저귀고 있었다.

7

타케노우치 큐로쿠, 곧 노부치카는 오다이가 마츠다이라와 관계 있 는 물건을 숨겨두었다가 만일에라도 오다 쪽으로부터 내통했다는 혐의 를 받으면 큰일이라 생각하고 그것을 염려했다. 그러나 오다이의 마음 은 전혀 달랐다. 자기 마음속에 있는 불순한 생각이 부처님의 뜻을 거 역하여 결국 주위에 불행이 미치게 되었다는 두려움이 컸다.

오다이는 토시카츠의 허락을 받아 성안에 머물러 있는 화공畵工을 불렀다. 화공에게 자기와 생모 케요인의 모습을 그리게 하고, 여기에 두 사람의 위패를 곁들여 두 보살을 공양하는 형식으로, 그 물건들을 미즈노 가문의 위패를 모신 사찰에 바치려는 생각이었다.

그림은 열흘 남짓 되어 완성되었다.

자기는 화공과 만났지만, 오카자키에 있는 케요인을 화공과 만나게 할 수는 없었다.

오다이의 설명이 부족한 탓도 있어 완성된 그림은 거의 쌍둥이라 해 도 좋을 만큼 똑같았다.

'어머니를 닮지 않았어……'

오다이는 이렇게 생각하다가 곧 마음을 바꾸었다.

'이만하면 됐어.'

살아 있는 사람의 모습 따위는 연기가 그리는 환상보다도 덧없는 것. 한결같이 일족과 인연 있는 사람들의 무사함을 비는, 그 마음이 같기만

하면 그것으로 충분했다. 우연히 그러한 마음을 이 그림은 그려냈을 뿐이라고 생각을 정리했다.

'어머니는 나의 거울이다. 아니, 내가 어머니의 형상을 비춘 거울인지도 모른다……'

오다이는 두 폭의 그림에 '거울의 그림자' 라는 이름을 붙이고 어느 화창한 겨울날 아구이의 집을 나섰다. 호위는 남편에게 청하여 큐로쿠와 함께했다. 일부러 가마를 타지 않고 집을 나선 것은, 내딛는 걸음마다 지나간 과거의 자기를 잊으려는 준비를 위해서였다.

히로타다의 아내인 오다이는 이혼당하던 날 이 세상을 떠났다. 그리고 지금은 히사마츠 토시카츠의 아내, 평범하고 선량한 한 여자가 되고 싶었다.

그렇게 하면 틀림없이 부처님도 자비를 내리시어 타케치요를 지켜주시리라.

그 물건들과 그림을 지니고 있는 큐로쿠를 보고 있으려니 이 세상 일이 모두 슬픈 꿈처럼 여겨졌다. 이 사람이 노부치카라고는, 카리야 성주의 동생이라고는 이제 아무도 생각지 않았다.

두 사람은 낙엽이 쌓인 산길을 빠져나와 오카와로 나갔다.

오카와의 켄콘인이 미즈노 집안의 위패를 모시는 절이었다.

그 거대한 산문山門을 바라보았을 때 문득 오다이의 마음이 달라졌다. 오빠 시모츠케노카미 노부모토도 역시 오다 편이었다. 마츠다이라와 인연 깊은 물건들을 여기에 바친 것이 누설되면 큰일이 생길지도 모르는 일이었다.

"큐로쿠 님……"

"예."

"이건 역시 카리야의 료곤 사楞嚴寺에 바치는 게 좋겠어요. 그 절에는 오다이의 오빠 노부치카 님의 작은 무덤이 있어요."

노부치카는 자기 무덤이 그곳에 있다는 것을 알고 있었다.

"마님 좋으실 대로."

두 사람은 다시 쓸쓸한 들판을 지나 카리야를 향해 걸었다.

하늘은 맑았으나 삭풍이 울부짖는 듯한 소리를 내며 불고 있었다.

8

오카와에서 카리야까지는 배로 건넜다.

배는 쿠마 저택 뒤쪽, 하늘을 찌를 듯이 높이 솟아 있는 소나무 아래에 닿았다.

옛날 이곳에 거문고 명인으로 알려진 부잣집이 있었는데, 종종 그곳에서는 동쪽으로 가는 귀인貴人들의 숙소가 제공되고는 했다. 부자의 양딸이 어느 귀인을 사랑하게 되었는데, 그 귀인이 떠나버린 뒤 그를 잊지 못해 날마다 비련悲戀을 거문고로 하소연하다가 끝내 애가 타서 죽고 말았다는 전설의 소나무였다.

그 소나무 오른쪽 덤불에서 큐로쿠, 곧 노부치카는 죽은 것으로 되어 있었다. 아니, 그보다도 두 사람에게 더욱 슬픈 추억은 쿠마 저택을 지나 료곤 사로 가는 길에 있는 모밀잣밤나무 저택이었다.

모밀잣밤나무는 오늘도 바람에 가볍게 흔들리고 있었다. 그렇지만 그곳에 깃들여 있는 두 사람의 생모 케요인의 눈물을 생각하면 견딜 수가 없었다.

사랑하는 다섯 자식을 남기고 마츠다이라 가문으로 출가할 수밖에 없었던 어머니. 오다이는 그 어머니에 비한다면 자기 슬픔 따위는 하찮은 것이라 생각하려 했다. 윙윙거리는 바람소리가 이따금 케요인의 목소리로 생각되어 걸음을 멈추고는 했다.

큐로쿠 역시 같은 느낌이었던 듯.

"마님, 이제 그 집은 그만 보십시오."

오다이의 발이 멎을 때마다 얼굴을 돌리면서 말했다. 료곤 사에 도착한 것은 여덟 점(오후 2시)이 지나서였다.

두 사람은 먼저 승려의 안내를 받아 오카와에서 분골分骨된 아버지 타다마사의 묘를 참배했다.

오빠인 성주 노부모토는 이 절의 주지와는 렌가의 벗으로 이곳에 새로 아담하게 담을 쌓은 묘소를 마련하였다. 그 한구석에 토쿠로 노부치카라는 이름도 새겨놓지 않은 비석이 하나 서 있었다.

그 앞에서 토쿠로는, 아니 큐로쿠는 처음으로 오다이에게 오빠로서 말했다.

"노부치카의 무덤은 이처럼 이끼가 끼어 있어. 오다이도 오늘부터 여기에 번뇌를 묻도록 해라. 다시 태어났다는 마음으로 모든 번뇌를 다……"

오다이는 고개를 끄덕이고 한참 동안 꼼짝도 하지 않았다.

소식을 듣고 늙은 주지가 맞으러 왔다. 이미 일흔이 가까운 이 주지도 현세의 희로애락을 끊지는 못할 테지만 흰 눈썹 밑의 눈만은 깊고 맑았다.

"성묘가 끝나셨으면 차를 한 잔 대접하고 싶습니다."

두 사람은 노주지에게 안내되어 객실로 들어갔다.

큐로쿠가 가지고 온 물건들이 주지 스님 앞에 펼쳐졌다.

"갸륵하십니다……"

불쑥 말하고 주지는 흘끗 두 사람을 보았을 뿐이었다. 그러나 큐로쿠가 노부치카라는 것도, 오다이의 마음도 다 알고 있는 듯한 태도였다.

"그 갸륵하신 마음이 이제부터 불과佛果를 낳을 것입니다. 안심하십시오."

혼잣말처럼 중얼거리고는 차를 마셨다.

"한 알의 낟알은 한없이 열매를 맺는 법입니다."

오다이는 가슴이 메어지는 것 같아 한마디도 할 수 없었다.

'살아 있으면서 나와 나의 죽음을 확인하는 날……'

큐로쿠도 오다이 뒤에서 깊은 생각에 잠긴 표정으로 찻잔을 들고 있었다. 바람만이 아직도 윙윙거리며 법당 지붕과 묘지의 맞은편 덤불 부근에서 울고 있었다.

볼모로 가는 타케치요

1

오랜만에 거실에서 오빠 토다 노부미츠를 맞이한 타와라 부인의 얼굴은 상기되어 있었다.

텐분天文 16년(1547) 초가을. 타와라 성에서 노부미츠의 전송을 받으며 시집온 지 벌써 2년 반 가까운 세월이 흘렀다.

노부미츠는 아직도 무더운 늦더위를 부채로 쫓으면서 자리에 앉기가 바쁘게 미소지으며 물었다.

"행복하지?"

"예, 아니에요……"

타와라 부인은 무어라 대답해야 할지 알 수 없었다.

지난 2년 반 동안 행복했다고도, 그렇다고 불행했다고도 할 수 없었다. 처음 1년은 뼈저리게 고독했고, 그 뒤에는 오하루와의 다툼이 이어졌다. 그 다툼은 급기야 아버지 단죠쇼히츠彈正少弼에게도 알려져, 노부미츠의 동생 고로五郎가 격분한 나머지 히로타다에게 자객을 보내려고 했을 정도로 사건이 확대되었다.

그 뒤 일족 토다 킨시치로戶田金七郞가 지키는 요시다 성을 이마가와 쪽이 공격하고, 그 전투에 오카자키도 가세하는 등 복잡하기 이를 데 없는 2년 반이었다.

이러한 분쟁의 이면에서 언제나 타와라 부인을 감싸준 것은 오빠 노부미츠였다. 노부미츠만은 그녀가 얼마나 히로타다를 사모하고 있는지 잘 알고 있었다.

"요즘에는 히로타다 님과의 사이가 원만하겠지?"

"예…… 그저."

이 역시 확실하게는 대답할 수 없었다.

노신들의 중재로 오하루는 일단 어딘가로 쫓겨갔다. 그리고 성주와 자기는 처음으로 부부관계를 맺었으나, 하지만 그것도 그녀가 기대하고 있던 만큼 깊은 몰아沒我의 경지였다고는 생각되지 않았다.

히로타다는 언제나 침울해 있었는데, 사실 그에게는 너무나 다사다난했다.

"오빠에게는 네 일이 언제나 마음에 걸리는구나. 여자의 행복이란 남자들에게는 잘 이해되지 않는 모양이다."

타와라 부인은 그 말에는 대답하지 않았다.

"타케치요 님의 일정은 결정되었나요?"

그녀가 타케치요에 대해 묻는 순간 갑자기 노부미츠의 얼굴이 흐려졌다.

"오마키ぉ眞喜…… 어떨까? 나는 우선 너를 타와라 성으로 데려가고 싶은데……"

창을 통해 정원을 주의깊게 내다보면서, 오빠가 물었다.

"이번 전투에는 여기가 공격의 목표가 될 것 같다. 지금이라면 타케치요 님을 데리고 오랜만에 어머님을 뵙기 위해서라고 하면…… 우선은 명분이 설 텐데."

이미 오다 쪽에서 쳐들어온다는 소문은 불길처럼 성안을 휩쓸고 있었고, 그에 따라 사태는 긴박하게 돌아가고 있었다.

이마가와 요시모토도 가만히 팔짱만 끼고 있을 수만은 없었다. 그의 목적은 서미카와西三河가 아니라 쿄토에 있었다. 그 길목을 지키고 있는 오와리의 세력은 언젠가는 제거해야 할 가시덤불임이 틀림없었다. 앞일을 위해서는 우선 오카자키의 마츠다이라 집안에서 볼모를 잡아, 선봉을 공고하게 해두는 것이 상책이었다.

요즘 오카자키 성은 날마다 타케치요를 어떻게 슨푸로 보낼 것인가 하는 슬픈 의논으로 저물고는 했다.

토다 노부미츠도 물론 그 일을 상의하기 위해 이마가와 쪽 부장部將 자격으로 이 성을 찾아왔다.

2

오빠 노부미츠의 탐색하는 듯한 눈길에, 타와라 부인은 한 순간 멍하니 마주 바라보기만 했다. 오빠가 말한 뜻을 잘 알아들을 수 없었다.

"어머님을 뵙는다면……?"

"아니, 타케치요 님을 전송도 할 겸……이라는 뜻이었다만."

노부미츠는 잠시 고개를 갸웃하더니 물었다.

"그 일로 아버님이나 고로로부터 무슨 소식 없었느냐?"

그녀는 조용히 고개를 저었다. 오하루와의 다툼으로 자기와 히로타다와의 사이를 타와라 성에 알린 것이 원인이 되어 아버지 단죠쇼히츠는 몹시 화를 냈고, 동생 고로한테는 이미 이혼을 권고받고 있었다.

물론 타와라 부인은 그럴 생각이 없었다. 그래서 그 일은 그것으로 끝났고, 그 이후 별다른 소식을 전해오지는 않았다.

"사실은……"

그녀가 아무것도 모른다고 짐작한 노부미츠는 다시 떡 벌어진 가슴에 부채로 바람을 보내면서 말을 이었다.

"타케치요를 슨푸로 데려갈 일정도, 호위할 사람도 오늘 아침에 겨우 결정되었다."

"그럼, 어떻게?"

"육로로 가면 적이 있을 거야. 그래서 니시노코리西の郡(현 가마고리 蒲郡)에서 해로로 오츠大津에 상륙해 시오미자카潮見坂의 임시진지에서 이마가와가 보낸 사람을 맞이하기로 했다. 시오미자카에서 타와라까지는 가까운 거리이니까 타케치요 님도 타와라 성에 데리고 가서 어머님을 뵙게 할지 모르지. 어떠냐, 너도 타와라까지……?"

그녀는 이 말에 대해서도 가볍게 고개를 저었다. 타케치요를 내주는 히로타다의 적적함을 이번에야말로 혼자만의 애정으로 감싸주고 싶은 그녀였다.

"음, 안 가겠다는 말이로군."

노부미츠는 한숨을 쉬었다.

"다시 한 번 말하지만, 이번 인질 일로 히로타다 님의 입장은 크게 손상될 거다."

"어째서 그럴까요?"

"히로타다 님은 이것으로 이마가와 쪽 원군을 기대할 수 있으리라 생각하겠지. 그런데 이마가와 쪽에서는 그렇게 계산하고 있지 않아. 인질만 잡아두면 마츠다이라 정예부대를 오다 쪽으로 돌릴 구실로 삼을 수 있어 기뻐하겠지. 이겨도 불리, 져도 불리. 어쨌거나……"

말을 하다 말고 노부미츠는 다시 주위를 돌아보았다.

"이 성에는 큰 시련이 닥칠 거다. 오마키, 그래도 타와라 성으로 가지 않겠느냐?"

타와라 부인은 또다시 고개를 저었다.

"비록 어떤 일이 생긴다 해도 저는 이 성에서 죽겠어요."

"그래? 그렇다면 네 생각에 맡기겠다. 여자의 마음을 남자는 잘 모르지…… 하지만 알 것도 같으니 굳이 권하지는 않겠다."

노부미츠는 문득 양미간을 모았다가 펴면서 다시 미소지었다.

"오다이 마님은 이 성에 마음을 남기고도 떠나지 않으면 안 되었다. 오하루인가 하는 여자는 너와 사랑을 다투다 쫓겨났고. 히로타다 님과 너는 가장 깊은 인연을 가지고 태어났는지도 모르겠구나. 아니, 그렇다는 생각으로 노력해야지."

말을 마치고 노부미츠는 조용히 일어나, 별로 영리하지 못한 이 여동생을 위해 다시 한 번 깊이 한숨을 쉬고 그 자리를 떴다.

"그럼, 몸조심해라."

3

오빠를 배웅하고 거실로 돌아온 지 얼마 안 되어 이번에는 히로타다가 찾아왔다.

알리려고 먼저 온 사람은 애꾸눈 하치야. 그는 안죠 성 전투 때 입은 부상으로 다리를 약간 절면서 타와라 부인이 기거하는 새 성 입구에 나타나 큰소리로 말했다.

"성주님과 타케치요 님이 오십니다. 나와서 영접하십시오."

그리고는 얼른 큰 현관 쪽으로 등을 돌려 사라지고 말았다.

오하루 사건이 있은 뒤 이 완고한 사나이는 새 성에 있는 여자들에게는 목례조차 하지 않았다. 타와라 부인의 중재로 시녀 카에데가 무사한 대신, 애꾸눈 하치야도 그대로 히로타다의 측근에 남게 되었다. 오늘도 그는 당황스러워하는 카에데를 보기가 거북한 게 분명했다.

마중 나간 여자들은 한결같이 혀를 찼다. 그렇지만 히로타다는 그 어느 쪽도 나무라지 않았다.

얼굴빛이 몹시 좋지 않았다. 눈 주위에 잿빛 기미가 끼어 있었고, 게다가 얼굴이 약간 부어 있기조차 했다.

맨 앞에 히로타다, 그 뒤를 사카이 우타노스케가 타케치요를 안고 따르고 있었다.

시동들은 관례에 따라 현관 옆에 있는 방으로 들어갔다. 그러나 우타노스케만은 타케치요를 안은 채 곧장 내전에 들어가려 했다.

"우타노스케, 그대는 여기서 기다리시오. 타케치요는 내가 안고 들어갈 테니."

성주의 목소리에는 전혀 힘이 없었다. 그것이 오히려 무겁게 다가와 우타노스케로서도 거역할 수 없었다.

타케치요는 아버지에게 안겼다. 햇수로는 이미 여섯 살이 되었으나 12월 26일에 태어났기 때문에 아직 4년 7개월밖에 되지 않았다. 그러나 타케치요의 성장은 그 이름처럼 죽순을 연상케 했다. 키도 건강도 아버지에 비할 바가 아니었다.

길다란 눈초리와 꼭 다문 입이 과묵한 인상을 주었으나, 왕성한 지식욕 탓인지 질문이 많았다.

아버지에게 안겼을 때였다.

"아버님, 이 타케치요는 걸어서 가겠습니다."

타케치요는 또렷하게 말했다.

"저는 무거우니까요."

히로타다는 웃지도 않았고 대답도 없이 그대로 내전으로 들어갔다.

조금 전 토다 노부미츠가 있던 곳에서 아버지와 아들은 타와라 부인의 영접을 받았다.

"수고가 많으십니다."

어머니를 모르는 타케치요는 배운 대로 아버지 품에서 말했다. 비로소 히로타다는 쓴웃음을 지었다.

"타케치요, 어머님이시다."

타케치요는 크게 고개를 끄덕이고, 다시 되풀이했다.

"수고가 많으십니다, 수고가."

이때 타와라 부인의 눈에서 눈물이 반짝 빛났다. 타케치요의 말이 기뻐서가 아니었다. 히로타다가 '어머님이시다'고 한 말이 애절할 만큼 반가웠다.

히로타다가 타케치요를 안은 채 상좌에 앉았다. 그 뒤를 따라 타와라 부인도 방으로 들어갔다.

가능하다면 남편의 가래라도 삼키고 싶었다. 발이라고 씻어주고 싶었다. 아무도 가까이 오지 못하게 하고 둘만의 세계에 있고 싶었다. 그런 만큼 타와라 부인은 자신의 사랑을 위해 타케치요 앞에 엎드려 절하는 것도 마다하지 않았다.

"타케치요 님이 건강하게 성장하셔서……"

눈물을 글썽거리며 다다미에 두 손을 짚었다.

"그러지 말고 고개를 드세요."

타케치요가 먼저 말했다.

4

"오오, 성격도 활달하시지."

타와라 부인은 타케치요의 천진스러운 말에 기가 꺾여 손을 내미는 것조차 잊어버리고 있었다.

"타케치요!"

다시 히로타다가 말했다.

"자, 어머님에게 안겨보아라. 잠시 동안 이별을 해야 하니."

타케치요는 아버지가 무릎에서 내려놓자 의아해하는 얼굴로 옆에 있는 방석에 앉은 채 타와라 부인에게는 가려 하지 않았다.

히로타다는 다시 쓴웃음을 지었다.

"어머니를 모르는군. 따로 헤어져 살게 한 내 잘못이었어."

"아닙니다."

그녀는 다시 남편 앞에 엎드렸다. 비록 타케치요에게 어떤 무시를 당한다 해도 성주의 다정한 목소리가 그것을 메우고도 남았다.

"보지 못했으니 모르는 게 당연하지요. 무사히 스루가에 도착하시도록 저는 오로지 안전한 여행길만을 빌겠습니다."

"보지 못했으니 모르는 게 당연하다……?"

히로타다는 그것을 비꼬는 말로 받아들였다.

"대면시키지 않고 성밖으로 내보내는 것은 그대에 대한 예의가 아니오. 그래서 데려온 거요. 잘 보아두시오."

다시 입을 다물고 밖을 내다보았다. 소나무는 여전히 푸르렀다. 그 너머로 흘러가는 구름의 모습 역시 변함이 없었다. 바람이 자는 한낮의 늦더위도, 군데군데 이삭을 내민 허연 억새풀도, 해마다 보아온 경치이지만, 그 속에서 사는 인간만이 부산스럽게 변해가고 있었다.

'생자필멸 회자정리生者必滅會者定離……'

히로타다도 아버지 키요야스에게 안겨 이 근처에서 오다이의 생모 케요인 앞에 나왔던 기억이 있다. 그리고 지금 자기는 그 계모의 딸이 낳은 가장 사랑하는 아들을 다른 여자 앞에 데리고 왔다. 키요야스도 없고, 오다이도 없다. 오하루 역시 없다. 내일이면 타케치요 또한 곁을 떠나게 된다.

그 뒤에 남는 것은 마음에도 없는 이 타와라 부인과 자기만이다. 아니, 그것마저도 하나의 환영에 지나지 않는다.

고독과 허무감이 무섭게 히로타다를 짓누르고 있을 때.

"타케치요는 스루가에 간다."

갑자기 어린것이 입을 열었다.

"슨푸 성에 손님으로 가는 거야. 슨푸에는 맛있는 과자가 많대."

"어머…… 타케치요 님은……"

"그래서 헤어지려고 온 거야. 몸조심해야 해."

"예…… 예, 알고 있어요. 잘 알고……"

"아버님, 그만 돌아가요."

히로타다는 이렇게 말하는 타케치요를 화난 듯 지켜보고 있다가 갑자기 입을 실룩거리면서 흑흑 느끼기 시작했다. 아니, 그것은 운다기보다 울기를 두려워하는 인간의 부자연스러운 분노의 터뜨림이었다.

"우타노스케를 불러오너라. 나는 아직 타와라에게 할말이 있다."

가까이 대기하고 있던 카에데에게 말했다.

"일정은 니시노코리에서 오츠까지는 배로, 그 다음부터는 육로를 이용하기로 했소. 도중에 잠시 타와라에 들러 그대 일가의 신세를 지게 될 것이오. 혹시 이 말을 오빠한테 듣지 못했소?"

애써 다른 곳을 보며 눈물을 감추려 하는 히로타다를 타케치요만이 알 수 없어하는 눈길로 물끄러미 쳐다보고 있었다.

5

우타노스케가 와서 타케치요를 데리고 나갔다. 이번에는 안기기를 거부하며 아버지에게 깍듯이 절하고 걸어서 갔다. 그러나 타와라 부인에게는 여전히 어머니로서의 예를 올리지 않았다.

어머니 ─

이런 말을 들어도 전혀 이해하지 못하는, 그래서 어떤 예도 하려 하지 않는 타케치요의 태도를 납득할 수는 있었다. 그것이 비록 누구의 명령이라 해도 이 아이는 듣지 않을 터였다.

히로타다는 그 점이 이중으로 슬펐다.

한편으로는 그 성격이 옳다고 생각하면서도, 이런 성격으로는 어디에서도 사랑받지 못할 것 같아 마음에 걸렸다. 더구나 이마가와 요시모토는 오만했다. 예의를 중시하는 사대주의자였다. 이 불손한 아이는 어디에선가 요시모토의 비위를 거스를 것임이 틀림없었다. 그러한 요시모토에게 볼모로 보내 자기 가문의 안전을 도모하는 길밖에는 다른 방법이 없는 히로타다였다.

최근 히로타다는 눈에 띌 정도로 심약해졌다. 오늘 일부러 타케치요를 데리고 여기 나타난 것도 그러한 현상의 하나였다. 시집오던 날 타와라 부인을 본성에 들여놓지 않겠다고 했을 때와는 비교도 안 될 정도로 약해져 있었다.

"타와라……"

단둘이 되자 히로타다는 눈물을 누르듯 치뜬 눈으로 지그시 정원의 노송나무를 바라보았다.

"노부미츠 님이 그대에게 무어라 말하던가? 설마 타와라 성까지 타케치요를 전송하라고는 하지 않았을 테지?"

타와라 부인은 어느 틈에 자기 몸을 히로타다에게 꼭 밀어붙이고 손바닥까지 뜨겁게 달아올라 있었다. 한 달에 한 번이나 두 번뿐인 만남. 히로타다의 모습을 보고 목소리를 들으면, 단지 그것만으로도 온몸의 피가 끓어오르는 타와라 부인이었다. 그녀는 히로타다의 목소리만 들을 뿐, 그 뜻은 전혀 가슴에 와닿지 않았다.

"저는 성주님 곁을 떠나지 않습니다. 떠나서는 안 된다고……"

"그런 말을 했나?"

"예, 말할 것도 없는 일. 저는 성주님의……"

"그랬었군. 그렇다면 타케치요의 일정도 잘 지켜주겠지. 고맙소."

오카자키에서 슨푸까지 가는 길에는 지난해부터 올해에 걸쳐 이마가와 요시모토의 명으로 마지못해 공격에 가담한 토다 킨시치로의 잔당이 수없이 잠복해 있었다. 그들의 준동蠢動을 누를 수 있는 것은 같은 일족인 토다 부자말고는 달리 없었다.

히로타다는 눈시울을 붉히면서 말없이 고개를 끄덕였다. 그 순간 타와라 부인은 갑자기 히로타다의 무릎에 쓰러져 울음을 터뜨렸다. 왜 우는지는 자기도 알지 못한 채 울고 매달리면서 몸을 불태웠다.

"성주님! 울지 마세요. 저는…… 저는…… 성주님의 눈물을 보기가 죽기보다도 무서워요."

히로타다는 잠자코 다른 일을 생각하고 있었다.

쓰르라미가 울기 시작했다. 애처롭고 맑은 그 소리는 내일 이 성을 떠나는 타케치요를 위해 보이지 않는 그 무엇이 독경하는 소리처럼 들려왔다.

'불길해……'

생각하는 동안 구슬프면서도 맑은 쓰르라미 소리는 늘어만 갔다. 저쪽 소나무에서 이쪽 노송나무로 점점 더 요란하게.

6

문득 정신을 차렸을 때 타와라 부인은 어느 틈에 히로타다의 무릎을 꼭 껴안은 채 울고 있었다.

아직 저녁 해가 높이 걸려 있어 환한 빛 속에 드러난 그 모습은 히로타다의 증오감을 부추겼다. 눈물로 뺨이 얼룩지고 무릎에 엎드려 있는 얼굴도 손발도 불처럼 뜨거웠다. 아니, 그보다 검은 머리에서 배어나오는 땀이 더 견딜 수 없었다. 온몸으로 음란함을 내뿜는 발정기의 암캐를 떠오르게 했다.

'이 여자는 무엇을 바라며 살고 있는 것일까……'

히로타다는 홱 떼밀어버리는 대신 등에서부터 허리까지 둘로 꺾여 있는 그녀를 가만히 바라보았다.

울고 싶었다.

오다이에게서도 오하루에게서도 느끼지 못했던 동물적인 압박감이 히로타다를 숨막히게 했다. 히로타다의 체력이 쇠약해졌음을 나타내는 징조인지도 모를 일이었다.

전에는 오다이와의 본의 아닌 이별을 강요당하고, 이제는 또 타케치요와도 생이별을 하게 되었다. 그 무상함을 절감하고 있는 히로타다에게 이 끈덕진 여체의 욕망은 애상哀想과 이성理性을 비웃는, 자신에 대한 도전으로 보였다.

"타와라! 일어나지 못하겠어!"

히로타다는 버럭 화가 치밀어 타와라 부인을 힘껏 떼밀었다.

"아!"

온몸을 맡긴 채 애무를 기다리고 있던 그녀는 이상한 눈빛으로 히로타다를 쳐다보았다.

"너무 덥군. 부채질을!"

타와라 부인은 다다미 위에 내던져진 부채를 원망스러운 듯한 태도로 집어들었다. 그러나 별로 반항하는 기색은 보이지 않고 잠자코 부채질을 시작했다.

이전의 히로타다였다면 이처럼 분노를 억제한 채 그 방에 머물러 있

지는 않았을 것이다. 그러나 오늘의 히로타다는 성을 냈다가 곧 다시
어깨를 떨구었다.

"타와라……"

"예."

"경우에 따라 이것이 타케치요와 영원한 이별이 될지도 모르오."

"불길한 말씀은 하시지 마세요. 성주님은 천하의 명장이십니다."

히로타다는 다시 한참 동안 침묵을 지켰다.

"쓰르라미가 너무 슬프게 우는군."

불쑥 내뱉었다. 그리고는 덧붙였다.

"사이 좋게 지냅시다, 타와라……"

타와라 부인은 입술을 깨물고 울기 시작했다. 타케치요를 인질로 보
내는 마츠다이라 가문의 불행은 오히려 타와라 부인에게는 행복을 가
져다주는 모양이었다.

여자의 행복이란 때로는 이렇게 이상한 데 숨어 있는 것일까.

타와라 부인은 울면서 계속 히로타다에게 부채질을 했다. 만일 히로
타다가 잊어버리고 있다면 언제까지라도 부채질하면서 남편의 옆모습
을 말없이 바라보고 있을 그녀이기도 했다.

"이제 됐소. 시원해지는군."

히로타다가 말했다.

"그만 하고 그대의 손으로 장인에게 편지를 써줄 수 없을까?"

"예. 무어라고 쓸까요?"

"타케치요를 부탁한다고 말이오. 시오미자카에서 히쿠마노曳馬野
(하마마츠浜松)까지의 길이 아주 위험하오. 잘 부탁한다고 써주지 않겠
소?"

"알겠습니다."

타와라 부인이 순순히 대답하고 부채를 접으며 탁자 앞으로 갔을 때,

현관에서 애꾸눈 하치야의 커다란 소리가 들려왔다.

"성주님! 모시러 왔습니다. 타와라의 노부미츠 님이 떠나신다고 합니다."

7

토다 노부미츠는 성문 양쪽에 늘어선 노신들이 입을 모아 하는 정중한 배웅을 받았다.

"잘 부탁 드립니다."

"안심하십시오. 제게 맡겨주십시오."

그때마다 가볍게 답례하면서 문 밖에 있는 말에게 다가갔다.

토리이 타다요시와 사카이 우타노스케는 일부러 성문 밖까지 나와서 말고삐를 잡은 노부미츠에게 다시 말했다.

"귀하의 외조카 되시는 타케치요 님이 우리 가문에는 미래의 태양입니다. 부디 잘 부탁 드립니다."

노부미츠는 고개를 끄덕이고 말에 올랐다.

타케치요가 오카자키 성을 나서는 것은 내일 묘시卯時(오전 6시).

니시노코리까지는 가마를 타고, 거기서부터 뱃길로 아츠미고리渥美郡의 오츠에 가야 했다. 지금 노부미츠는 그 길을 같이 갈 것이었다. 니시노코리까지는 마츠다이라의 경호를 받을 수 있었다. 하지만 그 다음부터는 그들의 손이 미치지 못했다.

히로타다가 우려하고, 노신들이 끈질길 정도로 부탁한 것은 뱃길 다음은 토다 일족에게 의존할 수밖에 없기 때문이었다.

노부미츠가 성을 나서자 12기騎의 종자들이 경호를 위해 따라붙었다. 그들은 모두 전투복 차림이었는데, 최근 유행하기 시작한 남만식南蠻

式 갑옷에 짧은 창을 들고 있었다. 성을 벗어나자 그중 한 사람이 노부미츠와 말머리를 나란히 하고, 따지듯 말했다. 노부미츠의 동생 고로였다.

"형님, 히로타다가 눈치를 챈 것은 아니겠지요?"

노부미츠는 고개를 끄덕이는 대신 말을 빨리 몰아 다른 사람들과의 거리를 넓혔다.

"이번에야말로 그 오만불손한 녀석에게 본때를 보여줄 수 있게 됐어요."

고로는 말 위에서 퉤 하고 침을 뱉었다.

"제 실력도 생각지 않고 사사건건 토다 일족을 깔보고 있어. 나는 누님을 본성에 들이지 않고 둘째 성에 들일 때부터 두고 보자 하고 벼르고 있었지."

대답은 않고 말을 빨리 모는 노부미츠를 따르며 고로는 다시 물었다.

"누님은 타케치요를 배웅한다는 명목으로 틀림없이 타와라까지 오겠지요, 형님?"

"목소리가 너무 크구나, 고로."

"거리가 있으니 아무도 듣지 못해요."

"배를 탈 때까지는 안심할 수 없어. 바람의 방향도 확인해보아라."

고로는 말 위에서 고삐를 쥔 손에 창을 같이 잡고 일부러 왼손을 펴 보였다.

"들릴 리가 없지요. 그러나저러나 하늘이 내리신 때가 왔어요, 형님!"

"뭐가 말이냐?"

"아무튼 놀랄 겁니다. 타케치요가 슨푸에 가지 않고 오와리에 도착하면."

형은 또 대답하지 않았다. 흘끗 동생을 돌아보았을 뿐 곧 눈길을 앞쪽의 하늘로 보냈다.

바다에서 불어오는 미풍. 하늘에 흩어져 있는 조개구름. 얼마 있으면 질 태양이 앞길에 길다란 말 그림자를 그리고 있었다.

노부미츠는 토다 일족의 손으로 타케치요를 오와리로 납치한 뒤 여동생, 곧 타와라 부인이 당할 일에 대한 걱정을 아직 머릿속에서 떨쳐버리지 못하고 하늘을 향해 계속 한숨을 쉬고 있었다.

'생각이 모자라. 가엾은 것……'

그러나 그러한 염려는 타와라 부인만이 아니라, 의기양양하여 뒤따르고 있는 동생 고로에게도 해당되었다. 노부미츠가 탄식하는 것은 그 점에 있었다.

8

토다 형제는 조수와 바람과 달 등 세 가지 상태를 감안하여 니시노코리에서 깊은 밤에 배를 탈 예정이었다.

배가 떠날 때까지 잠시 동안 그 지역 쇼야庄屋°인 가마에몬蒲右衛門의 집에서 쉬기로 했다. 그 집에 도착해 노부미츠는 가마에몬에게 다짐하듯 물었다.

"이 부근에 수상한 자가 매복해 있는 것은 아니겠지?"

그 말에 동생 고로가 히죽히죽 웃었다.

"수상한 자라니 웃기는군요, 형님. 가장 수상한 사람이 수상한 자가 있는지 알아보려 하다니."

"말조심해!"

노부미츠는 작은 소리로 동생을 꾸짖고 방으로 들어갔다.

차가 나오고 이어 식사 대접이 끝난 뒤 모두 물러나고 주위에 아무도 없을 때 노부미츠는 비로소 동생에게 말했다.

"고로, 마키는 타와라에 돌아오지 않겠다고 했어."

고로는 바위와도 같은, 그러나 어딘지 모르게 생각이 모자라는 듯한 느낌을 주는 붉은 얼굴로 형을 획 돌아보았다.

"뭐……뭐라고 했습니까? 그럼, 누님을 오카자키에 남겨둔다는 말인가요?"

"그것이 마키의 희망이었다."

"그건 안 돼요…… 그렇게 되면 누님은 그 히로타다 놈에게 갈기갈기 찢겨 죽어요. 그건 안 돼!"

노부미츠는 날카로운 눈으로 고로를 힐끗 쳐다보았다.

"안 된다면 어떻게 하겠다는 거냐?"

"어떻게 하다니…… 그것은 제가 형님께 묻고 싶은 말이오. 일족인 토다 킨시치로를 이마가와에게 충성을 바치는 체하고 멸망시킨 원한도 있지만, 그보다 아버님이 히로타다를 용서치 않고 어떻게든 이번 여행 중에 타케치요를 납치하려고 결심한 것은 누님을 모욕했기 때문이 아닙니까?"

노부미츠는 가볍게 팔짱을 낀 채 지그시 눈을 감고 있었다.

"정실을 본성에 들여놓지 않는 것만도 무례하기 짝이 없는데, 천한 때밀이 계집에게 빠져 자기 아내를 가까이하지도 않다니…… 그런 모욕을 이대로 참자는 말입니까. 저는…… 누님의 그 원통한 심정, 생각만 해도 오장이 뒤집힙니다."

"……"

"왜 가만히 있는 겁니까, 형님? 설마 이제 와서 아버님의 계획에 찬물을 끼얹으려는 것은 아니겠지요?"

고로가 따지고 들자 노부미츠는 가만히 주위를 돌아보았다.

"목소리가 너무 크구나, 고로…… 이제 와서 찬물을 끼얹은들 무슨 소용 있겠느냐. 이미 아버님은 오다 쪽에 타케치요를 넘기기로 약속하셨는데."

"타케치요를 납치해서 오다에게 넘긴다면, 그렇게 되면 누님은 어떻게 되는 겁니까?"

"고로!"

"왜요?"

"나는 아버님과 네 계획에는 동의했지만, 마키에 대해선 너와는 생각이 좀 다르다."

"아니, 저와 다르다고요? 그럼 누님에 대한 모독 같은 것은 문제가 안 된다는 말인가요?"

노부미츠는 천천히 고개를 끄덕였다. 그리고 고개를 끄덕임과 동시에 일어나 조심스럽게 주변의 어둠 속으로 눈길을 던졌다.

아직 달이 뜨기에는 일러, 주위는 칠흑 같은 어둠이 감싸고 있었다. 사방에서 귀뚜라미가 울고 있었다.

"고로……"

주위를 살핀 뒤 노부미츠는 다시 자리로 돌아왔다. 그리고는 조용한 목소리로 말을 이었다.

"일족의 종가에 태어났으면서도 너는 생각이 좀 모자란다고는 느끼지 않느냐?"

9

"생각이 모자란다니……"

고로는 몸을 부르르 떨면서 대뜸 형의 말을 받았다.

"그게 무슨 말입니까? 일족의 중심이 되는 집안이니 더욱 무사의 치욕을 씻어야 하는 겁니다."

"잠깐."

노부미츠는 다시 눈을 지그시 감았다.

"네가 말하는 그런 데에 무사의 체면이 있는 것은 아니다. 그 증거로 히로타다와 마키는 이제 행복을 찾았어. 네가 말하는 그 원한은 벌써 사라진 거야."

"사라졌다고요…… 그렇다면 형님은 타케치요의 납치를 포기했다는 말입니까?"

노부미츠는 부드럽게 고개를 저었다.

"그렇다면 감행한다는 말입니까? 누님을 죽게 내버려두겠다는 말입니까?"

"그래서 나도 진심을 털어놓고 마키에게 권해보았던 거야."

"형님의 진심이란?"

"고로, 내가 이번 여행길에 타케치요를 납치하는 데 동의한 것은 마츠다이라를 증오하기 때문은 아니다. 도리어 그들의 장래를 위해서였다."

"아니, 마츠다이라의 장래를 위해서라고요?"

노부미츠는 천천히 고개를 끄덕였다.

"그래서 너하고는 생각이 다르다고 한 것이다. 일족 토다 킨시치로의 경우를 보아도 알 수 있을 거다. 이마가와 요시모토는 너무 음흉해. 마츠다이라 집안의 인질을 잡으면 그 인질을 방패삼아, 마츠다이라에게 오다 군에 맞서는 선봉을 맡으라고 할 것이 틀림없어. 충성심이 대단한 마츠다이라의 용사들은 어린 영주가 인질로 사로잡혔으니 이를 악물고 싸우게 될 것은 불을 보듯 훤해…… 이마가와 요시모토는 목적했던 대로 쿄토로 들어갈 수 있을지 모르지. 그러나 그때 마츠다이라에는 기둥 하나 남지 않게 될 거야. 그렇게 된 뒤 요시모토가 순순히 타케치요에게 영지를 계승하도록 할 것 같으냐? 자기 심복을 성에 들여놓고 어떤 구실로든 마츠다이라 가문을 쑥밭으로 만들 것이 분명해. 히로타다 님은 그것을 모르고 있어. 아니, 그보다 목전의 원한에 사로잡혀 스스로 멸망의 길을 걷고 있어. 오다 쪽에 인질을 보내 히로타다 님의 미몽迷夢을 깨우는 것이 처남으로서의 내 의무라고 생각한다."

고로는 한참 동안 묵묵히 형을 바라보고 있었다. 마츠다이라 가문을 구하기 위해 타케치요를 납치한다…… 그로서는 이런 이치가 전혀 상상 밖의 것이었다.

'그렇구나, 이야기를 듣고 보니 그렇게 될 것 같기도 하다……'

"아니……"

고로는 다시 형 쪽으로 향했다.

"그렇지만 타케치요를 납치한다는 점에서는 다를 바 없어요. 납치되었다는 것을 알면 히로타다는 누님을 그냥 두지 않을 겁니다. 저는 누님을 어떻게 할 것이냐고 묻고 있어요."

"고로!"

"왜요?"

"그 점에서 우리 둘의 의견은 완전히 달라. 네가 마키를 타와라로 부르려는 것은 목숨을 구하기 위해서겠지?"

"물론이지요. 피를 나눈 누님이니까."

"나는 그렇지 않다. 내가 타와라로 오라고 한 것은 타케치요와 함께 마키도 오다 쪽에 인질로 보내기 위해서였어."

"뭐……뭐라구요? 누님도 오다에게 인질로?"

"그래. 그렇게 되면 마키의 정절은 마츠다이라 가문의 조상을 위해서도 훌륭히 빛을 발하게 돼. 비록 어딘가에서 타케치요와 같이 죽임을 당하더라도."

고로는 거칠게 고개를 흔들었다. 그에게 누나의 죽음은 생각하기조차 싫은 끔찍한 것이었다.

"절대로 안 돼! 누님을 죽게 하다니. 하지만 이대로 두면 죽어요. 벌써 타케치요를 납치할 준비는 끝났으니까."

고로가 성급하게 따지고 들자 노부미츠는 또 잠시 동안 입을 다물고 있었다. 타와라 부인도 끝내 오빠의 마음을 알지 못했는데, 이 동생 역시 아직은 전혀 알아듣는 것 같지 않았다.

'모두 한결같이 생각이 모자라는군……'

노부미츠의 입에서 나오는 것은 역시 한숨뿐이었다. 토다의 종가에 이토록 어리석은 자가 많이 태어났다는 것은 멸문滅門이 임박했다는 증거인지도 모른다……

"고로……"

"왜 자꾸 부르기만 합니까? 빨리 누님을 구출해낼 방법을 생각해야 할 것 아닙니까?"

"너는 마키를 타와라 성으로 데려오면 무사할 수 있다고 생각하는 거냐?"

"그야 물론이죠. 아버지와 형제의 보호를 받고 있으니까."

"바보 같은 녀석!"

형이 꾸짖었다.

"그래서 생각이 모자란다고 하는 거다. 타케치요를 오다 쪽에 넘기면, 오다는 이것을 미끼로 마츠다이라에게 종속을 요구할 것이 분명하다."

"물론 그럴 수 있겠지요."

"그럴 경우 히로타다는 사랑하는 자식 때문에 오다 쪽에 종속할 것인지, 아니면 자기 자식을 죽게 내버려두든지, 양자택일할 수밖에 없다. 너도 그건 알고 있겠지."

"음, 그때는 둘 중 하나를 택하겠지요."

"히로타다가 오다 쪽에 가담하면 이마가와 요시모토가 가만히 있을 것 같으냐?"

"전쟁이 벌어지겠지요."

"그럴 때 너는 어느 쪽에 가담하겠느냐? 마츠다이라 편에 서겠느냐, 아니면 요시모토의 명에 따라 마츠다이라를 공격하겠느냐?"

"양쪽 다 싫습니다. 저는 양쪽 모두에 분통이 터집니다."

"어리석은 녀석! 타와라 같은 작은 성의 성주에게 양쪽 모두를 배척할 자유가 있는 줄 아느냐? 그런 소리를 하면 당장 이마가와 쪽이 우리를 뭉개버릴 것이다."

고로는 으음 하고 나직하게 신음하며 입술을 깨물었다.

"그 반대일 경우에도 결과는 같아. 히로타다 님이 오다에 대해 자기 자식을 죽게 내버려두는 한이 있어도 이마가와에 대한 신의는 지키겠다고 해도, 역시 이마가와는 마츠다이라를 멸망케 해서는 안 된다고 타와라를 짓밟을 게 틀림없어. 고로, 아버님과 네 계획은 그런 위험을 내포하고 있어."

"그러면…… 이것으로 토다 가문은 이마가와의 분노를 사게 된다는 말입니까?"

"그건 나도 몰라. 그러나 짓밟을 구실만은 놓치지 않을 거다."

"그렇다면…… 그렇다면…… 어떻게 하면 좋다는 말입니까, 형님?"

"마키는 오카자키에 있어도 죽고 타와라에 와도 죽어. 아니, 최전방이 될 테니 타와라 쪽이 훨씬 더 그 시기가 빠를 것이다. 그러므로 굳이 타와라로 부를 필요가 없다고 생각하는 거야…… 알겠느냐……?"

이렇게 말하는 노부미츠의 눈 가장자리는 어느 틈에 피를 머금은 듯 빨갛게 충혈되어 있었다.

고로는 갑자기 어깨를 축 늘어뜨리고 생각에 잠겼다.

노부미츠의 이야기를 듣고 보니 확실히 그러했다.

타케치요를 도중에 납치하여 오다 노부히데에게 넘겨주고 마츠다이라와는 사사로운 감정을 푼다. 그리고 일족 토다 킨시치로를 멸망시킨 이마가와 집안과는 결별한다. 타케치요를 납치함으로써 히로타다의 콧대를 꺾고, 새로 편들 오다 노부히데에게 좋은 선물을 안겨준다 —— 이렇게 생각한 아버지 단죠쇼히츠 야스미츠彈正少弼康光나 고로는 분명 일을 너무 경솔하게 생각하고 있는 것이었다.

'음, 이 인질 탈취는 아무래도 전쟁으로 번지겠어……'

전쟁이 벌어지면 누나는 어디에 있건 같은 처지가 될지 모른다. 고로가 심각하게 생각하고 있을 때 형 노부미츠가 다시 중얼거렸다.

"토다 집안은 망하게 될지도 몰라. 이 일이 원인이 되어."

"망한다고요?"

"그래. 타케치요가 오와리에 도착하면 오다 쪽에서 상금을 줄 테지. 하지만 그 상금으로는 우리 가문을 구하지 못해."

"그럼, 무엇이 있어야 구할 수 있나요, 형님?"

"군대…… 그것도 오다 노부히데의 주력부대가."

"으음."

다시 고로는 신음했다. 그런 병력을 노부히데가 타와라까지 보내줄 리 없고, 달리 전쟁을 피할 수단도 있을 것 같지 않았다. 갑자기 불안이 가슴을 무섭게 짓눌러왔다. 그렇다고 이제 와서 그 계획을 아버지에게 중단하라고 할 수도 없었다.

'이렇게까지 알고 있으면서도 형은 왜 우리의 계획에 동의했을까……?'

고로가 그 점을 형에게 물어보려 했을 때 정원에서 누군가 다가오는 발소리가 들렸다.

노부미츠는 흰 부채를 편 채로, 어둠 속을 응시했다.

"누구냐?"

"예, 이 집 주인 가마에몬입니다."

어둠 속에서 소리가 들리고 이어 불빛에 얼굴이 떠올랐다.

"달이 떴습니다. 배도 준비되었습니다."

아닌 게 아니라 부근 하늘이 훤하게 밝아오고 있었다.

"고로, 출발하자."

노부미츠는 동생을 돌아보고 칼을 잡으면서, 다시 가마에몬에게 다짐했다.

"수상한 그림자는 보지 못했겠지?"

니시노코리 해변에서 채 밝지 않은 바다에 토다 형제가 배를 띄울 무렵 — 오카자키 성에서도 타케치요의 여행준비가 시작되고 있었다.

어머니와는 일찍 생이별을 했으나, 어쨌든 본성을 타케치요의 성이라 부르게 하고, 일족의 희망과 사랑을 독차지하며 자란 타케치요였다. 아직 4년 몇 개월의 어린 몸으로 말을 타고 여행할 수는 없었다. 니시노코리까지는 가마를 이용하고 그 뒤에는 배를 타게 되어 있었는데, 길 떠날 모습은 늠름한 가죽신 차림이었다.

왕고모 히사와 로죠 스가, 그리고 할머니 케요인이 눈시울을 붉히고 때때로 흐느끼면서 타케치요의 준비를 도왔다. 히로타다는 사방침을 끌어당기고, 놀이라도 가는 기분으로 눈을 빛내고 있는 타케치요를 묵묵히 지켜보며 꼼짝도 하지 않고 있었다.

"자, 이것은 인로印籠˚."

히사가 그것을 허리에 채워주고 케요인은 잠자코 옆구리에 단도를 꽂아주었다.

12

준비가 끝나자 로죠 스가가 작은 걸상을 아버지와 마주보는 위치에 갖다놓았다.

"이렇게 하는 건가?"

타케치요는 탕탕 가볍게 발을 구르고 천천히 의자에 걸터앉았다. 단 오절에 사내아이한테 선물하는 인형을 연상케 하는 얼굴과, 꼭 다문 입술의 모습이 선명했다.

"아주 훌륭해. 여행중에 부디 몸조심해라."

히사가 말했다.

"타케치요, 할미에게 한 번만 더 얼굴을 보여다오."

케요인은 의자 앞으로 돌아가 가만히 한숨을 쉬었다.

히사의 눈에는 어느새 눈물이 글썽거리고, 스가는 입술을 깨물고 옷소매로 얼굴을 가리고 있었다. 하지만 케요인만은 울지 않았다. 타케치요의 생모인 오다이와 닮은 눈매로 케요인은 불운한 손자를 자세히 바라보고 있었다. 그것은 슬픔을 넘어 그 앞을 바라보는 담담한 체관諦觀의 눈길이었다.

"할아버님은 전쟁터에서 쓰러지셨단다. 아버님도 또한 그와 같은 각오. 타케치요는 어디에 가건 이 성의 성주란 걸 명심해라…… 절대로 이 점을 잊어서는 안 돼."

타케치요는 마치 알아듣기라도 한 듯 꾸벅 고개를 끄덕였다. 그 모습이 어렸을 적의 오다이와 너무도 같았다.

'여자는 강하다!'

케요인은 새삼스럽게 생각했다. 현세의 참혹함은 케요인에게도 오다이에게도 편안히 살 수 있는 땅을 주지 않았다. 하지만 그들은 가는 곳마다 이처럼 생명을 남겼다.

"아아, 이것으로…… 할머니는 더 이상 할말이 없다. 자, 아버님께 작별 인사를 드려라."

이미 거실에는 점점 더 사람들이 불어나고 있었다. 노신들은 어젯밤부터 모여 있었으나, 타케치요를 따라갈 측근들과 하인들이 이 슬픈 날의 전송을 위해 성으로 몰려오고 있었다.

"그럼 아버님, 다녀오겠습니다."

"오오."

히로타다는 자리에서 일어섰으나 다음 말을 잇지 못하고 그만 눈시울을 적시고 말았다.

이런 상황에서는 누구에게도 눈물을 보이고 싶지 않았다. 그런데 무슨 말이라도 하면 그대로 심한 오열로 변해버릴 것만 같았다. 그는 꿀꺽 침을 삼키고 무서운 얼굴로 타케치요를 노려보면서 말했다. 눈물을 말리기 위해서였다.

"타케치요……"

"예."

"너는 아직 어려서 모르지만, 이번 여행은 이 성과 우리 가문을 구하는 중요한 사자로서 떠나는 것이다."

타케치요는 꾸벅 고개를 숙였다.

"이 아비는 너에게 고맙다는 말을 하고 싶다. 너를 보내면서…… 아비는 자신의 무력無力이 부끄러워 자식한테 머리를 숙였다……고, 알겠느냐, 타케치요. 이것만은 네가 나중에 성장했을 때도 반드시 기억하길 바란다."

이렇게 말하고 히로타다는 타케치요 앞에 머리를 숙인 채 잠시 움직이지 않았다. 눈물은 마르지 않고 새로운 감정이 가슴을 짓눌러왔다. 이윽고 머리를 숙인 채 어깨가, 가슴이, 손이, 무릎이 물결치듯 떨리기 시작했다.

"자, 그럼 이제 큰방으로 가도록 해요. 모두가 기다리고 있으니."

울어서 부어오른 눈으로 히사가 말했다.

13

큰방에는 이번 여행에 타케치요를 수행할 어린 시동들이 그 아버지나 형과 함께 타케치요가 나오기를 기다리고 있었다.

가장 나이가 많은 것은 아마노 진에몬 카게타카天野甚右衛門景隆의 아들 마타고로又五郎, 그는 열한 살로 얼른 보기에도 온후해 보이는 얼굴이었다.

시동의 우두머리는 이시카와 아키의 손자 요시치로與七郎, 그는 타케치요보다 네 살 위인 열 살이었는데, 오늘의 여행에 대해 할아버지로부터 자세한 설명을 들은 듯, 눈썹을 잔뜩 치켜올리고 가슴을 떡 펴고는 소리내며 타들어가는 등잔불을 노려보고 있었다.

타케치요와 같은 가마를 타고 말동무가 될 상대는 아베 진고로阿部甚五郎의 아들 토쿠치요德千代, 그는 타케치요보다 한 살 위인 일곱 살이었다.

히라이와 킨파치로平岩金八郎의 아들 시치노스케七之助는 여섯 살, 일족 마츠다이라 노부사다의 손자 요이치로與一郎가 가장 나이가 어린 다섯 살이었다.

모두가 다 장난꾸러기 놀이동무로, 그들이 인질로 가는 타케치요와 함께 양친 곁을 떠나게 되었다.

"무사 인형들을 한 자리에 모아놓은 것 같아."

아베 오쿠라가 불쑥 말했다.

"나는 여러분께 고개를 들 면목이 없소."

오쿠라와 나란히 앉아 흰 부채를 접었다 폈다 하던 토리이 타다요시가 눈을 끔뻑거렸다.

"내게도 아들이 여럿 있어요. 이번 여정에 히코彦(뒷날의 모토타다元忠)만은 꼭 동행하게 될 줄 알았는데 공교롭게도 홍역을 앓아 열이 아주 높아요. 타케치요 님에게 전염이라도 되면 큰일일 것 같아."

옆에서 우타노스케가 위로했다.

"섬기는 일은 길고도 깁니다. 오늘의 수행만이 충성은 아니오."

"이 어린것들의 무사차림을 보니 저절로 주먹이 불끈 쥐어지는군요. 이 아이들이 타케치요 님 곁에서 창을 휘두르고 말을 달리는 모습을 상상하니 늙은 피가 끓습니다."

"지당한 말씀입니다."

우에무라 신로쿠로가 고개를 끄덕였을 때였다.

"이놈, 시치노스케!"

한 사람 건너에 있던 히라이와 킨파치로가 부채로 탁 다다미를 때렸다. 일곱 살의 시치노스케가 그만 꾸벅 졸았던 것이다.

"하하하하."

오쿠보 진시로가 웃었다.

"과연 히라이와의 아들답게 그릇이 크군요. 웬만한 배포가 아니고는 오늘 아침에 출발한다는데 졸고 있을 수 없지요. 꾸짖지 마시오, 꾸짖으면 안 됩니다."

그런가 하면, 이 시치노스케 위쪽에 앉아 있는 마츠다이라 요이치로의 천진스러움은 또 어떠한가. 흰 이마 앞으로 흘러내린 작은 마에가미가 왕실의 인형과도 같은데, 그는 무심히 주위를 둘러보면서 열심히 코를 후비고 있었다.

아직 날은 밝지 않았다. 지지지 하고 소리를 내며 타오르는 등잔불의 불길을 따라 일동의 그림자가 말에 올라 있는 것처럼 율동적으로 출렁거렸다.

"타케치요 님의 준비가 끝나셨다. 곧 성주님과 같이 오실 것이다."

"쉿!"

아마노 진에몬의 굵은 목소리에 금세 주위가 조용해지고 히로타다의 가벼운 기침소리가 들려왔다.

사람들의 눈길이 이상하게 빛나며 상좌로 향했다. 일족의 운명을 짊어지고 있는 불과 여섯 살의 어린 주군主君…… 단지 그것만으로도 모두의 가슴은 조여들 듯이 굳어졌다.

14

히로타다가 왼쪽에 앉자 애꾸눈 하치야가 오른쪽 중앙에 의자를 갖다놓았다.

타케치요는 마냥 즐거운 듯 좌우를 돌아보고 나서 거기에 앉았다. 그리고 통통하게 살찐 손으로 허리의 단도를 살짝 만지더니 의기양양하여 일동을 둘러보며 생긋 웃었다.

"하핫!"

누가 처음 소리를 냈는지는 알 수 없으나, 일동은 아이의 미소에 이끌려 다 같이 복창하며 꿇어엎드렸다. 결코 이 어린 아이의 운명에 이끌려 엎드린 것은 아니었다.

타케치요의 티없는 웃음이 실내 가득히 불가사의한 빛을 던졌다.

내일을 알 수 없는 난세.

자기 뜻대로는 단 하루의 안전도 누릴 수 없는 작은 성의 무사. 그 슬픈 운명 속에서 타케치요의 웃음이 자아내는 분위기가 저도 모르게 일동을 꿇어엎드리게 했다.

"믿음직스러워!"

"이 정도라면 어디에 가건 얕보이시지는 않을 것이야."

"사람의 마음을 부드럽게 만드는 신묘한 능력을 지니셨지."

"쉿."

주의를 주는 소리가 들렸다.

히로타다가 무어라 입을 열려고 했다.

"내가 무력해 어린것을 떠나보내게 됐소. 부자의 정은 나도 알고 있소. 용서들 하시오."

이번에는 아무도 말을 하지 않았다. 미카와 무사들은 그같은 위로의 말을 싫어했다. 그러나 기백과 감정은 다른 듯.

"성주님은 사람의 마음을 침울하게 만드는 데 명인이셔."

오쿠보 신파치로가 고개를 돌리고 중얼거리자 여기저기서 부릅뜬 눈이 벌겋게 물들기 시작했다.

"나도 참겠소. 그대들도 참아주시오. 그리고 타케치요와 같이 가는 너희들은 절대로 다른 사람의 원한을 사서는 안 된다. 부디 이 점을 명심하여라."

"예."

"알겠습니다!"

"예."

어린 무사들이 저마다 대답했을 때, 그들을 슨푸까지 안내할 카네다 요소자에몬金田與三左衛門이 히로타다에게 절을 하고 일동을 향해 빙글 돌아섰다. 이미 마흔을 넘긴 나이였다. 그는 히로타다의 측근 중에서는 애꾸눈 하치야를 뺄칠 정도로 전형적인 미카와 무사였다.

"너희들에게 주의사항을 말하겠다."

어른들도 깜짝 놀랄 만큼 큰 목소리였다.

"우리 마츠다이라 가문이 자랑하는 것은 입도 혓바닥도 아니고 풍류도 아니다. 그것은 오직 철석 같은 단결이다. 알겠느냐?"

어른들은 눈물을 삼키고 고개를 끄덕였으나 아이들은 무슨 말인지 알아듣지 못했다.

"충의를 입에 올리지는 말아라. 그것을 가슴속 깊이 간직하고 도련님을 지켜야 한다. 만에 하나…… 도련님에게 무슨 일이라도 생기면 한 사람도 살아서 오카자키 땅을 밟을 생각을 말아라."

"예!"

"옛!"

"예……"

아이들의 대답은 밝고 씩씩했다.

"그럼, 이별의 잔을……"

히로타다의 말에 시동들이 술과 잔을 가지고 들어왔다.

창이 서서히 밝아지고 싸늘한 아침 공기가 피부에 느껴졌다.

타케치요는 방안의 움직임이 재미있는 모양이었다. 싱글벙글 웃는 미소가 얼굴에서 지워지지 않았다.

15

잔이 한 순배 돌자 소년들은 타케치요를 선두로 본성을 나왔다. 저마다 가족들에게 가르침을 받았는지, 다섯 살인 마츠다이라 요이치로를 제외하고는 모두 현관 마루에서 자기 손으로 직접 짚신을 신었다.

어린 종자가 7명, 어른이 21명. 그러나 이들 어른 가운데서 19명은 시오미자카의 임시진지까지 호위하고, 거기서 이마가와 쪽에서 마중 나온 사람에게 일행을 인계한 뒤 돌아오기로 되어 있었다.

슨푸까지 동행하는 것은 의술에 밝은 우에다 소케이上田宗慶와 카네다 요소자에몬 두 사람뿐이었다.

일행보다 한 걸음 늦게 이시카와 아키와 아마노 진에몬 두 사람이 특사로 슨푸에 가서 이마가와에게 다시 호위무사 약간 명을 추가로 보낼 수 있게 간청할 예정이었다.

성을 나왔을 때는 벌써 서로의 얼굴이 보일 정도로 날이 밝았다. 여기서부터 정문까지 아이들을 걷게 한 것은 양쪽에서 전송하는 여자들에게 이별의 정을 나누게 하려는 배려에서였다.

날이 밝았는데 공교롭게도 하늘은 잔뜩 흐려 있었다. 안개가 아니라 가느다란 가을비인 듯했다. 전송하는 사람들의 머리에 그것이 희고 작은 구슬이 되어 달려 있었다.

전송하는 사람들 중에 유일하게 양산이 세워진 곳이 있었다. 그 밑에 타와라 부인이 눈이 빨갛게 충혈된 채 서 있었다.

"타케치요 님, 잘 가세요."

이 말에 타케치요의 눈이 반짝 빛나면서 그쪽으로 고개를 돌렸다. 그리고 크게 고개를 끄덕였다. 활짝 웃는 얼굴로.

"여러분, 타케치요 님을 잘 부탁해요."

"예."

"옛."

"예."

천진난만한 대답이 신호인 듯 여기저기서 훌쩍거리는 소리가 터져 나왔다.

"잊어선 안 된다, 토쿠치요. 이 어미의 가르침을 잊지 말아라."

아베 진고로의 아내가 엄한 어조로 타케치요 뒤에서 걸어가는 자기 아들에게 말했을 때였다. 어디선가 와악 하고 울음을 터뜨리는 사람이 있었다.

타케치요의 작은 칼을 공손하게 받쳐든 토쿠치요는, 노래하는 듯한 목소리로 말하고 지나갔다.

"어머니! 안녕히 계세요."

히로타다는 문 밖에까지 나가지 않았다. 그러나 다른 사람들은 일행이 지나가자 모두 그 뒤를 줄줄 따라갔다. 타케치요의 어머니가 이혼당하고 떠날 때도 그랬지만, 누가 말리지 않으면 어디까지라도 따라갈 것 같은 분위기였다.

일행이 정문에 이르렀을 때, 사카이 우타노스케가 말했다.

"전송은 이제 그만."

사람들은 걸음을 멈추었다.

아이들 앞에 가마 네 채가 놓였다.

그 첫번째 가마에 타케치요와 아베 토쿠치요가 타고 마주앉았다.

그 다음에는 마츠다이라 요이치로와 아마노 마타고로가, 그 뒤에는 마타고로의 동생 산노스케三之助와 히라이와 시치노스케, 맨 마지막 가마에는 이시카와 요시치로와 시치노스케의 숙부뻘인 여섯 살의 스케에몬助右衞門이 입을 꼭 다물고 올라 있었다.

가마가 들렸다.

타케치요의 가마 옆에 붙어선 카네다 요소자에몬이 말했다.

"자, 출발이다."

전송하는 사람들은 일제히 고개를 숙였다. 빗방울이 점점 더 굵어져 사람들의 머리와 얼굴을 안타까이 적셔갔다.

흰 안개가 한층 더 밝아진 대지를 다시 뿌옇게 감쌌다.

시오미자카

1

지나가는 가을비 속에 날이 저물어가고 있었다. 등잔을 받쳐들고 들어왔던 시녀가 발소리도 없이 나가버렸다. 토다 단죠쇼히츠 야스미츠는 등을 둥그렇게 하고 문지방 가장자리에 있는 아들 고로 마사나오五郎政直를 손짓해 불렀다.

"무사히 도착했을까?"

고로는 고개를 끄덕이더니 느닷없이 말했다.

"아버님, 아무래도 전쟁이 벌어질 것만 같습니다."

아버지 야스미츠는 그 말을 타케치요 납치 때의 일로 해석한 모양이었다.

"그렇게 많은 인원이 따라왔다는 말이냐?"

고로는 황급히 고개를 가로저었다.

"타케치요를 오와리에 인계하고 난 후의 일 말입니다."

"오다 님에게 타케치요를 건네고 나서의 일이란 말이냐. 그렇다면 걱정할 것 없다."

"어째서 그렇습니까?"

"이마가와 요시모토는 카이의 타케다와 장인 일 때문에 고민하고 있어. 오다 님은 미노의 사이토 도산齋藤道三이 골칫거리야. 그리고 그동안 우리도 한 가지 계획을 마련해놓았다."

"그 계획을 가르쳐주십시오."

"히로타다의 숙부 쿠란도 노부타카, 마츠다이라 산자에몬과 안죠 성의 오다 노부히로 님, 그들이 합심하여 군사를 일으켰을 때 우리도 오카자키를 공격한다. 그러면 요시다의 잔당이 궐기할 것이고, 여차하면 오와리의 원군도 오겠지. 그렇게 되면 동미카와에서 이마가와 요시모토는 꼼짝하지 못할 거야."

야스미츠는 그 말을 스스로도 굳게 믿고 있는지 둥근 턱을 쓰다듬으면서 눈을 가늘게 떴다. 고로는 고개를 갸웃하고 생각했다. 형의 말을 들으면 불안하고, 아버지의 설명을 들으면 그럴 듯하다.

야스미츠는 그 의문을 풀어주려는 듯 밝은 소리로 웃었다.

"그때의 일로 지금부터 고민할 것 없다. 그보다 타케치요 일행은 무사히 시오미자카潮見坂에 도착했느냐?"

고로는 크게 고개를 끄덕였다.

"경호원 수는? 설마 이마가와 쪽에서 제시한 인원수를 초과하지는 않았을 테지?"

아버지의 질문에 고로는 다시 고개를 끄덕였다.

"측근시동은 일곱 명, 모두 상대도 안 될 어린아이들뿐입니다."

"어린아이들에 대해 묻는 게 아니야. 시오미자카까지 호위하는 어른들 말이다."

"분명 스물한 명입니다. 그들은 형님이 도착한 뒤 곧 다른 숙소로 안내됐습니다마는……"

야스미츠는 다시 미소지었다.

"음, 나는 그게 알고 싶었다. 좋아, 만사가 뜻대로 될 거야. 너는 얼른 돌아가 타케치요 님에게 만일의 경우가 생겨서는 안 되니 우리 군사들에게 그 숙소를 에워싸라고 해라."

"아버님."

"왜 그러느냐?"

"히로타다는 오카자키의 누님을 죽이겠지요?"

이번에는 야스미츠가 소리내어 웃었다.

"너는 그 걱정 때문에 우울해하고 있느냐? 하하하…… 걱정할 것 없다, 걱정할 필요 없어."

"걱정할 필요가 없다니…… 그 이유를 말씀해주십시오."

야스미츠는 벌떡 몸을 일으켜 주위를 둘러보았다.

"생각해보아라, 고로. 오다 님에게 넘길 인질은 타케치요 하나뿐. 그 뒤에는 더없이 소중한 알짜배기 아이들이 남아 있어. 그 아이들이 우리 손에 있는 한 히로타다는 마키를 죽이지 못해. 그런 것쯤은 너도 알 것 아니냐. 자, 어서 형한테 가서 도와주어라. 나도 몇 가지 준비를 해두어야겠다."

이렇게 말하고는 손뼉을 쳐서 시녀를 불렀다.

2

토다 단죠쇼히츠 야스미츠는 이마가와 요시모토의 쿄토 풍류를 흉내내어, 한때는 눈썹을 그려넣고 이를 까맣게 물들이기도 했다. 지금도 겉으로는 이마가와 일족에 대한 충성을 가장하고 있고, 성안에서의 생활도 풍류를 따르던 무렵의 여운을 남기고 있었다.

거실에는 거의 남자를 들여놓지 않았다. 열너덧에서 열예닐곱 살까지의 처녀 4, 5명을 언제나 곁에 두고 그 하나하나에게 서로 다른 향주머니를 갖게 하고는 의기양양해했다.

"살아 있는 향기의 배합이야."

잘 때는 양쪽에 다른 향기가 나는 처녀를 눕게 하고, 그것을 불로장수의 비결이라고 했다.

"이것은 모두 표면적인 구실이고, 사실은 경제적인 이유에서지."

은근히 경제에 밝다는 것을 뽐내며 목소리를 낮추었다. 남자들이라면 모두 일가를 먹여 살려야 하기 때문에 상당한 녹미祿米가 필요했다. 그러나 여자라면 이에 비해 비용이 적게 든다는 의미인 듯했다.

그는 손뼉을 쳐서 시녀를 부르고는, 어느 틈에 습성이 되어버린 우물거리는 목소리로 말했다.

"너희들에게도 이야기한 바 있는 오카자키의 타케치요 님이 무사히 시오미자카의 진지에 도착하셨다. 너희들도 알겠지만 시오미자카는 임시진지이기 때문에 아무 풍취도 없는 곳이다. 그래서 오늘 밤에는 이곳으로 초대해 타케치요 님의 외할머니와 상봉토록 할 것이다. 곧 이리로 맞아들일 테니 준비한 식사대접에 차질 없도록."

반쯤은 옆에 있는 고로에게 들으라는 말이었다.

시녀가 공손하게 절을 하고 나갔다.

"알겠습니다. 그럼……"

이어 고로도 일어섰다.

고로가 나간 뒤 곧 객실로 음식상이 운반되었다.

"나에게도 아주 소중한 외손자, 아직 어리니까 너희들도 잘 위로해주도록 하라."

타케치요의 자리, 노마님의 자리, 내 자리, 노부미츠 자리 등등 자세히 좌석을 일러주었다. 그러나 운반되어온 음식은 몹시 허술했다.

당연한 일이었다.

타케치요가 무사히 이 자리에 앉게 되면 야스미츠 부자의 계획은 물 거품이 되는 것이었다. 초대한다고 진지에서 끌어내어 도중에 미리 준비해둔 배로 납치해 그대로 오와리로 보낼 예정이었다.

상이 차려지자 야스미츠는 갑자기 불안해졌다. 마츠다이라 쪽은 풍류라는 것을 몰랐다. 그 대신 대부분이 죽음의 공포조차 모르는 유명한 고집통들이었다.

엄밀한 선발을 거쳐 따라온 경호무사들이 과연 순순히 타케치요를 그의 가신에게 넘겨줄까?

"고로만으로는 마음이 놓이지 않지만…… 노부미츠가 있으니 잘 처리할 테지."

중얼거리면서 사방침을 끌어당겨 물끄러미 등잔을 바라보고 있을 때 총애하는 시녀 하나가 들어왔다.

"아뢰옵니다. 타케치요 님이 시오미자카의 임시막사에서 출발하셨다는 보고가 들어왔습니다."

"뭣이, 출발했다고……? 따라나선 사람 수는……?"

"시동 두 사람과 카네다 요소자에몬 한 사람이라고 합니다."

"음, 카네다 한 명이란 말이지……"

야스미츠의 얼굴에 비로소 회심의 미소가 떠올랐다.

3

시오미자카의 임시막사는 급조한 것이라고는 생각되지 않을 만큼 완벽했다. 동자주童子柱를 이중으로 설치하고 타케치요가 임시로 묵을 숙소를 둘러싼 담 뒤에는 구경하는 사람들을 위해 판자를 깔아 높게 만든 관람석까지 마련되어 있었다.

오츠의 선착장에서 이 진지로 오는 요소요소에는 단단히 무장한 토다의 무사들이 배치되어 있고, 도착을 기다리는 노부미츠의 태도도 여간 근엄하지 않았다.

"과연 타와라 부인의 친정답군. 손이 닿지 않은 데가 없어."

완고하기 이를 데 없는 카네다 요소자에몬까지도 어느 틈에 마음의 긴장을 풀고 있을 때 성안에서 그들을 맞으러 나왔다. 타케치요에게는 외조모뻘이 되는 토다 단죠쇼히츠의 아내가 외할머니로서 대면하기를 청했던 것이다.

"표면상으로는 어찌 되었건 실제로는 인질입니다……"

요소자에몬은 일단 사양했다.

"아직 이마가와 쪽 사람이 도착하기 전이므로 심려하지 않으셔도 될 것입니다."

옆에서 노부미츠가 권하는 바람에 요소자에몬도 그만 타케치요의 무료함을 위로해주고 싶은 생각이 들었다.

생각보다 완벽하게 만들어졌다고는 하나 역시 임시막사였다. 그래서 오늘 밤만이라도 성안에 들여 쉬게 하는 편이 안전하다고 요소자에몬은 생각했다.

"그럼, 성의를 생각해서."

비는 오락가락했다. 임시막사에서 내려다보이는 바다 주위는 어디라 할 것 없이 가을비가 내리고 있었다. 거의 바람도 불지 않았다. 그런데도 소나무 가지는 윙윙 울고 있었다. 그 소리는 영혼 속으로 스며드는 것 같았다.

카네다 요소자에몬은 문득 서글픔을 느꼈다.

'언제 다시 이 어린 주군을 만날 수 있을 것인가……?'

변화무쌍한 전란의 세상에서 어린 주군을 건네주고 돌아가면 다시 전쟁이 기다리고 있었다. 자기가 싸우다 죽을 것인지, 아니면 타케치요 님이…… 이렇게 생각하니 타케치요를 여기서 조부모와 만나게 하는 것은 일석이조로 실속있는 일일 듯했다.

임시막사에 불이 켜졌을 무렵, 다시 성안에서 노부미츠의 동생 고로 마사나오가 마중을 나왔다.

"아버님과 어머님, 모두 기다리십니다. 제가 안내하겠습니다."

마중 나온 가마는 두 채였다. 그러나 요소자에몬은 수상하게 여기지 않았다.

"우리는 걸어서 모시겠습니다. 형님은 가마에 오르시지요."

이렇게 말하는 고로에게 노부미츠는 다짐을 했다.

"경호원들을 데려왔겠지? 귀한 손님이시다."

고로 마사나오는 자기 가슴을 두드리며 말했다.

"서른 명을 엄선해서 데려왔습니다. 모두 지리에 밝은 자들이니 염려하지 마십시오."

노부미츠는 고개를 끄덕이고 요소자에몬을 돌아보았다.

"타케치요 님의 시동은 누구로 할까요?"

아마도 타케치요에게 시동 한 사람만을 딸려 성안으로 데려갈 모양이었다.

요소자에몬이 말했다.

"죄송합니다마는, 저도 같이 모시고 가겠습니다. 슨푸에 도착하시기도 전에 곁을 떠난다면 제 책임을 다했다고 할 수 없습니다."

노부미츠는 크게 고개를 끄덕였다.

"지당한 말씀입니다. 과연 오카자키에서도 손꼽히는 요소자에몬 님의 신중함은 높이 살 만합니다. 그러면 오늘 밤은 타케치요 님의 옆방에 드시도록 하십시오."

순순히 승낙하는 바람에 요소자에몬은 미처 불안을 느낄 사이도 없었다.

마당에는 이미 모닥불이 빨갛게 피어오르고 있었다.

4

타케치요가 현관에 대령한 가마에 침착한 표정으로 오른 뒤 그 맞은
편에 아베 토쿠치요가 탔다. 두 사람이 탔는데도 비좁지 않을 정도로
가마는 넓었다.

타케치요는 배웅하러 나온 아마노 마타고로의 동생 산노스케를 손
짓으로 불렀다.

"산노스케, 너도 타."

"예."

산노스케가 가마에 오르는 것을 노부미츠는 싱글벙글 웃으면서 바
라보고 있었다.

요소자에몬은 가슴이 벅찼다. 20명의 어른과 뒤에 남는 5명의 아이
들에게는 지나칠 정도로 엄중하게 경호원이 붙어 있었다. 안심하고 성
안의 손님이 될 수 있는 약간의 자유가 이 고지식한 요소자에몬에게는
더할 나위 없이 고마웠다.

가마가 움직였다.

바다는 이미 저물어 잿빛으로 물들고, 토다 가문의 문장이 그려진 초
롱이 가느다란 빗줄기 속에서 점점이 이어져 있었다. 송림을 벗어나자
심한 진흙길이었다. 완전하게 무장한 자들도 가마를 멘 자들도 발 밑을
조심하며 천천히 걸었다.

카네다 요소자에몬도 가마 옆에 바싹 붙어서서 미끄러지지 않도록
초롱 불빛을 따라 걸었다. 그리고 진흙길이 모래땅으로 바뀌었을 때 얼
른 고개를 들어 앞길을 바라보았다.

바로 눈앞에 가느다란 빗줄기를 통해 흰 파도가 넘실거리는 것이 보였다. 해변인 듯하다 ── 고 생각했으나, 요소자에몬은 그 이상의 의문은 품지 않았다.

크게 호의를 베푸는 토다 형제가 옆에 있고, 경호도 이 지방의 지리에 밝은 자들뿐이었다.

눈 아래로 노송나무 방풍림이 검게 울타리를 두르고 있었다. 뱃사람들의 오두막일까 아니면 농가일까 ── 의식의 한 구석에서 그런 생각을 하며 모랫길을 내려갔을 때였다.

"섰거라!"

한쪽 생울타리 그늘에서 우르르 사람들의 그림자가 뛰어나왔다.

"누구냐!"

노부미츠가 외쳤다.

순간 카네다 요소자에몬은 얼른 칼집의 손잡이를 쥐고 가마 앞으로 나섰다. 행렬은 이미 정지하고, 뒤쪽 가마에 탔던 노부미츠가 내리는 기척이 있었다.

"웬 놈이냐?"

다시 노부미츠가 말했다.

"마츠다이라 타케치요의 행렬이렷다?"

어둠 속에서 침착한 목소리가 대답했다.

"그렇다. 마츠다이라 타케치요 님이 타와라 성의 할머니를 뵈러 가는 길인데, 이 가마를 세우는 자는 도대체 누구냐?"

상대는 거침없이 말했다.

"우리는 그 가마를 멀리 오와리에서 마중하러 온 오다 노부히데의 뱃사람들이다. 섣불리 대들다가 타케치요 님이 다치기라도 하면 안 되니 어서 순순히 그 가마를 내놓아라."

"여러분, 도움을!"

카네다 요소자에몬은 부탁한다 — 는 다음 말을 내뱉을 틈도 없이 번개처럼 칼을 뽑았다. 상대의 인원수는 아직 알 수 없었으나 이쪽만큼 많은 것 같지는 않았다.

"함부로 칼을 뽑지 마라!"

요소자에몬의 말을 무시하듯, 고로가 소리쳤다.

"타케치요는 어차피 인질이 될 몸, 분별없이 칼을 뽑아 목숨을 잃기보다는 순순히 인도하여 안전을 도모하는 것이 상책이다. 그렇지 않은가, 요소자에몬?"

웃는 어조로 물었다. 순간 카네다 요소자에몬은 온몸이 불처럼 달아올랐다.

5

비는 아직도 소리 없이 내리고 있었다. 그런 가운데 멈춰선 경호무사들은 어느 틈에 가마와 요소자에몬을 둘러싼 형세가 되고, 앞에 나타난 괴한들에게는 등을 돌리고 있었다.

이때에야 단순한 요소자에몬이었지만 토다 형제의 계략에 말려든 사실을 깨달았다.

"음! 계략을 꾸몄구나."

가마 옆에서 으드득 이를 갈고 칼날에 흐르는 빗물을 어둠 속에 흩뿌렸다.

"닥쳐라!"

고로가 다시 깔깔 웃었다.

"마츠다이라 쪽 경호는 시오미자카의 임시막사에 들어갈 때까지다. 이제부터는 우리가 알아서 할 텐데 무슨 잘못이 있단 말인가. 여기서 싸워 목숨을 잃게 하면 큰일 아니냐?"

요소자에몬은 그렇게 말하는 고로에게 칼을 휘두르며 덤벼들었다.

'죽을 때가 왔다!'

순간적으로 이렇게 생각하고 목숨이 붙어 있는 동안에는 절대 내주지 않겠다고 결심했다.

고로 마사나오는 그의 칼을 재빠르게 피하고 자기도 칼을 뽑았다. 아니, 고로만이 아니었다. 요소자에몬의 공격을 신호로 일제히 칼날의 울타리가 만들어졌다.

"괴한들아, 덤벼라!"

조그마한 칼에 손을 가져가며 가마에서 고개를 내민 것은 토쿠치요였다. 동시에 반대쪽에서도 자그마한 얼굴이 밖을 내다보았다. 아마노 산노스케도 토쿠치요에게 질세라 오른쪽으로 몸을 낮추고 공격의 자세를 취했다.

"오오, 용감한 아이들이로군."

경호무사의 울타리 뒤에서 괴한의 지휘자인 듯한 사나이가 초롱을 높이 쳐들고 밝게 웃었다.

"놀라게 해서 미안하구나. 하지만 용서하여라. 너희들은 절대로 해치지 않겠다."

아이들도 요소자에몬도 물론 그 얼굴을 알지 못했으나, 만일 이 자리에 타케치요의 어머니 오다이가 있었다면 소스라치게 놀라 소리질렀을 것이었다. 오다이의 오빠들과 가까이 지낸 카리야의 쿠마 저택 주인 나미타로가 분명했다.

나미타로는 웃으면서 노부미츠를 돌아보았다. 두 사람의 눈길이 초롱 불빛을 통해 어지럽게 교차되었다.

"고로, 서두르지 마라."

지금까지 빗속에 가만히 서서 고로와 요소자에몬을 번갈아 바라보고 있던 노부미츠가 조용한 목소리로 말하면서 요소자에몬에게 다가왔다. 요소자에몬은 첫번째 휘두른 칼이 빗나가버린 뒤 벌써 숨을 헐떡이고 있었다.

"요소자에몬 —"

"뭐냐!"

"그대도 타케치요를 모시고 이대로 오와리까지 동행할 수 없을까?"

"흥."

요소자에몬은 그 말에 코웃음치면서 울부짖듯 고개를 저었다.

"내가 갈 곳이 슨푸말고 또 있는 줄 아느냐?"

"요소자에몬 —"

"시시한 소린 듣고 싶지 않다. 가세하지 않으려거든 당장 베어라."

"요소자에몬, 나는 타케치요의 외삼촌이야."

"다……닥쳐. 외삼촌이란 자가 이렇게 비겁한 짓을!"

"진정해. 조용히 하고 우선 내 말을 들어라."

"싫다!"

"그대는 여기서 개죽음을 당하려는 모양인데, 그러고도 충성을 다했다고 할 수 있겠나?"

"형님, 처치해버립시다. 이 자는 형님의 이야기를 알아들을 수 있는 놈이 못 됩니다."

고로가 먼저 요소자에몬에게 덤벼들었다.

6

"기다려!"

짤막한 질타와 더불어 덤벼드는 고로의 칼을 옆에서 수도手刀로 내리쳐서 떨어뜨린 사람이 있었다. 형 노부미츠가 아니라 어느 틈에 앞으로 나와 있던 쿠마 저택의 나미타로였다.

나미타로는 더 이상 아무 말도 하지 않고 얼른 노부미츠에게 눈짓을 했다. 노부미츠와 나미타로 사이에는 이미 어떤 합의가 이루어져 있었다.

"요소자에몬 —"

다시 노부미츠는 상대의 칼 앞으로 한 걸음 다가갔다.

"언젠가는 그대도 알게 될 것이다만, 타케치요를 이마가와 쪽에 보내는 것은 마츠다이라가 스스로 자멸의 길을 걷는 일이란 걸 모르겠느냐?"

"모른다. 나는 주군의 명으로 움직일 뿐이다!"

요소자에몬은 몸을 부르르 떨면서 소리쳤으나 노부미츠는 끄떡도 하지 않았다.

"우리와 같은 작은 성이 난세에 살아남을 길은 오직 하나. 이마가와 와 오다, 어느 쪽도 이기지 못하도록 양자 사이의 세력균형을 도모하는 길뿐이다. 마음을 가라앉히고 내 말을 잘 들어라. 양가 중 어느 쪽이 이기건 우리 같은 작은 성과 가문은 승자에게 짓밟히게 되지. 이 이치를 그대는 모른단 말인가?"

"알고 모르는 것은 주제넘은 짓. 우리 마츠다이라 일족은 주군의 명을 거스르면서까지 그런 이치놀음은 하지 않는다."

"살아남을 길을 가르쳐주겠다. 토다, 마츠다이라, 미즈노. 이 세 개의 작은 세력이 동맹을 맺고 오다와 이마가와가 충돌했을 때 그 어느 쪽에도 가담하지 않는 것이야. 이 셋이 자기편이 되지 않으면 어느 쪽도 필승을 기하기는 어렵지. 필승을 기할 수 없다면 전쟁은 일어나지 않아."

"그……그……그게 어떻게 가능하단 말이냐? 꿈도 꾸지 마라. 미즈노는 이미 오다 쪽에 붙었어. 토다도 현재는 미심쩍은 게 많아. 우리 주군이 그같은 적의 계략에 호락호락 넘어갈 줄 아느냐?"

"그 문제라면 걱정할 것 없다. 여기 계신 타케노우치 나미타로 님이 타케치요 님을 오와리로 모신 뒤 우리 세 세력의 동맹을 훌륭하게 성사시키겠다고 하셨다."

"뭐, 타케노우치 나미타로…… 어떤 자냐, 그 자가?"

나미타로는 웃지도 않고 분개하지도 않으면서 말했다.

"헤키카이코리碧海郡의 쿠마 도령……을 모른단 말인가?"

"뭐, 쿠마 도령."

요소자에몬의 눈길이 삿갓 밑에서 윤기를 발하고 있는 나미타로의 마에가미로 향했다. 알고 있다는 눈이고, 놀라는 눈이었다.

"네가 바로 그 사람이란 말인가?"

나미타로는 대답 대신 고개를 끄덕였다.

"그대는 언제부터 오다 노부히데의 가신이 되었느냐? 그대의 조상은 난쵸의 존귀한 신분이었다고 들었는데, 그 후예가 언제부터 오다의 해적이 되었단 말이냐?"

"요소자에몬 ─"

다시 노부미츠가 그 말을 가로막았다.

"미즈노도 마츠다이라도 토다도 하나로 뭉치지 않으면 언젠가는 어느 한쪽에 멸망하고 말아. 자, 더 이상 반항해보아도 부질없는 일. 일단 타케치요를 따라 오와리에 가서 그의 장래를 지켜보는 것이 어떨까?"

"싫다고 하면 어쩌겠느냐?"

"도리 없지, 벨 수밖에."

"음."

카네다 요소자에몬은 다시 한 번 으드득 이를 갈았다. 하지만 그것은 조금 전의 격렬함에 비해 몹시 약했다. 벌써 빗줄기는 요소자에몬과 노부미츠의 등줄기까지 적시고 있었다.

7

요소자에몬은 흘끗 가마 안을 보았다. 가마 양쪽에서는 아직 토쿠치요와 산노스케가 작은 얼굴에 잔뜩 긴장의 빛을 띠고 초롱을 노려보고 있었다.

안은 어두웠으나 타케치요는 조용히 앉아 있었다. 겨우 4년 남짓밖에는 이 세상에서 호흡하지 못한 어린아이였으나, 별로 두려워하는 기색도 없고 당황하는 눈치도 아니었다.

잠을 자는 것이 아닌가 싶을 정도로 조용했다.

'이 인질을 오와리에서도 노리고 있었다……'

이렇게 생각하니 카네다 요소자에몬은 갑자기 숨이 답답해지고 뜨거운 것이 비에 섞여 뺨으로 흘러내렸다.

'그렇다, 여기서 싸운들 승산이 없다. 우선 당장에는 그들의 말을 들어 일단 오와리로 가는 것이 도리일지도 모른다.'

섣불리 소동을 벌여 타케치요가 다치기라도 하면 그야말로 큰일이었다. 그렇더라도 기만당한 분노는 계속해서 지글지글 몸을 태웠다.

"어때, 아직 분별이 안 되느냐?"

노부미츠의 말에 요소자에몬은 다시 소리쳤다.

"그렇다면 어떻게 하겠느냐?"

"답답도 하구나, 요소자에몬. 그대를 죽이고라도 타케치요는 오와리에 보낸다."

"오와리에 보내서 어떻게 하겠다는 거냐?"

"뻔한 일이지 않느냐, 소중한 인질이다. 그 인질이 없으면 오다 노부히데는 마츠다이라를 믿지 않을 것이다."

"다시 한 번 묻겠다!"

요소자에몬은 어느 틈에 칼끝을 내리고 젖은 몸을 부르르 떨었다.

"인질이 오와리에 갔다는 것을 알면 이마가와 쪽이 가만히 있지 않을 것이다. 이마가와와 마츠다이라 사이에 전쟁이 벌어지면 어떻게 하겠는가?"

"그런 걱정은 접어두는 게 좋아. 마츠다이라 쪽에서는 인질을 납치당했다고 하면 훌륭한 변명이 될 테니까."

"좋다!"

요소자에몬은 외쳤다. 무엇 때문에 그렇게 외쳤는지는 알 수 없으나, 이 완고한 미카와 사람에게는 그 이상의 문답은 참아낼 수 없었음이 틀림없다.

'타케치요 님은 절대로 살해당하지 않는다……'

이것만 확실하다면 요소자에몬은 자신의 의사를 훌륭히 관철시켜 보이고 싶었다.

"너희들은 이제 됐다. 타케치요 님의 곁을……"

떠나지 말라고 하기에 앞서 가마의 양쪽 문이 쾅 닫혔다.

"앗!"

고로 마사나오가 외친 것은, 가마의 문이 닫히자마자 카네다 요소자에몬이 갑자기 칼을 거꾸로 쥐고 그 위에 자기 배를 내던지듯 찔렀기 때문이었다.

사람들은 숨을 죽였다. 이처럼 장렬한 자결은 본 일이 없었다.

"보……보……보아라!"

요소자에몬은 이렇게 외치고 땅바닥에 닿아 있는 칼자루를 오른손으로 힘차게 쳐들었다. 칼은 깊이 배를 뚫고, 칼자루를 지면에서 떼는 순간 그의 몸은 비틀거리며 모래 위에 털썩 쓰러졌다.

옷자락에 떨어지는 핏방울이 순식간에 모래를 물들이고, 요소자에몬의 얼굴은 눈만 남은 것처럼 노부미츠를 향했다.

"이……이……이것이 마츠다이라 가문의…… 기상이다!"

그러면서 칼을 배에서 뽑았다. 이번에는 칼끝을 목줄기에 대고 갑자기 목을 던지듯 내리눌렀다.

8

칼끝이 목을 관통하고 쏴아 하는 소리와 함께 사방으로 피가 튀면서 요소자에몬은 눈을 부릅뜬 채 왼쪽으로 쓰러졌다.

고로는 깜짝 놀라 뒤로 물러섰다. 노부미츠도 놀라운 광경에 말이 나오지 않았다. 그러나 나미타로는 성큼성큼 앞으로 걸어나가 요소자에몬의 몸을 안아일으켰다.

"음, 이것이 그대의 기상이란 말이지. 알겠어, 알겠어."

요소자에몬은 이미 숨이 끊어졌으나, 칼을 쥐고 있는 손의 세포는 아직 살아서 경련하고 있었다. 나미타로는 그 손에서 정중히 칼을 받아쥐면서 재촉했다.

"우선 가마를……"

안에 있는 아이들에게 이 참혹한 요소자에몬의 마지막 모습을 보이지 않기 위해서였다.

다시 가마가 움직였다. 이미 대세는 결정되어 있었다. 아무도 그들의 행동을 가로막는 자가 없었다. 돌을 3단으로 깔아놓은 선착장에 세 척의 배가 비를 맞으며 다가왔다. 가마는 곧바로 그 배들 중 하나에 옮겨졌다.

그 모습을 지켜보고 나서 나미타로는 다시 요소자에몬 곁으로 돌아왔다.

"어떻게 하겠소?"

아직도 망연히 서 있는 노부미츠 형제에게 주검을 가리키며 물었다.

"당신들에게 다른 생각이 없다면 이 나미타로가 맡을 생각이오. 그래도 되겠소?"

노부미츠는 동생 고로와 얼굴을 마주보고 나서 천천히 고개를 끄덕였다.

"부탁 드립니다."

"그러면……"

나미타로는 옆을 돌아보았다.

"이대로 배에 실어라. 내 배에 말이다. 정중히 모셔야 한다."

"옛."

대답하고 토다의 가신들이 시체를 운반해갔다.

"바다에 버리려는 것입니까?"

고로가 물었다.

나미타로는 화가 치민 듯이 고로를 노려보았다.

"요소자에몬의 마음은 타케치요 님 곁을 떠나지 않소. 그것도 모른단 말이오?"

"글쎄요……"

"무사에게는 무사의 정이란 게 있소. 이 유해에게 타케치요 님이 정착할 곳을 보여주려고 하오."

나미타로는 가볍게 한 번 혀를 차고 유해의 뒤를 따랐다.

그 유해는 훗날 타케치요의 임시거처 앞에 뿌려졌고, 카네다 요소자에몬은 타케치요를 되찾으려고 아츠타에 잠입했다가 무사답게 죽었다고 오카자키에 보고되었다……

나미타로가 유해를 실은 배에 오르자 고로도 허둥지둥 타케치요의 가마를 실은 배에 탔다.

노부미츠는 선착장에서 배웅했다.

"가마에 오르시지요."

남아 있던 가신이 권했으나 그는 가볍게 손을 저었을 뿐 비를 맞으며 그대로 서 있었다.

이윽고 타케치요와 고로가 탄 배가 먼저 선착장을 떠났다. 이어 경호원들이 탄 배, 마지막으로 나미타로의 배가 떠났다.

노부미츠는 그 배들이 모두 비 내리는 바다로 사라질 때까지 가만히 서서 지켜보았다.

"타케치요…… 오마키…… 히로타다…… 고로……"

배가 보이지 않게 되었을 때 노부미츠는 뇌리에 떠오르는 사람들의 이름을 하나하나 불러보았다. 모두가 다 어떻게 될지 알 수 없었다. 가련한 나그네길을 걷는 사람들뿐…… 자기도 아버지도…… 아니, 이마가와 요시모토도, 오다 노부히데도……

연모戀慕의 가을비

1

"성주님을 뵙고 싶어요. 성주님을 만나게 해주세요."

오하루가 무릎에 매달리며 조르는 소리를 들으면서 애꾸눈 하치야는 중얼거렸다.

"나는 죽고 싶어, 죽게 해줘."

"예? 뭐라고 했나요, 하치야 님?"

"아무 말도 안 했어. 나는 그대를 좋아하니까 무엇이든 원하는 것을 이루게 해줬으면 좋겠다고 말한 거야."

"그렇다면 성주님을 만나게 해주세요."

오하루는 몽롱한 눈으로 천장을 쳐다보다가 느닷없이 일어났다.

"아아, 성주님이 부르셔…… 욕실에서."

그대로 방에서 나가려 했다. 하치야는 그 옷자락을 무릎으로 꾹 누르고 말이 나오기 전에 뚝뚝 눈물부터 떨구었다. 무슨 말을 해야 할지 몰랐기 때문이다.

오하루는 소실로 결정되면서 히로세에서 성 밑 노미能見로 거처를 옮겼다. 오하루의 가족이란 어머니 한 사람뿐이었다. 그러다 타와라 부인과의 불화로 오하루는 어머니 집에 감금되고, 더구나 감시인까지 딸리게 되었다.

타와라 부인의 시녀 카에데가 눈치챘던 것처럼 그 무렵 오하루는 임신하고 있었다.

애꾸눈 하치야는 그 태아만은 성주님의 핏줄이니 오하루의 손으로 키울 수 있도록 허락받을 줄 알았다. 그러나 그것까지 거부당해, 태어난 다음 날 영아는 어디론가 보내지고 말았다. 오하루에게는 사산했다고 거짓말을 했다.

오하루의 희망도 아마 아기에게 있었을 것이 틀림없었다. 아니, 그 아기를 통해 슬픈 사모의 정을 성주에게 기대려는 오하루였을 것이다.

오하루는 오랫동안 하혈하다가 결국 그대로 미치고 말았다.

하치야는 연약한 여자의 신경도 안타까웠으나, 그보다 원망스러운 것이 성주의 무정함이었다.

"하치야, 오하루를 너에게 주겠다."

오하루의 광란이 히로타다의 귀에 들어갔을 리도 없는데, 히로타다가 먼저 하치야를 불러 말했다.

"원래 오하루는 너의 약혼자였으니 지금 돌려주겠다."

하치야는 상대방이 성주만 아니었다면 주먹으로 그 면상을 후려갈겼을 것이었다.

이렇게 잔인하고 이렇게 남자의 마음을 무시하는 말이 또 있을까. 성주였기 때문에 이를 악물고 그녀와의 인연을 끊으면서까지 성주를 곁에서 모시게 했던 오하루.

"목숨을 걸고라도 사랑해주십시오."

'현세에서도, 내세에서도' 하고 다짐하면서 인내 속에 묵묵히 슬픔을 견디어왔다. 그런데 있지도 않은 소문을 트집잡아 곁에서 쫓아냈을 뿐 아니라, 미치도록 사모하는 마음도 모르고 이번에는 네 아내로 삼으라 했다.

그뿐만이 아니었다. 그런 일이 있은 뒤 토다 부자에 의한 타케치요 납치 소식이 전해지고, 이 때문에 슨푸의 이마가와 요시모토는 곧 출병하여 타와라 성을 공격할 것이라고 했다. 물론 오카자키에서도 출병을 생각하고 있을 때였다.

"당분간 너는 출사하지 않아도 좋다. 오하루와 혼인하면 그녀의 집을 너에게 주겠다."

이렇듯 뜻하지 않게 성안에 있던 집에서까지 쫓겨났다.

"이봐, 기다려…… 기다리라니까."

울면서 말리는 하치야의 눈앞에서 오하루는 무섭게 몸부림쳤다. 그 바람에 어깨에서 옷이 벗겨져 눈부신 살갗이 드러났다.

"이거 놓으세요, 성주님이 부르고 계세요. 꽃잎이 가득히 뿌려진 욕탕에서…… 성주님이 부르고 계세요."

2

오하루는 무언가 환각을 보고 있는 것이 분명했다. 어깨에서 옷이 벗겨지자 이번에는 얼른 허리띠를 풀기 시작했다.

"이봐, 이봐…… 이게 무슨 짓이야?"

애꾸눈 하치야는 당황하며 오하루의 손을 누르며 말리려 했다. 그러다가 허리의 부드러운 살이 손에 닿았다. 하치야는 더욱 당황해하며 어쩔 줄을 몰랐다.

"왜 막는 거예요, 하치야 님. 나를 원망하는 건가요?"

"무슨 소릴 하는 거야. 나는 그대의 오빠…… 그래, 오빠같이 생각하고 위로하고 있는 거야."

"말로만 그러면서 사실은 성주님과 나에게 한을 품고 있어요. 외눈이 그걸 말해준다고 성주님이 나에게 말하셨어요."

"뭐, 성주님이 그런 말씀을…… 분명히 하셨어?"

버럭 분노가 치밀어 이렇게 물었다.

"아아, 이 향기…… 벚꽃 향기예요. 욕탕 가득 채워진 벚꽃 향기."

광기가 들린 오하루는 다시 하치야의 품안에서 버둥거렸다.

"그렇지, 미친 거야. 미쳤어."

"누가요? 나는 미치지 않았어요."

"그래, 미치지 않았어. 미친 사람은 성주님이야."

"성주님이 미쳤나요, 하치야 님?"

"그래……"

대답하고 한숨을 쉬면서 다짐하듯 다시 말했다.

"확실히 미치셨어."

"어째서요?"

어느 틈에 바싹 붙어앉아 무릎에 매달리는 오하루의 눈동자는 어렸을 적 그대로였다. 그 모습에 하치야는 산비둘기 울음과 같은 소리로 오열했다.

"성주님은 말이지, 그대와 나처럼 외곬으로 충성을 바치는 사람의 마음조차도 알지 못할 정도로 미치셨어."

오하루는 고개를 끄덕이고 드문드문 자란 하치야의 수염에 가만히 손을 뻗쳤다.

"그 증거로 타와라 부인의 비위나 맞추다가 끝내 타케치요 님을 납치당하고 말았지. 벌이야, 벌이 내린 거라구."

"수염이 정말 빳빳하군요."

"미쳤기 때문에 요즘 성주님이 하는 일은 무엇 하나 되는 것이 없어.

그래, 내가 원한을 품고 있다고 성주님이 정말로 말했다는 거지?"

오하루는 무심히 고개를 끄덕였다.

"하치야 님 히로세의 사쿠마가 보낸 자객일지도 모르니 나더러 방심하지 말고 감시하라고 했어요."

"뭐, 나를 적의 자객이라고……?"

"하치야 님."

"으음…… 그랬었군."

"해명은 내가 할 테니 성주님을 만나게 해주세요."

"알았어, 언젠가 만나게 해주지."

"싫어요. 지금 당장 만나게 해주세요! 어서요, 하치야 님."

하치야는 오하루의 어깨를 안은 손을 가만히 풀고 잔뜩 허공을 노려보았다. 미친 오하루의 말이라고 생각하기는 했다. 그러면서도 그토록 충성을 바쳐 섬긴 히로타다에게 그런 의심을 받았다는 생각이 불쑥 들며, 원래 단순했던 사람이라 마음속에 묻어둔 불길이 활활 타올랐다.

이때 장지문을 열고 오하루의 어머니, 하치야의 고모가 들어왔다.

"하치야…… 네게 부탁하고 싶은 것이 있다……"

핏기 없는 얼굴로 오하루를 못마땅해하며 고모가 말했다.

3

하치야는 고모를 돌아보고, 가슴이 아팠다.

'무척 수척해지셨구나……'

용모는 오다이와 비슷했으나, 오하루와 오다이는 기질면에서 비교가 되지 않았다. 가련하게도 그 나약함이 고모에게서도 역시 느껴졌다.

"부탁 말씀이라구요?"

하치야가 오하루의 어깨에 손을 얹은 채 침울한 표정으로 말하는데, 고모는 무서운 것이라도 보듯 오하루의 얼굴을 들여다보았다.

오하루는 어느 틈에 다시 손을 뻗어 하치야의 수염을 쓰다듬기도 하고 옷깃을 만지작거리기도 했다.

"하치야…… 이 고모의 부탁인데 네 손으로……"

갑자기 이를 악물고 어깨를 떨면서, 작은 소리로 재빨리 말했다.

"……죽여다오."

"옛…… 죽이라구요!"

고모는 고개를 끄덕이고 다시 오하루의 얼굴을 보았다.

"요즘 집 주위에 가끔 수상한 자가 염탐을 하러 오는 것 같다."

"고모님 생각으로는 무엇 때문에 오는 것 같습니까?"

"그야 뻔하지 않느냐. 오하루가 내뱉는…… 남들이 들어선 안 될 성주님에 대한 말을 엿들으러 오는 것이겠지."

고개를 끄덕이는 대신 하치야는 가만히 눈을 감았다.

'그렇구나, 그런 일이 있었구나……'

"때때로 내뱉는 말 중에는 끔찍한 말도 있다."

고모는 다시 음성을 낮추어 혼잣말처럼 이야기했다.

"카미와다 일족 마츠다이라 산자에몬 님이 모반하려는 기색이 있으니 은밀히 제거하도록 하라는 말도 했다…… 그런 말을 하니 어떻게 무사할 수 있겠니?"

"……"

"다른 사람에게 당하기 전에 네 손으로…… 그게 낫지 않겠느냐?"

하치야는 눈을 뜨기가 무서웠다. 성실하기 이를 데 없는 고모였다. 그런 고모가 이런 말을 하기까지 얼마나 괴로웠을까.

"이 고모는 말이다…… 너와 오하루가 부부로 화목하게 지낼 날을 기다렸지만 지금은 포기했다. 네가 죽이지 않으면 다른 사람이 죽이게 돼. 나는 확실하게 알 수 있을 것 같다. 그렇지 않느냐, 하치야?"

"……"

"어떠냐, 하치야……"

어머니 말이 귀에 들린 모양이었다.

"데려다 줘요."

오하루가 고모의 말에 이어, 다시 응석을 부렸다.

"내전에서 성주님이 기다리고 계세요. 성주님은 이 오하루가 세상에서 제일 좋다고 말씀하셨어요. 자, 데려가 주세요, 하치야 님."

"고모님!"

하치야는 고개를 비틀었다.

"저도 이제야 세상이 참혹하다는 것을 깨달았습니다."

"부탁한다, 하치야."

"저도 오하루를 남의 손에 맡기고 싶지 않습니다."

"알 수 있겠니, 고모의 마음을?"

"알겠어요, 알아요. 제 손으로 먼저 정토淨土에 보내고, 내세에는 오하루를 누구에게도 빼앗기지 않겠습니다, 고모님."

떨리는 목소리로 울부짖듯 말하고 나서 한쪽 눈을 부릅뜨고 굵은 눈물을 뚝뚝 떨구었다.

오하루는 다시 노래하듯, 하치야의 무릎을 흔들면서 어머니에게 말했다.

"아, 성주님이 나오셨어. 여봐라, 차를 내오너라. 여봐라……"

4

하치야는 어쩐지 죽이기 전에 오하루를 즐겁게 해주고 싶었다.

무뚝뚝하기 이를 데 없는 사나이가 그런 생각을 갖게 된 것도 그의 마음에 의지처가 없어졌기 때문이 아닐까.

그는 오늘날까지 '충의'만을 미카와 사람의 근성으로 알고 지켜왔다. 누구에게도 뒤떨어지지 않는 순수함으로 히로타다에게 충성을 바치는 것에서 행복을 느껴왔다.

전쟁터에서는 스스로 사지死地에 뛰어들었고, 오하루를 빼앗기고도 원한을 품지 않았다. 그에게 히로타다는 물욕이나 사랑보다도 훨씬 더 값진 평생의 대상이었다.

그에 대한 보답은 무엇이었던가.

그는 성안에서 쫓겨나고 당분간 출사할 필요가 없다는 명을 받았을 때도, 그 이면에 히로타다의 증오와 경계가 있다고는 생각지도 못했다.

은근히 히로타다를 원망한 것은, 타와라의 토다 단죠쇼히츠와의 사이에 예사롭지 않은 소문이 떠돌았을 때 전장에 참가하지 못하는 것에 대한 불만에서였다. 하지만 불만 속에서도 히로타다에 대한 안쓰러움을 느끼고 있었다.

지난해 안죠 성 공격 때 입은 부상 이후 좋지 않은 건강을 성주께서는 크게 염려해주고 계시다 — 이렇게 생각하고 있었다. 그러나 미친 오하루와 함께 있는 동안 그 생각도 산산이 부서져갔다.

측근에서 밀려난 것은 사쿠마 쿠로에몬의 자객일 것이라는, 그로서는 당치도 않은 의혹을 사게 되었기 때문이며, 오하루를 돌려주겠다고 한 것은 이제 와서 생각하니 자기를 시험하기 위해서가 아니었나 하는 생각이 들었다.

히로타다는 오하루의 집을 그대로 하치야에게 주겠노라고 했다. 그 이면에, 어떤 종류의 비밀을 알게 된 오하루를 하치야가 어떻게 처리하느냐 하는 데 따라 그의 본심을 탐색하려는 저의가 깔린 못된 장난이 감지되었다.

의심할 줄 모르는 대신 의심받는 것만큼 뜻밖의 일도 없었다. 더구나 그 뜻밖의 일이, 미쳐버린 오하루에 대한 처리로 한층 더 안타깝게 그의 마음을 휘저어놓았다.

오하루가 히로타다를 연모하는 마음은 하치야가 히로타다에게 바쳐온 순정과도 같았다. 그런데도 히로타다는 오하루를 멀리하고 오하루로부터 아기를 빼앗아 미치게 만들었다.

또 오하루에게 감시인을 붙이고, 미친 사람의 입에서 새어나오는 비밀이 두려워 죽이려 하고 있었다……

그런 낌새는 하치야도 느끼고 있었으나, 고모의 말을 들을 때까지 자기 손으로 죽일 결심은 서지 않았다. 도리어 자기가 죽고 싶다고 탄식해왔다.

하지만 이제는 각오가 섰다. 자기 손으로 처리하는 것이, 이 미친 육친에게 주는 무엇보다도 값있는 선물이라 여겨졌다.

"오하루……"

가만히 불렀다.

"예."

오하루는 다시 순진한 눈으로 하치야를 쳐다보았다.

"성주님은 실성하셨기 때문에 그대를 옆에 두지 못하는 거야."

"옆에 두지 못한다고요…… 타와라 부인이 아니라 성주님이…… 직접 말씀하셨나요, 하치야 님?"

하치야는 고개를 끄덕였다.

"성주님은 말이지, 이미 그대가 필요하지 않게 되었어. 그래서 이 하치야에게 주겠다고 하셨어. 그대는 이 하치야의 아내가 돼주겠소?"

가능하면 남편으로서 죽이고 싶었다. 이것이 오하루에 대한 하치야의 못다한 정인 듯했다. 오하루는 숨을 죽이고 눈을 부릅떠 하치야를 똑바로 노려보았다.

5

"호호호……"

갑자기 오하루가 웃기 시작했다.

하치야를 바라보는 눈이 물기를 머금고 뜨겁게 달아오르는가 싶더니 갑자기 호흡이 거칠어지기 시작했다.

아마도 미친 여자의 몸 안에서 무언가 불이 붙은 모양이었다.

"성주님께서 또 장난을……"

"장난이 아니야. 성주님은 분명히 실성하셨어."

"성주님이 실성하셨다니, 그럼…… 댁은 누구세요?"

"나는 하치야야. 알고 있잖아?"

"호호……"

오하루는 웃었다.

"성주님은 언제나 오하루와 하치야 사이를 질투하시는군요. 성주님! 오하루는 괴로워요, 괴롭다니까요."

오하루는 그만 하치야를 히로타다로 착각하고 있는 모양이었다. 얼굴 가득히 애교를 띠고 무릎 위에 얹은 상반신을 암코양이처럼 비벼댔다. 무뚝뚝하기만 한 하치야는 그것이 무엇인지 알지 못했으나, 어머니로서는 분명히 알 수 있는, 애무를 기다리는 여자의 모습이었다.

"하치야, 애처로워서 볼 수가 없구나. 지금 좀 부탁한다."

괴로워하며 이렇게 말하고는 얼굴을 돌리고 비틀거리듯이 방을 나갔다.

"이봐, 오하루, 어떻게 된 거야?"

"성주님 ─"

"내가 성주님으로 보이나? 이봐……"

"이 목숨, 오하루는 성주님께 바쳤어요."

"아 — "

하치야는 오하루를 떼밀었다가 생각을 바꾼 듯 다시 껴안았다. 순진한 하치야도 오하루의 착각을 깨달았던 것이다.

갑자기 가련한 마음이 가슴 가득히 차올랐다.

'그렇다, 착각하고 있을 때 목숨을 끊어주자.'

"오하루……"

"예."

"밖에 나가지 않겠나? 날씨가 참 좋아."

거짓말이었다. 방을 피로 물들이지 않으려고 당장 비가 쏟아질 것 같은 정원으로 불러내려는 것이었다. 그는 오하루의 신발을 가지런히 놓아주었다.

"어머, 좋아라."

오하루는 어린 계집애처럼 하치야의 팔에 매달려 정원으로 나갔다.

"저것 보세요. 이제 세상은 봄이에요. 아아, 아름다운 벚꽃이 활짝 피었어요."

"음, 벚꽃이……"

잔뜩 찌푸린 하늘을 쳐다보며 하치야는 몇 번이나 고개를 끄덕였다.

주위에는 벚꽃은커녕 잡초조차 찾아볼 수 없었다. 가까이 있는 겟코암月光庵 묘지의 싸늘한 비석들이 억새풀 사이로 언뜻언뜻 보였다.

우수수 하고 낙엽이 바람에 흩어지며 불려왔다.

오하루는 그 사이를 생글거리며 걸었다.

"저건 뭐지요, 저 아름답게 차려입은 하인들은?"

"그것은…… 묘지야."

"그리로 갈까요? 어머나, 허리를 구부리고 우리를 맞고 있어요."

"그래, 그게 좋겠어. 오하루 —"

"예."

"그대는 내가 목숨을 달라고 하면 주겠지?"

"예."

하치야가 가만히 칼자루로 손을 가져갔을 때 오하루는 무슨 생각을 했는지, 낙엽 위에 단정하게 앉아 목을 내밀고 두 손을 모았다.

"드리겠어요, 성주님…… 자, 이 부근에서 베어주세요. 오하루는 행복합니다."

6

무엇을 어떻게 착각하고 있는지, 문득 하치야를 돌아본 오하루의 눈은 슬플 정도로 맑았다. 이내 그 눈을 꼭 감더니 움직이지 않았다. 검은 머리카락을 곱게 쓸어넘기고 두 손을 모은 모습은 가련하게도 단아하기만 했다.

하치야는 뒤로 돌아가 쓱 칼을 뽑았다.

낮게 드리워진 하늘이 가을비를 뿌리기 시작하여 칼날에 안개와도 같은 빗방울이 맺혔다.

"이것이…… 인간의 일생이란 말인가. 용서해다오."

칼을 높이 쳐들었다. 하지만 그 손은 허공에서 부들부들 떨렸다. 합장한 채 눈을 감고 목을 내밀고 있는 모습이 너무도 애처로워 내려칠 수가 없었다. 가냘픈 목덜미로 흘러내린 머리카락이 흔들렸다.

"오하루 —"

자세도 흐트러뜨리지 않고 티없는 맑은 목소리로 대답해왔다.

"예."

애꾸눈 하치야는 그만 비틀거리며 칼을 칼집에 도로 꽂았다.

"나는 벨 수가 없어……"

오하루는 합장한 손을 풀려 하지 않았다. 그 마음을 비운 모습 속에 사나이를 위해 모든 것을 바쳐도 아깝지 않은, 숙명과도 같은 여자의 진솔함이 깃들여 있었다.

"오하루 —"

하치야는 오하루 앞에 털썩 두 무릎을 꿇고, 합장한 손을 자기 손으로 감쌌다.

"그대의 순수함…… 나의 마음…… 성주님은 그 어느 것도 모르시는 것일까."

으드득 이를 가는 입이 그대로 일그러졌다. 굵은 눈썹이 꿈틀꿈틀 움직이고 젖은 얼굴에 눈물이 봇물처럼 쏟아졌다.

오하루는 그 모습을 멍하니 바라보고 있었다.

'우는 것은 사내답지 못한 짓. 운다고 일이 해결되는 것은 아니다.'

하치야는 혼자 울고 혼자 머리를 끄덕이고 다시 일어섰다.

"오하루, 나를 따라와."

"예, 어디까지라도."

"봐라, 오하루. 여기서부터가 겟코 암의 묘지이다. 인간은 말이지, 언젠가는 모두 이처럼 흙으로 돌아간단다."

"예."

"그러니 오하루도 이것을 깨달아야……"

말하다 말고 쓴웃음을 지었다.

"아니, 깨닫지 못한 것은 바로 나였어. 넌 그처럼 순수한 거지."

자그마한 오륜탑五輪塔 사이를 빠져나와 모밀잣밤나무의 고목 그늘에 와서 나란히 앉았다. 그곳만이 가을비를 피해 마른 잔디가 깔개를 마련해주고 있었다…… 아니 그보다는 역시 더 이상 걸음을 옮길 기력이 없었다.

"오하루, 제발 극락정토에 왕생하기를 바란다. 정토에는 너처럼 순수한 마음을 가진 사람에게 채찍질할 놈은 없을 거야."

오하루는 고개를 끄덕이고 하치야가 이끄는 대로 그의 가슴에 안겼다. 머리카락 냄새가 확 풍기고 내맡긴 얼굴에는 동녀童女처럼 온기가 있었다.

하치야는 넋을 잃고 그 목에 팔을 감았다.

"하치야 님……"

오하루가 매달렸다. 하치야는 당황해 얼굴을 들었다.

"성주님."

순간 오하루는 얼른 고쳐 불렀다.

"오하루는…… 행복해요."

"으음."

하치야의 마음에서 히로타다에 대한 증오가 다시 부글부글 끓어올랐다. 그와 함께 목을 안은 팔에 왈칵 힘을 쏟았다.

7

처음에는 무의식적인 힘이었다.

'이대로 잠들게 하자.'

어느 틈에 하치야는 속으로 다짐했고, 그 마음은 차츰 체념으로 바뀌어갔다. 그의 가슴에 얼굴을 맡긴 오하루가 젖먹이 같은 응석 부리는 얼굴로 멍하니 하치야를 쳐다보고 있었다.

과연 자기가 죽게 된다는 것을 알고나 있을까? 두 팔로 하치야를 꼭 끌어안고 입을 약간 벌린 채였다. 잿빛 하늘에도 부신지 눈을 가늘게 뜨고 있었다. 그 속눈썹의 그늘이 뺨을 비벼주고 싶을 정도로 사랑스러웠다.

'용서해라, 오하루…… 내세에는 반드시 그대와 인연을 맺겠다. 누구의 손에도 넘기지 않겠다.'

닦아낸 눈물이 다시 뺨을 따라 줄줄 흘렀으나 눈은 오하루에게서 떼지 않았다.

오하루 역시 가늘게 뜬 눈으로 빤히 올려다보고 있었다.

점점 팔에 힘을 가하는 데 따라 먼저 입술이 모란 빛으로 붉어졌다. 뺨이 붉게 물들고 이어 조용히 눈이 감겼다.

"하치야 님……"

희미하게 입술이 움직였으나 목소리가 되어 나오지는 않았다.

등으로 오하루의 팔에서 힘이 쑥 빠져나가는 것을 느낄 수 있었다. 참다못해 소리쳐 불렀다.

"오하루!"

그때 고개가 한쪽으로 기울었다.

숨을 거두었다…… 가련한 여자의 일생이 내 품안에서 막을 내렸다.

하치야는 하늘을 향해 와악 울음을 터뜨렸다. 주위에 아무도 없다는 것을 알고 체면 돌보지 않고 터뜨린 통곡이었다.

갑자기 주위가 조용해졌다.

가느다란 명주실 같은 빗소리가 영혼 깊숙한 곳까지 스며들듯이 울려왔다.

"그대를 정말로 품은 것은 죽은 뒤였구나……"

하치야는 넋을 잃고 오하루의 얼굴을 들여다보고 있다가 정신을 차린 듯 일어서려 했다.

이대로 있을 수는 없었다. 고모와 함께 오늘밤 지칠 때까지 울고 싶었다. 혈육의 눈물만이 이 불행한 여자에게는 위안이 될 것이었다.

꼭 끌어안은 채 일어서던 하치야는 고개를 갸웃했다. 오하루의 품에서 가늘게 말려 있는 종이가 눈에 띄었다.

'무엇일까?'

일단 세웠던 무릎을 다시 꿇고 하치야는 말려 있는 종이를 꺼냈다. 편지였다. 겉에 '하치야 님'이라 씌어 있었다.

하치야의 손이 떨리기 시작했다. 얼른 편지를 펴서 뚫어져라 들여다보았다.

── 하치야 님. 저는 미쳐 한 걸음 앞서 저 세상으로 갑니다. 제 소원은 당신의 손에 죽고 싶다는 것, 오로지 그것뿐이지만 과연 그 소원이 이루어질지요. 미친 채 자결이라도 했을 때 외부에는 병으로 죽었다 하시고, 성주님께는 하치야 님이 죽였다고 말씀해주십시오. 미친 여자가 내뱉는 말이 온당치 못해 죽였다고 하면 당신에게 씌워진 성주님의 의심만은 풀 수 있을 것입니다. 이승에서는 사죄조차 할 수 없었습니다. 이 죽음만이 하치야 님에 대한 저의 절개라 생각해주십시오.

다 읽고 나서도 금방 그 의미를 깨달을 수 없었다. 하치야는 쫓기듯 처음부터 다시 읽기 시작했다.

8

"……미친 여자가 내뱉는 말이 온당치 못해 죽였다고……하면 당신에게 씌워진 성주님의 의심만은 풀 수 있을 것입니다……"

한 구절 한 구절 잘라가며 읽고 나서야, 하치야는 입술을 깨물었다.

"아뿔싸!"

'……이 죽음만이 하치야 님에 대한 저의 절개라 생각해주십시오.'

오하루는 미친 것이 아니었다…… 매정한 성주에 대해서는 말하지 않고, 측근에서 밀려난 하치야를 위해 죽으려 했던 모양이다.

미친 오하루가 성주의 비밀을 함부로 털어놓는다, 성주를 위해 용서할 수 없어 죽였다 — 이렇게 말하여 히로타다의 마음에 서린 의혹을 풀어 다시 한 번 측근으로 돌아갈 수 있도록 하려는 것이 오하루의 마지막 생각이었던 것 같다.

하치야는 가만히 오하루의 얼굴을 들여다보았다. 숨을 거두었을 때의 홍조는 이미 사라지고 편안히 잠든 새하얀 얼굴이 거기 있었다.

"오하루……"

하치야는 뺨을 비볐다. 짧은 시간이 지났을 뿐인데도 체온은 이미 가을비 속에 흡수되어 전혀 느낄 수 없었다.

"오하루!"

하치야는 다시 울부짖었다.

미치지 않았으면 죽이지 않았을 텐데 — 크나큰 후회가 하치야의 가슴을 쳤다.

"오하루!"

세상 끝까지라도 같이 도망치고 싶었다.

"오하루!"

애꾸눈 하치야는 세 번을 울부짖고 나서 오하루의 시체를 안은 채 어린아이처럼 발을 굴렀다.

"그대는…… 한결같은 마음을 의심한 성주 앞에…… 나더러 다시 나가 섬기라는 말인가!"

빗줄기는 점점 더 굵어지면서 여기저기 흩어져 있는 이끼긴 오륜탑을 적셔나갔다.

"나는 싫어! 싫어! 싫단 말이야!"

하치야는 오하루를 안고 근처에 있는 오륜탑을 걷어찼다.

"잘 들어라, 망자들아. 성주가 무엇에 홀렸는지, 의심하는 것밖에 모르게 되었다. 나도 성주를 의심할 것이다. 누가 그를 믿겠는가. 오하루를 의심하고…… 나를 의심했다…… 나는, 이 하치야는 그 보답으로 악귀가 되어……"

말하다 말고 하치야는 깜짝 놀라 주위를 둘러보았다.

악귀가 되어 오하루의 복수를 하겠다…… 이렇게 말하려는 자신이 두려워졌다. 충성을 으뜸으로 알았던 자기가 성주를 죽일지도 모르는 분노의 악귀가 되었다.

내가 나쁜 것일까?

성주가 나쁜 것일까?

아니면 세상이 나쁜 것일까?

하치야는 다시 한 번 오하루를 내려다보고 나서 나란히 누워 있는 무덤들을 바라보았다. 그리고는 제기랄! 외치고 옆의 오륜탑을 부상당해 짧아진 다리로 걷어차고 그대로 빗속으로 걸어갔다.

가을비 내리는 세상은 어렴풋하게 저물어가고 있었다. 모습은 보이지 않았으나 허공 어디에선가 기러기 울음소리가 들렸다.

"나는 싫다!"

하치야는 흐트러진 머리카락에 맺힌 빗방울을 거칠게 털어내면서 절과 경계를 이루는 울타리의 허물어진 곳으로 나왔다.

"고모님…… 오하루는 죽고 말았습니다……"

조금 전까지 오하루가 있던 방 툇마루에서 고모는 합장을 하고 서 있었다.

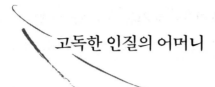

고독한 인질의 어머니

1

나고야에서 아구이의 일곱 故鄕°로 통하는 골짜기 사잇길을 혼자 말을 타고 화살처럼 달려오는 무사가 있었다. 말은 윤기 흐르는 검은 털을 온통 땀으로 적신 채 재갈 양쪽으로 거품을 잔뜩 물고 있었다.

타고 있는 무사는 갑옷으로 무장한 몸을 앞으로 깊이 수그리고, 올해에도 풍작을 이룬 채 이미 추수가 끝난 밭 사이를 달려 순식간에 성으로 접근했다.

"누구냐?"

사도노카미 토시카츠는 안죠 성에 원군을 거느리고 출정하여 성을 비웠기 때문에, 정문을 경비하고 있던 아시가루들이 우르르 몰려나가 말 앞을 가로막았다.

"수고가 많구나!"

달려온 무사는 한마디 내던지고 훌쩍 말에서 내렸다.

"타케노우치 큐로쿠가 진중에서 마님께 소식을 전하러 왔다."

이미 그 얼굴을 알아보고 안심하고 있는 아시가루에게 말을 넘겼다.

"노고가 많으십니다. 전투는 시작되었습니까?"

큐로쿠는 고개를 저으며 미소를 짓고 나서 얼른 해자를 건너 안으로 들어갔다.

타케노우치 큐로쿠. 처음 고용되었을 때는 한낱 아시가루에 지나지 않았으나, 이번 출정을 앞두고 측근으로 기용되어 정문 밖에 자그마한 주택까지 받았다. 다른 때 같았으면 동료들의 시기를 받을 정도로 특별한 대우였지만, 큐로쿠의 경우는 모두 그 특별대우를 납득했다.

성안을 청소하거나 마구간을 돌볼 때는 그저 그런 사람이려니 했으나, 창을 쥐여주면 창을 쓰고 칼을 들려주면 그것 또한 능숙하게 다룰 줄 알았다. 사자使者의 역할도 훌륭하게 수행하고 공물을 수납하는 계산도 정확했다.

"원래 상당한 무사였던 모양이야."

아시가루들이 이런 말을 하고 있을 때였다. 오다 노부히데가 큐로쿠를 자기에게 주지 않겠느냐고 요청했다고 했다.

"마음에 드는 부하는 가보家寶이기 때문에."

그때 사도노카미 토시카츠가 은근히 거절했다는 이야기가 누구 입에서인지 모르게 흘러나왔다.

오늘도 말탄 무사가 큐로쿠라는 것을 알고는 누구 하나 의심을 품지 않았다. 아구이 성에 있는 한 큐로쿠는 언젠가는 중신이 될 인물이라는 데 아무도 이의를 제기하지 않았다.

성에 도착한 그는 즉시 안채의 오다이를 찾아갔다. 전에는 정원에서 무릎을 꿇고 대담을 했었으나 지금은 거실 가장자리에 앉는 신분으로까지 올라 있었다.

"성주님의 전갈을 말씀 드리겠습니다."

그 말에 오다이는 자세를 고쳐앉았다.

"수고가 많군요. 그럼, 말해보시지요."

오다이의 목소리와 태도는 전과 다름이 없었다. 그 온후함은 오카자키 성에 있을 때와 마찬가지였고, 목소리에서는 그 이상의 침착성과 자신감을 느낄 수 있었다. 마음의 동요를 극복했다는 증거였다.

"먼저 성주님이 전하는 말씀입니다 —"

주위에 사람이 없는지 둘러보고 나서 말을 이었다.

"전쟁으로까지 번지지는 않을 것 같다. 이마가와 요시모토는 아마노 아키노카미 카게츠라天野安芸守景貫에게 명하여 마츠다이라 타케치요를 빼앗은 가증한 녀석이라며 타와라 성을 공격하고, 그 여세를 몰아 일거에 오와리까지 공략할 조짐을 보였지만 그것은 거짓…… 타와라 성에 새로 성주 대리로 이토 사콘쇼겐 스케토키伊東左近將監祐時를 두고 군사는 그대로 스루가로 돌아갈 기색이다."

오다이는 조용히 귀를 기울이고 듣다가, 작은 소리로 말했다.

"그것은 듣던 중 반가운 소식……"

2

큐로쿠는 오다이가 고개를 끄덕이는 것을 보고 나서 말을 이었다.

"어쨌든 전쟁은 벌어지지 않을 것이다. 오래지 않아 돌아갈 것이니 그동안 집안 일을 잘 부탁한다 — 이것이 성주님의 말씀이셨습니다."

"수고하셨어요. 그런데 타와라의 토다 일족은 어떻게 됐는지요?"

"그것이…… 일이 복잡하게 된 모양입니다."

큐로쿠는 흘끗 정원을 바라보고 이마의 땀을 닦았다.

"형 노부미츠는 상당한 인물인 듯, 사건의 책임을 모두 동생 고로에게 전가시키고, 고로가 오다 노부히데 님으로부터 받은 돈 백 관貫을 주어 어디론가 피신케 한 뒤 성문을 열어 이마가와 쪽에 순종하는 뜻을 표하려 했으나 동생인 고로가 듣지 않고……"

"성을 베개로 삼아 전사했나요?"

"그런 것이 아니라, 뿔뿔이 흩어진 가신들을 남겨두고 성에서 모습을 감추었다 합니다."

오다이는 다시 조용히 고개를 끄덕이고, 생각에 잠긴 듯한 눈으로 중얼거렸다.

"다행이군요."

"아니, 다행이라니요?"

오다이는 웃었다.

"큐로쿠 님은 돈 백 관의 상금에 눈이 어두워 타케치요를 빼앗은 명청이라고 평가받을 게 분명한 토다 일족의 어리석음을 애석하게 여기실 테지만…… 제 말은 그게 아니에요."

"그러면 무엇입니까?"

"타와라 부인…… 일족이 살아서 자취를 감추었다면 부인의 생명에는 별다른 일이 없을 거예요."

그 말을 듣고 큐로쿠는 무릎을 탁 쳤다. 요즘에는 큐로쿠보다 앞일을 더 잘 내다보는 오다이였다.

'놀랍다!'

큐로쿠는 생각했다. 과연 토다 일족이 어딘가에 살아 있는 한, 마츠다이라 히로타다는 부인을 죽일 용기가 나지 않을 것이다. 언제나 보이지 않는 자는 무섭다. 오다 쪽의 선봉이 되어 어디서 불쑥 나타날지 모르는 불안감이 히로타다를 충분히 견제할 것이다.

그러나저러나 사람은 역시 변하는 것이라고 큐로쿠는 절감했다. 이전의 오다이였다면 타와라 부인이 무사한 것을 알고 다행이라고는 하지 않았을 것이다. 더구나 그 말에는 너그러운 자비심이 느껴졌다.

"과연 그렇군요. 이 큐로쿠는 마님에게 깊은 것을 배웠습니다. 그러면 아츠타에 관해서도 마님의 의견을 듣고 싶습니다."

아츠타란 말이 나오자 오다이는 눈길을 정원으로 돌렸다. 국화의 희고 노란 작은 꽃송이들이 만발하여 서로 어우러져 있었다. 그 속에 오카자키를 떠날 때 본 타케치요의 모습이 선명하게 떠올랐다.

그러나 타케치요에 대한 생각도 전처럼 단순히 미칠 듯한 정에 사로잡힌 감상에서만은 아니었다.

이 난세에서는 어차피 어머니와 아들이 함께 살고 함께 기뻐하는 행운은 기대할 수 없는 것. 어떤 파도가 사랑하는 아들을 갈라놓건 올바른 지혜로 사랑을 키울 뿐이었다. 지칠 줄 모르는 사랑, 꺾이지 않는 사랑. 대지가 싹을 나게 하고 꽃을 피게 하며 열매를 맺게 하면서도 지칠 줄 모르듯, 이런 사랑을 차분하게 쏟아붓는 마음가짐이 바로 어머니의 환희라는 것을 알게 되었다.

물론 타케치요가 스루가에 인질이 되어간다는 사실을 알았을 때는 소스라치게 놀랐고, 도중에 납치되어 배로 아츠타에 보내졌다는 소식을 들었을 때도 며칠 동안 잠을 이루지 못했다.

하지만 오다이는 굴복하지 않았다.

'어떻게 하면 이 어미의 마음을 타케치요에게 전할 수 있을까.'

이런 생각을 계속 하는 것은 고통이 아니라, 엄숙하고도 즐거운 투쟁의 하나였다.

3

잠시 만발한 국화꽃을 바라보고 있다가 동요하기에 앞서 깊이 생각하는 눈길로 큐로쿠에게 말했다.

"타케치요는 무사할까요?"

큐로쿠는 고개를 끄덕였다. 실은 이번에도 시각에 늦지 않도록 짬을 내어 아츠타에 있는 타케치요의 동정을 살피고 왔다.

"타케치요 님은 아츠타의 우거寓居에 들어가셨을 때와 조금도 변함이 없습니다."

"역시 카토 즈쇼加藤圖書 님의 저택에……"

"예. 오다 노부히데 님의 대우도 정중합니다. 아베 토쿠치요, 아마노 산노스케 등 두 아이를 상대로 종이 접기도 하시고 강아지와 장난도 치시고……"

오다이는 그 한마디 한마디를 마음속으로 되새겼다.

타케노우치 큐로쿠는 자기 말이 오다이에게 무엇을 가져다줄지를 계산하는 침착한 태도로 의미있는 말을 덧붙였다.

"언젠가는 이 인질을 구실로 오다 쪽에서 마츠다이라에게 자기편에 가담하라고 권할 속셈이겠으나 과연 히로타다가 그에 응할지 어떨지 그 후의 일은 예측하기 어렵습니다."

"오다 노부히데 님의 생각은 어떨까요?"

"아마…… 십중팔구는 응할 것이라 생각하는 것 같습니다."

"응하지 않으면 그때는?"

"성질이 과격하기 때문에 인질을 미타가하시三田ヶ橋 근처에서 효수할지도 모릅니다."

큐로쿠는 싸늘하게 대답하고 가만히 오다이를 쳐다보았다. 오다이의 어깨가 가냘프게 떨렸다.

"그럴 테죠. 애써 납치한 인질을 마음대로 하라고 한다면 직성이 안 풀리겠지요."

"저도 그렇다고 생각합니다."

"큐로쿠 님."

"예."

"어떻게 생각하시나요? 오카자키 성주님은 타케치요를 구출할까요?"

큐로쿠는 대답 대신 가만히 오다이에게서 눈길을 돌렸다. 오다이는 더 이상 묻지 않았다. 동그스름한 턱을 살짝 떨구고, 자신에게 타이르듯 말했다.

"고집이 여간 아니신 분이라서."

"마님."

잠시 후 이번에는 큐로쿠가 물었다.

"이대로 내버려두어도 되겠습니까?"

"무엇을 말인가요?"

"타케치요 님을."

"그렇지만 저는 히사마츠 사도노카미의 아내, 우선 남편의 의사를 물을 수밖에 없지요."

그렇게 말하는 오다이의 어조가 너무도 조용했기 때문에 큐로쿠는 대답할 말이 없었다.

오카자키에 대한 번뇌를 이제는 끊어버리고 타케치요의 운명을 냉정하게 바라보겠다는 것인지, 아니면 달리 무엇을 생각하는 것이 있어서인지 알 수 없었다.

큐로쿠가 오다이 앞에서 물러나온 것은 그 얼마 후였다.

다시 말에 올라 남편 곁으로 달려가는 큐로쿠를 망루까지 배웅하고 그 모습이 보이지 않게 되었을 때 오다이는 얼른 돌아와 불상을 모신 방으로 갔다.

일찍 저무는 가을 해는 벌써 주위에 싸늘한 어둠을 펼치고 있었다. 오다이는 등을 밝히고 향을 피워 그 앞에 합장했다.

아들 타케치요를 구할 방법을 염불을 통해 찾아내려는, 조용하면서도 그 뿌리에 영원불변의 어머니 마음이 소리를 내며 타고 있었다.

강한 어머니, 굽힘이 없는 어머니 —

4

히사마츠 사도노카미 토시카츠는 타케노우치 큐로쿠가 다녀간 지 사흘 만에 성으로 돌아왔다.

이마가와의 군사는 토다 야스미츠 부자의 타와라 성을 점령한 뒤 성 주 대리를 임명해 맡기고 슨푸로 철수했다. 그래서 오와리 공격에 대한 우려는 일단 해소되었다.

"수고 많았다. 갑옷 벗고 오늘은 가족들을 기쁘게 해주어라."

지참했던 장비를 점검하여 광에 넣고 말에게 먹이를 주고 나서 그 자 신도 일찌감치 오다이가 기다리는 본성으로 돌아왔다.

오다이는 여느 때와 같이 복도 하나를 사이에 둔 내전 입구까지 나가 그를 맞이했다.

"무사히 돌아오신 것을 축하 드립니다."

칼을 받아 방으로 들게 한 뒤 곧 토시카츠를 위해 차를 끓였다. 이전 에는 하녀에게 맡겼던 차 대접을 어느 틈에 오다이 자신이 직접 하게 되었다. 토시카츠는 그것이 여간 만족스럽지 않았다.

"오다이, 사실은……"

토시카츠는 손바닥에 전해지는 찻잔의 온기에 눈을 가늘게 뜨면서 입을 열었다.

"히로타다 님은 결국 자기 자식을 버리기로 작정하고 그 뜻을 말해 왔다는군. 잔인한 사람이오."

이렇게 말하면서 가만히 오다이의 기색을 살폈다.

오다이는 별로 안색을 바꾸지 않았다. 잠자코 남편 앞에 최근에 배워서 직접 만든 만두를 내놓았다.

"쿠마의 젊은 도령 타케노우치 나미타로가 은밀하게 그대의 오빠 미즈노 노부모토 님에게 공작하여 미즈노 님이 크게 힘을 썼으나 전혀 도움이 안 된 것 같소."

오다이는 조용히 남편을 쳐다본 채 아무 말도 하지 않았다.

"공식 사자로 야마구치 소쥬로山口惣十郎가 오카자키에 갔었소. 아마 그대는 소쥬로를 모를 것이오. 그 사람은 아츠타의 신관神官 아들로, 사람을 설득하는 데는 놀라운 능력을 가지고 있다고 하오. 그 소쥬로가 조리 있게 설명해보았으나 히로타다 님의 대답은 시종일관 하나뿐이었다고 하오."

"어떤 대답을?"

"우리는 진정한 무인이다, 절개를 바꿀 수 없으니 타케치요는 마음대로 하라고 했다는 거요. 그대는 이 태도가 훌륭하다고 생각하오?"

오다이는 긍정하지 않았으나 부정도 하지 않았다. 히로타다의 성격이 그렇다는 것은 진작부터 알고 있었다. 인간은 언제나 이해에 쫓기면서도 언제나 그것을 잊고 움직이는 숙명 같은 일면을 지니고 있었다.

"오다이."

"예."

"그대 마음을 생각하면 차마 말할 수가 없소. 그러나 알리지 않을 수도 없는 일. 타케치요는 아버지에게 버림받아…… 효수당하게 됐소."

"역시……"

"그렇소."

토시카츠는 눈이 빨개졌다.

"나로서는 못할 일이오. 나라면 자식을 위해 절개를 굽히겠소. 오다이, 나는 그 목을 후에 나에게 달라고 히라테 마사히데 님에게 부탁하고 왔소. 그대가 직접 묻어줄 수 있도록."

오다이는 두 손으로 다다미를 짚었다. 애써 울지 않으려 했으나 눈물이 뚝뚝 떨어졌다. 그러나 목소리는 흐트러지지 않았다.

"황송하지만 그 부탁은 거두어주십시오."

"아니, 단념하라는 말이오?"

"예. 만에 하나라도 오다 노부히데 님의 의심을 받게 된다면 그건 히사마츠 일족에게는 중대한 일이 됩니다. 단념해주십시오."

5

히사마츠 토시카츠는 자기 귀를 의심했다. 그 역시 이 점을 생각하지 않은 것은 아니지만, 타케치요가 너무 가엾었다. 아니, 죽임을 당하고 효수까지 되는 타케치요보다 그 소식에 마음 아파할 아내의 탄식이 더욱 안타깝게 생각되어 나고야 성의 원로 히라테 마사히데에게 그런 부탁을 했다.

그런데 오다이는 포기하라고 하고 있다.

남편에 대한 배려라면 기특한 일이고 히로타다에 대한 원한이라면 그것도 이해되기는 했다. 그러나 미련이 없지 않으리라.

"진심으로 그런 말을 하는 거요?"

"예."

"타케치요가 불쌍하다는 생각은 하지 않소?"

토시카츠가 거듭 묻는데 오다이는 다다미에 두 손을 짚은 채 다시 뚝뚝 눈물을 떨구었다.

"그럴 게요. 불쌍하지 않을 리가 있겠소. 나는 그대의 심정을 잘 압니다. 모자의 정은 하늘이 내려준 자연스런 것. 히라테 님이 잘 처리해줄 것이니 걱정 말고 묻어주도록 하시오."

"성주님······"

오다이는 고개를 들었다. 그 눈에서는 금방이라도 이슬이 쏟아질 듯했다.

"부탁이 있습니다."

"말하시오. 내가 할 수 있는 일이라면 무엇이든 들어주겠소."

"저를 나고야에 한번 보내주셨으면 합니다."

"아니, 나고야에? 무엇 때문에? 타케치요가 있는 곳은 아츠타요. 아츠타의 신관 카토 즈쇼노스케加藤圖書助가 데리고 있소."

"성주님, 저는 지금 홀몸이 아닙니다."

"아니, 아기가 생겼다는 말이오? 그건, 그건."

토시카츠는 상반신을 앞으로 기울이며, 그것이 이 일과 무슨 상관이 있느냐는 듯 고개를 갸웃했다.

"그래서 실은 신불의 공덕을 빌고자 나고야의 텐노샤天王社에 참배하려고 합니다."

"아니, 텐노샤······라면 성곽 안에 있지 않소? 거기에 축원을 드리겠다는 말이오?"

급히 묻다가 토시카츠는 갑자기 무릎을 탁 쳤다.

"그렇군······ 참배하는 길에 아츠타에 들러볼 생각이구려?"

"예."

"죽은 뒤의 조문보다는 현세에서 작별을 고하고 싶다, 이 말이오?"

"예······"

오다이는 솔직하게 대답했다.

"허락해주십시오."

"으음."

"한 사람을 잃고 한 사람을 얻는다는 것······ 이 모두가 신불의 뜻이라고 생각됩니다. 잃는 생명은 위무하고, 태어나는 생명은 낳으려고 합니다."

토시카츠는 잠시 아내로부터 눈길을 떼고 생각에 잠겼다. 죽은 후의 조문은 혹시 오다 노부히데의 비위를 건드릴 우려가 있을지도 모른다. 그러나 신분을 감추고 살아 있을 때 찾아가는 것이라면 이것은 흔적을 남기지 않는다. 이왕 히라테 마사히데에게 부탁할 바에는 그렇게 하는 편이 나을지 모르겠다고 토시카츠는 생각했다.

"그렇게 하시오. 하지만 어디까지나 그대의 신분을 숨기고 만나야 하오……"

다짐하듯 속삭이고 나서 목소리를 한층 더 낮추었다.

"그리고 또, 그대가 나고야 텐노샤에 참배하기 전에 타케치요가 참수당해 거리에서 그 머리를 보아도 놀라지 않고 돌아올 수 있겠소?"

6

토시카츠의 말에 오다이는 크게 고개를 끄덕였다.

"텐노샤의 참배를 허락해주신다면 그 다음 일은 모두 신불의 뜻이라 생각하려 합니다."

"알겠소. 마음에 드는 자를 데리고, 텐노샤 참배 때까지는 이 토시카츠의 아내 신분으로 가도록 하시오."

그날 밤 토시카츠는 여러 모로 오다이를 위해 마음을 썼다.

남자라면 나고야까지는 하루의 일정, 그러나 여자에게는 하룻밤을 묵어야 하는 여정이었다. 숙소를 히라테 마사히데에게 부탁하는 외에 오다이의 목적도 마사히데에게만은 밝힐 필요가 있었다. 그리고 이왕이면 타케치요가 죽기 전에 만나게 해주고 싶었다. 그러는 편이 충격도 적을 것이었다. 토시카츠는 그날 밤 늦게까지 히라테 마사히데에게 보낼 서한을 직접 썼다. 이것만은 서기에게 대신 쓰도록 할 수 없었다.

오다이가 원하기도 하여 일행의 책임자는 타케노우치 큐로쿠로 정해졌다.

큐로쿠는 이 일에 대해 아무 말도 하지 않았다. 토시카츠로부터 도중에 조심해야 할 사항을 자세히 듣고 이튿날 아침 여섯 점 반(오전 7시)에는 이미 아구이 성을 출발하고 있었다.

오다이는 가마를 탔으나 큐로쿠는 말을 타고 따라갔다. 종자가 짊어진 상자 속에는 텐노샤에 바칠 공양물 외에 타케치요에게 줄 히라이타 平板(명주)와 과자가 몰래 숨겨져 있었다.

'무사히 타케치요를 만날 수 있었으면 좋으련만.'

이런 생각을 하며 가끔 가마 안을 들여다보았으나, 오다이는 거의 표정이 없는 얼굴로 조용히 눈을 감고 있었다.

가마는 토시카츠의 태아에 대한 배려로 흔들리지 않게 천천히 이동했다.

나고야 성 밑에 도착한 것은 여덟 점 반(오후 3시)이 가까워서였다.

오다이는 이때 비로소 가마의 문을 열게 했다. 그리고 큐로쿠에게 말했다.

"우선 노부나가信長 성주님부터 뵙고 싶어요."

이 말에 큐로쿠는 당황하는 기색을 떠올렸다.

"먼저 원로인 히라테 님을 뵙는 것이 어떨까요?"

"아니, 성주님을 먼저 만나야겠어요."

오다이는 낮게 말하고 가마의 문을 꼭 닫아버렸다.

성주 노부나가는 올 봄에 열네 살로 겨우 관례를 치렀을 뿐인 킷포시. 그것도 오다 가문의 평판은 아주 좋지 않았다.

그의 배다른 형 노부히로는 마츠다이라 일족과 쟁점이 되고 있는 안죠 성에 들어가, 용기와 생각이 모두 훌륭하다는 소문이 나 있었다. 그러나 적자로서 당연히 노부히데의 뒤를 이을 노부나가는 구제불능의 '멍청이'로 알려져 있었다.

오다이는 그러한 노부나가를 히라테 마사히데보다 먼저 만나겠다고 한다……

과연 나고야 성의 성문은 아구이 성과는 비교도 되지 않았다. 오카자키 성과는 어느 쪽이 더 견고할까?

이 성을 노부나가의 아버지 노부히데는 하룻밤 사이에 이마가와 우지토요今川氏豊의 손에서 빼앗았다. 철을 박아넣은 도리가 9간間이나 되는 성문에는 해묵은 삼나무가 무성하게 가지를 뻗고, 코진荒神, 와카미야若宮, 텐노샤 등 신사 바깥에는 깊은 해자가 둘려 있었다.

성문 앞에서 행렬을 멈추고 타케노우치 큐로쿠가 찾아온 뜻을 알리고 있을 때였다.

"그 가마 안에 있는 여자는 누구냐?"

일행 뒤에서 기묘한 풍채의 젊은이가 말을 걸었다. 오다이는 살짝 가마의 문을 열고 내다보고는 저도 모르게 숨을 죽였다.

"아!"

그 젊은이는 의기양양하게 고삐를 맨 사람의 어깨 위에 목말을 타고는 한 손으로 큼직한 주먹밥을 먹고 있었다.

7

"그 가마 안에 있는 여자가 누구냐고 묻고 있지 않느냐?"

황소와 같은 거구의 사나이에게 화려한 말의 흉갑胸甲을 채운 채 붉고 흰색의 고삐를 감아쥐고는 유유히 목말을 타고 있는 젊은이.

대여섯 살 된 어린아이라면 승마놀이……라며 미소로 받아들일 수도 있으나, 타고 있는 사람은 이미 온몸에 청춘의 향기가 감도는 젊은 이였다.

머리는 챠센茶筅°에, 모토유이 역시 붉고 흰색이었다. 입고 있는 옷감도 그것을 염색한 물감도 고급스러웠으나 풀어헤쳐져 가슴이 드러나고 깃도 더러워져 있었다.

허리에는 어디서 잡았는지 민물고기 같은 대여섯 마리의 물고기를 인로, 부싯돌 주머니와 함께 매달고 있었고, 그 옆에는 붉은 칼집에 든 넉 자 가까운 큰 칼을 차고 있었다.

그보다 더 기묘한 것은 왼쪽 소매를 팔꿈치 언저리까지 걷어올리고 걸신들린 듯이 주먹밥을 먹고 있는 그 모습이었다.

갸름한 얼굴은 탄력 있어 보이고 눈이 이글이글 불타고 있었다. 하얀 이를 드러내고 마구 주먹밥을 씹어먹는 모습은 실성한 귀인貴人 아니면 우리를 막 부수고 나온 젊은 표범 같은 느낌을 주었다.

오다이를 호위하던 아시가루 한 사람이 깜짝 놀라, 창을 꼬나들며 소리쳤다.

"가까이 오지 마라."

그 젊은이는 창끝에는 눈길도 보내지 않았다.

"가마의 문을 열라는 말이다."

오다이는 안에서 젊은이의 얼굴을 자세히 바라보다가 무릎을 탁 치고 얼른 가마의 문을 열었다.

이 젊은이가 바로 성주 노부나가였다. 지난해 가을 쿠마의 집에서 대면한 킷포시의 어린 모습은 더 이상 찾아볼 수 없었다. 하지만 눈빛과 수려한 눈썹이 오다이의 기억에 되살아났다.

가마의 문이 열리자 노부나가의 눈길이 꿰뚫을 듯이 오다이를 노려보았다.

"아, 성주님이시군요. 저는 히사마츠 사도노카미의 아내입니다."

"음, 무슨 일로 이 성에 왔소?"

"텐노샤에 참배할 수 있도록 허락을 받고자 먼저 성주님을 뵈려고 왔습니다."

노부나가는 고개를 끄덕이고는 오른손에 쥐었던 고삐를 입에 물고 두 손을 탁탁 쳐서 왼손에 붙어 있던 밥풀을 사방에 털었다.

"그대는 텐노샤의 제신祭神을 알고 있소?"

"예."

"말해보시오. 이 노부나가는 신이라면 알지도 못하고 무작정 믿으려 하는 자들은 경멸하오."

"황송합니다마는, 텐노샤에는 전쟁의 신 아메노코야네노미코토天兒屋根命가 모셔져 있는 줄 알고 있습니다."

"그렇다면 그대는 자식을 위해 거기 참배하겠다는 거요?"

"예, 그러합니다."

오다이가 또렷하게 대답하는 말에 노부나가는 갑자기 두 눈에 장난기 있는 미소를 띠었다.

"좋소, 허락하리다. 나는 그대를 기억하고 있소."

이번에는 오른손에 든 채찍을 쳐들어 목말을 태우고 있는 사나이의 엉덩이를 철썩 때렸다.

사나이는 그렇지 않아도 찌푸렸던 얼굴을 더욱 찌푸리고 힝힝 하며 말이 우는 흉내를 냈다. 그것이 신호였던 듯. 망연히 그 모습을 바라보던 큐로쿠 앞에서 커다란 성문이 끼익 소리를 내며 좌우로 열렸다. 목말을 타고 있던 성주는 뒤도 돌아보지 않고 그대로 유유히 안으로 사라졌다.

큐로쿠는 안도의 숨을 쉬고 오다이 앞으로 갔다.

오다이는 아직도 노부나가가 사라진 공간을 응시한 채 눈을 깜빡거리는 것조차 잊어버리고 있었다.

8

오다이는 조금 전 노부나가가 내뱉은 말이 마음에 걸렸다. 텐노샤의 제신에게 자식을 위해 참배하러 왔느냐고 물은 그 한마디가.

자식이란 타케치요를 가리키는 말일까, 아니면 앞으로 태어날 히사마츠 사도노카미의 자식을 가리키는 말일까?

어쨌든 쿠마의 집에서 느닷없이 춤을 구경하라고 했을 때부터 오다이는 노부나가, 곧 킷포시를 예사롭게 생각하지 않았다. 언제나 상대에게 숨돌릴 기회를 주지 않는 불가사의하고도 날카로운 면을 지니고 있었다.

올해 봄의 첫 출전 때도 아주 특이했다는 말을 남편에게 들어 알고 있었다. 첫 출전이라고는 하지만 아직 열네 살, 아버지 노부히데의 생각으로는 관례식의 연장이라 여겼던 것 같았다.

붉은 색 비단 두건, 하오리羽織°, 우마요로이馬鎧°의 현란한 차림으로 이마가와 군사가 웅거한 미카와의 키라吉良 오하마大浜로 출동하여 적에게 활을 한번 쏘게 하고 그대로 돌아오게 할 작정이었다고 했다. 그런데 오하마에 도착한 노부나가는 느닷없이 그 부근을 불지르게 하고, 그대로 돌아오기는커녕 불길을 바라보면서 유유히 적 바로 앞에서 야영을 하고 돌아왔다.

적은 이 불길에 무슨 계략이 있다고 지레 겁을 먹고 킷포시가 하는 대로 내버려두었다고 했다.

겉모습은 오카자키 성의 마츠다이라 히로타다와 비슷했으나 그 속은 전혀 달랐다. 날갯짓하는 맹금과 같은 성격을 보이면서도 속정은 누구보다 깊다……고 오다이는 보고 있었다.

이러한 노부나가의 옷소매에 매달려 타케치요의 기사회생을 도모하려는 것이 오다이의 계산이었다. 그러나 이 맹금은 자칫 어떤 일을 저지를지 모르는 위험성을 지니고 있었다.

오다이는 성으로 들어갔다.

전에는 버드나무 성이라 불리던 본성에 부속된 성이었다. 그런데 노부히데가 성주에게는 어울리지 않는 쿄토식 아취가 곁들인 서원구조의 거실을 만들어주었다.

"그대는 쿠마의 집에서 이 노부나가를 속였어."

오다이가 들어갔을 때 노부나가는 절을 하기도 전에 이렇게 내뱉고 사방침에 걸터앉아 턱을 괴었다.

"모두 물러가라."

노부나가는 시종들에게 거칠게 명했다.

"그대는 쿠마 도령의 친척이 아니라 미즈노 노부모토의 여동생이고 마츠다이라 히로타다의 전처가 아닌가?"

"황송합니다."

오다이는 말했다. 매서운 눈길이었으나 길게 찢어진 그 눈 깊숙한 곳에는 짙은 정감이 있어, 이것이 오다이에게는 큰 위안이 되었다.

"그때는 나미타로 님의 좌흥座興인 줄 알고 그대로 따랐을 뿐입니다."

"좌흥이라⋯⋯"

노부나가는 열네 살의 소년으로는 생각되지 않을 만큼 의젓하게 미소지었다.

"인생이란 모두가 좌흥인지도 몰라. 한데 이번엔 무슨 선물을 가져왔소?"

"예, 어머니 마음⋯⋯ 그것 하나뿐입니다."

"좋소. 이리 주시오."

느닷없이 한 손을 내밀었고⋯⋯ 오다이는 무릎걸음으로 다가앉았다. 필사적이었다. 남편 몰래 이 사람에게 매달리는 수밖에는 타케치요를 구할 길이 없다고 생각한 오다이였다.

"드리겠습니다, 받아주시기를……"

간절히 애원하는 눈으로 바라보는 오다이의 두 눈에 어느 틈에 눈물이 가득 고였다.

"드리겠습니다, 어머니의 마음…… 어머니 마음을……"

심한 오열이 터져나왔다. 어깨가 들먹거리고 목소리도 잠겼다. 이윽고 눈물이 뚝뚝 다다미 위에 떨어졌다.

9

열네 살의 노부나가는 갑자기 큰소리로 웃기 시작했다.

"받았소, 받았소. 그대의 선물을 틀림없이 받았소. 이제 됐소."

오다이는 조용히 고개를 떨군 채 잠시 동안 움직이지 않았다.

노부나가는 손뼉을 쳐서 시동을 불렀다. 대령한 시동 역시 늠름했다. 나이는 몇 살 아래인 듯했으나 생김새는 노부나가에게 조금도 뒤지지 않았다.

"이누치요, 이 사람은 히사마츠 사도노카미의 부인이야. 부인, 이쪽은 마에다 이누치요前田犬千代. 서로 알아두는 것이 좋아."

이누치요는 흘끗 오다이를 쳐다보았다. 오다이가 이누치요에게 목례를 하자 노부나가는 또 무슨 생각을 했는지 하하하하 하고 웃었다.

"이누치요, 너는 아츠타의 손님을 만나보았니?"

"아츠타의 손님이라니?"

"오카자키 성주의 아들 말이다."

이누치요는 고개를 저었다. 그 태도는 주종 사이라기보다는 흉허물 없는 놀이 친구와 같은 인상이었다.

"아직이란 말이지? 그럼, 나를 따라와. 만나보고 오자."

이누치요는 그 말에는 대답하지 않았다.

"이 여자도 같이……"

다시 흘끗 오다이를 바라보았다.

"그만두는 것이 좋겠습니다."

"어째서?"

"히라테 나카츠카사 님이 또 걱정하실 테니까요. 노히메濃姬 님과의 혼담도 있으니……"

"하하하……"

이번에는 노부나가가 두 손을 배에 대고 웃기 시작했다. 노히메란 미노의 이나바야마稻葉山 성주 사이토 도산의 딸이었다. 그 처녀가 곧 노부나가에게 시집오기로 되어 현재 교섭이 진행중이었다. 물론 이것도 정략 이상의 정략결혼이었다. 사이토 도산은 딸을 주어 숙적 오다 노부나가를 사위로 삼아 농락할 속셈이었고, 오다 쪽으로서는 인질을 잡아둔다는 정도의 생각인 듯했다.

"이누치요!"

웃음을 그치고 부하를 부른 뒤, 노부나가는 그 눈길을 오다이에게로 옮겼다.

"이 녀석이 그대와 이 노부나가 사이를 의심하는 모양이오. 와하하, 내 말이 맞지, 이누치요?"

처음에는 오다이도 그 의미를 몰라 고개를 갸웃했으나 곧 얼굴이 빨개졌다.

열네 살의 노부나가와 스무 살인 오다이. 그것을 혼례 전이라고 해서 경계한다면 노부나가도 어지간히 조숙함에 틀림없었다. 오다이가 얼굴을 붉히는 것을 보고 노부나가는 다시 서슴없이 말했다.

"이누치요, 네 눈도 가끔은 정확할 때가 있구나. 이 부인을 나는 열한 살 때부터 눈여겨봤어. 그래서 오늘도 아츠타에 같이 가려고 하지만 걱정은 하지 않아도 돼. 오카자키의 아들을 만나고 돌아오는 길에 아츠타 신사에 참배하게 하고 그 뒤에는 영감(히라테 마사히데)에게 맡길 생각이야. 너는 가서 영감더러 아츠타로 오라고 전해. 지금 당장."

이누치요는 절을 하고 물러갔다.

오다이는 노부나가를 다시 바라보지 않을 수 없었다. 늠름한 외모는 서로 비슷하지만, 노부나가의 예리함과 분별력은 이누치요를 압도하고 있었다. 지금 그가 한 말에서는 사람에게 말의 고삐를 매고 다니는 '멍청이······'의 모습은 조금도 찾아볼 수 없었다.

'호방하기가 이를 데 없는 장수, 형식에서 벗어난, 그러나 정에는 두터운 무인······'

오다이는 마음속으로 두 손을 모았다. 노부나가를 공경하고 싶은 심정이었다.

10

이윽고 이누치요의 전갈로 히라테 나카츠카사노타유 마사히데가 달려왔다.

마사히데는 하야시 신고로林新五郎, 아오야마 요소자에몬青山與三左衛門, 나이토 카츠스케內藤勝助와 더불어 현재 이 나고야 성의 젊은 '멍청이 ─'를 모시는 네 중신 중의 한 사람이었다.

그는 노부나가의 거실에 들어와 명령하듯 말했다.

"성주님은 어서 준비를."

노부나가가 일어나서 나간 뒤 작은 소리로 오다이에게 말했다.

"사도노카미 님의 서신은?"

이 중신은 자기 손으로 키운 '큰 멍청이'의 마음을 꿰뚫어보고 있는 듯, 히사마츠 사도노카미의 편지를 받아 읽었다.

"구명운동은 하시지 않는 편이 좋습니다."

그리고는 혼잣말처럼 주의를 주었다.

"성격이 남의 지시를 받으면 도리어 엇나가십니다. 모든 것을 전적으로 맡기겠다고만 하십시오."

오다이는 이들 주종이 여간 부럽지 않았다. 멍청이처럼 보이면서도 어딘지 모르게 비범하게 번뜩이는 기품을 지닌 노부나가. 한낮의 등잔처럼 밝은 빛은 발하지 않으면서도 분별력에는 한치의 빈틈도 없는 마사히데.

'타케치요에게도 이런 사부師傅가 있었더라면……'

불현듯 이런 생각을 하고 있을 때 노부나가가 성큼성큼 거실로 들어왔다.

"영감 —"

"예."

"영감은 히사마츠 사도노카미와 친한 사이라고요? 부인을 오늘 그대의 집으로 모시도록 하시오."

"알겠습니다."

"그럼 떠납시다, 늦어지겠소. 이누치요, 말은 준비됐나?"

이누치요는 당연하지 않느냐는 표정으로 고개를 끄덕였다.

"부인의 가마는?"

"물론 준비했습니다."

"물론이란 소리는 필요치 않아. 이누치요, 말보다 먼저 도착해야 한다고 일러라."

이누치요가 달려간 뒤 노부나가, 오다이, 마사히데의 순으로 현관을 나섰다.

이번에는 어설픈 말이 아니었다. 잿빛 반점이 있는 늠름한 백마였다. 그 늠름한 백마가 오후의 햇살 아래 쉴새없이 발을 구르고 있었다.

현관으로 나간 노부나가는 어린아이처럼 달려가 그 말에 올라탔다.

"앗!"

소리지를 틈도 없이 말에 오르는 동작과 달리는 동작은 거의 동시에 일어났다. 이누치요는 마사히데의 눈짓에 따라 자기도 밤색 말에 훌쩍 올라탔다.

두 줄기 돌풍!

하지만 아무도 놀라지 않았다. 노부나가는 일체의 관습, 예의를 무시하고, 아니 그것을 거부하고 자아의 존재를 확인하려는 것 같았고, 그것을 묵인하는 노부히데의 생각도 특이했다.

"자, 이리로."

노부나가가 아무리 멋대로 행동해도 마사히데는 침착하기만 했다. 그는 오다이에게 가마에 오르도록 권하고 자기 역시 말에 올랐다. 그리고 오다이 곁에 바싹 붙어 성문을 나섰다.

오다이는 갑자기 가슴이 조여들었다.

'세 살 때 헤어진 타케치요와 삼 년 만에 대면하게 되는구나.'

미리 생각해보는 것만으로도 심장의 고동이 빨라지면서 목이 탔고, 눈시울이 뜨거워졌다.

11

오다이의 가마가 아츠타의 카토 즈쇼 저택에 들어간 것은 해가 기울 무렵이었다.

히로타다의 고집 때문에 버려지고, 오다 노부히데의 결정으로 효수당할 운명에 처한 아들. 그 아들이 있는 집은 엄중한 경계 속에 감시당하고 있을 줄 알았다. 그런데 뜻밖에도 저녁 햇살 속에 조용히 잠들어 있었다.

6척이나 되는 막대를 둘러멘 아시가루 두 명이 문을 지키고 있을 뿐 삼엄한 분위기라고는 어디에도 없었다. 나직한 토담 너머 정원에는 나무들이 가득했다. 녹나무와 노송나무가 많아 이곳만은 겨울이 다가오는 쓸쓸한 느낌을 주지 않았다.

노부나가는 이미 도착했는지, 두 마리의 말이 낙엽을 떨군 오동나무에 매여 있었다.

현관 앞에 가마를 내려놓았는데도 마중 나오는 사람조차 없었다. 그리고 안채와는 반대쪽으로 시동이 오다이 앞에 짚신을 내놓았다. 히라테 마사히데가 앞장서고 두 사람은 정원으로 향했다.

"이곳 별채에 계시는데……"

마사히데는 조용히 흙을 밟으면서 말했다.

"상대에게 신분이 알려지지 않도록 하십시오."

오다이는 고개를 끄덕이고 그 뒤를 따랐다.

대나무를 성글게 엮어 만든 작은 울타리가 둘려 있고, 그 한쪽에 사립문이 열린 채 있었다.

두 사람이 안으로 들어섰을 때 낡고 평평한 지붕의 별채가 눈에 들어왔다. 고풍스러운 서원식으로 되어 있었고, 창 밑에 사람이 앉아 있었다. 노부나가였다.

마에다 이누치요는 툇마루에 걸터앉아 있었고, 그와 마주보는 위치에 세 어린아이가 무언가를 들여다보는 자세로 둥그렇게 원을 그리고 있었다.

몇 발짝 다가갔을 때, 툇마루에 앉은 한 아이가 색종이를 접고 있고 이를 들여다보고 있는 아이들의 모습이 한눈에 들어왔다.

오다이는 걸음을 멈추고 싶었다. 옷차림도 같았고 머리 모양도 비슷했다. 어느 아이가 타케치요인지도 모른 채 더 이상 가까이 가기가 두려웠다.

히라테 마사히데는 일정한 걸음걸이로 천천히 툇마루로 다가갔다. 오다이도 그 뒤를 따르는 수밖에 없었다.

"어때, 잘 접었어?"

노부나가가 창 밑에 걸터앉은 채 종이접기를 하는 아이에게 물었다.

"거의 다 됐어."

그 아이는 대답했다.

"이 옷깃에 빨강, 보라, 노랑의 세 가지 무늬를 넣으면 더 예쁘게 보일 거야."

아이가 만드는 것은 종이인형인 모양이었다. 지금 그 하오리의 깃을 생각하고 있는 중인 것 같았다.

드디어 오다이는 툇마루에 도착했다. 색종이를 접는 아이와 그것을 바라보는 두 아이의 얼굴을 번갈아 비교해보았다.

아이들도 노부나가도 오다이와 마사히데를 무시한 채 돌아보려고도 하지 않았다.

"타케치요는 끈기가 있구나."

노부나가가 말했다.

오다이는 깜짝 놀랐다. 종이인형을 접고 있는 아이가 자기 아들이었다. 타케치요는 대답하지 않았다. 다시 고개를 갸웃거리고는 옷깃에 갖가지 색을 나란히 놓고, 궁리하고 있었다.

오다이는 그 얼굴을 두 손으로 감싸 자기 쪽으로 돌려놓고 싶은 충동을 느꼈다. 왜냐하면 종이접기에 열중하고 있어서 오다이의 눈에 보이는 것은 타케치요의 이마뿐이었기 때문이다.

'타케치요! 엄마다, 엄마가 네 곁에 서 있는 것을 모르느냐……'

오다이가 입술을 깨물고 타케치요의 손놀림을 보고 있으려니 타케치요가 비로소 고개를 들었다.

12

시원스런 타케치요의 눈이었다. 그 눈이 흘끗 오다이를 쳐다보는 순간 지는 햇살의 그림자가 금빛으로 비쳤다.

깜짝 놀랄 만큼 아버지 미즈노 타다마사를 빼다박은 얼굴. 자기 몸에 닥친 고난도 모르고 내일을 두려워할 줄도 모르는 듯했다. 아니 그보다 온몸을 떨며 자기 어머니가 앞에 서 있는 것도 모르고 타케치요는 다시 눈길을 손으로 가져갔다.

노부나가는 그러한 어머니와 아들의 모습을 장난기 어린 눈으로 바라보고 있다가 갑자기 타케치요를 불렀다.

"타케치요."

"왜 그래?"

타케치요는 고개도 들지 않았다.

"너는 내가 좋으냐, 싫으냐?"

"아직 몰라."

"그럴 테지. 하지만 너는 내가 누군지 모를 거야."

"알고 있어."

"뭐, 알고 있다고? ……그럼, 말해봐."

"오다의 후계자, 노부나가 님이야."

"으음."

노부나가는 신음하듯 말하고 오다이를 돌아보았다. 오다이에게 들려주고 싶어서 한 대화인 듯했다.

"타케치요."

"응?"

"너는 슨푸에 갈 예정이었는데 왜 이 아츠타에 왔는지 알고 있니?"

"알고 있어."

"혹시 아츠타에서 죽게 된다면 어떻게 하겠어?"

타케치요는 순간 입을 다물었다. 그러나 손놀림만은 멈추지 않았다.

"나는…… 이 노부나가는 네가 동생과 같은 생각이 드는데 그래도 내가 싫으냐?"

타케치요가 가만히 있는 것을 보고 옆에서 아마노 산노스케가 살짝 손끝으로 타케치요를 찔렀다.

"무슨 짓이야, 산노스케."

"대답하십시오."

"싫어, 타케치요는 거짓말은 하지 않아."

"하하하."

노부나가는 웃었다.

"거짓말을 하지 않는다고 했지만, 아직 모르겠다고 한 것은 거짓말 아니냐?"

"거짓말이 아니야. 모두들 노부나가는 멍청이라 해서 생각하고 있던 중이야."

"멍청이라고? 이 녀석, 버릇없는 소리를 하는구나."

"멍청이라면 정말 싫다."

"그렇지 않다면?"

"형제가 돼도 좋지 않을까, 그렇지 산노스케?"

이번에는 아베 토쿠치요가 손가락으로 타케치요의 무릎을 찔렀다.

타케치요는 종이접기를 끝냈다. 그리고는 입가에 미소를 띠고 인형을 눈 위로 쳐들었다.

"이것을 노부나가 님에게 줄까?"

"응, 그래."

타케치요는 고개를 끄덕이고 종이인형을 건넸다.

"아주 근사한 하오리를 입고 있군. 어느 대장이냐?"

"그 따위 대장은 약해서 못써. 종이로 만든 것이니까."

"그래? 이 노부나가가 이것과 똑같은 하오리를 만들어 입어볼까?"

"왜?"

"너무 강해서 곤란하니까."

"왜 강하지?"

"하하하, 어려운 질문을 하는군. 노부나가는 말이지, 강하게 태어났기 때문에 문제야, 태어나면서부터."

타케치요는 납득이 된다는 듯이 고개를 끄덕이고 얼른 일어나 옷의 앞자락을 걷어올렸다. 오줌을 참고 있었던 모양이다.

"미안해."

오다이 곁에 있는 댓돌 가장자리에 주룩주룩 소리를 내고 오줌을 내깔겼다.

13

"타케치요."

"왜 그래?"

"그 댓돌 밑에 지렁이가 있을지도 몰라."

"있어도 상관없어."

"하지만 지렁이에게 오줌을 누면 고추가 꼬부라진다는 말이 있어."

"꼬부라지지 않아."

"그렇다면 너는 벌써 여러 번 해봤구나."

타케치요는 고개를 끄덕이고 천천히 허리를 흔들었다. 오다이는 그러한 아들의 모습을 한순간도 놓치지 않으려는 듯 지켜보고 있었다.

노부나가는 흘끗 오다이 곁에 있는 히라테 마사히데에게 눈길을 보냈다. 히라테 마사히데는 저녁 하늘을 쳐다보면서 몸을 일으켰다. 이쯤하고 돌아가자는 신호인 듯했다.

"타케치요, 넌 외롭지 않니?"

타케치요는 또 대답하지 않았다.

"너, 마음에 들지 않는 말에는 대답하지 않기로 한 모양이구나?"

"그래. 물으나마나 한 것은 묻지 않는 게 좋아."

"이런, 내가 타케치요에게 주의를 다 받는군. 그럼, 오늘은 이만 돌아가겠다. 참, 한 가지 더 묻겠는데, 넌 어머니를 기억하고 있니?"

"아니."

"만나고 싶지 않니?"

"대답하지 않겠어."

"하하하하…… 그게 바로 대답이 아니고 뭐냐. 이봐, 타케치요. 너는 이 노부나가가 너를 죽이지 못하게 해도 나를 좋아하지 않을 거니?"

뜻밖의 말에 타케치요보다 오다이가 더 놀랐다. 아니, 오다이만이 아니라 히라테 마사히데도, 마에다 이누치요도 깜짝 놀란 듯 타케치요를 보았다.

노부나가에게 타케치요의 목숨을 구해줄 의사가 있다는 것을 알 수 있는 동시에, 그 물음에 오카자키의 아들이 무어라 대답할 것인가는 아주 흥미로운 문제였다.

타케치요는 노부나가의 얼굴을 쳐다보고 싱긋 웃었다. 그리고 약간 장난기가 어린 친근감으로 천천히 말했다.

"좋아하게 될 수도 있지."

"그래? 그럼 다시 만나자."

"다시……"

노부나가는 훌쩍 창 밑에서 정원으로 뛰어내렸다. 그리고 지금까지 대화하던 분위기와는 전혀 다른 엄한 표정으로 말 곁으로 성큼성큼 걸어가, 뒤따라오는 오다이를 홱 돌아보고 퍼붓듯이 말했다.

"꼬마 녀석이 나를 좋아하게 될 모양이오. 무기를 들고 만나게 될 날에는 다르겠지만. 부디 이 노부나가를 진정으로 증오하도록 만들지는 마시오. 증오한다면 갈가리 찢어 죽이겠소. 이누치요, 따라와!"

그 말을 끝으로 재빠르게 말에 올라, 이미 해가 떨어진 성밖으로 번개처럼 달려나갔다.

오다이는 잠시 동안 그 자리에 망연히 서 있었다. 어머니의 비원이 이루어졌다. 타케치요의 구명을 노부나가가 받아들였다……

"이만 돌아가시지요."

히라테 마사히데가 조용히 재촉했다.

"멋진 승부였어요. 우리 주군도 훌륭하시고 타케치요 님의 그릇도 큽니다. 카리야 마님, 좋은 아들을 두셨습니다."

"예…… 예."

오다이는 아직도 믿을 수 없다는 듯이 어리둥절하여 주위를 둘러보았다.

흐르는 별

1

히로타다는 거실 툇마루에 나와 시동에게 발톱을 깎게 하고 있었다.

"너무 깊이 깎진 말아라. 곧 전쟁이 시작될지도 모르니까."

시동에게 주의를 주면서 그 자신은 오랜만에 화창해진 봄볕에 눈을 가늘게 뜨고 느긋하게 팔다리를 펴고 엎드려 있었다.

텐분 18년(1549) 음력 3월 10일.

올해에도 또한 봄을 잊지 않은 성안의 벚꽃은 한창 만발해 있었다.

타케치요가 오와리로 납치된 지 벌써 1년 반. 생각하면 다사다난하고 어수선한 세월의 흐름이었다.

"하치야, 그 이후에 전쟁이 몇 번이나 있었지?"

지금도 측근 경호원으로서 마루 끝에 꼿꼿하게 앉아 있는 애꾸눈 하치야에게 말을 걸었다.

"그 이후라면…… 제가 오하루를 처치한 후를 말씀하시는 겁니까?"

"아니, 타케치요가 납치당했을 때부터."

하치야는 흘끗 히로타다를 노려보고 굵은 손가락을 천천히 꼽아나갔다.

"첫번째가 타와라 성의 토다 공격."

"음, 그것이 처음이었지."

"두번째는 오오카고大岡郷의 야마자키山崎 성에서 농성하는 마츠다이라 쿠란도 님의 정벌."

"음."

"그 다음은 전과 같이 일족인……"

하치야는 문득 얼굴을 찡그리고 토해내듯 내뱉었다.

"마츠다이라 산자에몬 님의 암살."

만일 히로타다의 눈이 하치야에게 향해 있었다면, 그가 동족을 의심하여 자행한 히로타다의 전투와 암살에 대해 어떤 생각을 품고 있는지 금방 알 수 있었을 것이다. 그러나…… 오늘의 히로타다는 나른하게 눈을 감고 있어 전혀 사태를 깨닫지 못했다.

"그, 그것은 전투가 아니야. 산자에몬에게 모반의 기미가 보여 응징한 것뿐이지. 하지만 그 후의 아즈키자카 전투는 정말 치열했었지."

"예. 카미와다의 산자에몬 님을 정벌한 것이 원인이 되어 오다와 이마가와 양가의 전쟁으로 번졌습니다…… 그때 양군의 사상자가 얼마나 많았는지 모릅니다. 하네무라羽根村에는 백성들이 아시가루의 무덤을 쌓았다고 합니다."

히로타다는 어느 틈에 잠이 들어 있었다.

하치야는 외눈으로 흘끗 정원을 바라보고 입을 다물었다. 이렇다 할 바람도 불지 않는데 꽃잎이 하늘하늘 발 밑에까지 날려오고 있었다.

'보기 싫은 꽃이야.'

하치야는 생각했다.

오하루를 소실로 삼았을 때 미친 듯이 욕탕에 가져갔던 것도 이 꽃. 언제나 오하루를 눈물짓게 한 것도 이 꽃. 그리고 미친 것으로 가장하고 죽어갈 때 오하루가 입에 올린 말도 역시 이 꽃이었다.

하치야는 오하루의 유서대로 그 목을 히로타다에게 바쳤다.

"성주님의 비밀을 누설해서는 안 된다는 생각에 이 하치야가 오하루를 베었습니다."

그때도 히로타다가 불행한 오하루를 위해 한 방울이나마 눈물을 흘려주었더라면, 하치야는 원한을 의리 속에 묻어버리고 충성을 다할 마음이 들었을 것이다.

히로타다는 울지 않았다. 빤히 오하루의 목을 바라보았다.

"네 마음 잘 알겠다. 내일부터 다시 내 곁에서 일하도록 하라."

이렇게 말했을 뿐 오하루를 어디에 묻어주라는 지시조차 내리지 않았다. 하치야는 그때 일을 생각하면 지금도 머리에서 피가 거꾸로 치솟았다.

2

히로타다는 잠시 낮잠을 자고 나서 나른한 듯 시동에게 명했다.

"자, 이번에는 허리를 주물러다오."

그동안 자고 있었다는 것도 알지 못한 표정으로 하치야에게 말했다.

"아즈키자카 전투가 끝나고 나면 오다 단죠가 여지없이 타케치요의 목을 칠 줄 알았는데 아직 그대로 둔 모양이야."

하치야는 일부러 못 들은 척 입을 다물고 있었다. 그로서는 타케치요를 '마음대로 죽이시오'라고 한 히로타다의 마음 또한 잔인한 성격의 표현이라는 생각을 떨쳐버릴 수 없었다.

그때도 하치야는 옆에 있었기 때문에 잘 알고 있었다. 오다 노부히데는 일부러 야마구치 소쥬로 히로타카山口惣十郎弘高를 이 성에 밀사로

파견하여 타케치요의 근황을 자세히 전하고 신축성 있는 태도로 교섭에 임했다.

"이마가와에 대한 계략도 있을 테니."

그러나 히로타다는 전혀 그 말을 들으려 하지 않았다.

"나도 어느 정도는 의義를 아는 무인, 잡힌 자에게는 미련을 갖고 있지 않소."

딱 잘라 말하고 히로타카를 쫓아보냈다. 눈물도 피도 없어야 살아남을 수 있는 난세라고는 하지만, 마음속으로는 불 같은 분노가 또 하나 덧붙여지는 기분이었다.

"오다 단죠 놈, 마치 인정이 넘치는 체하면서 이 히로타다가 굽힐 때를 느긋하게 기다리겠다는 속셈일 테지."

하치야는 그래도 말을 하지 않았다.

이때 시종의 안내도 받지 않고 사카이 우타노스케가 낯선 사람을 데리고 들어왔다.

첩자인 듯하다고 하치야는 생각했다.

"성주님……"

"오, 우타노스케."

"사람을 물려주십시오."

히로타다는 천천히 일어나 앉았다. 그리고는 시동에게 물러가라고 턱짓을 했다.

시동이 물러갔다. 우타노스케는 흘끗 하치야에게 눈길을 보냈으나, 이 충성일변도인 사나이에게까지는 물러가라고 하지 않았다.

"성주님, 타케치요 님은 더욱 안전해지신 것 같습니다."

히로타다는 흘끗 첩자를 바라보았다.

"탐지한 대로 말해보아라."

"예."

사나이는 무사의 옷차림이었으나, 장사꾼과 같은 태도와 어조로 말했다.

"타케치요 님은 특히 노부나가와 뜻이 맞아, 노부나가는 남들 앞에서 타케치요 님을 미카와의 동생이라고 부르고 있습니다."

"흐흥, 미카와의 동생이라."

"소문에 따르면 노부히데가 죽이려고 했는데, 자기 아버지를 말린 것이 노부나가였다고 합니다. 부모들의 시대만 있는 것이 아니라 나와 타케치요의 시대도 있다, 그때는 오다와 마츠다이라가 사이좋게 지내자고 하며 축제 같은 곳에는 꼭 데리고 다닌다고 합니다."

히로타다는 마땅치 않다는 듯 고개를 꼬고 머리를 끄덕였다.

"너무나 사이가 좋아, 대관절 그 두 사람을 맺어준 것이 무엇일까 하고 여러 경로를 통해 수소문한 결과 그 원인을 겨우 알아냈습니다."

"두 사람 사이……란 것은 노부나가와 타케치요를 가리키는 말이냐?"

"예. 그 사이를 맺어준 것은 히사마츠 사도노카미의 내실…… 곧 타케치요 님의 생모님이 그늘에서 노력했다는 것을 알았습니다."

"뭐, 오다이가?"

히로타다의 눈이 야릇한 빛을 띠고 첩자로부터 우타노스케에게로 옮겨갔다.

3

"우타노스케, 어떻게 생각하오?"

히로타다는 날카로운 어조로 물었다.

"어떻게……라니요?"

우타노스케는 시치미를 떼는 표정으로 반문했다.

"오다이의 무엄한 짓 말이오. 여자인 주제에 감히 아버지들의 시대만이 있는 게 아니라는 둥……"

"그 점에서는 과연 마님답다고 감탄하고 있습니다. 두 손을 모아 아구이 쪽을 향해 합장했습니다."

"으음, 그대는 나를 거역할 생각이로군."

우타노스케는 이 말에는 대답하지 않았다.

"타케치요 님이 생존해 계시다는 소식만으로도 우리 가신들은 얼마나 힘을 얻었는지 모릅니다. 뿐더러 그늘에서 생모님의 따스한 손길이 닿고 있다는 것을 알면 모두 수심에 찬 표정들을 펼 것이 분명합니다."

"우타노스케!"

"예."

"그대는 생각이 얕아."

"무슨 말씀인지요?"

"모든 것이 오다 단죠의 함정이라는 것을 모른단 말이오?"

"함정이라도 목숨에 지장이 없는 함정이라면."

"닥치시오!"

히로타다는 엄하게 그의 말을 중단시키고 정원에 떨어지는 꽃을 바라보았다.

잇따르는 전쟁과 전쟁, 병약한 히로타다에게는 너무나 가혹한 세월이었다. 지금 그 피로의 기색이 햇빛 속에 뚜렷이 그림자를 떨구고 있었다.

나이는 스물네 살. 무장으로서는 바야흐로 분별력과 침착성이 중후함을 더해갈 나이였으나 히로타다의 경우는 정반대였다.

"우타노스케."

"예."

"그대는 지금 오다이의 따스한 손길이 뻗치고 있다고 했소?"

"예. 여기 있는 첩자가 알아낸 바에 의하면, 아구이 성에서 타케치요님에게 종종 속옷과 과자 같은 것이 은밀히 보내지고 있다 합니다."

"그 심부름을 하는 자의 이름은?"

"예, 알아보았습니다."

이번에는 첩자가 옆에서 말했다.

"대개는 히사마츠의 가신 타케노우치 큐로쿠라는 자가 맡아서 하고 있으나 이 자는 아구이의 조세징수와 그 밖의 일로 바빠 부득이한 경우에는 중신 히라노 큐조平野久藏가 얼굴을 가리고 방문합니다."

"뭐, 히사마츠의 가신이……"

히로타다에게 이것은 뜻밖의 말이었다. 가신이 일부러 심부름을 한다면 오다이 혼자의 힘으로 움직이는 것이 아니다. 히사마츠 사도노카미 자신이 이미 오다이의 그늘에 있다. 오다이가 그토록 두번째 남편을 움직일 힘을 가졌다고 생각하니 가슴에서 확 불길이 치밀어올랐다. 히사마츠의 지시라면 더욱 방심할 수 없는 일이었다.

잠시 바닥을 노려보고 있던 히로타다는 드디어 가볍게 고개를 내저었다.

"없애야만 해. 살려두어서는 안 돼."

"아니…… 무어라 하셨습니까?"

"없애야 한다고 했소."

"누구를…… 어느 분을?"

"물론 오다이오."

"옛? 그러면…… 마님을?"

우타노스케가 저도 모르게 소리를 질렀을 때, 그들에게 등을 돌리고 마루에 앉아 있던 애꾸눈 하치야의 어깨가 꿈틀 움직였다.

4

"성주님!"

너무나 뜻밖인 히로타다의 말에 우타노스케는 무릎걸음으로 다가앉으며 대들기라도 하듯 말했다.

"진심으로 하시는 말씀입니까? 진심이시라면…… 먼저 그 이유를 알고 싶습니다."

히로타다는 조용히 눈을 감고 있었다. 햇볕에 그을린 이마에 불끈 힘줄이 솟아오르고 눈썹이 부르르 떨고 있었다.

"우타노스케, 이것은 절대로 오다이 혼자의 생각이 아니오. 히사마츠 사도노카미의 간계임이 분명하오."

"무슨 근거로 그런 말씀을?"

"가신들까지 사자로 보내다니…… 그것이 무엇보다도 확실한 근거이오."

"하하하하."

우타노스케는 웃어넘겼다.

"마님의 인품이 그렇게 하신 것이라고는 생각지 않으십니까? 마님이 이 성에 계실 때도 가신들이 모두 따랐습니다. 아구이 성에서도 아마 그럴 것입니다."

"그렇다면 오다이가 남편 야쿠로까지 조종한다고 그대는 생각하는 거요?"

"성주님은 잘못 생각하고 계십니다. 조종하는 것이 아니라 부덕婦德이 자연스럽게 힘을 발휘한 것이라 생각하셔야 합니다."

히로타다는 눈을 번쩍 떴다. 언제나 지나칠 정도로 맑은 눈. 그 눈에 지금 빨갛게 핏줄이 가로지르고 있었다.

"그러니까 오다이가 온갖 부덕을 다해 그 야쿠로를 섬기고 있다는 말인가?"

"물론입니다. 그렇지 않다면 어찌 가신들이 복종하겠습니까?"

"우타노스케."

"예."

"그런데도 오다이가 한 행동의 이면에는 아무 흑막도 없다는 말이오?"

"있는 것은 오직 세상 사람 모두가 가진 모자의 정…… 어떻게 해서든지 타케치요 님을 구하겠다는 피나는 노력뿐이라고 생각합니다."

"그래? 그렇다면 내 생각이 지나쳤던 것일까. 나는 오다 단죠 놈이 온갖 수단을 다 써서 내 마음을 끈 다음 타케치요의 환심을 사고 오다이를 구슬려 언젠가는 이 오카자키 성을 자기 손에 넣으려는 간계인 줄 알았는데, 이것은 나의 잘못된 생각이었던 것 같군."

"황송하오나."

"알겠소. 알겠으니 그만 물러가시오. 나는 타케치요를 버린 냉혹한 아버지. 오다이는 그것을 구한 착하고 훌륭한 어머니. 그리고 그 어머니의 마음을 헤아려 타케치요를 죽이지 않고 살려둔 오다 단죠와 히사마츠 야쿠로는 꽃도 열매도 있는 무장의 귀감. 타케치요를 비롯하여 모두에게 이런 마음을 갖게 하려는 간계인 줄 알겠으나, 그대가 그렇게 말한다면 그게 틀림없는 일일 테지. 수고했소, 그만 물러가시오."

우타노스케는 부드득 이를 갈았으나 곧 생각을 고쳐먹고 고개를 숙였다. 얼마나 비뚤어진 말인가. 하지만 오다이를 죽이려 했던 무모한 생각을 포기한 것이라면 굳이 거역할 필요는 없었다.

"그럼……"

첩자를 재촉하여 우타노스케가 나간 뒤, 히로타다는 다시 사방침에 기대어 잠시 떨어지는 꽃잎을 바라보고 있었다.

갑자기 주위가 조용해져 꽃잎이 땅에 떨어지는 소리마저 들리는 것 같았다.

"하치야—"

"예."

"나는 죽이겠어! 오다이를 베겠어."

그 말을 듣고 애꾸눈 하치야는 천천히 히로타다 쪽으로 몸을 틀었다.

<h1 style="text-align:center">5</h1>

하치야로서는 히로타다의 말이 결코 뜻밖이 아니었다.

오하루를 죽이고도 눈물 한 방울 보이지 않았던 히로타다.

타케치요를 무사의 고집 때문에 죽일 수도 있는 히로타다.

일족인 마츠다이라 산자에몬에게 자객을 보내 살해한 히로타다.

그러한 히로타다가 우타노스케의 간언 한마디로 오다이의 암살을 단념할 리가 없다—이렇게 생각하고 있을 때, 아니나다를까 전보다 더 단호한 히로타다의 말이 들려왔던 것이다.

'역시……'

애꾸눈 하치야는 천천히 히로타다 쪽으로 돌아섰다.

"그러면…… 어떻게 죽이시렵니까?"

히로타다는 또다시 얼마 동안 사이를 두었다가 말했다.

"히사마츠 야쿠로는 호인이야."

자기 자신에게 들려주는 내부로 향한 목소리였다.

"호인이라시면?"

"오다이에게 접근할 수 있는 자를 한 명 아구이 성에 보내 섬기게 하는 거야. 호인이기 때문에 기회는 있을 거야. 하치야!"

"예."

"우에무라 신로쿠로를 불러라."

"성주님……"

"왜 그러느냐?"

"그 방법으로는, 히사마츠 사도노카미 님이라면 또 몰라도 마님에게
는……"

"무리라는 말이냐?"

"예. 마츠다이라 산자에몬 님의 경우도 있어서."

"하치야!"

"예."

"그렇다면 어찌 하면 좋겠느냐?"

"저 같으면……"

말하다가 하치야는 히로타다에 대한 분노와 경멸의 불길이 가슴 가
득히 퍼져나가는 것을 의식했다. 주군이 아니라면 당장 그 자리에서 팔
을 비틀어 엎어누르고 실컷 패주고 싶었다.

'이 짐승 같은 놈! 이 몰인정한 놈……'

생각이 단순한 그는 이혼 후 히로타다가 그토록 초조해하는 것이 모
두 오다이와 깊이 관련되어 있다는 미묘한 감정의 움직임까지는 알지
못했다. 부자연스럽게 깨져버린 애정의 굴절은 사모가 되고 증오가 되
었으며, 또 질투가 되고 시기가 되어 한없이 번져나가고 있었다.

오다의 밀사 야마구치 소쥬로에게 타케치요를 마음대로 처리하라고
한 이면에도 오다이에 대한 증오가 없지 않았다고는 할 수 없었다.

그 오다이가 지금 두번째 남편과 합심하여 타케치요를 구했다. 이렇
게 되면 히로타다에게는 설자리가 없었다. 살아남기 위해서는 죽일 수
밖에 없는, 그것은 히로타다의 절박한 몸부림이었다. 이 모든 것이 미
련의 다른 모습, 하치야는 그런 미묘한 갈등까지는 읽지 못했다.

"저 같으면 타케치요 님에 관해 은밀히 말씀 드릴 것이 있다고 접근

하여 그 자리에서 베겠습니다."

"으음."

히로타다는 고개를 끄덕였다.

"그럼, 네게 명한다면 훌륭히 성공하고 돌아올 자신이 있느냐?"

"그렇습니다."

하치야는 이렇게 대답하고, 드디어 이 주군과 헤어질 때가 왔다고 생각했다. 어떻게 이 손으로 마님을 죽일 수 있단 말인가.

하치야의 마음을 꿰뚫어보기라도 한 듯.

"아니, 너는 안 돼."

히로타다가 말했다.

"우에무라 신로쿠로를 곧 이리 들여보내라. 우타노스케와 오쿠라에게는 비밀에 부치고 말이다."

6

"그러면 저를 보내시지 않는 것입니까?"

"넌 안심이 되지 않아. 이 일에 대해서는 신로쿠로의 의견을 묻겠다. 자, 어서 불러오지 않고 무얼 하는 게냐!"

성급하게 말하는가 싶더니 이미 탁탁 손뼉을 쳐서 시동을 부르고 있었다.

하치야는 잠자코 다시 히로타다에게 등을 돌렸다. 집 지키는 개는 집 지키는 개답게…… 아니 그보다도 이제는 마주 대하는 것조차도 지겨웠다. 아니, 마주 대하고 있으면 마음속에서 소용돌이치는 불만이 드러날 게 틀림없었다.

홱 등을 돌리고 칼을 끌어당겨 무릎에 주먹을 얹는데 그 주먹마저 부들부들 떨렸다.

'그렇다, 이 손으로 오하루를 목 졸라 죽였다……'

저도 모르게 외눈을 감다 말고 다시 부릅떴다.

등뒤에서는 히로타다가 시동에게 중신 우에무라 신로쿠로를 부르라고 소리지르고 있었다. 시동이 절을 하고 나갔다.

'이때다!'

그것은 바람처럼 가슴을 스치는 동시에 무섭게 불길이 되어 타오르는 불가사의한 감정의 폭발이었다.

'이대로 두면 주군은 결국……'

가장 사랑하는 아들을 버리고 오다이까지 죽이려 하고 있었다. 이대로 가면 마츠다이라 일족은 멸망할 뿐이라고 하치야는 생각했다.

"성주님!"

돌아보는 것과 벌떡 일어선 것은 거의 동시였다.

"애꾸눈 하치야는 주군을 시해하겠습니다."

"뭐라고 했어, 하치야?"

히로타다는 하치야가 오다이 암살을 자기한테 맡겨달라고 강력하게 요구하는 줄 알았는지 좀전의 말을 되풀이했다.

"넌 마음이 놓이지 않는다고 했는데도 모르겠느냐?"

"모르겠다!"

하치야는 다시 한 걸음 히로타다에게 다가갔다.

손은 이미 칼에 닿아 있었다.

"아—"

히로타다가 외쳤다.

"하치야가 미쳤어……"

"가문을 위해!"

히로타다의 외침과 하치야의 칼이 히로타다의 하복부를 칼자루까지 뚫고나갈 만큼 깊이 찌른 것은 동시의 일이었다.

"으윽."

히로타다는 일단 비틀거렸으나 이내 찔린 칼날을 움켜쥐고 일어서려고 했다.

하치야는 어림없다는 듯 얼른 칼을 빼앗아 들고 오른쪽 겨드랑이 밑으로 다시 겨누었다.

"하……하……하치야!"

"……"

"너도…… 너도…… 적의 자객이었구나."

하치야는 고개를 세차게 가로저었다.

"가……가문을 위해서!"

"으윽."

히로타다는 어느 틈에 허리에서 무릎으로 물들어가는 피를 보았다.

"하치야!……"

이번에는 목소리에 힘이 없었다.

"잘……잘…… 찔렀다. 나, 난 말이다, 나 자신을 주체할 수 없었다. 산다는 것이 무서웠어."

"뭐?"

"너는 모른다. 산다는 것…… 산다는 것은 말이다…… 죄업을…… 천박한…… 죄업을 되풀이하는 것임을…… 뒷일을…… 뒷일을……"

갑자기 말이 끊겼다. 입술이 파래지고 얼굴이 심하게 떨렸다. 히로타다는 마지막 힘을 다해 사방침을 끌어당기더니 그 위에 상반신을 맥없이 기댔다.

하치야는 눈도 깜빡이지 않고 그 모습을 지켜보고 있었다.

조용한 봄날의 오후. 멀리서 발소리가 들리는 것은 중신 우에무라 신로쿠로가 시동의 전갈을 받고 달려오는 소리인 듯했다.

애꾸눈 하치야는 온몸의 힘이 한꺼번에 빠져버렸다.

히로타다가 주군을 죽일 수 있느냐고 난동을 부리며 욕설을 퍼부었다면, 자기는 상처받은 멧돼지처럼 날뛰었을지도 모른다. 그러나 마지막으로 남긴 히로타다의 말은 너무나 뜻밖이었다.

산다는 것이 무섭다고 했고, 자기를 죽이는 것을 잘했다고도 했다.

믿어지지 않았다. 그러나 환각도 아니고 꿈도 아니었다. 열 살에 아버지와 사별하고 그 후 14년 동안 어떻게 하면 살아남을 수 있을까 하며 몸부림친 한 인간의 마지막 말…… 그 말을 남기고 마치 거짓말인양 핏속에 쓰러져 있었다……

'죽음 ―'

하치야는 몸을 부르르 떨면서 정원의 꽃을 바라보고, 이어서 어린아이처럼 두세 번 발을 굴렀다. 후회 때문도, 분노 때문도 아니었다. 인생의 불가사의함이 그저 답답하고 안타까웠다.

오하루도 허무하게 죽어갔다. 히로타다도…… 그리고 그 모든 것이 다 거짓이 아니라 진실이었다. 그처럼 부서지기 쉬운 상태로 인간은 살아왔던 것일까……?

"제기랄!"

하치야는 보이지 않는 것을 향해 피묻은 칼을 겨누어보았다.

"불길한 꽃 같으니라구! 어째서 우수수 떨어진단 말인가, 제기랄!"

그리고는 소리없이 땅속으로 빨려들어가듯 멍한 상태에 빠졌다. 이때 복도에서 요란한 발소리가 들렸다. 자기에게 묻는 말이 맨 먼저 들렸다.

"하치야, 무슨 일이냐?"

이어지는 소리가 귓전을 때렸으나, 그때까지도 하치야는 무언가를 확인하려는 생각밖에 없었다.

"앗! 하치야가 미쳤다! 다들 나오너라! 하치야가 미쳤다!"

우에무라 신로쿠로는 소리를 지르고 나서 히로타다를 안아 일으켰다. 이미 숨이 끊어졌다는 것을 확인하고는 다시 큰소리로 외쳤다.

"하치야 놈이 성주님께 상처를 입혔다. 그러나 깊지는 않다. 상처가 깊지는 않아!"

그 소리가 귀에 들어오자 하치야는 왠지 머릿속이 확 뜨거워졌다.

물론 일족의 우두머리가 죽었다는 것을 사실 그대로 발표할 수 있는 시대가 아니었다. 그렇더라도 하치야는 검술에 자신이 있었다. 자기 칼의 위력은 자기가 알고 있었다.

'거짓말을 하는구나!'

단지 그것만으로도 알 수 없는 인생에 대해 벌컥 화가 치밀었다.

"하치야, 칼을 버려라!"

우르르 달려오는 몇몇 사람의 발소리에 섞여 다시 우에무라 신로쿠로의 목소리가 그를 휘감았다.

"싫다!"

하치야는 울부짖었다.

"나는 미치지 않았다."

"닥쳐! 그렇다면 적에게 매수당했다는 말이냐?"

"제기랄! 나는…… 나는…… 일족을 위해 미친놈을 찔렀다."

"허튼 수작 하지 마라. 미친 것은 바로 너다. 칼을 버려라! 버리지 않으면 베겠다."

신로쿠로가 칼을 쓱 뽑았다.

"하하하하."

애꾸눈 하치야는 어깨를 들썩이며 웃기 시작했다.

"오하루, 어디선가 보고 있겠지? 나는 모르겠어. 내가 무엇을 하고 있는지 도무지 모르겠어."

"칼을 버려라!"

다시 신로쿠로가 무섭게 소리질렀다.

8

"칼을 버리지 않으면 당장 죽이겠다."

"뭐…… 나를 죽여?"

하치야는 또다시 웃었다.

'여기에도 거짓이 있다.'

이 모든 것이 묘하게 우스웠다.

"우에무라 신로쿠로, 너 같은 자가 나를 죽일 수 있단 말이야?"

"하치야!"

"뭐냐?"

"죽이면 어떻게 하겠느냐?"

마지막 소리에 무섭게 기합을 넣고, 전쟁터에서 익숙해진 솜씨로 비스듬히 내려치는 칼에서 윙 소리가 났다.

하치야는 거의 무의식적으로 뒤로 몸을 휙 날렸다. 동시에 그는 마루를 헛디뎌 정원에 벌렁 엉덩방아를 찧었다.

"천벌을 받아랏!"

우에무라 신로쿠로는 숨돌릴 겨를도 없이 단숨에 마루에서 몸을 날려 정면으로 공격해들어갔다. 하치야는 지면에 무릎을 세울 틈도 없이 앞으로 쓰러지며 칼을 휘둘렀다.

양쪽 모두 반응을 느꼈다. 신로쿠로의 옷자락이 갈가리 찢어지고, 하치야 옷의 등덜미 쪽도 깨끗이 둘로 갈라져 있었다.

"아직도 대항하겠느냐!"

"덤벼라!"

하치야는 칼을 고쳐 쥐었다. 그는 드러난 등에 비치는 햇살의 따사로움을 느꼈다. 두 사람 사이에 우수수 벚꽃 잎이 떨어져내렸다.

"여러분의 도움은 필요치 않소."

신로쿠로가 말했다.

"옳지 못한 자가 죽게 마련이오. 나는 지지 않소."

거칠게 숨을 몰아쉬면서 신로쿠로는 강한 자신감을 가지고 한 발짝 한 발짝 거리를 좁혀갔다.

하치야는 한 걸음 물러섰다. 신로쿠로의 자신감을 아름답다고도, 아이들의 속임수 같다고도 생각했다.

'그래, 인생이라는 요망한 괴물을 만나보지 못해 그런 수작을 하는 거야……'

그런 생각과 함께 갑자기 이 대결이 무의미해졌다. 지금 이긴다고 한들 도대체 어떻다는 말인가?

삶이 꿈일까? 죽음이 현실일까?

"얏!"

신로쿠로가 그 틈을 노리고 공격해왔다. 하치야의 칼이 맞받으며 얽혀 두 사람의 칼은 소리를 내면서 오른쪽으로 퉁겨나갔다.

"덤벼라!"

신로쿠로가 맨손을 펴고 자세를 낮추었다. 하치야는 어렸을 때의 술래잡기가 연상되어 웃음이 나왔다.

"싫다."

그는 고개를 가로젓고 손뼉을 치면서 도망가기 시작했다.

"와아!"

보고 있던 사람들이 소리를 지르며 두 사람 뒤를 쫓았다.

꽃과 꽃 사이를 누비며 미쳤는지 제정신인지 모를 어른들의 술래잡기가 한동안 계속되었다. 그 모습이 사카타니의 둑 너머로 사라졌는가 싶더니 이윽고 낮게 깔린, 그러나 힘찬 신로쿠로의 목소리가 해자 속에 울려퍼졌다.

"사쿠마 우쿄노스케 노부나오佐久間右京亮信直의 첩자 이와마츠 하치야를 우에무라 신로쿠로가 죽였노라!"

사람들이 둑에 올라왔을 때 하치야의 주검 위에 올라앉은 우에무라 신로쿠로는 한 손에 작은 칼을 들고 다른 한 손은 무릎에 얹은 채 생각에 잠겨 있었다. 이미 숨이 끊어진 하치야는 자기가 사쿠마의 첩자로 몰렸다는 사실도 알지 못하고 한쪽 눈을 부릅뜬 채 웃고 있었다.

타와라 부인이 사는 새 성의 정원 부근에서 끊임없이 울어대는 꾀꼬리의 울음소리가 들려왔다.

주인 잃은 성

1

오카자키 성에는 갑자기 수많은 사람들이 드나들기 시작했다.

"성주님께서 갑작스런 병환으로 중태에 빠지셨다는구려."

"아니, 병환이 아니라고 합디다."

"유언비어를 퍼뜨리면 안 됩니다. 이와마츠 하치야가 찔렀다는 말이 있어요."

"그렇소, 성주님이 낮잠을 주무시고 계실 때 갑자기 대들어……"

"아니, 낮잠을 주무실 때가 아니오. 내가 들었는데, 시동에게 손톱을 깎게 하고 계실 때 뒤에서 찔렀다고 합니다."

속속 큰방으로 모여드는 일족들의 이야기는 가지각색이었다.

"하치야 놈은 서히로세西廣瀬의 사쿠마 우쿄노스케가 보낸 첩자였다고 하더군요."

이렇게 말하는 사람이 있는가 하면, 그게 아니라는 듯 고개를 흔들고 다른 말을 해 별별 이상한 소문이 다 나돌았다.

"그게 아니라 오다 노부히데와 밀통하여 오하루더러 찌르게 하려 했으나, 오하루가 미치는 바람에 뜻을 이루지 못하고 대신 자기 손으로 일을 저질렀다고 합디다."

어쨌든 히로타다에 대한 문병이 일체 허용되지 않아, 소문에 소문이 꼬리를 물었다.

그중에는 노신들의 말대로 병환임이 틀림없다고 주장하는 자, 그 병환의 원인이 하치야가 입힌 상처에 있다고 하는 자…… 그러나 아무도 히로타다가 이미 숨을 거두었고, 그 유해가 다이린 사大林寺에서 다시 노미하라能美原의 겟코 암으로 옮겨져 몰래 안치된 사실을 아는 사람은 없었다.

겟코 암의 묘지는 반년 전 같은 날인 3일, 오하루가 하치야에게 목 졸려 죽은 뒤 은밀히 묻힌 곳이기도 했다……

총지휘는 아베 오쿠라, 사카이 우타노스케, 이시카와 아키 등 세 사람에 우에무라 신로쿠로가 참가하고, 다른 중신들에게는 그 결과가 보고되었을 뿐이다.

히로타다의 거실 옆 휴게실에는 아직 이부자리가 그대로 깔려 있었다. 거기 누워 있는 것은 사람이 아니라 히로타다의 옷을 뭉쳐넣은 침구였다. 때가 되면 그 침구를 정중하게 관에 넣어 발상發喪을 하게 되는데, 아직 거기까지는 중신들의 협의가 이루어지지 않았다.

중신들은 빈 이부자리에 공손하게 병풍을 두르고, 히로타다가 평소 거처하던 방에 모여 있었으나 어느 얼굴에도 핏기가 없었다.

"어쨌거나 내 의견에는 변함이 없소. 아무리 생각을 거듭해보아도……"

이시카와 아키가 이렇게 말하고 아마노 진에몬을 돌아보았다.

"나도 그렇소."

진에몬은 무뚝뚝하게 말했다.

"아키 님은 이마가와의 힘을 빌리자고 하시지만, 그렇게 되면 오다의 손에 있는 타케치요 님은 어떻게 됩니까? 성주님은 이미 세상을 떠나셨소. 타케치요 님은 적의 수중에 있고. 이런 상황에서 이마가와의 휘하에 들어간다 해도 과연 오다 세력과 싸울 수 있다고 생각합니까?"

"문제는 바로 그 점이오."

"그 점이라니 설명을 듣고 싶군요."

"타케치요 님을 구하려고 오다 쪽에 가담한다고 합시다. 하지만 이 때문에 이마가와의 비위를 건드리게 된다면…… 이에 대해서는 선례가 있소. 타와라의 토다 씨가 멸망을 자초했다는 것을 모르시오?"

"두 분은 잠시 입을 다무시오."

두 사람이 양보하지 않고 서로 다투는 것을 보다 못해, 지금까지 묵묵히 앉아 있던 토리이 타다요시가 비로소 두 사람을 바라보았다.

2

"어쨌든 우리는 뜻밖의 일을 당했소. 또다시 뜻하지 않은 일이 겹친다면 후세에 이르기까지 미카와 무사에게는 치욕이 이어질 것이오."

타다요시는 이렇게 말하고 우에무라 신로쿠로를 돌아보았다.

"그대는 미친 하치야를 처치하면서 서히로세의 사쿠마가 보낸 첩자라고 했다는데, 우선 그에 대한 설명부터 들어봅시다."

우에무라 신로쿠로는 자세를 바로 하고 일동의 눈길을 맞받았다.

"제가 그렇게 말한 것은 성주님의 의사에 따라야 한다고 믿었기 때문에, 그게 제일 중요하다고 믿었기 때문입니다."

"성주님의 의사라니?"

진에몬이 물었다. 대답 여하에 따라서는 용서하지 않을 기색이었다.

"타케치요 님을 잃으면서까지 이마가와에 대해 의리를 지키려 하신 성주님…… 계책의 좋고 나쁨이 문제되는 것은 아닙니다. 그 심중을 생각하면 오다와는 손을 잡을 수 없습니다. 그렇다고 느닷없이 오다의 첩자라고 하면 독단에 흐를 것 같아, 오다 편이라 생각되는 사쿠마가 보낸 첩자라고 했습니다……"

"알겠소."

토리이 타다요시는 고개를 끄덕였다.

"다음에는, 신로쿠로 님이 말씀하신 그 의견을 그대로 받아들여 성주님이 사쿠마의 첩자에게 해를 입으셨다고 발표한 우타노스케 님의 의견을 듣기로 합시다."

우타노스케는 팔짱을 끼었던 손을 풀고 눈을 가늘게 떴다.

"우에무라 신로쿠로와 같은 생각이었소. 다른 이유는 없소."

"그렇다면 역시 이 기회에 이마가와 쪽에 기대어 후사를 도모하자는 것이오?"

"그밖에 다른 길이 없을 것 같습니다. 아니면 누가 성주님을 찔렀다고 자칭하며 오다 노부히데에게 달려가기라도 한다는 말이오?"

타다요시는 다시 두어 번 고개를 끄덕였다.

"어떻소, 진에몬 님, 그대에게 그 일을 부탁할 수 없겠소?"

"그 일……이라니요?"

"귀하가 일족의 안위를 걱정하여, 황송하게도 하치야에게 명해 몽매한 주군을 시해하도록 했다. 그러므로 부디 타케치요 님을 석방해주기 바란다, 오다 편에 가담하고 싶다……"

아마노 진에몬은 쓸쓸한 표정으로 고개를 저었다.

타케치요가 무사하기를 바라는 마음은 태산 같으나, 성주 살해의 장본인 노릇을 하기는 싫었다.

"다른 분이 진에몬 님을 대신하여 가시지 않겠소?"

타다요시는 이렇게 말하고 일동을 둘러본 뒤, 다시 조용히 물었다.

"그럼…… 이마가와 쪽에는?"

이시카와 아키가 자원했다.

"그 일이라면 내가 맡겠소. 그토록 이마가와를 의지하셨던 성주님입니다. 성의를 다해 말하면 설마 오카자키 성을 멸망시키겠다고는 하지 않을 것입니다."

"아니, 잠깐."

당황하여 손을 쳐든 것은 혼다 헤이하치로 타다타카本多平八郎忠高였다. 타다타카는 아버지 헤이하치로 타다토요平八郎忠豊가 지난해 안죠 성 전투에서 히로타다 대신 전사한 이후 그 뒤를 계승한 스물두 살의 젊은 무사였다. 그는 옷자락을 움켜쥐고 무릎걸음으로 아키 앞으로 다가가, 오른쪽 어깨를 축 늘어뜨리고 말했다.

"우선은 오다와의 화목이 가장 시급하오. 그쪽에는 내가 사자로 가겠소."

3

좌중이 갑자기 쥐 죽은 듯 고요해졌다.

갑작스럽게 주인을 잃어 속수무책이나 다름없는 오카자키 성. 개기 시작했던 하늘이 다시 흐려지는지 닫아놓은 장지문이 어두워졌다.

"허어, 그대가 사자로 가겠다고?"

뜻밖이라는 표정으로 토리이 타다요시가 돌아보았다.

"일족을 위해서라면 사사로운 원한과 분노 따위는 잊겠습니다."

타다타카는 토리이 타다요시보다도 우에무라 신로쿠로 쪽으로 고쳐 앉았다.

자기 눈에 흙이 들어가기 전에는 아버지의 적 오다 노부히데를 그냥 두지 않겠다고 입버릇처럼 말하던 타다타카. 더구나 그 타다타카는 우에무라 신로쿠로의 딸을 아내로 맞고, 그 아내가 뒷날 유복자 나베노스케鍋之助(뒷날의 헤이하치로 타다카츠平八郎忠勝)를 두게 되는 장인과 사위 사이였다.

그 사위가 혈색을 바꾸고 장인을 노려보았다.

"이런 경우에는 성안이 두 패로 갈려 다투는 것은 부득이한 일. 저는 아내를 돌려드리겠습니다."

"어찌 그리 성급한 말을 하는가."

옆에서 타다요시가 미소를 띠고 두 사람 사이를 가로막았다.

"우선 자네 생각을 구체적으로 들어보세."

"알겠습니다…… 지금은 비상시입니다. 타케치요 님의 목숨을 구하는 것, 그 일이 가장 시급합니다. 그런 다음 오카자키 성을 이마가와의 손에 넘기지 않는 것, 이것이 두번째입니다. 그렇다고 일족이 뜻을 같이하여 오다 편에 선다면 이마가와 쪽에서 내버려둘 리가 없습니다. 둘로 나뉘어 아직 어느 쪽이라 정하기 어려운…… 그 미결정인 상태로 당분간 버틴다…… 이밖에는 달리 방법이 없습니다."

우에무라 신로쿠로는 잠자코 사위의 얼굴을 바라보고 있었다.

"저는 아내와 이혼합니다. 그런 뒤 오다 편이라면서 오와리에 달려가, 반드시 일족을 오다 편으로 끌어들일 테니 타케치요 님을 돌려달라고 담판을 짓겠습니다. 장인께서는 이시카와 님과 같이 스루가에 가셔서 일족 모두를 이마가와 쪽에 가담하도록 설득하겠다고 하시어 스루가의 군사가 움직이지 않도록 하십시오. 그 길밖에는 다른 방법이 없습니다."

"그러면 우리가 합의하여 두 파로 갈라지자는 말인가?"

"그렇습니다."

"음, 그것도 하나의 방법이 될 수 있겠군…… 여러분은 어떻게 생각하십니까?"

토리이 타다요시는 부드러운 얼굴로 다시 일동을 둘러보았다. 아무
도 대답하는 사람이 없었다.

타다타카는 아직 젊었다. 오다 노부히데가 그의 책략에 호락호락 넘
어가 순순히 타케치요를 돌려줄 것 같지도 않았다. 일이 잘 된다고 해
도 문제가 없는 것은 아니었다.

"실은 이마가와 편이다."

돌려받은 뒤 이렇게 기만하는 것도 히로타다의 뜻에 부응하는 길이
아니었다. 그렇다고 이 제안을 무조건 거부할 이유도 없었다. 만일 타
케치요가 살해된다면 마츠다이라 가문은 순식간에 박살이 나고 말 것
이었다.

"어떻소?"

토리이 타다요시가 다시 물었다. 헤이하치로 타다타카만이 무서운
얼굴로 일동을 노려보고 있었다. 맨 먼저 아베 오쿠라가 고개를 떨구었
다. 이어서 사카이 우타노스케도……

바로 이때였다. 오쿠보 신파치로가 새파랗게 질린 얼굴로 뛰어들어
와, 무릎을 꿇으면서 와악 하고 소리내어 울기 시작했다……

"여러분, 이미 모든 것은 끝장났습니다."

4

"모든 게 끝장이라니?"

맨 처음 우타노스케가 얼굴을 들며 물었고, 이어 혼다 헤이하치로 타
다타카가 물어뜯기라도 할 듯이 무릎걸음으로 나앉았다.

"말해보시오, 무슨 일이오?"

"스루가에서 이미 군사가 출동했다는 소식입니다."

"뭣이, 스루가에서……?"

으음 하고 일동은 서로 얼굴을 바라보며 신음했다.

오쿠보 신파치로는 주먹으로 눈물을 닦았다.

"꿰뚫어보고 있었던 겁니다. 이마가와는 오카자키의 뱃속을 훤히 꿰뚫어보고 있었어요."

그리고는 다시 눈물을 뚝뚝 떨어뜨렸다.

"사자는 아사히나 빗츄노카미朝比奈備中守, 그가 삼 백여 기騎를 이끌고 이미 요시다 성을 통과해 야마나카山中에 당도했습니다. 출병 이유는 뻔한 일, 다 끝났습니다."

토리이 타다요시도 아베 오쿠라도 눈을 감았다.

그 지휘는 이마가와 요시모토가 아니라, 요시모토의 신임을 한 몸에 받고 있는 셋사이雪齋 화상이 하고 있음이 틀림없었다.

오쿠보 신파치로의 말대로 그 출병의 이유는 물을 필요조차 없었다.

타케치요를 구하려고 오다 편으로 기우는 것을 막기 위해 오카자키 성에 군사를 진입시키고, 다음과 같이 요구할 것이 분명했다.

"타케치요 님이 성인이 될 때까지 이 성을 이마가와 쪽에서 맡아 지키겠소."

그러나저러나 이 얼마나 재빠른 조치인가. 아직 오카자키에서는 발상도 하지 않고 있는데.

이제 더 이상 논의할 여지가 없었다. 상대가 요구하는 대로 일단 성을 넘겨줄 것인가 아니면 성을 굳게 지켜 상대의 입성을 실력으로 저지할 것인가.

토리이 타다요시가 침통한 얼굴로 눈을 떴을 때는 아직 누구 하나 팔짱긴 손을 풀지 않고 있었다.

무방비한 성.

주인 없는 성.

급전직하, 사정은 최악의 사태에 몰리고 말았다.

"이렇게 된 이상……"

혼다 타다타카는 눈을 감은 채 중얼거렸다.

"상喪을 숨기고 일전을 불사할 수밖에 없소."

"옳은 말일세."

오쿠보 진시로가 맞장구를 쳤다.

"깨끗이 최후를 맞읍시다. 비겁하게 흩어지지 말고 한마음으로."

아베 오쿠라가 불편한 표정으로 토리이 타다요시를 돌아보았다.

"어떻게 생각하십니까?"

토리이 타다요시는 그 말이 귀에 들어오지 않기라도 한 듯 한 사람 한 사람의 얼굴을 차례로 바라보았다.

깜짝 놀라 정신을 잃고 있는 사람은 없었으나 절망의 빛은 숨길 수 없었다. 사위의 입을 통해 성을 베개로 삼아 일전을 벌이자고 한 말을 들은 우에무라 신로쿠로의 표정이 처절한 빛을 띠어가고 있었다.

"우에무라 님."

토리이 타다요시는 가벼운 탄식으로 그 응어리를 풀려고 했다.

"아직 절망하기에는 이른 것 같소."

"그렇다면 영감께서는 이 사태를 해결할 좋은 계획이라도 가지고 계십니까?"

"좋은 계획 같은 것은 없소…… 하지만 재미있을 정도로 우리에게는 잇따라 풍파가 닥치고 있소. 그러면 자연히 배짱은 생기는 법. 하하하, 그렇지 않소, 우타노스케 님?"

우타노스케는 노인의 얼굴을 뚫어져라 응시했다.

"옳은 말씀이오."

응시한 채 나직하게 말했다.

5

"어쨌든 이렇게까지 괴롭힌다면 의리상으로도 순순히 단념할 수는 없지요."

"끝까지 성을 내주지 말고 싸우자는 말이오?"

"그렇소. 끝까지…… 최후까지 말이오."

노인은 조용히 말했다.

"좌우간……"

이번에는 이시카와 아키를 돌아보았다.

"상대는 그 유명한 이마가와의 군사軍師 셋사이 화상이오. 서두르다 허를 찔리는 것은 허망한 일이니 일단 상대가 출병한 이유를 먼저 알아 보는 것이 좋지 않겠소?"

"그렇다면 아사히나 빗츄노카미를 순순히 성에 맞아들여……"

"그렇소. 그렇게 하지 않으면 이유를 알아볼 수 없으니까."

"이유를 말하고 성을 내놓으라고 하면 어떻게 하시렵니까?"

"내주는 것이 이기는 길이라면 그것도 마다하지 않아야 합니다. 최 후의 승리…… 최후의 승리가 중요합니다."

아베 오쿠라는 그제야 희미하게나마 해결의 실마리가 풀렸다는 듯 이 가볍게 무릎을 쳤다. 그러나 오쿠보 형제와 혼다 타다타카의 혈기를 어떻게 누를 것인지가 문제였다. 아니나다를까 타다타카는 잔뜩 눈을 치뜨고 토리이 노인을 노려보고 있었다.

이리하여 — 일단 이마가와의 사자를 맞이하는 것밖에는 마츠다이 라 일족이 취할 방도가 발견되지 않았다.

싸우다 죽는 것은 너무나 어리석은 방법이었다. 상대의 구실을 잘 검 토하여 살아남을 길이 있는지의 여부를 확인하자. 이것이 현재로서는 유일한 대책이라고 설득했다. 그 결과 이마가와 쪽의 대장 아사히나 빗츄노카미 야스요시泰能가 성으로 들어오게 된 것은 이튿날 오후였다.

아사히나 빗츄노카미는 표면상으로는 히로타다의 병문안이었으나, 엄선된 정예 300기를 거느리고 성에 들어와 본성과 둘째 성을 비워달 라고 했다. 본성과 둘째 성을 점거한 뒤 히로타다의 상喪을 발표하여 오다 쪽에 가담할 틈을 주지 않으려는 계산이었다.

"저희 주군께서 히로타다 님과의 오랜 정분을 생각하시어 저희를 일 부러 보내셨소. 후군으로는 셋사이 선사께서 대군을 거느리고 이미 슨 푸를 출발하셨으니, 안심하시고 히로타다 님의 장례를 치르십시오."

말투는 공손했으나 그 내용은 성의 인도를 위압적으로 밀어붙이려 는 압력이었다.

이 통고는 큰방에서 토리이 이가노카미 타다요시, 사카이 우타노스 케 마사이에, 이시카와 아키노카미 키요카네石川安芸守淸兼 등 세 사람 이 동석한 가운데 이루어졌다.

이미 세 사람 모두 혈기왕성한 나이가 아니었으므로 서로 얼굴을 바 라보며 고개를 끄덕였다.

"즉시 본성과 둘째 성을 비워주기 바라오."

"잘 알았습니다."

타다요시는 대수롭지 않은 일이라는 듯 말했다.

"그런데 —"

그리고는 아사히나 빗츄노카미 쪽으로 향했다.

"배려해주신 덕분에 발상을 해도 오다 편에 가담해야 할 우려는 우 선 사라졌습니다. 그러나 이렇듯 이마가와 군을 성내에 인도한 후, 오 와리에 계신 타케치요 님이 무사하실지 그 점이 걱정되는군요. 이에 대 한 대책이 있다면 말씀해주십시오. 그러면 성안의 동요를 진정시키는 데 일조가 될 줄로 압니다마는."

부드러운 표정으로 비로소 상대를 조이기 시작했다.

6

아사히나 빗츄노카미는 노인의 질문을 예상하고 있었던 모양인지, 햇볕에 탄 용맹스런 얼굴에 미소를 띠었다.

"이가노카미 님, 우리가 이 성에 들어오는 것은 타케치요 님을 구출하기 위해서……라는 것을 깨닫지 못했습니까?"

"다름 아닌 슨푸 성주님의 배려이시니 계책이 있으리라고는 생각하지만, 이제 이 사람은 늙은 몸이라서."

"하하하…… 겸손하신 말씀입니다. 우리의 압력이 강해질수록 오다 쪽에는 타케치요 님이 더욱 중요한 인질이 될 텐데요."

"그래서 인질을 구실로 우리에게 어려운 문제를 내고, 그것을 우리가 받아들이지 않을 때 만일의 경우라도 생기면 어떻게 할 것인지 그 점을 걱정하고 있습니다."

"그런 걱정은 하시지 않아도 되리라 봅니다."

"그렇다면?"

"저는 셋사이 선사의 머릿속에 필승의 책략이 있으리라 믿습니다."

"가능하다면 그 책략의 일부를 말씀해주었으면 합니다. 그러면 우리도 마음을 놓을 수 있겠습니다."

"이가노카미 님."

"예."

"이것은 저의 개인적인 생각이오. 그렇게 알고 들어주시오."

"예."

"제가 귀하라면 타케치요 님이 성인이 될 때까지 성도 영지도 모두 우리 주군에게 맡아주십사 청원할 것입니다."

"으음……"

"타케치요 님은 아직 연소하기 때문에 이 성을 유지할 수 없습니다.

그러므로 노신과 중신의 가족들까지 모두 스루가에 인질로 보내시라고……"

"잠깐."

타다요시는 손을 들어 말을 막고 우타노스케를 돌아보았다.

이마가와 쪽의 압력은 그들이 상상했던 것보다 훨씬 더 무거울 눈치였다. 우타노스케는 고개를 떨군 채 말도 하지 못했다. 이시카와 아키도 마찬가지였다.

"노인이라 머리가 잘 돌지 않아 다시 묻습니다마는, 우리가 가족들까지 인질로 보내면 타케치요 님은 무사하실까요?"

"무사할지 어떨지는 여러분의 결심 여하에 달려 있겠지요."

"보내겠다고 말씀 드리면?"

"셋사이 선사가 설마 그냥 내버려두지는 않을 것입니다."

"그 계책은?"

"가족들을 각각 스루가에 맡기고 여러분은 이마가와 군의 선봉으로 오다를 공격하고."

"으음……"

"우선 안죠 성에 있는 오다 노부히데의 자식 하나를 생포하는 것이 좋겠지요."

빗츄노카미가 이렇게 운을 떼자 노인의 눈이 갑자기 별처럼 빛나기 시작했다.

"그런 다음에는 인질의 교환……"

"안죠의 성주 오다 노부히로와 오카자키의 성주 마츠다이라 타케치요의 교환이라면 응하지 않을 까닭이 없을 것이오."

"그러면…… 그렇게 해서 교환한 타케치요 님을 그대로 우리의 성주로서 이 오카자키에 계시도록 하겠습니까?"

다그쳐 묻는 노인의 말에 빗츄노카미는 천천히 고개를 좌우로 흔들었다.

"아니, 타케치요 님은 그대로 스루가에 머물러야 할 것입니다."

노인은 힘없이 고개를 떨구고 아무 말도 하지 못했다.

7

타케치요를 구해낼 방법은 있다 ─ 이렇게 말한 입으로, 타케치요는 물론 중신들의 가족까지 스루가에 보내라는 것은 너무도 가혹했다.

그렇다면 결국 오다 쪽에 빼앗긴 인질을 다시 스루가에 보내는 꼴이 아닌가. 아니, 그보다 더욱 조건이 나쁜 것은 중신의 가족들까지 내놓게 하여 그 가족과 어린 주군을 미끼로 삼아 끊임없이 오카자키로 하여금 이마가와의 선봉에 서서 오다 쪽과 싸우도록 하겠다는 속셈이었다.

노인은 고개를 떨군 채 아무 말도 하지 않았다. 사카이 우타노스케가 빗츄노카미에게 말했다.

"황송한 말씀이오나, 그렇다면 당분간 오카자키는 주군이 없는 채로 있어야 하지 않습니까?"

"우타노스케 님."

아사히나 빗츄노카미는 빈정대는 미소를 띠었다.

"원래 타케치요 님은 스루가에 보내려던 인질이었소. 아니, 우리 주군은 인질이라고 하지는 않았소. 손님……이라 불렀소. 히로타다 님에게 위탁받은 소중한 손님…… 이것은 히로타다 님의 의사였지 여러분의 뜻은 아니었소. 우리 주군께서는 히로타다 님과의 약속을 과거의 우의를 생각하여 지키실 뿐…… 그렇게 해석하는 것이 어떨까요?"

"그런 말씀이었습니까?"

"불만스럽다는 말씀인 듯한데, 그것은 잘못입니다. 지금은 성이 존

324

립하느냐 못하느냐의 기로에 있습니다. 이런 상황이므로 전적으로 우리 주군에게 의존하는 편이 좋겠다고…… 이것은 나 개인의 생각입니다마는."

"그렇다면 타케치요 님이 성인이 되실 때까지 우리 마츠다이라에게는 성도 영지도 없는……"

노인이 다시 끼여들자 빗츄노카미는 언짢은 어조였다.

"성인이 되었다고 어찌 성과 영지가 무사하겠소?"

그리고는 퉁명스럽게 덧붙였다.

"무사하고 싶다면 어째서 이마가와 쪽을 위해 없어서는 안 될 힘이 되지 못하시오? 자진하여 성도 영지도 처자도 맡겨야 합니다. 어째서 유사시에는 몸이 가루가 될 각오로 선봉에 서겠으니 타케치요 님이 성인이 되었을 때는 옛 영지를 돌려달라고 탄원하지 않습니까? ……아니, 이 빗츄노카미가 여러분의 입장에 놓였다면 그렇게 하겠다는 의미입니다마는……"

세 사람은 이미 얼굴을 마주볼 기력조차 없었다. 이마가와 쪽에서는 히로타다의 사망 소식을 알게 된 즉시 오카자키의 점거를 결정했을 것이 분명했다.

"고마우신 의견, 깊이 생각한 끝에 귀하의 뜻에 맞도록 결정을 내리겠습니다."

겨우 노인이 이렇게 말하자 빗츄노카미는 또다시 못을 박았다.

"본성과 둘째 성을 속히 비우도록 하시오."

"예…… 예."

세 사람은 자기들이 어디에 서 있는지도 모르는 심정으로 복도에 나왔다.

"드디어 성을 빼앗기는군요."

이시카와 아키가 중얼거렸다.

"성만이 아니오. 영지도 함께 맡겠다는 것은 이 얼마나 교묘한 구실인지 모릅니다."

우타노스케는 내뱉듯이 말하고 혀를 찼다.

"여러분, 아직 멀었소. 최후가 남아 있소. 이 정도로는…… 아직 멀었어요."

토리이 타다요시는 백발을 흔들면서 몇 번이나 같은 말을 되풀이하며, 앞장서서 큰방으로 향했다.

"자, 성주님의 서거를 만천하에 알립시다."

8

결국 오카자키 성의 운명은 독수리에게 채인 새끼비둘기와 같은 처지가 되고 말았다. 만일에 버둥거리기라도 하는 날에는 단번에 숨이 끊어질 것이다.

"인내는 이럴 때 필요한 것이오. 다음이 있소, 다음이……"

중신들이 있는 곳으로 돌아와 이렇게 말하는 토리이 타다요시는 눈이 붉어져 있었지만 눈물은 흘리지 않았다.

이런저런 질문이 나오고 푸념도 나왔다. 그러나 이미 이마가와 쪽이 결정한 오카자키 성의 운명에는 아무런 변화도 가져올 수 없었다.

아사히나 빗츄노카미가 말한 이마가와 쪽의 고등술책에 순응하여, 그쪽에서 요구하기도 전에 성과 영지를 자진하여 바치겠다고 할 수밖에 없었다.

중신들의 의견은 그렇게 결정되었다. 그러나 혈기왕성한 젊은이들이 과연 그 결정을 순순히 따를 것인가.

유해 없는 관에 못이 박히기 시작했을 때.

"그 문제는 나에게 맡기시오."

토리이가 여럿에게 말했다.

"아마도 무사히 가라앉게 될 것이오."

그런 뒤 다 같이 큰방에 모습을 나타냈다.

큰방에서는 이미 흉보를 받아들일 수밖에 없다는 사실을 깨닫고 있었으나, 이마가와 군 300기의 입성은 납득되지 않은 채였다.

"여러분에게 슬픈 사실을 전하겠소. 성주님께서는 향년 스물네 살을 일기로 지금 막 운명하셨소."

순간 큰방은 소리 없는 비수悲愁의 소용돌이에 빠졌다.

"그러나 걱정하지 마시오. 성주님의 유언에 따라 슨푸에서 이미 원군이 도착하여 타케치요 님의 탈환계획을 수립해놓았소."

타케치요의 이름이 나왔기 때문에 일동의 눈이 번쩍 빛났다. 아마도 그런 데까지 손이 미쳤을 줄은 미처 생각하지 못한 듯했다.

"타케치요 님을 탈환한다…… 어떤 방법으로?"

노인은 그 술렁거리는 좌중을 손을 들어 제지했다.

"성에 주인이 없어서는 안 되오. 슨푸에서 다시 제이의 원군이 도착할 때를 기다려 복수전을 감행할 것이오. 이 역시 성주님의 유언인데…… 그때까지 본성과 둘째 성은 원군의 대장에게 내주고 우리는 전투준비에 들어갈 것이오. 슬픔으로 마음이 흐트러져 전공을 원군에게 양보한다면 우리의 명예가 더럽혀집니다. 장례는 타케치요 님이 성에 돌아오신 뒤에 거행하는 것으로 알고 그때까지 차분한 마음으로 명복을 빕시다."

이렇게 말하는 노인은 타케치요의 복스러운 얼굴이 몇 번이나 눈앞에 떠올랐다가 사라지는 것을 의식했다. 거짓은 아니지만 진실도 아니었다. 아니, 그것은 진실 이상의 진실. 그렇게 생각하면서 말을 계속하기란 괴로운 일이었다. 그러나 달리 살아남을 방법이 없었다.

"미카와의 멍청이가⋯⋯"

먼저 이렇게 이마가와 일족에게 굳게 믿도록 하여 견마지로犬馬之勞를 감수한다.

안죠의 작은 성 하나쯤은, 셋사이 화상의 도착을 기다렸다가 마츠다이라 일족이 혼신의 힘을 다해 싸운다면 충분히 빼앗을 수 있을 것이다. 그렇게 되면 타케치요만은 오다 쪽으로부터 되찾을 수 있을 터. 모든 것은 그 뒤에 결정할 일이었다.

토리이 타다요시는 자기 자신을 납득시키면서, 중신들과 상의했던 이상의 것을 나직한 억양으로 차근차근 일동에게 설명해나갔다.

일동은 점점 더 숙연해져서, 그의 말을 한마디도 놓치지 않으려고 긴장을 풀지 않았다.

설월화雪月花

1

"타케치요, 잘 있었어?"

정원에서 목소리가 들리자 새장을 무심히 들여다보고 있던 타케치요는 시무룩한 표정인 채 고개를 들었다.

노부나가는 오늘도 상투를 기묘한 챠센으로 묶고 허리에 참외자루를 매달고 서 있었다.

이미 계절은 여름으로 접어들어 노송나무 가지에서 매미가 요란하게 울고 있었다.

"타케치요."

"응."

"너, 새는 이제 그만 가지고 놀지 그래?"

타케치요는 흘끗 새장 안을 들여다보았다.

"어째서?"

물으면서 눈길을 상대에게 돌렸다.

"또 그 어째서라는 버릇이 시작되는구나. 너는 이 노부나가의 부하들이 너를 뭐라고 부르는지 알고 있니?"

타케치요는 지식욕에 불타는 눈길 그대로 가만히 고개를 저었다.

"알 턱이 없지. 자기 성도 없는 아이가 새장 안의 새하고만 논다고 말하고 있어."

노부나가는 여기서 훌쩍 툇마루로 뛰어올라 창 밑에 두 다리를 벌리고 앉았다.

타케치요는 그 다리에 묻은 진흙을 꼼꼼히 바라보고 나서 내뱉었다.

"타케치요는 씨름을 좋아하지 않아."

노부나가는 쓸쓸하게 웃었다. 쓴웃음을 지으면서 허리에 찼던 자루를 끌렀다.

"나는 네가 싫어하는 그 씨름에 이겨서 말이지, 이렇게 농민들한테 맏물 참외를 얻어왔어. 너도 먹어."

타케치요는 상대가 던져주는 자루를 잠시 바라보고 있다가 그 속에서 가장 좋아 보이는 참외 세 개를 골랐다. 남은 참외는 작은 것 두 개가 있을 뿐이었다.

"이봐, 그렇게 많이 주겠다고는 하지 않았어."

"하지만, 세 개가 아니면 먹지 않겠어."

"어째서?"

이번에는 노부나가가 어째서라고 말했다.

"욕심이 많은 녀석이로구나, 너는."

타케치요는 그 말에는 대답하지 않았다.

"산노스케 —"

부르더니 셋 중에서 제일 작은 것을 그에게 던져주었다.

"토쿠치요 —"

이번에는 토쿠치요에게 다음 것을 주고 자기는 제일 큰 것을 와작와작 씹었다.

"먹어봐, 아주 달아."

"아하하하……"

노부나가는 큰소리로 웃기 시작했다.

"방심해선 안 될 녀석이로구나. 이 노부나가가 땀흘려 얻어온 참외를 너는 네 부하들에게 나누어주었어. 그럼, 나는 이 작은 것이나 먹으란 말이냐?"

"그 대신 두 개가 있으니 괜찮잖아."

"이 못된 녀석, 작은 참외 두 개보다 제일 큰 것이 훨씬 더 달아. 그것을 알고 있었구나."

타케치요는 비로소 싱글 웃고 맛있다는 듯이 떨어지는 즙을 빨아먹고 있었다.

"이봐, 타케치요."

"응?"

"네가 빼앗긴 성에는 말이야, 이번에 이마가와 편의 총대장 셋사이라는 중놈이 들어왔어."

타케치요는 문득 눈길을 들었으나 다시 그대로 참외를 먹고 있었다.

"그리고 이 노부나가도 드디어 장가를 가게 됐는데 너는 아직 그럴 생각이 없냐?"

타케치요는 아무 대답도 하지 않았다.

2

얼마 동안 마루에서는 참외 먹는 소리만이 이어졌다.

"타케치요."

"응."

"너는 참외와 이 노부나가 중에서 어느 쪽이 더 좋으냐?"

"양쪽 모두."

"하하하, 빈틈없이 대답하는군. 하지만 너도 조금 지나면 여자를 갖고 싶어질 거야."

"어디서 여자를 데려오는데?"

"미노에서. 사이토 도산이라는 빛 좋은 개살구 같은 자의 딸이야."

"그럼, 사이토 도산은 겉만 번드레하다는 거야?"

"응, 네가 나이를 먹으면 그렇듯 교활한 녀석이지."

"나는 교활하지 않아. 그런데 여자는 몇 살이야?"

"열여덟."

"음."

타케치요는 고개를 갸웃했다.

"노부나가 님은?"

"나 말이야? 나는 열다섯."

"음."

타케치요는 다시 고개를 갸웃했다.

"여자 나이가 더 많고, 빛 좋은 개살구 같은 사람의 딸이라도 괜찮은 거야?"

"뭐……뭐……뭐야!"

노부나가는 참외 꼭지를 입에서 탁 뱉고 깜짝 놀라 타케치요를 노려보았다.

"하하하, 정말 웃기는군."

이윽고 무심코 묻는 그 눈을 보고는, 배를 움켜쥐고 웃기 시작했다.

"그래, 그래. 여자란 빛 좋은 개살구 같은 자의 딸이 더 좋아. 너도 다음에 자라거든 그런 여자를 얻도록 해."

"응, 그런데 혼례는 언제야?"

"혼례는 오늘이야, 이제 하러 가야지."

"음."

"그래서, 사전 연습삼아 츠시마津島 축제에 가서 백성들을 마음껏 메다꽂고 오는 길이야."

"그럼…… 그럼 색시를 메다꽂겠다는 거야?"

노부나가는 다시 어이없다는 듯 타케치요를 바라보았다.

"타케치요, 내가 너를 좋아하는 이유를 알았어. 그래, 네 말대로야. 색시라는 것은 메다꽂아야 하는 거야."

"음."

"메다꽂지 않으면 도리어 이쪽에서 당하게 되거든."

"그렇게 세다는 거야?"

"암, 세지, 교활한 녀석의 딸이니까. 물론 나도 강해. 너는 요즘 제법 어른스러워졌을 테니까 알고 있을 거야. 이마가와 쪽의 총대장 셋사이란 중이 너의 오카자키 성에 들어갔다는 것은, 결국은 우리와 크게 전쟁을 벌이겠다는 뜻이야. 그때 미노로부터도 공격을 당하게 되면 견디지 못해. 그래서 우리도 미노에게 공격받지 않으려고 딸을 미리 맡아두겠다는 거지."

타케치요는 산노스케가 건네주는 천으로 두 손을 닦으면서 노부나가의 입을 가만히 바라보고 있다가 이윽고 크게 고개를 끄덕이고는 무슨 생각을 했는지 새장을 끌어당겨 그 문을 열었다.

"왜 그래, 타케치요?"

"놓아주려고."

타케치요가 대답했다.

"새하고 노는 것은 너무 나약해. 이 타케치요는 새장 안의 새가 아니야. 타케치요는 아버지가 없고 성이 없어도 어엿한 대장이야."

노부나가는 무릎을 탁 치고 다시 큰소리로 웃기 시작했다.

3

세상에는 죽이 맞는다는 말이 있었다. 노부나가와 타케치요가 그러했다.

조심성을 가지고 남의 비위를 상하게 하지 않는 영리함을 지닌 타케치요는, 때로는 겁쟁이처럼도 보이지만 이따금 날카로운 질문을 던지곤 했다.

그의 조심성은 아버지 히로타다의 죽음을 안 뒤부터 더욱 깊어졌으나, 그렇다고 넘치는 패기가 이 때문에 꺾인 것은 아니었다.

언제나 감정은 밖으로 드러내지 않았지만, 성을 못 가졌다거나 새장 안의 새라는 조롱을 받을 때마다 그 눈에 무서운 빛이 감돌았다. 그것이 오늘은 놀랍게도 입밖으로 나왔다.

"음, 성이 없어도, 아버지가 없어도 대장이란 말이지?"

노부나가가 다시 한 번 재미있다는 듯 웃었을 때 새장 안의 새가 푸드득 밖으로 날아올랐다.

노부나가는 새가 날아가는 쪽을 눈길로 쫓았으나 타케치요는 바라보지 않았다. 그의 작은 머릿속에는 자기 성에 이마가와의 총대장이 들어오고, 결국에는 오다 세력과 일대 격전이 벌어지리라고 한 노부나가의 한마디가 큰 충격으로 남아 있을 것이 분명했다.

그는 눈앞에 아무렇게나 벌리고 있는 노부나가의 더러운 종아리를 바라보고 있었다. 살결이 희고 털이 없었다. 그러면서도 근육이 불끈 솟아 있는 노부나가의 다리였다.

씨름에도 강했다. 말타기도 수준 이상. 낚시질과 매사냥, 그리고 춤과 수영으로 단련했을 뿐만 아니라 활은 이치카와 다이스케市川大介라는 달인에게, 병법은 히라타 산미平田三位에게, 또 새로 등장한 화승총이라는 이상한 무기의 사용법은 하시모토 잇파橋本一把에게 배운다고 했다…… 그런 소문을 들을 때마다 타케치요의 작은 가슴은 뜨겁게 물결치고는 했다.

'나도 지지 않을 거야.'

기백을 밖으로 드러내지 않는 만큼 마음속에서는 더더욱 거세게 타올라, 산노스케를 상대로 정원에서 대나무 막대를 휘두를 때는 상대가 울기 전까지는 중단하지 않는 끈질김을 보이기도 했다.

"타케치요."

노부나가 다시 불렀다.

"응?"

"네가 대장이라는 것은 이 노부나가가 누구보다도 더 잘 알고 있어. 노부나가도 대장이야."

"나도 알아."

"너는 이 노부나가의 혼례에 무엇을 주겠니? 축하해줘야지?"

"응."

타케치요는 가만히 주위를 둘러보았다. 철에 따라 입을 옷까지도 생모인 오다이가 몰래 보내주어 입는 타케치요에게는 아무것도 선물할 게 없다는 것을 노부나가는 잘 알고 있었다. 알면서도 그런 말을 한 것은 이 애송이 녀석이 무어라 대답할지가 무척 궁금했기 때문이다.

"산노스케."

타케치요는 정원 쪽을 손으로 가리켰다. 타케치요의 손끝을 따라 눈길을 보내던 노부나가는 말했다.

"그건 빨래를 너는 장대가 아니냐?"

"아니."

타케치요는 고개를 가로저었다.

"저것은 창이야. 길다란 창이란 말이야."

"뭐, 창이라구……?"

타케치요는 무뚝뚝한 표정으로 고개를 끄덕였다.

화가 난 것인지도 모른다고 노부나가는 생각했다.

"저것밖에는 가진 것이 없어. 이 타케치요가 소중하게 여기는 창이야. 그것을 노부나가 님에게 주겠어."

"허허."

"그 대신 나에게는 말 한 마리가 필요해! 대장에게는 말이 필요한 거야. 말을 줘."

갑자기 애절한 눈빛으로 졸라대는 바람에 노부나가는 눈을 동그랗게 뜨고 무심코 신음소리를 냈다.

4

"그 창을 축하선물로 주고 그 대신 말을 달라는 거냐, 타케치요?"

타케치요는 고개를 끄덕이는 대신 무릎걸음으로 노부나가에게 다가앉았다.

"말을 줘, 한 마리면 돼!"

"한 마리면 된다구……?"

"응, 사실은 두 마리가 필요하지만 한 마리라도 괜찮아."

노부나가는 어이가 없다는 듯 한참 동안 타케치요를 바라보고 있다가 이윽고 다시 큰소리로 웃기 시작했다.

"빈틈없는 녀석. 이 노부나가의 성격을 알고 이용하려 드는군. 좋아, 내가 졌어. 한 마리만 주겠다."

"고마워…… 정말 감사해."

타케치요는 진심으로 고개를 숙였다.

이때 아마노 산노스케가 공손하게 장대를 받쳐들고 왔다.

"저희 주군으로부터의 축하선물입니다."

"음."

노부나가는 그 장대를 받아들고 웃으면서 산노스케의 가슴에 그것을 들이댔다.

"그래 이것이 창이란 말이지. 이 두 간 이상이나 되는 빨래 너는 장대가……"

말하다 말고 노부나가는 눈썹을 꿈틀했다.

"산노스케."

"예."

"네 칼을 뽑아 이 노부나가에게 덤벼봐라. 사정볼 것 없다."

"예."

산노스케는 마루에 가서 칼을 가지고 왔다. 그것을 쓱 뽑아들고는 작은 다리를 크게 벌리고 장대 맞은편에 우뚝 버티고 섰다.

"자, 덤벼라."

노부나가는 창 밑에 그대로 앉아 있었다. 장대를 수평으로 꼬나들고 산노스케가 움직이는 쪽으로 장대를 이동시켰다.

"얏!"

산노스케가 기합소리를 지르며 칼을 휘둘렀다. 노부나가와는 약간 떨어진 위치여서 그것은 장대에 도전하는 형태가 되었다. 노부나가는 잠자코 장대로 산노스케의 칼을 쳐서 장대가 잘라지게 했다.

창을 자기 쪽으로 당기는 대신 그대로 앞을 찌르면 잘려나간 장대가 산노스케의 가슴에 꽂히게 되었다.

장대를 자른 산노스케가 '아 —' 하면서 뒤로 피하는 것과 노부나가가 장대를 휙 내던진 것은 동시의 일이었다.

"타케치요, 나는 분명히 창을 받았어!"

노부나가는 일어섰다.

"음, 이것은 실전에도 쓸 수 있겠어. 짧은 단창短槍이 아니라 두 간짜리 손잡이가 달린 창으로 부대를 편성해봐야지. 말은 책임지고 줄게. 그럼, 다시 보자."

올 때도 갑작스러웠으나 갈 때 역시 질풍 같았다. 장대를 내던지고 나서 노부나가는 훌쩍 정원으로 뛰어내려 뒤도 돌아보지 않고 자기 말 앞으로 다가갔다.

잿빛 반점이 있는 늠름한 명마였다. 그 고삐를 노송나무 줄기에서 풀어내더니 훌쩍 올라탔다. 등뒤에 있는 타케치요는 안중에도 없는 것이 분명했다. 매와 같은 눈을 부릅뜨고 중얼거리면서 말에 채찍을 가했다.

"그래, 두 간짜리 창부대를……"

타케치요는 그 모습을 마루에서 내려와 배웅했다. 여전히 얼굴에는 감정이 나타나 있지 않았다. 하지만 그의 어린 눈에는 노부나가의 승마 모습이 깊이 못 박혀 있었다.

"말이 생겼어…… 말이 생겼어……"

그는 똑같은 소리를 두 번이나 조용히 입 속으로 중얼거렸다.

5

나고야 성에서는 그저께 이 성에 도착한 미노 성주 사이토 도산의 딸 노히메가 중매인이자 부모 대리이기도 한 히라테 나카츠카사노타유 마사히데 부부에게 이끌려 방금 큰방으로 들어간 참이었다.

"도련님은 돌아오셨소?"

히라테 마사히데는 마중 나온 네 원로 중의 한 사람인 나이토 카츠스케에게 물었다.

"돌아오셔서 지금 열심히 긴 장대를 휘두르고 계십니다."

마사히데는 고개를 끄덕였다.

"천만다행이오. 신부 혼자만의 혼례식이 되면 어쩌나 하고 걱정하고 있었는데…… 일단 안심이 되는군요."

그러면서 노히메를 돌아보았다.

"도련님에겐 약간 특이한 점이 있어요. 앞으로 사소한 일에는 놀라지 마시오."

노히메는 불안한 듯한 눈을 들고 고개를 끄덕였다.

나이는 열여덟 살. 사이토 도산은 이 딸의 재능을 무척 사랑하고 있었으나, 이번 혼사에는 마치 남인 것처럼 냉담했다.

스스로 직접 데리고 갈 만한 시절은 아니었지만, 중신 한 사람도 딸려 보내지 않고, 양가를 위해 중매에 나선 히라테 마사히데에게 불쑥 말했다.

"모든 것을 그대에게 맡기겠소. 나와 오다 가의 일이니."

싸우고 또 싸웠던, 계속 싸워온 호적수에게 처음부터 딸 하나를 버리기로 작정한 어투였다. 그러므로 자기가 태어난 성을 떠날 때부터 노히메 곁에는 타인만이 있었다. 다만 세 명의 시녀만을 마음의 의지로 삼아 자기보다 세 살 아래인 '나고야의 멍청이'에게 출가할 각오를 하지 않으면 안 되었다.

"자, 이쪽으로."

노부나가의 거실은 쿄토식으로 새로 꾸며져 있었으나, 본성의 큰방은 여전히 고풍스러운 견고한 목조구조였다.

그 정면에 흰 비단옷을 입고 두근거리는 가슴을 꾹 누르면서 앉아 있으려니 저도 모르게 눈물이 나오려고 했다. 미노까지 소문이 퍼진 나고야의 큰 멍청이. 아직 보지도 못한 자기 신랑에 대한 소문이 그런 만큼 아름다운 환상이 떠오를 까닭이 없었다.

"말도 못할 정도로 엄청난 바보라고 하더라. 출가하거든 그 바보의 근성을 잘 확인하도록 해라."

아버지 도산은 노히메에게 이 혼담에 대해 동의를 강요했다.

"어딘가 쓸 만한 데가 있는 바보일 것이야. 그렇지 않다면 오다 노부히데가 후계자로 삼았을 리 없지. 너와는 좋은 배필이 될 거라 본다."

도산도 물론 노부나가를 만난 일이 없었다. 좌우간 그의 말을 요약하면, 노골적으로 이렇게 말하고 있다는 것을 노히메도 분명히 알 수 있었다.

'너는 미노의 첩자로 나고야에 시집가는 거야.'

"이봐!"

갑자기 옆에서 소리가 나는 바람에 초조하게 앉아 있던 노히메는 깜짝 놀라 그 목소리의 임자를 쳐다보았다.

"그대가 노히메인가?"

무례한 녀석. 도대체 이건 어떤 놈일까! 6척 가까운 거구의 사나이가 더러운 종아리를 드러내놓고 느닷없이 노히메 앞에 털썩 앉았다.

"왜 대답이 없나, 설마 벙어리는 아닐 테지?"

이것이 노부나가가 노히메에게 던진 첫 마디였다.

6

노히메가 무서운 눈으로 노부나가를 노려보고 있을 때였다.

"도련님이십니다, 노부나가 님이십니다."

옆에서 마사히데가 속삭였다.

노히메의 얼굴에 당황하는 빛이 떠올랐다. 놀람과 경계심이 온몸에 스며들어 몸을 약간 비스듬히 해서 뒤로 뺐다.

"하하하하."

노부나가가 웃었다.

"그대의 몸에서는 수치가 보이지 않는군. 이 노부나가의 잠자는 목을 베러 왔다가 들통이 난 듯한 눈을 하고 있어."

"도련님, 말씀이 지나치십니다……"

마사히데가 나무랐으나 그런 말로 입을 다물 노부나가가 아니었다. 노부나가는 무릎걸음으로 다가앉았다.

"그대는 평생 이 노부나가를 아기처럼 돌볼 수 있겠어?"

노히메는 그 눈을 무섭게 노려보며 쏘아붙였다.

"노히메는 아기를 보기 위해 온 것이 아닙니다."

"그렇다면 뭘 하러 왔어? 소꿉놀이 하러 왔나?"

"노부나가 님의 정실로."

"제법 영리한 척하는군. 정실이란 게 뭘 하는 거지?"

"내전의 모든 일을 다스리는 것, 남의 손을 빌리지는 않겠습니다."

"허어, 대단한 배짱인걸."

노부나가는 싱긋 웃었다.

"나이가 들었으니 그런 말도 할 수 있겠지."

"도련님!"

다시 마사히데가 주의를 주었다. 그러나 노부나가는 독설을 그치지 않았다.

"아비에게 여러 말을 듣고 온 모양이군. 그러나 내전은 마음대로 할 수 있을지 모르지만 이 노부나가는 어림도 없어."

노히메의 눈에 희미하게 이슬이 맺혔다. 그러나 도산이 친척도 딸리지 않고 이 성에 보낸 여자니 만큼 노히메도 녹록하지 않았다.

"그 점도 아버지한테 들어서 알고 있습니다."

"무어라 하던가? 그 말이 듣고 싶군."

"제정신이 아닌 멍청이라서 저하고는 좋은 배필이 될 것이라고 말씀

하셨습니다."

"뭣이!"

노부나가의 눈이 매섭게 빛났다.

"그럼, 그대도 멍청이란 말인가? 나한테 지지 않을 정도의 멍청이란 말이지?"

"예. 멍청이끼리, 미노와 오와리의."

"와하하하……"

갑자기 노부나가는 몸을 흔들면서 웃었다.

어느 틈에 큰방에는 가신들이 가득 모여 새로 마님을 맞을 준비를 하고 있었다.

그때 노부나가의 생모인 츠치다土田 부인이 노부나가의 귀에 대고 말했다.

"옷을 갈아입어라……"

그는 세차게 고개를 저었다.

"옷이 혼례를 치르는 것이 아니에요. 멍청이한테는 멍청이대로의 예법이 있어요."

"하지만 그건 너무……"

"상관없어요. 이대로가 좋아요. 준비되었거든 잔이나 어서 가져오세요."

츠치다 부인은 슬픈 얼굴로 고개를 저으며 자기 자리로 돌아가고, 히라테 마사히데의 눈짓으로 주전자를 든 두 여자아이들이 아직 놀란 눈에 눈물을 담고 있는 신부 앞으로 왔다.

"자, 잔을……"

그 소리에 늘어앉은 가신들이 일제히 고개를 숙였을 때였다.

"잠깐!"

노부나가가 다시 큰소리로 말하고 손을 내저었다.

"잔을 신부에게 먼저 권하는 일은 누가 정했어?"

노부나가가 소리를 질렀다.

"이렇게 하는 것이 혼례의 관습입니다."

히라테 마사히데는 미소를 띠면서 성가시게 구는 장난꾸러기라 말하고 싶은 듯 노히메에게 눈길을 보내며 양해를 구하는 표정이었다. 노히메는 내밀려던 손을 도로 내리고 다시 험악한 눈빛을 띠었다.

특이한 사람 — 이라기보다, 지금은 굴욕으로 몸을 떠는 노히메였다. 하지만 노부나가는 그러한 상대의 감정 따위는 전혀 헤아리는 기색이 없었다.

"뭐, 관습? 그렇다면 따르지 않겠다."

큰소리로 외쳤다.

"이것은 처음부터 예사 혼례가 아니야. 그렇지?"

신부 쪽으로 향했다.

"오와리의 큰 멍청이와 미노의 멍청이가 혼인하는 거야. 신부의 아버지란 사람은 어떻게 하면 사위의 목을 자를 수 있을까 그것만 생각하고, 또 신랑의 아버지는 어떻게 하면 사돈의 공격을 막을 수 있을까 하고 그 대책을 생각하고 있어. 그런 혼례인데 무슨 놈의 관습이란 말이야. 잔은 이 노부나가가 먼저 받겠다."

"닥치지 못할까……"

참다못해 츠치다 부인이 무릎을 치며 꾸짖었으나 노부나가에게는 들리지 않는 듯했다. 물론 그 자리에 아버지 노부히데는 없었다. 그는 후루와타리 성에서 이마가와 군사를 어떻게 저지할 것인지 필사적으로 그 대책을 강구하고 있었다. 말하자면 이 혼례도 그 작전 중의 하나라 할 수 있었다.

"잔도 반대로 하는 것이 좋아. 맨 처음에 큰잔으로 마시는 거야. 자, 철철 넘치도록 따라라, 철철 넘치도록 말이다."

노부나가는 잔을 들어 두 여자아이들에게 내밀었다.

어떤 관습도 거부하고 상식 밖에 서려는 노부나가의 반골기질은 이미 돌이킬 수 없는 성격으로 변해 있었다.

히라테 마사히데는 그것을 알고 있었다. 아니, 다른 세 사람의 중신들도 역시 그 성격을 때로는 안타깝게, 때로는 호감으로 보아오고 있었다. 그렇다고는 하지만 혼례석상에 흙묻은 평복으로 나타나 혼약의 잔을 자기가 먼저 받겠다는 것은 지나치게 난폭한 행동이라고 생각했다.

무엇보다도 노히메의 심적 타격이 걱정스러웠다. 이런 소식이 사돈인 도산의 귀에 들어갈 것도 염려되었다. 그러나 킷포시라 불렸던 어린 시절부터 일단 말을 하면 물러서지 않는 노부나가였다.

"노히메, 용서하시오."

타다마사는 작은 소리로 말하고 무릎의 흰 부채를 웃으면서 접었다 폈다 했다.

노부나가는 드디어 한 되, 한 홉이 들어가는 큰잔에 술을 가득 따르게 했다.

"좋아, 이제 됐어. 이것을 단숨에 들이켜고 나서 안주를 곁들여 그대에게 권하겠다. 멋지게 받아마신다면 우선은 어울리는 부부가 될 수 있겠지."

흘끗 좌중을 돌아보고 목을 내밀었다.

키도 컸지만 목도 또한 길었다. 소리를 내며 목구멍으로 빨려들어가는 술을 보고 있는 동안 노히메는 문득 마음이 풀렸다. 악의가 있어 그런 욕설을 내뱉은 것이 아니라 장난꾸러기의 성격이 그대로 드러난 게 아닐까.

드디어 노부나가는 숨도 쉬지 않고 한꺼번에 그 큰잔을 비워냈다. 그리고 잔을 여자아이에게 주었다.

"자, 이제 신부에게 술을 따라라. 알겠지, 내가 주는 안주도 함께 먹어야 해."

입술을 혀로 핥으면서 신부 앞에서 벌떡 일어섰다.

8

신부 역시 이에 지지 않았다. 사이토 도산의 딸이라는 긍지도 있었으나 그보다도 천성적으로 억센 면이 있었던 듯. 상대의 모습에서 장난꾸러기의 기질을 발견하고는 남편으로는 믿음직스럽지 못하다고 느끼기전에 강한 반발심부터 치솟았다.

'이 따위 어린아이 하나쯤은……'

신부는 주저하는 기색도 없이 큰잔을 들었다. 하지만 가득 따르게 하지는 않고 주전자에서 두서너 방울 떨어지게 하고는 얼른 잔을 앞으로당겼다.

노부나가는 싱긋 웃고 흰 부채를 폈다.

"좋아, 안주를 주겠어."

그는 오른손을 수평으로 쳐들고 왼손을 무릎에 얹더니 낭랑한 소리로 코와카를 부르며 춤을 추기 시작했다.

"……생각하면 이 세상은 영원히 살 집이 못 되는 것. 풀잎에 내린 흰 이슬, 물에 비치는 달보다 허무하네. 황금 골짜기에서 꽃을 노래하던 영화는 무상한 바람에 흩날리네……"

"닥쳐라!"

다시 츠치다 부인이 무릎을 쳤다.

혼례의 자리에서 불길하게도 하필이면 「아츠모리敦盛」°를. 좌중의 사람들은 저도 모르게 얼굴을 마주보았으나, 노부나가는 더욱 목청을 돋우었다.

"……인생 오십 년, 이승은 허무한 것, 꿈은 한낱 환상이어라. 한번 생을 받은 자, 죽지 않는 자 있으랴……"

고색창연한 성, 낭랑하게 울려퍼지는 소리. 그것은 불가사의하고도 엄숙한 힘으로 이 변화무쌍한 현세를 사는 사람들의 심금을 울리고 영혼을 뒤흔들어놓았다.

노히메는 어느 틈에 노부나가에 대한 경쟁의 창끝이 빗나간 것을 느꼈다.

"단순한 멍청이는 아닐 게야."

아버지의 말이 새삼스럽게 가슴속에 되살아나 온몸이 긴장으로 굳어졌다.

춤이 끝나자 노히메는 잔을 입으로 가져갔다. 몇 방울의 술이 입술에 닿아 목을 지나갈 때 문득 인생의 불가사의를 느꼈다.

'이것으로 나는 노부나가의 아내로 정해지는 것일까……'

평생 노부나가를 아이 보듯 지켜줄 수 있느냐고 한 말이 꿀꺽 소리를 내고 목구멍에서 가슴으로 넘어갔다.

"훌륭해."

느닷없이 노부나가가 말했다.

"훌륭하지만 더 이상 축하의 술을 마시면 안 돼. 오카자키에서 안죠로…… 이미 전쟁의 먹구름은 움직이고 있어. 준비를 하고 아버지 지시를 기다려야 해."

히라테 마사히데와 나이토 카츠스케는 서로 얼굴을 마주보고 빙긋 웃었다.

"노히메, 나를 따라와."

"예."

그것은 무서운 기세로 가슴을 찌르는 거부할 수 없는 말의 화살이었다. 노히메가 일어섰다.

"괜찮을까요?"

하야시 신고로가 마사히데에게 속삭였다.

"도련님은 알고 계신 것일까요?"

마사히데는 진지하게 고개를 끄덕였다.

"자연스러운 일이지요. 더구나 신부가 연상이라면."

이때 노부나가는 이미 노히메의 손을 잡고 지체없이 내전의 거실 복도를 건너가고 있었다.

"후후후."

누군가가 웃음을 터뜨리고, 이것을 또 누가 쉿 하며 제지했다.

붉은 단풍

1

오카자키 성에는 오늘도 인근 사원의 승려와 토죠東條, 사이죠西條 등 두 키라 가문의 가신들이 부산하게 출입하고 있었다.

이미 오카자키 성은 마츠다이라 가의 것이 아니었다. 이제 이마가와 일족이 자리잡을 것이라 생각하고 본성에 머물러 있는 셋사이 선사에게 개종改宗을 청하거나 적의 정세를 보고하기 위해 찾아오고, 가끔은 마츠다이라의 가혹한 착취를 호소하러 오는 사람도 있었다.

셋사이 선사는 법의法衣 안에 갑옷을 입고 그들을 일일이 접견했다. 겉으로는 어디까지나 부드러운 불자佛子의 풍모로, 외부에서 찾아오는 사람들이 말하는 대로 들어주는 성자聖者처럼 보였다.

"알겠소, 생각해보겠소."

그러나 오카자키 일족에 대한 군율은 엄하기 짝이 없었다.

이미 타와라 부인을 비롯한 마츠다이라 가의 유족들은 전에 케요인이 살던 셋째 성으로 쫓겨가고, 본성과 둘째 성에는 모두 이마가와의 군졸들이 들어가 있었다.

성내 공동주택에서 쫓겨난 오카자키 일족은 성읍에서 떠나는 것을 허락받지 못하고 가건물을 지어 살게 되었다. 그래서 마치 성안의 이마가와 세력을 지켜주는 듯한 꼴이 되고 말았다.

중신들의 가족은 거의 슨푸로 옮겨졌다. 성을 포함한 오카자키 전체가 하나의 요새같이 되고, 토리이 이가노카미 타다요시만이 셋째 성에 살도록 허용되어 향촌의 조세를 거둬들이고 있었다.

지난 3월부터 소규모이기는 하나 전투는 벌써 헤아리기 위해 열 손가락이 부족할 정도로 잦았다. 그때마다 선봉을 서도록 명령받는 것은 마츠다이라의 유신遺臣들로, 싸울 때마다 어김없이 누군가의 모습이 사라지곤 했다. 주인 없는 성에 애착을 잃고 달아나기 때문이 아니었다.

"타케치요 님을 이 성에 맞이할 수 있을 때까지……"

그 약속에 따라 전투에 참가했다가 전사했기 때문이다.

셋사이 선사는 이렇게 하여 점점 쇠퇴해가는 오카자키 일족의 위무와 억제를 위해 마츠다이라 지로자에몬 시게요시松平次郎左衛門重吉, 이시카와 우콘 쇼겐石川右近將監, 아베 오쿠라 등 세 사람을 곁으로 불러 명했다.

"도망가는 자는 사정없이 처단하시오."

죽이기까지는 하지 않았으나, 그들은 생활이 궁핍해졌다. 백성들로부터 거둔 공물은 모두 이마가와 군에게 돌아가고, 그들에게는 아무런 배분도 없었다.

"도대체 어떻게 되는 것일까? 배가 고파 싸울 수가 있어야지."

"그렇게 곧이곧대로만 생각해서는 안 돼. 속사정은 어쨌거나 표면적으로는 이마가와가 우리의 원군 아닌가. 원군을 뒷받침하는 것은 우리의무거든."

이런 말에 아무도 드러내놓고 불평하지 못하고, 결국 각자가 알아서 가족의 입에 풀칠을 하고, 또 목숨을 아끼지 않고 싸워야만 했다.

셋사이 선사도 물론 이런 사실을 알고 있었다.

오카자키 일족의 내부 불만이 백성들의 불만과 이어지지 않을까 하고 언제나 경계하고 있었다.

그는 먼저 들어온 방문자들과의 면접을 끝냈다.

"다음은?"

부드러운 얼굴을 쳐들었을 때였다. 손에 염주를 들고 머리를 깎은 한 여인이 그의 앞으로 나왔다.

2

"누구시더라?"

"겐오니源應尼입니다."

셋사이의 물음에 여인은 맑은 목소리로 대답하고 똑바로 셋사이를 쳐다보았다.

"겐오니라면?"

"셋째 성에서 거주가 허락된 선선대의 미망인……"

"오오!"

셋사이는 무릎을 탁 쳤다.

"타케치요 님의 조모 케요인이시군요. 이거 실례가 많았습니다."

비록 말은 부드러웠으나 그 눈은 빈틈이 없었다. 친밀해지면 안 된다고 경계하고 있는 것이 분명했다.

"그런데, 하실 말씀은?"

케요인은 대답하기 전에 염주를 이마에 대고 조용히 눈을 감았다.

"소승도 슨푸에서 살고 싶습니다마는, 혹시 허락을 받을 수 있을까 하고."

"허어, 이거 뜻밖의 말씀을 듣게 되는군요. 선대와 선선대의 영묘靈廟 외에 막내따님도 있고 해서 신중히 생각한 끝에 일부러 편의를 보아 드린 것으로 생각하는데……"

"그 호의는……"

케요인은 미소를 띠고 말을 이었다.

"세상을 등진 소승에게는 필요치 않은 일. 제가 있으면 도리어 노신들이 거추장스러울 것입니다."

셋사이는 잠시 동안 케요인을 지그시 바라보다가 고개를 끄덕이면서 물었다.

"스님께서는 이 셋사이의 패배로 보시는군요?"

케요인은 긍정도 부정도 하지 않았다.

"지난 삼월부터 이 성에 머문 지 이미 반년, 아직 작은 안죠 성 하나도 공략하지 못했소. 슨푸에서 요시모토 님은 당장 출전하라고 독촉이 빗발치고 있어요. 그것도 무리는 아니지만 이 셋사이에게도 생각이 있습니다. 만일 성이 떨어질까 우려해서라면 그런 걱정은 마십시오."

케요인은 다시 염주를 이마에 대고 아무 대답도 하지 않았다.

셋사이는 초조했다. 이 여승은 히로타다의 아버지 키요야스를 움직였을 정도의 여자인데다, 키요야스가 죽은 뒤에는 자기가 낳은 딸을 히로타다의 정실로 들여놓았을 만큼 힘을 가진 재능있는 여자였다. 그런 여자에게 자신의 지지부진한 작전을 비판받는 것은 불쾌한 일이었다.

"전투에는 때가 있는 법. 두고 보십시오. 셋사이 혼자 반드시 승리해 보이겠습니다. 계획이 있어 제자리걸음을 하고 있습니다."

"선사님."

"생각을 바꾸시겠습니까?"

"소승은 세상을 버린 부처님의 제자, 남김없이 사정을 말씀 드리겠습니다."

"말씀하시지요, 망설이지 마시고."

"선사님도 이미 아실 줄 믿습니다마는, 오카자키의 무사들은 하루하루의 끼니조차 잇지 못하는 형편……"

"음, 그래서요……?"

"소승만이라도 성을 떠나 일족의 부담을 줄이는 것이 좋겠다고……이것은 부처님의 계시입니다."

이렇게 말하는 케요인의, 아직 쇠퇴하지 않은 맑고 아름다운 눈동자에서 반짝 이슬이 빛났다.

"으음."

셋사이는 고개를 끄덕이는 대신 정원의 후피향나무로 눈길을 보냈다. 케요인의 말보다도 여기저기서 울고 있는 쓰르라미소리를 듣고 있는 셋사이였다.

3

"음, 과연 그런 계시를 내리는 부처님도 계시겠지요. 그것도 작은 자비이기는 하니까 말입니다."

"허락해주시겠습니까, 선사님?"

"글쎄요……"

셋사이는 다시 말끝을 흐리고 케요인의 진의를 탐색하려는 표정이었다.

'성이 함락될까 싶어 슨푸에 가려는 게 아니라면, 이 스님은 도대체 무슨 생각을 하고 있는 것일까?'

오카자키 잔당의 생활고를 호소하려는 것일까? 아니면 전투에 이기더라도, 타케치요가 이 성을 그대로 지나쳐 슨푸로 옮겨갈 것이라 판단

하고 미리 거기에 가 있으려는 것일까?

"오다 쪽에서는 미노의 딸을 노부나가의 아내로 맞아들여 우선 후방을 튼튼하게 다져놓은 모양입니다. 그건 곧 공격해올 날도 머지않았다는 얘기지요. 그렇다면 이 근방이 전쟁터가 될 것이니 스님 가시는 길이……"

케요인은 가만히 눈꺼풀을 눌러 눈물을 억제하고 고개를 떨구었다. 그녀의 진심은 전혀 다른 데에 있었다.

이미 사카이, 이시카와, 아베, 우에무라 등 네 원로의 가족들은 슨푸에 옮겨져 있었다. 이마가와 쪽에서는 오카자키에서 징수한 공물을 모두 자기들의 군사용으로 쓰고 있기 때문에 슨푸로 옮긴 사람들의 생활만은 보장하고 있었다. 따라서 한 사람이라도 더 많이 슨푸로 옮겨가는 것이 여기 남아 싸우는 오카자키 일족의 생활을 도와주는 길이기는 했다. 그러나 이것이 케요인의 목적은 아니었다.

올 봄부터 전쟁에 따르게 마련인 과부가 부쩍 늘고 있었다. 직접 전투에 참가하는 사람조차 굶어 죽을 지경이므로 이들 과부나 그 자식들에게까지 손이 미칠 리 없었다. 아니, 손이 미치지 않을 뿐만 아니라 이들의 비참한 생활이 전쟁에 참가하는 무사들의 마음에 얼마나 큰 영향을 미치고 있을까.

케요인은 그것을 셋사이에게 호소하고 싶었다. 자기가 부리고 있는 사람이라는 명목으로 이들 비참한 과부들을 슨푸로 옮겨 입에 풀칠이나 하게 해주고 싶었다!

"다시 말씀 드립니다마는……"

케요인은 말했다.

"이대로 가면 오카자키의 사기는 나날이 떨어지게 됩니다."

"그렇다면 이 셋사이의 처우에 잘못이 있다는 것입니까?"

"예. 황송하오나 손길이 미치지 못하는 데가 있는 것 같습니다."

"허어."

셋사이의 눈이 번쩍 빛났다.

슌푸의 법왕法王이라는 별명까지 듣고 있는 이마가와 일족의 막강한 실력자 셋사이에게 이처럼 맞대놓고 비난의 말을 퍼붓는 것은 미카와에서는 오직 한 사람뿐. 건방진 계집이라는 듯 셋사이의 입가에 엷은 미소가 떠올랐다.

"그야 전진이니 미처 손이 닿지 못하는 곳도 많을 겁니다. 말씀해보시지요."

케요인은 가볍게 고개를 끄덕이고 뒤를 돌아보았다. 그리고 옆방에 있던 여자를 조용히 손짓해 불렀다. 케요인이 데리고 온 여자였다.

셋사이는 미소를 거두고 그쪽을 바라보았다. 종이로 꼬아 만든 끈으로 머리를 묶고 무릎에 천을 대어 꿰맨 옷을 입은 열여덟쯤 되어 보이는 여자가 두려워하는 기색도 없이 케요인 곁으로 왔다.

얼굴이 몹시 창백하고 광대뼈가 튀어나왔으며 눈에서는 험악한 빛이 감돌고 있었다. 하지만 그 몸가짐만은 너무도 얌전했다.

"부르셨습니까?"

두 손을 마루에 짚었다.

4

"이 여자는?"

잔뜩 위엄을 갖춘 셋사이의 목소리는 선승禪僧의 날카로움으로 돌아와 있었다.

"예, 소승의 보배입니다마는 뱃속의 아기도 잘 키우지 못하고 있습니다."

"보배라니 알아들을 수 없군요. 하녀입니까?"

"하녀……"

이번에는 케요인의 입이 빈정대듯 일그러졌다.

"중신 우에무라 신로쿠로의 딸인 동시에 역시 중신인 혼다 헤이하치로 타다타카의 미망인입니다."

순간 셋사이의 표정이 싹 변했다.

"중신의 미망인이 하녀로 보일 만큼 곤궁에 빠져 있으니 잘 생각해 보라는 의미입니까?"

"죄송하지만 해석이 틀리셨습니다."

"허어, 어떻게 틀렸는지 알고 싶군요."

"오카자키의 아낙들은 전쟁터에 나간 남편의 각오를 무디게 할 정도로 우둔하지는 않습니다. 가난을 이기는 힘도 있습니다. 이 미망인의 시아버님이신 타다토요 님은 재작년 안죠 성 전투에서 히로타다 님 대신 자진하여 전사하시고, 또 그 아들 타다타카는 지난 봄의 전투 때 선두에 나서라는 명령을 받고 역시 장렬하게 전사했습니다."

"알고 있어요. 타다타카의 무사다운 용맹은 정말 훌륭했습니다. 타다타카는 그때 스물두 살이었다고 하지요?"

"예."

"그러면, 그 아내는 몇 살이나 됐나요?"

"열여덟입니다."

여자가 대답했다. 눈물을 흘리는 대신 보이지 않는 것에 대한 분노가 깃들인 야무진 목소리였다.

"타다타카의 각오를 선사님께 말씀 드리게."

"예. 타케치요 님의 구출을 위한 이번 전투에서 오카자키의 각오가 어떤지 보여주지 않으면 아버지보다 못한 자식이라는 손가락질을 받을 것이다. 우리 집안은 나를 마지막으로 대가 끊긴다. 그대에게 자유를 허락할 테니 다른 데로 출가하라 — 고 말했습니다."

"그래서 무어라 대답했나?"

"나도 헤이하치로 타다타카의 아내, 당신에게 지지 않겠다고……"

셋사이는 다시 고개를 옆으로 비틀었다.

"나를 따르라! 이 혼다를 따르라 —"

스물두 살의 혼다 헤이하치로가 안죠 성을 노려보고 외치며 용감하게 돌진했을 때의 무사다움은 셋사이 자신이 직접 보아 잘 알고 있었다. 죽을 작정이었다는 것도 알았고, 자신의 죽음으로 무엇을 얻고자 한다는 것도 알고 있었다.

때는 3월 19일 —

석양에 빛나는 화살을 전신에 맞고 성문 앞에서 숨이 끊어질 때까지 계속 소리질렀다.

"타케치요 님의 부하가 약하다는 소리는 듣지 마라. 나를 따르라!"

'타다타카의 아내, 그 미망인을 케요인은 무엇 때문에 내 앞에 데려온 것일까?'

"타다타카는 자기 대가 끊어진 줄 알고 죽어갔습니다……"

케요인은 다시 혼잣말처럼 중얼거렸다.

"아내가 임신한 것을 알았다면 얼마나 기뻐했을지…… 그 생각을 하면……"

셋사이의 눈이 흘끗 여자의 배로 향했다. 그러고 보니 여자가 수척한 것은 임신 때문인 것 같았다.

여자는 그만 고개를 푹 수그렸다. 그러나 울고 있는 것이 아니라, 크게 동공을 열고 뚫어져라 다다미를 노려보고 있었다.

셋사이는 얼른 정원으로 다시 눈길을 돌리고 가만히 한숨을 토해냈다. 케요인이 찾아온 까닭을 겨우 어렴풋이나마 알게 되었다.

5

부처님의 계시 ─ 라고 케요인은 말했으나, 부처님은 여자와 남자에게 똑같은 것을 고하지도 않고 요구하지도 않는다.

셋사이 역시 임제종臨濟宗의 법통을 이어받은 자. 부처님이 지금 그에게 요구하는 것은 결코 이마가와 일족에 대한 충성이 아니었다.

이마가와 일족을 통해 지난 100년 동안 계속되어온 암흑과 무도無道의 난세를 구하라 고하고 있었다. 아니, 이것을 셋사이 한 사람에게만 명하는 부처가 아니란 사실도 잘 알고 있었다. 광대무변한 부처는 적인 오다 노부히데에게도, 카이의 타케다 하루노부武田晴信에게도, 사가미의 호죠에게도, 나가토長門의 모리毛利에게도, 에치고의 우에스기에게도 똑같이 명하고 있었다.

인간이라면 그 누가 평화를 원치 않을 것인가.

모두가 다 싸우기 위해서 싸우는 것이 아니라, 자기 마음속에 '난세를 구하라!'는 소리를 듣고 있기 때문에 싸우는 것이라고 셋사이는 생각하고 있었다. 하지만 그 소리에 부응하여 난세를 구하는 실력 있는 자가 과연 있을 것인가.

"스님의 말씀은……"

셋사이는 아직 정원에 눈길을 보낸 채로 말했다.

"이 아낙에게 스님을 모시고 슨푸에 갈 수 있게 해달라는 것이로군요?"

"예. 그러나…… 혼다 헤이하치로의 미망인뿐만이 아닙니다."

"알겠소. 헤이하치로 타다타카와 같은 생각을 가지고 전사한 다른 사람들의 미망인도 같이 보내주었으면 하는 것이겠지요."

"황송합니다마는 그렇습니다."

"스님."

"예."

"스님은 자비로운 부처님의 말씀을 들으셨습니다. 여자에게 들려주는 부처님의 말씀은 항상 그같은 자비심에 뿌리박고 있으니까요······ 그러나 남자가 듣는 것은······ 좀더 크고 좀더 슬프다는 것을 알고 계십니까?"

"전쟁도 또한 자비······라고 말씀하시려는 것이겠지요."

"싸우지 않으면 무도無道가 횡행합니다. 전쟁은 자비가 아니지만, 무도를 누르고 빛으로 향하는 마음 한구석에는 자비를 행하려는 비원悲願이 깃들여 있습니다."

셋사이는 문득 법의 속의 갑옷을 가만히 만져보고 비로소 희미한 미소를 떠올렸다.

"스님의 자비는 이 셋사이의 비원과 맥락을 같이하고 있으니 받아들이겠습니다."

"옛? 그럼 허락해주시겠습니까?"

"생활이 궁핍한 미망인의 모습을 대하게 되면 사기가 떨어진다. 그러니 슨푸로 옮겨달라는 것이 스님의 말씀이신데, 이 셋사이의 마음은 스님과는 좀 다릅니다."

"어떻게 다른지요?"

"여성을 통한 부처님의 말씀에 순순히 합장할 뿐입니다."

셋사이는 자신의 말에 대한 케요인의 반응을 살피려고 빤히 바라보았다.

"나와 똑같은 마음을 가지고 싸우는 사람의 수가 늘어날수록 평화는 빨리 찾아옵니다. 그러나 도道를 가지고 싸우는 자는 적어요."

"예······ 예."

"정토진종淨土眞宗에는 렌뇨蓮如가 계셨소. 살아 있는 무장 중에는 에치고의 우에스기, 카이의 타케다 등이 불문에 뜻을 두고 있다고는 하나 아직……"

말하다 멈추고는 갑자기 몸을 앞으로 내밀었다.

"나는 냉혹한 사람이오, 스님."

"……"

"특히 오카자키의 잔당에 대해서는 냉혹할 것이오, 스님. 그 마음을
아시는지……"

케요인의 가슴이 섬뜩해질 정도로 나직하고 예리한 목소리였다.

6

"아시겠소?"

셋사이는 다시 힐문하듯 물었다.

케요인은 대답할 수 없었다. 특히 오카자키의 잔당에게 냉혹하게 대
하겠다 ── 어째서 그럴 필요가 있는 것일까?

"모르시겠다면 다음 기회에 설명하리다. 그런데, 스님은 이 셋사이
를 부처님의 제자라 생각하십니까, 아니면 이마가와 일족의 부하로 생
각하십니까?"

"글쎄요, 그것은……"

"저는 부처님의 제자요. 그러나 세상을 버린 사람이 아니라, 싸우는
제자요. 아시겠소?"

"예."

"세상사람들이 아무리 외도한다고 매도하더라도 부처님의 마음을
가지고 싸우는 이 셋사이는 전혀 구애받지 않습니다. 그런 셋사이가 어
째서 이처럼 작은 안죠 성 하나에 구애받고 있는지 아십니까?"

말하다 말고 셋사이는 무슨 생각이 들었는지 문득 정원으로 눈길을

돌렸다.

"저 푸름 속에 단 한 그루 붉은 단풍나무가 섞여 있지 않습니까?"

케요인은 의아하다는 생각으로 고개를 끄덕였다. 분명히 거기에는 새싹 때부터 붉은 날개를 펼친 것처럼 빨간 단풍나무 한 그루가 섞여 있었다.

"저 단풍나무는 여름철에도 다른 나뭇잎과는 달리 빨간 잎을 달고 있었소. 그 특이한 잎을 가리켜 푸른 잎을 가진 나무들이 왜 너만이 빨 갛느냐고 조롱할지도 모릅니다. 그러나 때가 되면 다른 나무들도 붉게 물들어 단풍나무도 그 붉음 속에 파묻히게 됩니다. 그러면 이번에는 어 느 잎이 붉었는지 구별이 안 된 채 잊혀지고, 도리어 빨간색이 부족하 다고 탓할지도 모릅니다. 저는 저 단풍나무이고 싶소! 저는 저 단풍나 무의 마음을 이어받는 무장이 되고 싶소! 스님, 이것이…… 이 셋사이 가 작은 성인 안죠 성에 구애되어 오카자키의 잔당에게 냉혹하게 대하 는 이유입니다. 아시겠습니까?"

케요인은 여전히 눈을 크게 뜨고 있었다. 무언가 호의 비슷한 것을 느끼기는 했으나 아직은 확실하게 알 수 없었다.

"하하하……"

셋사이가 웃었다.

"저는 타케치요 님이 필요합니다, 스님. 그를 오다 노부히데의 손에 서 찾아다 슨푸에서 제 보호 아래 키우고 싶소…… 이 말이면 제가 어 째서 오카자키 잔당에게 냉혹한지 알 수 있을 것입니다. 그 다음은 말 하지 않겠소…… 말하면 거짓말이 되니까. 거짓말하면 염라대왕이 혀 를 뽑을 테니, 하하하……"

케요인은 숨이 막힐 것 같았다. 부처님의 옷소매에 숨어서 싸우는 중 이라고 경멸하던 마음에 큰 경종이 울리는 심정이었다.

타케치요를 키우고 싶다고 한다……

어째서 이와 똑같은 마음을 이마가와 요시모토의 아들에게는 쏟으려 하지 않는 것일까? 아마 불가능하기 때문일 것이었다. 아버지가 있고 권신이 있으며, 또 내전에는 갖은 교태를 부리는 시녀들이 우글거리고 있었다. 그런 환경에 있는 소년에게는 셋사이의 말도 가슴에 와닿지 않을 것이었다.

그런 의미에서 고아인 타케치요는 그가 뜻대로 할 수 있는 아이였다.

"아시겠습니까?"

셋사이는 다시 부드러운 표정으로 돌아왔다.

"아시겠으면 곧 여행떠날 준비를 하시지요. 그리고 슨푸로 떠나기 전에…… 아구이 성에 은밀히 들어가 타케치요 님의 생모와 만나시는 것이 좋을 듯합니다. 이승에서의 작별이라기보다 타케치요가 슨푸로 가도 할머니가 딸려 있으니 절대로 마음 흐트러뜨리지 말라고……"

7

케요인은 염주를 이마에 댄 채 잠시 동안 움직이지 않고 조용히 앉아 있었다.

비로소 셋사이 선사의 마음을 알게 되었다.

'과연 —'

놀람과 감사가 가슴속에서 소용돌이쳤다.

혼다 헤이하치로 타다타카의 미망인 역시 어느 틈에 눈이 빨개져서 고개를 푹 숙이고 있었다. 그걸 안 것만으로도 충성일변도였던 남편 헤이하치로 타다타카가 어딘가에서 웃고 있는 것을 느낄 수 있었다.

"감사합니다."

잠시 후 케요인은 속삭이듯 말했다.

"가르쳐주신 대로 딸을 몰래 찾아가 무슨 일이 있어도 가만히 있으라고……"

셋사이는 그 말에는 대답하지 않고 측근무사에게 말했다.

"다음은……"

아직도 네다섯 명이나 되는 사람이 무엇을 호소하러 왔는지 옆방에서 기다리고 있었다. 반란이 일어나지 않을까 우려하고 있었는데 아무 일도 없이 지나가는 것도 셋사이의 덕 때문인 듯했다.

케요인은 타다타카의 미망인을 재촉하여 본성을 나왔다.

가을이 점점 깊어져 이제는 단풍나무 이외의 나무들도 곧 붉게 물들기 시작할 것이다.

걸어가면서 케요인은 갑자기 무릎을 쳤다. 슨푸로부터의 잦은 재촉에도 불구하고 전혀 움직이려 하지 않는 셋사이 선사의 마음을 알 것 같았다.

'가을 추수가 끝날 때까지……'

적과 아군을 구별하지 않고 농부들이 일 년 동안 땀흘려 가꾼 농사의 열매를 맺게 하려고 기다리고 있는 것이 분명했다.

케요인의 이 상상은 적중했다. 이미 추수는 7할 가량이 끝나, 베어낸 자리가 넓어지고 있었다.

"그대도 아구이 성까지 나와 같이 가겠어?"

"예, 어디까지라도."

"임신한 몸으로 힘들지 않을까?"

"아닙니다…… 매일같이 논밭에서 괭이질을 한 몸입니다."

사카타니 위에 서서 두 사람은 잠시 해자 너머의 논밭을 바라보았다.

이틀 후 다른 미망인 26명을 슨푸에 있는 우에무라 신로쿠로 가족에게 가도록 길을 떠나게 하고, 그 뒤 두 사람만이 몰래 성에서 서쪽으로 향했다.

다른 사람의 눈에는 케요인은 암자의 여승으로, 타다타카 미망인은 그 하녀쯤으로 보일 터였다.

두 사람이 저녁 무렵 부슬부슬 가을비가 내리는 야하기矢矧를 건넜을 때, 오카자키 성에서 갑자기 소라고둥소리가 요란하게 울려퍼졌다.

드디어 3월 이래의 침묵을 깨고 의지와 의지의 격렬한 전투가 벌어지려 하고 있었다.

맹장 오다 노부히데가 과연 오카자키 성 공략에 성공할 것인가? 아니면 이마가와 일족의 주춧돌 셋사이 선사가 노부히데의 예봉을 꺾고 안죠 성을 점령할 것인가?

양쪽 모두 자신에 차 있었다. 그리고 이 승패의 결과에 오카자키의 고아 마츠다이라 타케치요의 운명이 걸려 있었다.

케요인은 잠시 걸음을 멈추고 성을 돌아보았다. 엷게 안개가 낀 동쪽 하늘에는 성은 고사하고 그 부근의 나무 그림자조차 잘 보이지 않았다.

"어서 가자."

케요인이 말했다.

"역시 중생이 사는 이 세계에는 내가 머물 집이 없었어. 카리야에도…… 오카자키에도……"

타다타카의 미망인은 고개를 돌리고 입술을 깨물었다.

─3권에서 계속

《 오다 · 도요토미 · 도쿠가와 인척 관계도 》

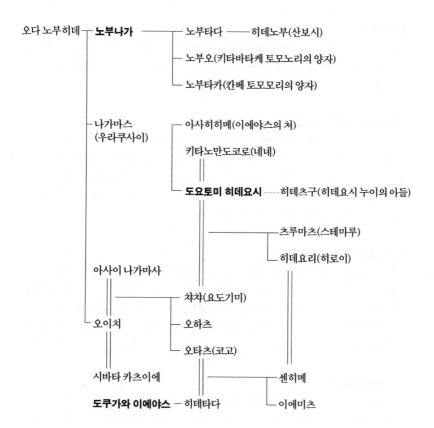

오다 노부히데 ─┬─ **노부나가** ─────── 노부타다 ──── 히데노부(산보시)

└ 노부오(키타바타케 토모노리의 양자)

└ 노부타카(칸베 토모모리의 양자)

├ 나가마스
　(우라쿠사이)　─── 아사히히메(이에야스의 처)

키타노만도코로(네네)
‖
└ **도요토미 히데요시** ┄┄ 히데츠구(히데요시 누이의 아들)

츠루마츠(스테마루)

└ 히데요리(히로이)

├ 아사이 나가마사
‖
├ 오이치 ─── 챠챠(요도기미)

├ 오하츠

└ 오타츠(코고)

시바타 카츠이에

└ 센히메

도쿠가와 이에야스 ─ 히데타다 └ 이에미츠

┄┄┄　은 양자 관계

‖　은 부부 관계

365

《 주요 등장 인물 》

노히메濃姬
"미노의 살모사"로 불리며 인근 여러 무장들에게 공포의 대상이 된 사이토 도산의 딸이다. 정실로 오다 노부히데의 아들인 노부나가에게 시집간 것이 텐분 17년(1548)경으로 전형적인 정략 결혼이었다.

마츠다이라 히로타다松平廣忠
마츠다이라 키요야스의 아들. 미즈노 타다마사의 딸인 오다이와 결혼하여 타케치요(훗날의 도쿠가와 이에야스)를 낳지만 오다이와는 이혼한다. 1547년 오다 노부히데의 공격을 받았을 때 이마가와 요시모토에게 원군을 청하며 적자 타케치요를 인질로 슨푸에 보내지만 모략에 걸려 노부히데에게 타케치요를 빼앗긴다. 후에 요시모토의 지원을 받아 일단 미카와를 평정하지만 근신인 이와마츠 하치야에게 암살당한다.

미즈노 노부치카水野信近
통칭 토쿠로라 불리며, 오다이와 같이 미즈노 타다마사와 케요인 사이에서 태어났다. 형 노부모토의 계략에 의해 타케노우치 나미타로의 집에서 자객을 만나지만 구사일생으로 목숨을 건지고, 그 사건으로 인해 미쳐버린 나미타로의 여동생 오쿠니와 함께 피신한다. 이후 유랑 생활을 하다가 타케노우치 큐로쿠라는 새 이름으로 히사마츠 토시카츠와 재혼한 오다이를 찾아간다.

오다 노부히데織田信秀
오와리의 실권자로 오다 노부나가의 아버지. 1541년 미카와노카미에 임명되었고, 1544년에 미노의 사이토, 1548년에는 스루가의 이마가와 요시모토와 전투를 벌이며 세상에 이름을 떨친다. 이마가와 가로 인질이 되어 가는 타케치요를 납치하여 자신의 인질로 삼는다.

오다이於大
타케치요(훗날의 도쿠가와 이에야스)의 어머니로 카리야의 성주인 미즈노 타다마사의 딸이다. 미즈노 타다마사가 사망하고 그 뒤를 이은 이복 오빠 미즈노 노부모토가 오다 노부히데와 손을 잡자 마츠다이라 히로타다와 헤어지고, 오다이는 미즈노의 가신인 히사마츠 토시카츠와 재혼한다.

이마가와 요시모토今川義元

이마가와 우지치카의 삼남. 신겐, 우지야스와 동맹을 맺고 미카와, 스루가, 토토우미 세 지방을 지배하며 토카이東海 지방에 큰 세력을 형성한다. 인질로 데려오던 타케치요를 오다 가에 빼앗긴 요시모토는 미카와 안죠 성을 공격하여 오다 노부히로를 포로로 잡고, 타케치요와 인질 교환을 하여 스루가로 데려온다.

킷포시吉法師

오다 노부히데의 장남으로 관례를 올리고 이름을 노부나가라 개명하지만 상식 밖의 행동과 기발한 옷차림으로 천하의 멍청이라는 소리를 듣는다. 사이토 도산의 딸인 노히메를 아내로 맞이하고, 노부히데의 사망과 함께 가문의 승계를 놓고 우여곡절을 겪지만, 결국 18세의 나이에 오다 가를 상속받는다.

타이겐 셋사이太原雪齋

이마가와 요시모토의 부장. 텐분 15년(1546) 미카와로 침공하는 이마가와 요시모토의 군사 지휘권을 행사하고, 텐분 18년(1549)에는 미카와 안죠 성을 수비하던 오다 노부히로를 포로로 잡아 전년에 빼앗겼던 마츠다이라 타케치요(도쿠가와 이에야스)와 인질 교환을 한다.

타케노우치 나미타로竹之內波太郎

쿠마 지방의 호족으로 통칭 쿠마 도령이라고도 불린다. 미즈노 노부모토의 계략에 의해 자신의 집에서 자객을 만난 노부모토의 동생인 노부치카를 여동생인 오쿠니와 함께 피신시키고, 유랑 생활을 하던 노부치카를 타케노우치 큐로쿠라는 이름으로 오다이에게 보낸다.

타케치요竹千代

도쿠가와 이에야스의 아명으로 오카자키의 성주인 마츠다이라 히로타다의 장남이다. 어머니는 미즈노 타다마사의 딸인 오다이. 이마가와 요시모토의 인질로 가던 도중 오다 노부히데에게 납치되어 오와리로 가게 된 타케치요는 그곳에서 오다 노부히데의 아들인 노부나가를 처음 만나게 된다.

혼다 타다카츠本多忠勝

도쿠가와 가의 가신으로, "이에야스에게는 과분한 것이 두 개 있다. 중국의 갑옷과 혼다 헤이하치로(통칭)다"라는 말을 들을 정도로 극찬을 받았다. 또 그는 미카와의 명물 사슴뿔 투구를 썼는데, 적군들은 이것을 보기만 해도 혼비백산했다고 한다.

《 센고쿠 용어 사전 》

고鄕 | 고대 행정 구역의 하나. 코리郡 안에 몇 개의 마을을 합친 것.

노부시野武士 | 산야에 숨어살면서 패잔병 등의 무기를 빼앗아 무장한 무사나 토민의 무리.

다이묘大名 | 넓은 영지와 많은 부하를 둔 무사의 우두머리.

도소주屠蘇酒 | 중국 위나라의 명의 화타가 처방했다는 약재를 넣고 빚은 술.

렌가連歌 | 일본 고전 시가의 한 양식. 보통 두 사람 이상이 단가의 윗구에 해당하는 5·7·5의 장구와 아랫구에 해당하는 7·7의 단구를 번갈아 읊어 나가는 형식. 대개 백구百句를 단위로 함.

로죠老女 | 쇼군이나 영주의 부인을 섬기는 시녀의 우두머리.

마에가미前髮 | 관례 이전의 소년이나 여자가 이마 위에 땋아 올리는 머리.

마에다테前立て | 투구 앞면에 꽂는 장식(반달, 팽이 등 여러 모양이 있음).

마키에蒔繪 | 옻칠 위에 금이나 은가루를 뿌리고 무늬를 그려 넣은 일본 고유의 칠공예.

모토유이元結 | 상투를 틀 때 사용하는 가는 끈.

소蘇 | 치즈.

쇼겐將監 | 근위부의 판관 벼슬.

쇼군將軍 | 바쿠후 최고의 실권자.

쇼야庄屋 | 마을의 사무를 통괄하는 사람. 지금의 촌장에 해당함.

슌칸俊寬 | 가무극 노가쿠의 하나. 12세기 고승 슌칸이 키카이가시마에 유배되었을 때 지었다고 함.

아시가루足輕 | 평시에는 막일에 종사하고, 전시에는 병졸이 되는 최하급 무사.

아츠모리敎盛 | 무사가 인생의 무상을 깨닫고 불문에 들어간다는 설화에서 유래한 노가쿠의 하나.

오닌應仁의 난 | 1467년부터 1477년까지 쿄토를 중심으로 일어난 대란. 지방으로 파급되어 센고쿠 시대로 접어드는 계기가 되었다.

우마요로이馬鎧 | 군마에 입히는 갑옷.

우마지루시馬標·馬印 | 전쟁터에서 대장의 말 옆에 세워 그 위치를 알리던 표지.

이세 이야기伊勢物語 | 와카를 중심으로 한 짧은 이야기 125대목으로 이루어진 헤이안 시대 설화집.

인로印籠 | 옛날 허리에 찼던 3층 또는 5층으로 된 작은 약상자. 본래는 도장 · 인주 등을 넣었음.

짓토쿠十德 | 칡 섬유로 짠 소맷자락이 넓고 옆을 꿰맨 여행복.

챠센(가미)茶筅(髮) | 남자의 머리 모양의 한 가지. 머리카락을 뒤로 모아서 묶고, 끈으로 감아 올려 짧은 막대처럼 되게 한 다음, 그 끝을 흐트러뜨린 것.

카부키몬冠木門 | 가로대를 기둥 위에 건너지른 지붕 없는 문.

카츠기被衣 | 신분이 높은 여자가 외출할 때 얼굴을 가리기 위해 머리에서부터 쓰는 홑옷.

카치구리勝栗 | 말린 밤을 절구에 찧어 겉껍질과 속껍질을 없앤 것. 출진이나 승리의 축하 또는 설 등의 경사로운 날의 요리에 씀.

코와카幸若 | 무사의 세계를 소재로 한 춤의 일종.

코우타小歌 | 민간에서 유행한 짤막한 가요.

토사무라이遠侍 | 성의 경비를 담당하는 무사.

토코노마床の間 | 객실인 다다미방의 정면 상좌에 바닥을 한 층 높여 만들어놓은 곳. 벽에는 족자를 걸고, 한 층 높여 만든 바닥에는 도자기, 꽃병 등을 장식해둠.

하오리羽織 | 옷 위에 입는 짧은 겉옷.

하치가네鉢金 | 투구의 덮개. 또는 그 모양의 것.

하카마袴 | 일본옷의 겉에 입는 아래옷. 허리에서 발목까지 덮으며 넉넉하게 주름이 잡혀 있고, 바지처럼 가랑이진 것이 보통이나 스커트 모양의 것도 있음.

호카이行器 | 음식을 담아 다른 곳으로 운반할 때 사용하는 목제 용기.

후죠몬不淨門 | 성, 저택 등에서 오물, 시체, 죄인 등을 내보내는 문.

《 센고쿠 시대의 방위 · 시각표 》

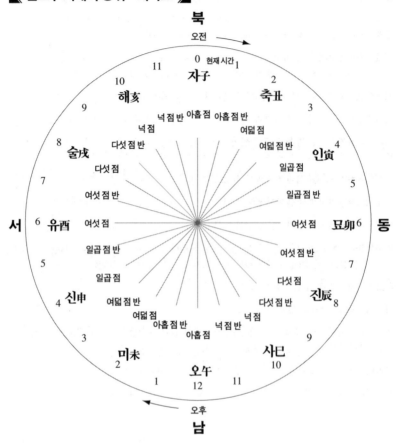

《 센고쿠 시대의 도량형 》

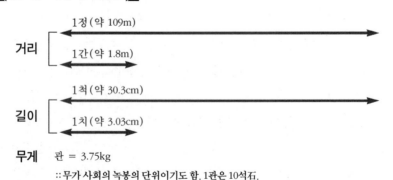

거리
1정 (약 109m)
1간 (약 1.8m)

길이
1척 (약 30.3cm)
1치 (약 3.03cm)

무게　관 = 3.75kg

　　　∷무가 사회의 녹봉의 단위이기도 함. 1관은 10석石.

《 센고쿠 시대의 관위표 》

관 ＼ 품	정일품	종일품	정이품	종이품	정삼품	종삼품	정사품 상	정사품 하	종사품 상	종사품 하	정오품 상	정오품 하	종오품 상	종오품 하	정육품 상	정육품 하	종육품 상	종육품 하
다이죠칸	다죠다이진	사다이진 우다이진	나이다이진		다이나곤	츄나곤		산기	다이벤		츄벤	쇼벤		쇼나곤	다이시			
나카츠카사칸	1587년 히데요시의 관위		1596년 이에야스의 관위				케이				타유		쇼유	지쥬	다이나이키 다이나이죠		쇼죠	
쿠나이쇼宮內省 · 오쿠라쇼大藏省 · 교부쇼刑部省 · 효부쇼兵部省 · 민부쇼民部省 · 지부쇼治部省 · 시키부쇼式部省								케이				타유 다이한지		쇼유	다이죠	츄한지	쇼죠	쇼한지
지방 — 대국													카미			스케		
지방 — 상국											1567년 이에야스의 관위			카미			스케	
지방 — 중국																카미		
지방 — 하국																		카미

다이죠칸太政官 | 국정의 최고 기관.
나카츠카사칸中務官 | 천황 곁에서 궁중의 정무를 통괄하는 관청.
쇼省 | 한국의 부部에 해당하는 행정 관청.
쿠니國 | 지방 행정 구획.

다죠다이진太政大臣 | 다이죠칸의 최고 장관.
다이진大臣 | 다이죠칸의 장관.
나곤納言 | 다이죠칸의 차관.
산기參議 | 다이진과 나곤의 다음 직위.
벤弁 | 다이죠칸 직속 사무국.
시史 | 문서와 사무를 관장하는 관리.
케이卿 | 조정의 고위 관직.
타유大輔 | 오품 관직의 통칭.
쇼유少輔 | 차관의 하위직.
죠丞 | 장관의 보좌역.
한지判事 | 소송의 심리, 판결을 담당하는 관리.
카미守 | 지방 관청의 장관.
스케介 | 4등급의 제2위 차관.

《 도쿠가와 이에야스 관련 연보(1542~1551) 》

◈──서력의 나이는 도쿠가와 이에야스의 나이

일본 연호	서력	주요 사건
텐분 天文 11	1542 1세	8월 10일, 이마가와 요시모토는 오다 노부히데를 공격하지만, 미카와 아즈키자카에서 패하고 돌아간다. 12월 26일, 도쿠가와 이에야스가 마츠다이라 히로타다의 아들로 미카와의 오카자키에서 태어남. 어머니는 오다이. 아명은 타케치요.
12	1543 2세	7월 12일, 미카와 카리야의 성주이자 오다이의 아버지인 미즈노 타다마사 사망. 8월 10일, 미카와 오카자키의 마츠다이라 히로타다가 숙부인 마츠다이라 노부타카를 미카와 미키 성에서 공격한다. 노부타카는 오와리의 오다 노부히데에게 간다.
13	1544 3세	9월 23일, 오와리의 오다 노부히데는 사이토 도산을 미노 이나바야마 성에서 공격한다. 도산은 에치젠의 아사쿠라 노리카게의 도움을 받아 이를 격퇴한다. 9월, 미카와 카리야의 미즈노 노부모토가 오다 노부히데와 손을 잡는다. 미카와 오카자키의 마츠다이라 히로타다는 노부모토의 여동생인 오다이와 헤어지고 노부모토와 절교한다.
14	1545 4세	8월, 이마가와 요시모토는 호죠 우지야스와 스루가에서 전투를 벌인다. 카이의 타케다 신겐은 요시모토를 구원한다.
15	1546 5세	오와리의 오다 노부히데의 아들 킷포시, 관례를 올리고 이름을 노부나가라 개명한다.

일본 연호		서력	주요 사건
텐분 天文	16	1547 6세	8월 2일, 마츠다이라 히로타다는 그의 아들 타케치요 (이에야스)를 인질로 이마가와 요시모토에게 보낸다. 도중에 타케치요는 납치되어 오와리의 오다 노부히데에게 보내진다.
	17	1548 7세	3월 19일, 이마가와 요시모토의 부장 타이겐 셋사이가 미카와 아즈키자카에서 오다 노부히데의 군사와 전투를 벌인다(제2차 아즈키자카 전투). 11월, 오다 노부히데는 사이토 도산과 화해하고, 도산의 딸 노히메를 아들 노부나가의 정실로서 오와리로 맞아들인다.
	18	1549 8세	3월 6일, 미카와 오카자키의 마츠다이라 히로타다가 가신인 이와마츠 하치야에게 암살된다. 11월 9일, 이마가와 요시모토의 명을 받고 타이겐 셋사이가 미카와 안죠 성을 공격하여 오다 노부히로를 포로로 삼는다. 셋사이는 오다 씨의 인질이 되어 있는 마츠다이라 타케치요(이에야스)와 노부히로를 교환한다. 12월 24일, 마츠다이라 타케치요, 스루가에 도착.
	19	1550 9세	정월, 마츠다이라 타케치요는 이마가와 요시모토를 알현한다.
	20	1551 10세	3월 3일, 오와리의 오다 노부히데 사망. 아들인 노부나가가 상속을 받음.

옮긴이 **이길진**李吉鎭

1934년 황해도 출생. 1958년 서울대학교 사회학과를 졸업하였다.
일본 문학 작품 및 일본 문화에 관련된 많은 책들을 유려한 우리말로 옮겼다.
주요 역서로는 가와바타 야스나리의 『설국』, 이마이 마사아키의 『카이젠』,
오에 겐자부로의 『사육』, 기쿠치 히데유키의 『요마록』,
야마오카 소하치의 『오다 노부나가』, 『사카모토 료마』 등이 있다.

| 부록의 자료 제공 및 감수는 고려대학교 일어일문학과 최관 교수님께서 해주셨습니다.

도쿠가와 이에야스 제2권

1판 1쇄 발행 2000년 12월 10일
2판 4쇄 발행 2023년 5월 1일

지은이 야마오카 소하치
옮긴이 이길진
펴낸이 임양묵
펴낸곳 솔출판사

주소 서울시 마포구 와우산로29가길 80(서교동)
전화 02-332-1526
팩스 02-332-1529
이메일 solbook@solbook.co.kr
홈페이지 www.solbook.co.kr
출판 등록 1990년 9월 15일 제10-420호

ISBN   979-11-86634-27-1 04830
ISBN   979-11-86634-22-6 (세트)

• 잘못된 책은 구입한 곳에서 바꿔드립니다.
• 책값은 뒤표지에 표시되어 있습니다.

나가시노長篠 전투(1575) 병풍도 뒷부분.
오다·도쿠가와 연합군이 타케다 군을 공격하는 모습.